OS REINOS
PARTIDOS

CB030860

N. K. JEMISIN

OS REINOS PARTIDOS

Livro dois da trilogia Legado

Tradução
Karine Ribeiro

1ª edição

— Galera —
RIO DE JANEIRO
2022

EDITORA-EXECUTIVA
Rafaella Machado

COORDENADORA EDITORIAL
Stella Carneiro

EQUIPE EDITORIAL
Juliana de Oliveira
Isabel Rodrigues
Manoela Alves
Lígia Almeida

PREPARAÇÃO
Gabriela Araujo

REVISÃO
Juliana Pitanga

LEITURA SENSÍVEL
Lorena Ribeiro

DIAGRAMAÇÃO
Abreu's System

CAPA E ILUSTRAÇÃO DE CAPA
Douglas Lopes

TÍTULO ORIGINAL
The Broken Kingdoms

CIP-BRASIL. CATALOGAÇÃO NA PUBLICAÇÃO
SINDICATO NACIONAL DOS EDITORES DE LIVROS, RJ

J49r

Jemisin, N. K., 1972-
Os reinos partidos / N. K. Jemisin ; tradução Karine Ribeiro. –
1ª ed. – Rio de Janeiro : Galera Record, 2022.
(Legado ; 2)

Tradução de: The broken kingdoms
ISBN 978-65-5981-088-8

1. Ficção americana. I. Ribeiro, Karine. II. Título. III. Série.

21-74979

CDD: 813
CDU: 82-3(73)

Camila Donis Hartmann – Bibliotecária – CRB-7/6472

Copyright THE BROKEN KINGDOMS © 2010 by N. K. Jemisin

Todos os direitos reservados.
Proibida a reprodução, no todo ou em parte, através de quaisquer meios.
Os direitos morais do autor foram assegurados.

Texto revisado segundo o novo Acordo Ortográfico da Língua Portuguesa.

Direitos exclusivos de publicação em língua portuguesa somente para o Brasil adquiridos pela
EDITORA RECORD LTDA.
Rua Argentina, 171 – Rio de Janeiro, RJ – 20921-380 – Tel.: (21) 2585-2000,
que se reserva a propriedade literária desta tradução.

Impresso no Brasil

ISBN 978-65-5981-088-8

Seja um leitor preferencial Record.
Cadastre-se e receba informações sobre nossos
lançamentos e nossas promoções.

Atendimento e venda direta ao leitor:
sac@record.com.br

EDITORA AFILIADA

Eu me lembro que era o meio da manhã.

Jardinagem era a tarefa da qual mais gostava. Eu tive que lutar para consegui-la, porque os terraços da minha mãe eram famosos na região, e ela não confiava totalmente na minha capacidade de cuidar deles. Nem podia culpá-la; meu pai ainda ria do estado em que as roupas ficaram daquela vez que tentei lavá-las.

— Oree — dizia minha mãe toda vez que eu tentava provar minha independência —, é normal precisar de ajuda. Todos nós temos coisas que não conseguimos fazer sozinhos.

Mas jardinagem não era uma daquelas coisas. A preocupação de minha mãe era com a capina, porque muitas das ervas daninhas que cresciam em Nimaro se assemelhavam às ervas mais preciosas dela. A samambaia-falsa tinha uma folhagem em formato de leque igual à hera doce; o arbusto rasteiro era espinhento e espetava os dedos, assim como a ocherine. Mas as ervas daninhas não tinham o mesmo *cheiro* das outras ervas, então nunca entendi por que ela fazia tanta confusão. Nas raras ocasiões em que tanto o cheiro quanto o toque me confundiam, bastava eu roçar a mão pelas folhas ou encostar a ponta delas nos lábios para ouvir o movimento que faziam, então conseguia distingui-las. Por fim, minha mãe teve que admitir que eu tinha passado toda a temporada sem descartar nenhuma planta boa. Planejava pedir o meu próprio terraço no ano seguinte.

Geralmente nem via a hora passar quando estava nos jardins, mas notei algo diferente em uma manhã. Percebi praticamente quando saí de casa: o ar parecia estranho e carregado, como se reprimisse uma tensão. Quando a tempestade começou, já tinha me esquecido das ervas daninhas e me sentado, instintivamente levantando a cabeça em direção ao céu.

E *eu consegui enxergar.*

A visão que tive, aquela que mais tarde aprenderia a chamar de "a distância", era de manchas escuras, imensas e disformes, impregnadas de poder. Boquiaberta, observei quando grandes figuras pontiagudas — tão brilhantes que machucavam meus olhos, algo que nunca acontecera antes — irromperam para destruir as manchas. Mas o que restou das manchas escuras se transformou em outra coisa, lançando gavinhas líquidas que se enrolaram nas figuras pontiagudas e as engoliram. A luz também mudou, tornando-se discos giratórios, afiados como lâminas, que cortaram as gavinhas. E assim continuou, um vai e vem da luz contra a escuridão, nenhum saiu vitorioso por muito tempo. Durante o duelo, ouvi sons de trovões, embora não sentisse cheiro de chuva.

Outros também viram. Eu os ouvi saindo das casas e lojas para cochichar e exclamar. Mas ninguém estava com medo de verdade. O evento estranho acontecia bem alto lá no céu, longe demais das nossas vidas muito terrestres para ter qualquer importância.

Enquanto ajoelhava ali com os dedos ainda tocando a terra, notei o que ninguém mais notou. Um tremor no solo. Não, não exatamente um tremor; era aquele desconforto que sentira antes, aquela sensação de *tensão.* Na verdade, nunca estivera no céu.

Eu me levantei e peguei a bengala, correndo para casa. Meu pai estava no mercado, mas minha mãe estava lá, e se algum tipo de terremoto estava prestes a acontecer, precisava alertá-la. Corri pelos degraus do alpendre e abri a porta velha e frágil com força, gritando para ela sair depressa.

Então eu o ouvi, não mais confinado ao solo, movendo-se pela terra vindo do Noroeste — a direção de Céu, cidade dos Arameri. *Alguém está cantando*, pensei a princípio. Não só um alguém, mas vários — mil, um milhão de vozes, todas vibrando e ecoando juntas. Mal dava para compreender a canção, sua letra formada por uma única palavra — ainda assim, era tão poderosa que o mundo inteiro tremeu com sua força iminente.

A palavra que cantavam era *cresça*.

Você precisa entender. Sempre fui capaz de ver magia, mas até então Nimaro havia sido majoritariamente obscura para mim. Aquela era uma terra calma, com cidadezinhas e vilas adormecidas, e a minha não era exceção. Magia era coisa de cidade grande. Podia vê-la vez ou outra, e sempre em segredo.

Mas agora havia luz e cor. Explodia pelo chão e pela rua, contornava cada folha, gramado, pavimento e ripa de madeira no jardim da frente. Havia tanto dela! Eu nunca tinha percebido que havia essa abundância no mundo, bem ali ao meu redor. A magia banhava as paredes com texturas e traços de um modo que, pela primeira vez na vida, pude ver a casa onde nasci. Delineava as árvores ao meu redor, a carroça velha ao lado da casa — que, a princípio, não consegui identificar — e as pessoas que estavam de pé na rua, boquiabertas. *Eu vi tudo* — vi de verdade, assim como os outros. Talvez mais do que eles viram, não sei. É um momento que guardarei para sempre no meu coração: a volta de algo incrível. A reconstrução de algo que tinha se quebrado havia muito tempo. O renascimento da vida.

Naquela noite, descobri que meu pai estava morto.

Um mês depois, parti para a cidade Céu para começar minha nova vida.

E dez anos se passaram.

"Tesouro descartado" (encáustica sobre tela)

— Por favor, me ajude — pediu a mulher.

Reconheci a voz dela imediatamente. Ela, o marido, e os dois filhos olharam (mas não compraram) um enfeite de parede na minha mesa, há mais ou menos uma hora. Ela estivera irritada. O enfeite era caro, e as crianças estavam agitadas. Agora ela se mostrava assustada, a voz aparentemente calma tentando disfarçar o medo.

— O que foi? — perguntei.

— Minha família. Não consigo encontrá-la.

Dei o meu melhor sorriso hospitaleiro.

— Talvez eles tenham se perdido. É fácil se perder estando tão perto do tronco. Onde os viu pela última vez?

— Ali. — Eu a ouvi se mexer. Provavelmente apontava para algum lugar. Ela pareceu perceber seu erro depois de um momento, com o costumeiro constrangimento. — Ah... desculpe, vou perguntar para outra pessoa...

— Você quem sabe — falei, de forma amena —, mas se você se referia a um beco simpático perto do Salão Branco, então acho que sei o que aconteceu.

O suspiro confirmou que eu tinha acertado.

— Como você...

Ouvi Ohn bufar, ele era o mais próximo dos outros vendedores de arte que ficavam nesta parte do parque. Isto me fez sorrir, o que esperei que a mulher interpretasse como camaradagem e não deboche.

— Eles *entraram* no beco? — perguntei.

— Ah... bem... — A mulher ficou inquieta. Ouvi suas mãos se esfregando uma na outra. Eu já sabia qual era o problema, mas deixei que ela se explicasse. Ninguém gosta que apontem o dedo para seus erros. — É só que... meu filho precisava ir ao banheiro. Nenhuma das lojas por aqui o deixou usar o dela, a não ser que a gente comprasse alguma coisa. Não temos muito dinheiro...

Ela dera a mesma desculpa para não comprar meu enfeite de parede. Aquilo não tinha me incomodado — eu seria a primeira a confirmar que ninguém *precisava* de nada que eu vendia —, mas estava irritada ao ouvir que ela fora tão longe com aquilo. Ser muquirana demais para comprar um enfeite de parede era uma coisa, mas ao ponto de não comprar um lanche ou uma bugiganga? Isso era tudo o que nós, comerciantes, pedíamos em troca por aceitar visitantes nos encarando e tumultuando a nossa clientela fixa, para em seguida reclamarem de que os moradores da cidade não eram cordiais.

Decidi não mencionar que a família dela poderia ter usado o banheiro do Salão Branco, de graça.

— Aquele beco em específico tem um atributo único — expliquei em vez disso. — Todo mundo que entra no beco e tira a roupa, mesmo que seja só uma peça, é transportado para o meio do Mercado do Sol. — Os moradores do mercado haviam construído um palco no ponto de chegada, na verdade, a melhor forma de apontar e rir dos infelizes que apareciam lá com o traseiro à mostra. — Se for ao Mercado, encontrará sua família.

— Ah, graças a Lady — disse a mulher. (Aquela frase sempre me soava estranha.) — Muito *obrigada*. Ouvi coisas sobre esta cidade. Não queria vir, mas meu marido, ele é um alto-nortista, queria ver a Árvore da Lady... — Ela deixou escapar um longo suspiro. — Como eu chego nesse mercado?

Finalmente.

— Bem, ele fica na Sombra Oeste; estamos na Sombra Leste. Somoe, Somle.

— O quê?

— Caso peça informação para alguém, é assim que as pessoas falam.

— Ah. Mas... *Sombra?* Ouvi pessoas usando essa palavra, mas o nome da cidade é...

Balancei a cabeça.

— Como eu disse, as pessoas que moram aqui não a chamam assim. — Gesticulei para cima, onde conseguia perceber vagamente o movimento fantasmagórico verde da folhagem sempre farfalhante da Árvore do Mundo. A raiz e o tronco eram escuros para mim, a magia viva da Árvore escondida atrás do casco espesso, mas suas folhas suaves dançavam e brilhavam exatamente até onde eu podia ver. Às vezes eu as observava por horas. — Não vemos muito o céu por aqui — falei. — Entendeu?

— Ah. Eu... entendi.

Assenti.

— Você precisará pegar uma carruagem até a parede de raízes na Sexta Rua, e então pegar a balsa ou caminhar pelo caminho suspenso através do túnel. A essa hora do dia, eles acendem as lamparinas com o brilho máximo para os visitantes, então essa é uma vantagem. Nada pior do que passar pela raiz no escuro, não que faça muita diferença para *mim*. — Sorri para tranquilizá-la. — Mas você não acreditaria na quantidade de pessoas que surtam por causa de uma escuridãozinha. Enfim, quando chegar do outro lado, estará em Somoe. Há sempre liteiras por lá, então pode pegar uma ou caminhar até o Mercado do Sol. Não é longe, só mantenha a Árvore à sua direita e...

Havia um pavor familiar na voz dela quando me interrompeu.

— Esta cidade... como é que eu vou... vou me perder. Ah, infernos! O meu marido é ainda pior. Ele se perde o tempo todo. Ele tentará encontrar o caminho de volta até aqui, e eu estou com a bolsa, e...

— Está tudo bem — falei com uma compaixão ensaiada. Eu me inclinei sobre a mesa, tentando não bagunçar as esculturas esculpidas em madeira, e apontei para o final da Rua Artística. — Se quiser, posso recomendar um bom guia. Ele te leva até lá rapidinho.

Suspeitei que ela fosse ser muquirana demais para aceitar aquilo. A família dela poderia ter sido atacada naquele beco, assaltada, transformada em pedra. Valia mesmo à pena economizar dinheiro e se expor àquele risco? Peregrinos nunca fizeram sentido para mim.

— Quanto? — perguntou a mulher, já parecendo hesitar.

— Terá que perguntar ao guia. Quer que eu o chame aqui?

— Eu... — Ela pareceu jogar o peso do corpo de um pé ao outro, quase exalando relutância.

— Ou poderia comprar isto — sugeri, virando-me delicadamente na cadeira para pegar um pequeno pergaminho. — É um mapa. Inclui todos os locais divinos, os lugares que as deidades tornaram mágicos, como aquele beco.

— Mágicos... quer dizer que alguma deidade fez isso?

— Provavelmente. Não acho que um escribas e daria ao trabalho, e você?

Ela suspirou.

— Este mapa vai me ajudar a chegar no mercado?

— Ah, com certeza.

Eu o desenrolei para ela dar uma olhada. A mulher ficou um tempo encarando-o, provavelmente tentando decorar a rota para o Mercado sem comprá-lo. Não me importei com a tentativa. Se ela conseguisse memorizar as ruas complicadas de Sombra tão facilmente, cortadas no mapa pelas raízes da Árvore e algumas anotações sobre um ou outro local divino, então ela merecia uma amostra grátis.

— Quanto? — perguntou por fim, pegando a bolsa.

Depois que a mulher foi embora, seus passos ansiosos desaparecendo na multidão do Calçadão, Ohn se aproximou.

— Você é tão gentil, Oree — disse ele.

Sorri.

— Sou, né? Poderia ter dito a ela para ir até o beco e levantar as saias um pouquinho, o que a levaria até a família em um piscar de olhos. Mas tinha que proteger a virtude dela, não tinha?

Ohn deu de ombros.

— Se eles não pensam nisso sozinhos, é culpa deles, não sua. — Ele suspirou com compaixão pela mulher. — Mas é triste vir até aqui em uma peregrinação e gastar a metade do tempo zanzando por aí, perdida.

— Ela vai apreciar a memória no futuro. — Eu me levantei, esticando-me. Estivera sentada a manhã inteira e minhas costas estavam doloridas. — Vigie minha mesa, sim? Vou caminhar.

— Mentirosa.

Sorri para a voz grossa e rouca de Vuroy, outro vendedor da Rua, conforme ele se aproximava devagar. Ele ficou perto de Ohn; imaginei Vuroy colocando o braço ao redor dele carinhosamente. Ru, outra vendedora da Rua, e eles dois formavam um trisal, e Vuroy era possessivo.

— Você só quer checar o beco, ver se o cara burro-como-uma-porta e o pirralho dela deixaram cair alguma coisa antes da magia pegá-los.

— Por que eu faria isso? — perguntei da maneira mais doce que pude, embora não tenha conseguido conter o riso.

O próprio Ohn mal conseguia controlar a risadinha.

— Se encontrar alguma coisa, lembre-se de dividir — falou.

Joguei um beijo para ele.

— Achado não é roubado. A não ser que em troca queira compartilhar o Vuroy?

— Achado não é roubado — devolveu ele, e ouvi Vuroy rir e puxá-lo para um abraço.

Eu me afastei, concentrando-me no *tap-tap* da minha bengala para não ouvir o beijo. Estava brincando sobre compartilhar, é óbvio, mas há coisas que uma garota solteira evita presenciar quando ela mesma está na seca.

Localizado do outro lado do amplo Calçadão da Rua Artística, o beco era fácil de encontrar, afinal suas paredes e o chão desbotados contrastavam com o brilho verde da Árvore do Mundo. Nada muito forte; as deidades viam aquilo como uma magia secundária, algo que até um mortal poderia fazer com alguns selos esculpidos e um pouco de sorte ativando tinta. Normalmente, teria visto pouco mais do que uma cortina de luz ao longo do concreto entre os tijolos, mas aquele local divino tinha sido ativado recentemente e demoraria para voltar à sua inércia usual.

Parei na entrada do beco, ouvindo com cuidado. O Calçadão era um grande círculo no coração da cidade, onde o tráfego de pedestres se juntava às estradas e se reunia para circundar uma ampla praça com canteiros de flores, árvores frondosas e calçadas. Os peregrinos gostavam de se reunir ali, porque a praça oferecia a melhor vista da cidade para a Árvore do Mundo — o mesmo motivo pelo qual nós, artistas, gostávamos dela. Eles estavam sempre dispostos a comprar nossos produtos depois de terem a chance de orar para a sua nova deusa estranha. Ainda assim, sempre estivemos atentos ao Salão Branco ali nas proximidades, suas paredes brilhantes e a estátua do Iluminado Itempas parecendo condenar os acontecimentos profanos da praça. Os Guardiões da Ordem já não eram mais tão rígidos como antes; existiam muitos deuses hoje em dia que reclamariam de seus seguidores serem perseguidos. Havia mais magia rebelde na cidade do que era possível controlar. Mesmo assim, era melhor não fazer certas coisas debaixo dos narizes deles.

Então, entrei no beco só depois de garantir que não havia sacerdotes nas imediações. (De qualquer modo, foi uma ação arriscada — a rua estava tão barulhenta que não conseguia ouvir direito. Por segurança, estava preparada para dizer que tinha me perdido.)

Enquanto entrava no beco relativamente calmo, passando a bengala pelo chão para localizar carteiras ou outros itens de valor que pudessem ter caído, percebi de imediato o cheiro de sangue. Logo depois o ignorei, porque não fazia sentido algum; o beco havia recebido magia para se manter livre de sujeiras. Qualquer objeto inanimado caído lá desaparecia depois de mais ou menos meia hora — o que tornava mais simples atrair peregrinos descuidados. (Eu já havia constatado que a deidade que conjurara aquela armadilha em especial tinha uma mente perversa e atenta aos detalhes.) No entanto, quanto mais entrava no beco, mais acentuado o cheiro se tornava — e mais aflita fiquei, porque o reconheci. Metal e sal, um odor enjoativo típico de sangue que já tinha esfriado e coagulado. Mas esse não era o cheiro forte de ferro do sangue mortal; tinha um componente mais delicado e pungente. Metais que não tinham nome em qualquer língua mortal, sais de mares totalmente diferentes.

Sangue divino. Alguém deixara cair um frasco da coisa ali? Se sim, era um erro que tinha custado caro. Contudo, o sangue divino tinha um cheiro... fraco, de alguma forma. Errado. E havia muito, mas muito sangue mesmo.

Logo a bengala tocou algo pesado e macio, e parei, o terror fazendo minha boca ficar seca.

Eu me agachei para examinar o achado. Tecido, macio e fino. Pele debaixo do tecido — uma perna. Mais fria do que deveria estar, mas não gelada. Com a mão trêmula, toquei mais acima e encontrei um quadril curvilíneo, a leve pretuberância de uma barriga feminina — e então meus dedos pararam quando o tecido de repente se tornou encharcado e viscoso.

Afastei a mão e perguntei:

— V-você está... bem?

Era uma pergunta boba, porque obviamente ela não estava.

Podia vê-la agora, um borrão muito sutil na forma de pessoa cobrindo o brilho do chão do beco, mas era só isso. Ela deveria estar brilhando mais intensamente com a própria magia; eu deveria tê-la visto assim que entrei no beco. Ela não deveria estar parada, pois deidades não precisavam dormir.

Sabia o que aquilo significava. Todos os meus instintos gritavam a verdade. Mas não queria acreditar.

Senti uma presença familiar por perto. Não houve passos para me alertar, mas tudo bem. Estava aliviada que ele viera desta vez.

— Não entendo — sussurrou Madding.

Então tive que acreditar, porque a surpresa e o horror na voz de Madding eram inegáveis.

Tinha encontrado uma deidade. Uma deidade *morta*.

Eu me levantei, rápido demais, e tropecei um pouco enquanto me afastava.

— Eu também não — falei. Com força, agarrei a bengala com as duas mãos. — Ela estava assim quando a encontrei. Mas... — Balancei minha cabeça, sem saber o que dizer.

Um som fraco de sinos soou. Eu já tinha percebido há tempos que ninguém mais parecia ouvi-los. Então Madding se manifestou da luz do beco; um homem corpulento e com traços sutis da etnia senmata; o rosto escuro estava envelhecido e o cabelo escuro bagunçado, preso em um rabo de cavalo baixo. Ele não brilhava, exatamente — não naquela forma —, mas eu podia vê-lo, contrastando nitidamente com o brilho das paredes do beco. Ele observava o corpo com um olhar angustiado, que eu nunca vira em seu rosto antes.

— Role — disse ele. Duas sílabas, uma ênfase sutil na primeira delas. — Ah, Irmã. Quem fez isso com você?

E como? Quase perguntei, mas o luto óbvio de Madding me manteve em silêncio.

Ele foi até ela, a deidade que, contra todas as possibilidades, estava morta, e estendeu a mão para tocar alguma parte do corpo. Não podia ver qual; os seus dedos pareciam desaparecer quando tocavam a pele dela.

— Não faz sentido — disse ele, com grande delicadeza.

Isso denunciava ainda mais o quanto ele estava confuso; geralmente ele tentava agir como o mortal bruto e grosseiro que parecia ser. Antes daquilo, só tinha testemunhado a gentileza dele em particular, comigo.

— O que poderia matar uma deidade? — perguntei. Daquela vez, não gaguejei.

— Nada. Digo, outra deidade, mas para isso precisa-se de mais magia bruta do que pode imaginar. Todos teríamos a sentido e vindo aqui checar.

Mas Role não tinha inimigos. Por que alguém a machucaria? A não ser...
— Madding franziu a testa. Conforme a concentração dele diminuía, a imagem fazia o mesmo; sua forma humana se transformou em um líquido verde e brilhante, como o cheiro das folhas frescas da Árvore. — Não, por que qualquer um deles faria isso? Não faz sentido.

Fui até ele e coloquei a mão em seu ombro brilhante. Depois de um momento, ele tocou minha mão em um agradecimento silencioso, mas vi que o gesto não lhe causara conforto algum.

— Sinto muito, Mad. Sinto muito mesmo.

Ele assentiu devagar, tornando-se humano outra vez conforme se controlava.

— Preciso ir. Nossos pais... eles precisam saber. Se já não souberem. — Madding suspirou e balançou a cabeça enquanto se levantava.

— Precisa de alguma coisa?

Ele hesitou, o que foi gratificante. Há algumas reações que uma garota sempre gosta de ver em um amante, mesmo que seja um ex. Madding acariciou minha bochecha com um dedo, fazendo minha pele formigar.

— Não. Mas obrigado.

Não havia percebido, mas enquanto conversávamos, uma multidão começara a se formar na entrada do beco. Alguém nos vira perto do corpo; o primeiro curioso atraíra os demais. Quando Madding ergueu o cadáver, os observadores mortais arfaram e alguém soltou um grito horrorizado no momento em que reconheceu quem era. Role era conhecida, então — possivelmente uma das deidades que juntara um pequeno grupo de adoradores. Aquilo significava que a notícia já teria corrido a cidade até o anoitecer.

Madding assentiu para mim e então desapareceu. Duas sombras dentro do beco se aproximaram, demorando-se no lugar onde Role estivera, mas não olhei para elas. A não ser que se esforçassem para não serem vistas, eu sempre podia ver as deidades, e nem todas gostavam disso. Era provável que fosse o povo de Madding; ele tinha vários irmãos que trabalhavam para ele como guardas ou ajudantes. Mas haveria outros, vindo para prestar homenagens. As notícias se espalhavam rapidamente entre eles também.

Com um suspiro, deixei o beco e passei pela multidão — dando respostas breves às perguntas deles, "Sim, aquela era Role" e "Sim, ela está morta" —, por fim voltando à minha mesa. Ru se juntara a Vuroy e Ohn, e pegou minha mão, fazendo-me sentar e perguntando se eu queria um copo de água — ou uma bebida mais forte. Ela começou a enxugar minha mão com um pedaço de pano, e só então percebi que devia ter sangue divino nos meus dedos.

— Estou bem — falei, embora não tivesse certeza. — Mas seria bom se pudessem me ajudar a guardar tudo. Vou para casa mais cedo.

Podia ouvir outros artistas da Rua fazendo o mesmo. Se uma deidade estava morta, então a Árvore da Vida se tornara a segunda atração mais interessante da cidade, e eu podia antecipar uma queda nas vendas pelo resto da semana.

Então fui para casa.

$$* \quad * \quad *$$

Veja bem, sou uma mulher atormentada por deuses.

Já tinha sido pior. Houve uma época em que eles pareciam estar por toda a parte: à espreita em esquinas e arbustos, escondendo-se nas solas dos pés ou no topo da cabeça. Eles deixavam pegadas brilhantes nas calçadas. (Logo notei que tinham preferência por alguns pontos turísticos). Urinavam nas paredes brancas. Nem tinham a necessidade de urinar, mas se divertiam nos imitando. Geralmente eu encontrava seus nomes, escritos com pontinhos de luz, em espaços sagrados. Foi assim que aprendi a ler.

Algumas vezes, eles me seguiam até a minha casa e preparavam o café da manhã para mim. Em outras, tentavam me matar. De tempos em tempos compravam as bugigangas e estátuas que eu vendia, mas nunca consegui desvendar o porquê. E sim, às vezes eu os amava.

Até encontrei um na lixeira uma vez. Parece mentira, não é? Mas é verdade. Se soubesse o tipo de vida que eu levaria quando saí de casa rumo à essa cidade linda e esquisita, teria pensado duas vezes. Mas ainda assim teria vindo.

Esse da lixeira. Eu deveria contar mais sobre ele.

* * *

Eu ficara acordada tarde uma noite — ou manhã —, trabalhando em uma pintura, e havia ido atrás do meu prédio para jogar o resto de tinta fora antes que secasse e arruinasse meus potes. Os lixeiros geralmente passavam com as carretas fedorentas ao amanhecer, separando o conteúdo da lata de lixo para ver se encontravam solo noturno ou qualquer outra coisa de valor, e não queria perdê-los. Sequer tinha percebido um homem ali, porque ele cheirava como o resto do lixo. Como algo morto — o que, agora pensando bem, era provável que fosse.

Joguei a tinta fora e teria entrado de novo se não tivesse percebido de esguelha um brilho estranho. Estava cansada o bastante para ter ignorado aquilo também. Depois de dez anos em Sombra, tinha me acostumado com os resíduos das deidades. Era provável que uma delas tivesse vomitado ali depois de uma noite bebendo ou então ejaculado após um encontro amoroso em meio à fumaça. Os novatos gostavam de fazer aquilo, passar mais ou menos uma semana fingindo serem mortais antes de darem início a fosse lá qual vida decidiram levar entre nós. Em geral, a iniciação era uma bagunça.

Então não sei por que parei, naquela manhã fria de inverno. Algum instinto me disse para virar a cabeça, e não sei por que o ouvi. Mas ouvi, e foi quando vi a glória acordar em uma pilha de lixo.

A princípio, vi apenas linhas delicadas de ouro delineando a forma de um homem. Gotas cintilantes de orvalho de prata pingavam ao longo de seu corpo, os filetes escorriam com fluidez e iluminavam a textura da pele em um relevo suave. Vi alguns daqueles filetes se moverem para cima numa ação impossível, iluminando os fios de seu cabelo e as linhas duras em seu rosto.

Enquanto fiquei ali, as mãos úmidas de tinta e a porta escancarada, esquecida atrás de mim, vi esse homem iluminado respirar fundo — o que o fez brilhar de maneira ainda mais bonita — e abrir olhos de uma cor que nunca seria capaz de descrever, mesmo que algum dia eu aprenda as palavras. O melhor que posso fazer é compará-los a coisas que conheço: a espessura pesada do ouro vermelho, o cheiro de grama em um dia quente, desejo e orgulho.

Durante o tempo em que fiquei ali, hipnotizada por aqueles olhos, vi outra coisa: dor. Tanta tristeza, luto, raiva, culpa, e outras emoções que não poderia nomear porque até ali minha vida fora relativamente feliz. Há coisas que alguém só pode entender depois de tê-las vivenciado, e há vivências que ninguém quer compartilhar.

*   *   *

Hum. Talvez deva contar algo sobre mim antes de continuar.

Sou meio que uma artista, como mencionei antes. Meu trabalho é, ou era, vender bugigangas e suvenires para turistas. Também pinto, embora minhas pinturas sejam feitas somente para mim. Fora isso, não sou uma pessoa especial. Vejo magia e deuses, mas todo mundo também vê; eu te disse, eles estão por toda parte. Provavelmente os percebo mais por que não consigo ver mais nada.

Meus pais me deram o nome de Oree. Como o canto do pássaro cho-rão do Sudeste. Já ouviu? Soa como um soluço enquanto ele chama, *oree*, suspiro, *oree*, suspiro. A maioria dos nomes das garotas maronesas vem de coisas tristes assim. Poderia ser pior; os nomes dos garotos se baseiam em vingança. Triste, não é? Por essas e outras decidi ir embora.

Mas nunca me esqueci das palavras de minha mãe: *tudo bem precisar de ajuda. Todos nós temos coisas que não conseguimos fazer sozinhos.*

Então, o cara na lixeira? Eu o abriguei, limpei-o, dei a ele uma boa refeição. E considerando que tinha espaço, deixei-o ficar. Era a coisa certa a se fazer. O ato humanitário. Acredito que também estivesse solitária, depois da coisa toda com o Madding. De qualquer forma, disse a mim mesma que não faria mal algum.

Mas eu estava errada.

Os Reinos Partidos

* * *

Ele estava morto de novo quando cheguei a casa naquele dia. O corpo estava na cozinha, perto do balcão, onde parecia que ele estivera picando legumes quando surgira a vontade de cortar os pulsos. Ao entrar, escorreguei no sangue, o que me irritou porque significava que estava por todo o chão. O cheiro era tão forte e enjoativo que não conseguia localizá-lo — estaria naquela parede ou na outra? No chão todo ou só perto da mesa? Enquanto o arrastava para o banheiro, estava certa de que ele devia ter pingado no tapete também. Ele era um homem grande, então concluir a tarefa levou um tempo. Coloquei-o dentro da banheira da melhor maneira que pude e a enchi com água da cisterna fria, em parte porque assim o sangue não grudaria em suas roupas e porque queria que ele soubesse como eu estava irritada.

Havia me acalmado um pouco — limpar a cozinha me ajudou a espairecer — quando ouvi um som repentino e violento de água vindo do banheiro. Ele costumava ficar desorientado assim que voltava à vida, então esperei na soleira até que o barulho parasse e a atenção dele estivesse fixa em mim. Ele tinha personalidade forte. Sempre conseguia sentir a pressão de seu olhar.

— Não é justo — falei — você ficar dificultando minha vida, entende?

Silêncio. Mas ele tinha me ouvido.

— Limpei a maior parte da bagunça na cozinha, mas acho que ainda deve ter sangue nos tapetes da sala de estar. O cheiro é tão forte que não consigo encontrar os respingos. Vai ter que dar um jeito neles. Vou deixar um balde e um esfregão na cozinha.

Mais silêncio. Um tagarela nato, esse aí.

Suspirei. Minhas costas doíam por ter esfregado o chão.

— Obrigada por fazer o jantar. — Não mencionei que não havia comido nada. A menos que provasse, não tinha como saber se havia caído sangue na comida também. — Vou me deitar. O dia foi longo.

O aroma sutil de vergonha pairava no ar. Senti quando ele desviou o olhar e fiquei satisfeita. Nos três meses em que ele estivera morando comigo, descobri que tinha um senso quase compulsivo de equidade, tão previsível quanto o soar do sino no Salão Branco. Ele não gostava de quando as coisas entre nós estavam desequilibradas.

Cruzei o banheiro, inclinei-me sobre a banheira, e toquei o rosto dele. Primeiro, senti o topo de sua cabeça e fiquei maravilhada, como sempre, ao tocar um cabelo que era como o meu — de cachos suaves, densos e comportados, cheios o bastante para que meus dedos se perdessem neles. Na primeira vez que o toquei, pensei que ele fosse do meu povo, porque apenas os maroneses tinham cabelo assim. Desde então percebi que ele era algo completamente diferente, algo inumano, mas aquela sensação de familiaridade nunca diminuíra para valer. Então me inclinei e beijei sua testa, saboreando a sensação de suavidade sob meus lábios. Ele estava sempre quente. Caso conseguíssemos chegar a um acordo sobre como dormiríamos, no inverno seguinte poderia economizar uma fortuna em lenha.

— Boa noite — murmurei.

Ele não respondeu enquanto eu ia para a cama.

*   *   *

O que você precisa entender é o seguinte. Meu hóspede não era de fato suicida. Ele nunca se esforçava para se matar. Ele só não se empenhava em evitar o perigo — inclusive o perigo de seus próprios impulsos. Uma pessoa normal tomava cuidado ao andar no telhado para fazer consertos; meu hóspede não. Ele também não olhava para os dois lados antes de atravessar a rua. Enquanto a maioria das pessoas poderia facilmente pensar em jogar uma vela acesa na própria cama, tão facilmente quanto, descartar a ideia por ser irracional, meu hóspede consideraria a ideia. (Contudo, para dá-lo o devido crédito, ele nunca fizera nada que também poderia me colocar em perigo. Até então.)

Nas poucas ocasiões em que observei essa tendência perturbadora dele — na última vez, ele casualmente tinha engolido veneno —, achei que ele agira de modo bem indiferente sobre a coisa toda. Eu o imaginei preparando o jantar daquela vez, cortando legumes, olhando para a faca em suas mãos. Ele havia terminado o jantar primeiro, separando-o para mim. Então, calmamente, enfiara a faca entre os ossos do punho, antes colocando uma tigela embaixo do braço para coletar o sangue. Ele gostava de ser organizado. Eu tinha encontrado a tigela no chão, ainda meio cheia; o resto do sangue pintava uma das paredes da cozinha. Imaginei que ele perdera a força mais rápido do que o esperado e tinha atingido a tigela enquanto caía, fazendo-a girar no ar. Em seguida, terminara de sangrar no chão.

Eu o imaginei observando esse processo, ainda pensativo, até morrer. Então, mais tarde, limpando o próprio sangue com a mesma apatia.

Tinha quase certeza de que ele era uma deidade. O "quase" estava no fato de que ele tinha a magia mais estranha da qual ouvira falar. Voltar dos mortos? Brilhar ao nascer do sol? O que isso fazia dele, o deus das manhãs alegres e surpresas macabras? Ele nunca falara a língua dos deuses — ou língua alguma, para ser sincera. Achava que ele era mudo. E eu não conseguia vê-lo, exceto nas manhãs e nos momentos em que ele voltava à vida, o que significava que ele era mágico apenas naqueles momentos. Em qualquer outra hora, ele era só um homem comum.

Porém, ele não era.

A manhã seguinte aconteceu do mesmo jeito.

*   *   *

Acordei antes do nascer do sol, como de hábito. Normalmente, ficava deitada lá por um tempo, ouvindo os sons da manhã: o coro crescente dos pássaros, o *ping-ping* forte e errático do orvalho gotejando da Árvore sobre os telhados e pedras da rua. Daquela vez, no entanto, fui tomada pelo desejo de uma manhã diferente, então me levantei e fui em busca do meu hóspede.

Ele não estava na pequena despensa onde dormia, e sim na sala. Eu o senti ali assim que saí do meu quarto. Ele era daquele jeito, enchia a casa com sua presença, se tornando o centro de gravidade dela. Era fácil e natural me deixar levar para onde quer que ele estivesse.

Eu o encontrei próximo à janela da sala. Minha casa tinha muitas janelas — um fato que lamentei várias vezes, afinal não faziam nada além de deixar a casa fria. (Eu não tinha como bancar um aluguel melhor.) Mas a sala era o único cômodo voltado para o leste. Isso também não trazia benefício algum, e não só pelo fato de eu ser cega; assim como a maioria dos habitantes, morava em uma vizinhança espremida entre duas das raízes principais da Árvore do Mundo. Recebíamos luz solar por alguns minutos no meio da manhã, quando o sol estava alto o suficiente para ficar por cima das raízes e baixo o suficiente para não ser escondido pela copa da Árvore, e por mais alguns poucos instantes no meio da tarde. Apenas os nobres podiam pagar para ter mais tempo de luz.

Apesar disso, tão pontual quanto um relógio, meu hóspede estava ali toda manhã, a menos que estivesse ocupado ou morto. Na primeira vez que o encontrei fazendo isso, pensei que era sua maneira de dar boas-vindas ao dia. Talvez ele fizesse suas orações pela manhã, como as pessoas que ainda adoravam ao Iluminado Itempas. Agora eu o conhecia melhor, se é que alguém poderia dizer que conhecia um homem indestrutível que nunca dizia nada. Quando o tocava naquelas ocasiões, conseguia ter uma ideia melhor dele, e o que percebia não era reverência ou piedade. Com o corpo estático, a postura ereta e uma aura de paz que não exibia em outras ocasiões, o elemento que eu sentia emanando dele era *poder*. Orgulho. Resquícios que sobraram do homem que ele fora no passado.

Porque a cada dia ficava mais evidente que havia algo danificado, *despedaçado*, dentro ele. Não sabia o que era, ou por que, mas sabia: ele nem sempre fora assim.

Ele não reagiu quando entrei na sala e me sentei em uma das cadeiras, enrolando-me no cobertor que trouxera para lidar com o frio da manhã. Com certeza ele estava acostumado a me ter como plateia de seu *show* matinal, afinal eu o fazia com frequência.

E bem certeiro, poucos segundos depois que me fiz confortável, ele recomeçou a brilhar.

Toda vez era um processo diferente. Naquela, seus olhos se acenderam primeiro, e eu o vi se virar para olhar para mim, como se para ter certeza de que observava. (Eu notara esses indícios de sua incrível arrogância outras vezes.) Feito isso, ele desviou o olhar de novo, o cabelo e os ombros começando a brilhar. Em seguida, eu o vi cruzando aqueles braços musculosos como os de um soldado. As pernas longas estavam levemente afastadas; a postura era relaxada, mas orgulhosa. Distinta. Desde a primeira vez percebera que ele se portava como um rei. Como um homem acostumado com o poder há muito tempo, alguém que só recentemente conhecera a ruína.

Conforme a luz iluminava seu corpo, ele foi brilhando cada vez mais. Estreitei os olhos — amava fazer isso — e ergui a mão para protegê-los. Ainda podia vê-lo, uma chama em forma de homem agora emoldurada pela sombra que os ossos da minha mão formavam. Mas no fim, como sempre, tive que desviar o olhar. Nunca fazia isso até que fosse necessário. O que podia acontecer, a luz me cegar?

Não durou muito. Em algum lugar além do paredão de raízes, o sol se moveu acima do horizonte. Logo o brilho esvaneceu rapidamente. Depois de alguns segundos, fui capaz de olhar para ele outra vez, e em vinte minutos, ele estava tão invisível para mim quanto qualquer outro mortal.

Quando acabou, meu hóspede se virou para ir embora. Ele arrumava a casa durante o dia e recentemente começara a oferecer seus serviços para vizinhos, repassando qualquer dinheiro que conseguia para mim. Eu me espreguicei, relaxada e confortável. Sempre me sentia mais quentinha quando ele estava por perto.

— Espera — falei, e ele parou. Tentei medir seu humor pelo silêncio. — Será que um dia vai me dizer seu nome?

Mais silêncio. Ele estava irritado, ou nem dava a mínima? Suspirei.

— Tudo bem — falei. — Os vizinhos estão começando a fazer perguntas, então preciso te chamar de alguma coisa. Você se importa se eu inventar algo?

Ele suspirou. Definitivamente irritado. Mas pelo menos não era um não.

Sorri.

— Tudo bem então. Brilhante. Vou te chamar de Brilhante. O que acha?

Era uma piada. Falei aquilo só para provocá-lo. Mas admito que esperava alguma reação dele, mesmo que fosse indignação. Em vez disso, ele simplesmente foi embora.

Aquilo me irritou. Ele não precisava falar, mas era pedir demais que desse um sorriso? Ou talvez só um resmungo ou um suspiro?

— Vai ser Brilhante então — falei alegremente, e me levantei para começar o dia.

2

"Deusas mortas"
(aquarela)

Ao que parece, sou bonita. Só consigo ver magia e esta tende a ser bonita, então não tenho como julgar direito o que é comum. Preciso acreditar no que os outros dizem. Homens elogiam partes de mim o tempo todo — veja bem, sempre partes, nunca por completo. Eles amam as pernas longas, o pescoço delicado, o cabelo volumoso e os seios (principalmente os seios). A maioria dos homens em Sombra era amnie, então também fazia comentários sobre minha pele maronesa macia e quase preta, embora eu tenha dito a eles que havia meio milhão de mulheres no mundo com a mesma característica. Em comparação ao mundo todo, meio milhão não é muito, então esse detalhe sempre era considerado naquela admiração segregada e condicional.

— Adorável — diziam eles, e às vezes queriam me levar para casa e me admirar em particular. Antes de me envolver com deidades, eu permitia que fizessem aquilo se estivesse me sentindo muito solitária. — Você é bonita, Oree — sussurravam enquanto me posicionavam, moldavam e lapidavam como queriam. — Se não fosse por...

Nunca os pedi para completar a frase. Eu sabia qual era o complemento: *se não fosse por esses seus olhos...*

Meus olhos não são somente cegos, são também deformados. Perturbadores. Provavelmente atrairia mais homens se os escondesse, mas por que desejaria mais homens? Os que já atraio nunca me querem de verdade. Exceto Madding, e até mesmo ele quis que eu fosse diferente.

Meu hóspede não me queria de jeito nenhum. A princípio, tinha me preocupado. Não era tola; sabia o perigo de trazer um estranho para dentro de casa. Mas ele não tinha interesse em algo tão banal quanto a carne mortal — nem mesmo a dele. Seu olhar demonstrava várias sensações ao se dirigir a mim, mas cobiça não era uma delas. E nem dó.

É provável que esse tenha sido o único motivo para eu mantê-lo por perto.

*   *   *

— Eu faço uma pintura — sussurrei, e comecei.

Toda manhã, antes de sair para a Rua Artística, praticava minha verdadeira arte. As coisas que eu fazia para vender lá eram porcarias — estátuas de deidades que eram imprecisas e pouco proporcionais; aquarelas retratando paisagens inofensivas e triviais da cidade; flores secas da Árvore; joias. O tipo de bugiganga que potenciais compradores esperam ver de uma mulher cega sem instrução que não vendia nada mais caro do que vinte meri.

Minhas pinturas eram outra história. Gastava grande parte da minha renda em telas, pigmentos e cera de abelha para fazer a base. Nem via as horas passarem enquanto imaginava as cores do ar e tentava capturar os aromas com linhas.

E, ao contrário das bugigangas da minha mesa, conseguia ver minhas pinturas. Não sei por quê. Apenas via.

Quando terminei e me virei, limpando as mãos em um pano, não fiquei surpresa ao descobrir que Brilhante havia entrado. Não percebia muita coisa quando estava pintando. Como se para me punir pelo hábito, o cheiro de comida atingiu minhas narinas, e meu estômago roncou tão alto que o som encheu o porão. Envergonhada, sorri.

— Obrigada por preparar o café da manhã.

Houve um rangido na escada de madeira e uma leve brisa soprou enquanto ele se aproximava. Uma mão segurou a minha e a guiou até a extremidade lisa e arredondada de um prato, pesado e um pouco morno por baixo. Queijo quente e fruta, o de sempre, e... inalei e sorri, deliciada.

— Peixe defumado? Onde conseguiu isso?

Não esperava uma resposta e não consegui uma. Ele me guiou para um espaço na minha pequena mesa de trabalho, onde arrumara tudo singelamente. (Ele sempre foi cuidadoso com coisas assim.) Encontrei o garfo e comecei a comer, meu prazer crescendo quando percebi que o peixe era o *velly* do oceano Trançado, perto de Nimaro. Não era caro, mas sim difícil de encontrar em Sombra — muito gorduroso para o paladar dos amnies. Até onde sabia, poucos vendedores do Mercado do Sol o comercializavam. Brilhante tinha ido até Somoe por mim? Quando queria se desculpar, ele caprichava.

— Obrigada, Brilhante — falei enquanto ele me servia uma xícara de chá.

Brilhante parou só por um momento, então continuou a servir com o mais leve suspiro pelo novo apelido. Contive a vontade de rir da irritação dele, porque aquilo seria maldade.

Ele se sentou de frente para mim, tirando uma pilha de palitos de cera de abelha do caminho, e me observou comer. Isso me trouxe para a realidade, porque significava que eu estivera pintando por tempo o bastante para ele já ter comido. O que significava que estava atrasada para o trabalho.

Não havia o que fazer. Suspirei e beberiquei o chá, encantada ao descobrir que era uma nova mistura, um pouquinho amarga e perfeita para o peixe salgado.

— Estou pensando se devo me dar ao trabalho de ir para a Rua hoje — falei. Ele não parecia se importar com minha conversa fiada, e nunca me importei de falar sozinha. — Provavelmente vai estar uma bagunça. Ah, inclusive... ficou sabendo? Ontem, perto do Salão Branco de Somle, uma deidade foi encontrada morta. Role. Fui eu quem a encontrou; ela estava morta mesmo. — Tremi diante da lembrança. — Infelizmente, isso significa que os adoradores dela virão para prestar homenagens, os Guardiães estarão por toda a parte e os curiosos surgirão aos montes. — Suspirei. — Espero que eles não decidam bloquear todo o Calçadão; minhas economias já estão nas últimas.

Continuei comendo, de início não notando que o silêncio de Brilhante mudara. Então percebi o choque. O que atraíra a atenção dele — minha preocupação com o dinheiro? Ele vivera na rua antes; talvez temesse que eu o colocasse para fora. Mas, de alguma forma, aquilo não parecia certo.

Toquei a mão dele e a movi para cima até encontrar seu rosto. Na melhor das hipóteses, ele já era um homem difícil de ler, mas agora seu rosto estava totalmente rígido, mandíbula trincada, sobrancelhas franzidas e pele tensionada. Preocupação, raiva ou medo? Não sabia dizer.

Abri a boca para dizer que não tinha intenção de colocá-lo para fora, mas antes que pudesse, Brilhante arrastou a cadeira para trás e saiu, deixando minha mão a pairar no ar onde o rosto dele estivera.

Não tinha certeza do que pensar sobre isso, então terminei de comer, levei meu prato lá para cima para lavar, e então me aprontei para a Rua. Brilhante me encontrou na porta, colocando a bengala em minhas mãos. Ele ia comigo.

*　　*　　*

Como esperava, havia uma pequena multidão abarrotando a rua ali perto: adoradores aos prantos, espectadores curiosos, e Guardiões da Ordem muito mal-humorados. Também dava para ouvir um pequeno grupo entoando no canto mais distante do Calçadão. A canção não tinha palavras, era só a repetição da mesma melodia, calma e de certo modo sinistra. Eles faziam parte do Novas Luzes, uma das religiões recentes que apareceram na cidade. Eles provavelmente tinham vindo buscar novos recrutas entre os seguidores desolados da deusa morta. Junto com o Luzes, podia sentir o incenso pesado e entorpecente dos Vagantes Sombrios — adoradores do Lorde das Sombras. Mas não havia muitos deles; eles não funcionavam muito bem de manhã.

Além desses, havia os peregrinos, que adoravam a Lady Cinzenta; as Filhas do Novo Fogo, que adoravam uma deidade da qual nunca ouvira falar; os *Tenth-Hellers*; a Liga Mecânica; e meia dúzia de outros grupos. No meio desse bando, dava para ouvir as crianças que viviam nas ruas, provavelmente furtando e pregando peças. Naqueles tempos, até elas tinham um deus protetor, ou pelo menos foi o que ouvi dizer.

Não é de admirar que os Guardiões da Ordem estivessem irritados, com tantos hereges lotando o salão deles. Ainda assim, conseguiram isolar o beco e estavam permitindo que os enlutados se aproximassem em pequenos grupos e permanecessem tempo o suficiente para uma ou duas orações.

Com Brilhante ao meu lado, me agachei para tocar as pilhas de flores, velas e oferendas que haviam sido deixadas na entrada do beco. Fiquei surpresa ao perceber as flores meio murchas, deviam estar ali havia algum tempo. A deidade que marcara o beco devia ter retirado a magia de autolimpeza temporariamente, talvez por respeito a Role.

— Uma pena — disse para Brilhante. — Nunca a conheci, mas ouvi dizer que ela era gentil. Deusa da compaixão ou algo assim. Ela trabalhou como dobradora de ossos na Raiz Sul. Quem podia pagar tinha que dar uma oferenda, mas ela nunca deixou de ajudar aqueles que não podiam pagar. — Suspirei.

Brilhante estava quieto e melancólico ao meu lado, imóvel, quase sem respirar. Imaginando que fosse o luto, me levantei e busquei a mão dele, surpresa ao encontrá-la fechada em punho ao lado do corpo. Havia confundido o humor dele totalmente; Brilhante estava com raiva, não triste. Confusa, levei a mão até a bochecha dele.

— Você a conhecia?

Ele assentiu uma vez.

— Ela era... *sua* deusa? Você orava a ela?

Ele balançou a cabeça negativamente, a bochecha tensa sob meus dedos. O que era aquilo, um sorriso? Um sorriso amargo.

— Mas se importava com ela.

— Sim — respondeu ele.

Congelei.

Brilhante nunca havia falado comigo. Nem uma vez em três meses. Nem tinha me dado conta de que ele *conseguia* falar. Por um momento, me perguntei se deveria dizer algo para marcar esse momento importante — então, toquei-o de repente, sentindo o músculo tenso e rígido de seu braço. Bobagem minha dar atenção a uma única palavra quando algo muito mais importante havia acontecido: Brilhante mostrara preocupação por algo além de si mesmo.

Abri o punho dele e entrelacei nossos dedos, oferecendo o mesmo conforto que tinha dado a Madding no dia anterior. Por um instante, a mão de Brilhante tremeu na minha e me atrevi a torcer para que ele retribuísse o gesto. Então ele afrouxou a mão. Não se afastou, mas foi como se tivesse.

Suspirei e fiquei ao lado dele por um tempo, depois enfim me afastei.

— Sinto muito — falei —, mas preciso ir.

Brilhante não respondeu, então o deixei com o seu luto e fui até a Rua Artística.

Yel, a dona da maior barraca de comida do Calçadão, permitia que nós artistas guardássemos coisas de um dia para o outro na barraca dela, que ficava trancada durante a noite, o que facilitava muito a minha vida. Não demorei muito para organizar as mesas e mercadorias, mas quando me sentei, aconteceu exatamente o que temia. Por duas horas, nem uma única pessoa veio ver os produtos. Ouvi outros comerciantes reclamando sobre a mesma coisa, embora Benkhan tenha tido sorte. Ele vendeu uma ilustração em carvão do Calçadão, que por coincidência incluía o beco. Não tinha dúvidas de que ele teria mais dez ilustrações como aquela na manhã seguinte.

Não havia dormido o suficiente na noite anterior, pois ficara acordada até tarde limpando a bagunça de Brilhante. Estava começando a cochilar quando ouvi uma voz suave dizer:

— Senhorita? Com licença?

Acordando sobressaltada, logo coloquei um sorriso no rosto para disfarçar o sono.

— Ah, olá, senhor. Vê algo que o interessa?

Quando ele respondeu, sua voz risonha me confundiu.

— Na verdade, sim. Você vende aqui todos os dias?

— Certamente. Ficarei feliz em reservar um item, se quiser...

— Isso não vai ser necessário.

De repente, percebi que ele não viera comprar. O homem não soava como um peregrino; não havia uma nota sequer de incerteza ou curiosidade na voz dele. Embora seu senmata fosse culto e preciso, dava para ouvir a singela entonação sutil do sotaque de Sombra Leste. Aquele era um homem que vivera em Sombra a vida toda, embora parecesse querer esconder isso.

Tentei adivinhar.

— Então o que um sacerdote itempane quer com alguém como eu?

Ele riu. Nem um pouco surpreso.

— Então é verdade o que dizem sobre os cegos. Não conseguem ver, mas seus outros sentidos são mais aguçados. Ou talvez tenha outra forma de perceber as coisas, além das habilidades das pessoas comuns?

Ouvi o som sutil de algo sendo erguido de minha mesa. Algo pesado. Imaginei que fosse uma das réplicas em miniatura da Árvore, que cultivava e podava a partir de mudas de *linvin*. Minha mercadoria mais vendida, e a que custava mais tempo e esforço para ser produzida.

Umedeci os lábios, que de repente estavam muito secos.

— Tirando meus olhos, tudo sobre mim é comum, senhor.

— É mesmo? Provavelmente foi o som das minhas botas o que denunciou, ou o incenso exalando do meu uniforme. Acho que isso te deu muitas pistas.

Ao meu redor, dava para ouvir mais daquelas botas características, e mais vozes cultas, que eram respondidas de maneira apreensiva pelos meus colegas da Rua. Uma tropa inteira de sacerdotes viera nos interrogar? Geralmente só tínhamos que lidar com os Guardiões da Ordem, que eram seminaristas em treinamento para se tornarem sacerdotes. Eles eram jovens e às vezes cuidadosos demais, em geral tranquilos, a não ser que fossem confrontados. A maioria deles odiava o trabalho nas ruas, então o faziam de qualquer jeito, o que levava os habitantes a encontrar suas próprias maneiras de resolver problemas — que era o que a maioria de nós preferia. No entanto, algo me disse que aquele homem não era um simples Guardião da Ordem.

Ele não fizera qualquer pergunta, então não falei nada — o que pareceu ser interpretado como resposta. Senti a mesa da frente se mover de repente; ele estava sentado nela. As mesas não eram a coisa mais resistente do mundo, afinal precisavam ser leves o bastante para que eu as carregasse para casa se necessário. Senti meu estômago revirar.

— Você parece nervosa — disse ele.

— Não estou — menti. Já vira Guardiões da Ordem usarem técnicas assim para desestabilizar seus alvos. Aquela funcionou. — Mas saber seu nome pode ajudar.

— Rimarn — respondeu ele. Um nome comum entre amnies de baixa renda. — Previto Rimarn Dih. E você é?

Um previto. Eles eram sacerdotes de pleno direito e alto escalão, não saíam dos Salões Brancos com frequência, estando mais envolvidos em negócios e política. A Ordem devia ter decidido que a morte de uma deidade era de grande importância.

— Oree Shoth — respondi. Minha voz tremeu ao pronunciar meu nome de família e precisei repetir. Achei que ele sorriu.

— Estamos investigando a morte da Lady Role e esperávamos que você e seus amigos pudessem ajudar. Em especial porque fomos gentis o bastante para fazer vista grossa sobre a presença de vocês aqui no Calçadão.

Ele pegou mais alguma coisa na mesa. Não consegui identificar o quê.

— Fico feliz em ajudar — assegurei, tentando ignorar a ameaça velada. A Ordem de Itempas controlava os alvarás e licenças na cidade, entre muitas outras coisas, e cobravam bastante por isso. A barraca de Yel tinha permissão para vender no Calçadão; nenhum de nós, artistas, podia pagar por uma. — É tudo tão triste. Não sabia que deuses podiam morrer.

— *Deidades* podem sim — respondeu ele. A voz tinha se tornado perceptivelmente mais fria, e me repreendi por esquecer como os itempanes podiam ser ranzinzas sobre deuses que não eram os seus. Droga, eu estava longe de Nimaro havia tempo demais...

— Os pais delas, os Três, podem matá-las — continuou Rimarn. — E seus irmãos também, se forem fortes o bastante.

— Bem, não vi nenhuma deidade com sangue nas mãos, se é isso o que está se perguntando. Não que eu veja muita coisa. — Sorri. Fracamente.

— Hum. Você encontrou o corpo.

— Sim. Mas não havia ninguém ao redor, isso percebi. Então Madding, Lorde Madding, outra deidade que vive na cidade, veio e levou o corpo. Ele disse que ia mostrá-lo aos pais deles. Mostrar aos Três.

— Entendi. — Houve o som de algo sendo recolocado na mesa. No entanto, não era a miniatura da Árvore. — Seus olhos são muito interessantes.

Não sei por que aquilo me deixou ainda mais incomodada.

— É o que dizem.

— Isso é... catarata? — Ele chegou mais perto para espiar. Senti o cheiro de chá de menta em seu hálito. — Nunca vi catarata assim.

Já me disseram que é desagradável olhar para meus olhos. As "cataratas" que Rimarn percebeu eram na verdade várias linhas estreitas e delicadas de tecido acinzentado, uma sobreposta a outra como as pétalas de uma margarida que ainda não florescera. Não tenho pupilas ou íris no sentido tradicional. De longe, parece que tenho cataratas foscas como aço, mas de perto a deformidade é notável.

— Os dobradores de ossos as chamam de córneas malformadas, na verdade. Com algumas outras complicações que não consigo pronunciar. — Tentei sorrir outra vez e não obtive sucesso.

— Entendi. Essa... malformação... é comum entre maroneses?

Houve o som de algo se quebrando a duas mesas de distância. A mesa de Ru. Eu a ouvi gritar, reclamando. Vuroy e Ohn se juntaram a ela.

— Cale a boca — ordenou o sacerdote que a interrogava, e todos ficaram em silêncio.

Alguém da multidão de espectadores — provavelmente um Vagante Sombrio — gritou para que os sacerdotes nos deixassem em paz, mas ninguém mais o apoiou, e ele não era corajoso ou estúpido o bastante para repetir.

Nunca fui muito paciente, e o medo tornou minha paciência ainda mais escassa.

— O que quer, Previto Rimarn?

— Uma resposta à minha pergunta seria bem-vinda, senhorita Shoth.

— Não, é óbvio que meus olhos não são comuns entre os maroneses. A *cegueira* não é comum entre os maroneses. Por que seria?

Senti a mesa se mexer só um pouco; talvez ele tenha dado de ombros.

— Algum efeito tardio do que o Senhor da Noite fez, talvez. A lenda diz que a força que ele liberou sobre a Terra dos Maroneses foi... anormal.

Ele queria dizer que os sobreviventes do desastre também eram anormais. Maldito amnie convencido. Nós maroneses honrávamos Itempas havia muito tempo, assim como eles. Reprimi a resposta que veio à minha mente e disse:

— O Senhor da Noite não fez nada com a gente, Previto.

— Destruir sua terra natal é o mesmo que nada?

— Nada além disso, quero dizer. Demônios e escuridão, ele não se *importava* o suficiente para fazer algo contra nós. Ele só destruiu a Terra dos Maroneses porque aconteceu de ele estar lá quando os Arameri perderam o controle.

Houve uma pausa. Durou apenas o suficiente para a minha raiva cessar, deixando apenas o pavor. Ninguém criticava os Arameri — certamente não diante de um sacerdote itempane. Então, dei um pulo quando ouvi um som alto de algo se quebrando bem diante de mim. A miniatura da Árvore. Ele a deixara cair, estilhaçando o vaso de cerâmica e provavelmente matando a planta.

— Ah, céus — disse Rimarn, a voz gelada. — Desculpe. Vou pagar por isso.

Fechei os olhos e respirei fundo. Ainda estava tremendo pelo barulho, mas não era estúpida.

— Não precisa se preocupar.

Outro movimento, e de repente dedos seguraram meu queixo.

— Uma pena seus olhos serem assim — disse ele. — Tirando isso, você é uma mulher bonita. Se usasse óculos...

— Prefiro que as pessoas me vejam como sou, Previto Rimarn.

— Ah. Então elas devem te ver como uma mulher humana cega ou como uma deidade apenas fingindo ser indefesa e mortal?

Mas o qu... fiquei completamente tensa, e então fiz outra coisa que provavelmente não deveria ter feito. Soltei uma gargalhada. Ele já estava com raiva. Eu sabia que não podia agir assim. Mas quando ficava com raiva, minha tensão buscava uma forma de escape, e minha boca nem sempre sabia ficar quieta.

— Você acha... — Precisei passar a mão pela dele para limpar uma lágrima. — Uma *deidade?* Eu? Querido Pai do Céu, é isso o que está pensando?

De repente, os dedos de Rimarn apertaram, o suficiente para machucar as laterais da minha mandíbula, e parei de rir quando ele forçou meu rosto para cima e se aproximou.

— O que eu estou pensando é que você fede à magia — disse ele em um sussurro entredentes. — Mais do que já senti em qualquer mortal.

E foi então que pude vê-lo.

Não como via o Brilhante. O brilho de Rimarn estava lá de repente, e não vinha de dentro dele. Em vez disso, podia ver linhas e arabescos por toda sua pele como tatuagens finas e brilhantes, espalhando-se pelos braços até o tórax. O resto dele permaneceu invisível para mim, mas eu podia ver o contorno de seu corpo por aquelas linhas incandescentes e dançantes.

Um escriba. Ele era um escriba. Um dos bons, julgando pelo número de palavras divinas gravadas em sua carne. Elas não estavam lá de verdade, é evidente; como passei a entender ao longo dos anos, aquela era a forma que meus olhos interpretavam a experiência e habilidade dele. Geralmente aquilo me ajudava a identificá-los antes que chegassem perto o bastante para me encontrar.

Minha risada cessou e engoli em seco, assustada.

Mas antes que ele pudesse começar com o interrogatório real, senti uma mudança brusca no ar, indicando movimento por perto. Foi o único aviso que tive antes que algo arrancasse a mão do previto do meu rosto. Rimarn começou a reclamar, mas antes que pudesse, outro corpo embaçou minha visão. Uma figura familiar, maior, escura e desprovida de magia. Brilhante.

Não pude ver exatamente o que ele fez com Rimarn. Mas não foi preciso; ouvi os outros artistas da Rua e os espectadores arfando, o grunhir de esforço de Brilhante e o grito agudo de Rimarn quando o corpo dele foi erguido e arremessado longe. As palavras divinas na carne de Rimarn se tornaram listras enquanto ele voava uns bons três metros no ar. Ele parou de cintilar apenas quando caiu de qualquer jeito.

Não. *Ah, não.* Fiquei de pé, derrubando a cadeira, e tateei desesperada à procura da bengala. Antes que pudesse encontrá-la, congelei, percebendo que, embora a luz de Rimarn tivesse desaparecido, ainda podia enxergar.

Conseguia ver Brilhante. A luz dele era fraca, quase imperceptível, mas crescia a cada segundo, pulsando como a batida de um coração. Enquanto Brilhante se colocava entre mim e Rimarn, a luz brilhou ainda mais forte, passando de uma chama gentil a um pico ofuscante que nunca vira nele a não ser no amanhecer.

Mas era o meio do dia.

— Que diabos está fazendo? — perguntou uma voz severa vinda de longe. Um dos outros sacerdotes. Depois, ouvi outros gritos e ameaças, e voltei à consciência.

Ninguém podia ver a luz de Brilhante, a não ser eu e talvez Rimarn, que ainda estava gemendo no chão. Eles viam apenas um homem — um forasteiro desconhecido, usando roupas baratas e simples, as únicas que eu pudera comprar — atacar um previto da Ordem de Itempas. Diante de uma tropa inteira de Guardiões da Ordem.

Estendi a mão e segurei um dos ombros ofuscantes de Brilhante, recolhendo-a em seguida. Não porque ele estava quente ao toque — embora ele estivesse, mais quente do que eu já havia sentido antes —, mas porque a pele debaixo da minha mão pareceu *vibrar* naquele instante, como se eu tivesse tocado um raio.

Mas deixei aquela observação de lado.

— Pare! — sibilei para ele. — O que está fazendo? Você tem que se desculpar, agora, antes que eles...

Brilhante se virou para me olhar, e engoli as palavras. Agora, podia ver o rosto dele totalmente, como sempre conseguia naquele momento perfeito antes de ele brilhar forte demais e eu ter que desviar o olhar. "Bonito" era muito pouco para descrever aquele rosto, muito mais do que a coleção de características que tinha explorado e interpretado com os meus dedos. Maçãs do rosto não tinham sua própria luz interior. Lábios não se curvavam como se tivessem vida própria, compartilhando comigo um leve sorriso secreto que me fez sentir, apenas por um instante, como a única mulher no mundo. Ele nunca, nunca sorrira para mim antes.

Mas aquele sorriso era perverso. Frio. Assassino. Eu me afastei dele, atordoada — e pela primeira vez desde que o conhecera, temerosa.

Então Brilhante olhou ao redor, encarando os Guardiões que certamente estavam quase nos cercando. Observou a eles e a multidão de espectadores com a mesma arrogância fria e indiferente. Ele pareceu tomar uma decisão.

Continuei boquiaberta enquanto três dos Guardiões da Ordem o agarraram. Vi quando as silhuetas escuras, delineadas pela luz de Brilhante, o jogaram no chão, chutaram-no e levaram seus braços às costas para prendê-los. Um deles colocou o joelho na nuca de Brilhante, forçando-o para baixo, e gritei antes que pudesse me conter. O Guardião da Ordem, uma sombra maligna, virou-se e gritou para que eu, a vadia maronesa me *calasse*, ou sobraria para mim também...

— *Chega!*

Com aquele berro poderoso, levei um susto tão grande que a bengala escapou da minha mão. No silêncio que se seguiu, a bengala caiu na rua de pedra do Calçadão com um barulho alto, fazendo com que me sobressaltasse outra vez.

Rimarn foi quem gritou. Não conseguia vê-lo; fosse lá o que ele fizera para esconder sua natureza de mim antes, estava funcionando de novo. Mesmo se tivesse sido capaz de ver suas palavras divinas, acho que Brilhante teria abafado a luz mais fraca dele.

Rimarn soou rouco e sem fôlego. Ele estava de pé, perto do grupo de homens, e falou com Brilhante.

— Você é um tolo? Nunca vi um homem fazer algo tão estúpido.

Brilhante não havia resistido enquanto os homens o levavam ao chão. Rimarn dispensou o Guardião da Ordem que colocara o joelho na nuca de Brilhante — meus próprios músculos relaxaram com um alívio solidário — e então empurrou a parte de trás da cabeça dele com o pé.

— Responda! — ordenou. — Você é um tolo?

Precisava fazer alguma coisa.

— E-ele é meu primo — gaguejei. — Recém-chegado do campo, Previto. Ele não conhece a cidade, não sabe quem você é… — Aquela era a pior mentira que já havia contado. Qualquer um, não importando a nação, raça, povo ou classe, reconhecia um sacerdote itempane de cara. Eles usavam uniformes brancos brilhantes e comandavam o mundo. — Por favor, Previto, eu me responsabilizarei…

— Não, não irá — retrucou Rimarn.

Os Guardiões da Ordem se levantaram e colocaram Brilhante de pé. Ele ficou parado calmamente entre eles, cintilando tão intensamente que podia ver metade do Calçadão pela luz que emanava de sua carne. Ele ainda tinha aquele sorriso sinistro e letal no rosto.

Em seguida, eles começaram a arrastá-lo para longe, e o medo deixou um gosto ruim em minha boca enquanto tateava o caminho pelas mesas. Outra coisa caiu com um estrondo enquanto tentava sentir a direção de Rimarn sem a bengala.

— Previto, espere!

— Voltarei para lidar com você mais tarde — gritou ele para mim.

E se afastou, seguindo os outros Guardiões da Ordem. Tentei correr atrás dele e gritei quando tropecei em um obstáculo invisível. Antes que pudesse cair, fui amparada por mãos ásperas que cheiravam a tabaco, álcool e medo.

— Desista, Oree — disse Vuroy próximo da minha orelha. — Do jeito que estão irritados, não se sentiriam culpados por espancar uma garota cega.

— Eles vão matá-lo. — Agarrei o braço dele com força. — Vão espancá-lo até a morte. Vuroy...

— Não há nada que possa fazer — disse ele delicadamente, e meu corpo murchou, porque ele estava certo.

* * *

Vuroy, Ru e Ohn me ajudaram a chegar a casa. Eles também carregaram minhas mesas e mercadorias, graças ao entendimento silencioso de que não precisaria guardar minhas coisas com Yel, porque não voltaria para a Rua tão cedo.

Ru e Vuroy ficaram comigo enquanto Ohn saía de novo. Tentei ficar calma e parecer apática, pois sabia que eles suspeitariam. Eles tinham dado uma volta na casa, visto a despensa que servia de quarto para Brilhante, encontrado a pequena pilha de roupas dele — perfeitamente dobradas e guardadas — no canto. Eles pensaram que eu estivera escondendo um amante deles. Se soubessem a verdade, ficariam bem mais assustados.

— Posso entender por que não nos contou sobre ele — Ru estava dizendo. Ela se sentou na mesa da cozinha, diante de mim, segurando a minha mão. Na noite anterior, o sangue de Brilhante cobria o lugar onde agora nossas mãos descansavam. — Depois de Madding... bem. Mas gostaria que tivesse nos contado, querida. Nós somos seus amigos, teríamos entendido.

Teimosa, não falei nada, tentando não demonstrar como estava frustrada. Precisava parecer abatida, deprimida, para que eles interpretassem que o melhor seria que me dessem privacidade para dormir e me recuperar. Então, poderia orar por Madding. Os Guardiões da Ordem provavelmente não matariam Brilhante imediatamente. Ele havia os desafiado e desrespeitado. Eles o fariam sofrer por muito tempo.

Isso já era ruim o suficiente. Mas se eles o matassem e Brilhante fizesse o pequeno truque da ressurreição diante deles, sabem se lá deuses o que eles fariam. Magia era um dom destinado àqueles com outros tipos de poder: os Arameri, nobres, escribas, a Ordem, os ricos. Ela era ilegal para pessoas comuns, embora todos nós usássemos um pouco de magia secretamente de vez em quando. Toda mulher conhecia o selo para prevenir gravidez, e em toda vizinhança havia alguém que sabia desenhar os símbolos para pequenas curas ou para esconder objetos de valor à vista de todos. Na verdade, as coisas estavam sendo mais fáceis desde a vinda das deidades, porque os sacerdotes — que nem sempre podiam distinguir as deidades dos mortais — tendiam a nos deixar em paz.

Mas Brilhante não era uma deidade; ele era outra coisa. Não sabia por que ele começara a brilhar no Calçadão, mas de uma coisa sabia: não duraria muito tempo. Nunca durava. Quando ele ficasse fraco de novo, voltaria a ser só um homem. Então os sacerdotes acabariam com ele para entender o segredo de seu poder.

Então viriam atrás de mim de novo por tê-lo abrigado.

Esfreguei o rosto como se estivesse cansada.

— Preciso me deitar — falei.

— Bobagem — disse Vuroy. — Você vai fingir ir para cama, e então ligar para o seu ex. Acha que somos estúpidos?

Fiquei tensa, e Ru riu.

— Lembre-se que nós te conhecemos, Oree.

Droga.

— Preciso ajudá-lo — falei, parando de fingir. — Mesmo que não consiga encontrar Madding, tenho um pouco de dinheiro. Os sacerdotes aceitam propina…

— Não quando estão com tanta raiva — disse Ru, gentilmente. — Eles vão pegar seu dinheiro e matar ele de qualquer jeito.

Fechei as mãos em punho.

— Então Madding é a solução. Ajudem-me a encontrá-lo. Ele vai me ajudar. Ele me deve uma.

Assim que acabei de falar, ouvi os sinos, e senti as bochechas esquentarem ao perceber o quanto subestimara meus amigos.

Alguém abriu a porta da frente. Vi o brilho familiar de Madding através das paredes antes mesmo que entrasse na cozinha, com a sombra alta de Ohn ao seu lado.

— Eu ouvi — disse Madding baixinho. — Vai me cobrar uma dívida, Oree?

Houve um tremor curioso no ar, e uma frágil tensão como se algo invisível estivesse prendendo a respiração. Era o poder de Madding começando a entrar em ação.

Eu me levantei da mesa, vê-lo me deixava mais feliz do que tinha estado em meses. Então percebi a seriedade da expressão dele e me recompus.

— Desculpe, Mad — falei. — Eu me esqueci... da sua irmã. Se houvesse outro jeito, não te pediria ajuda enquanto está de luto.

Ele balançou a cabeça negativamente.

— Não há nada a ser feito pelos mortos. Ohn me disse que seu amigo está em apuros.

Ohn com certeza disse mais do que isso, porque era um grande fofoqueiro. Mas...

— Sim. Mas acho que os Guardiões da Ordem não o levaram para o Salão Branco.

Itempas Pai do Céu — *Deus dos Dia*, vivia me esquecendo — abominava desordem, e matar um homem geralmente deixava rastros. Eles não desonrariam o Salão Branco dessa maneira.

— A Raiz Sul — disse Madding. — Um pessoal meu disse que os viu ir naquela direção com seu amigo, depois do incidente no Calçadão.

Precisei de um momento para digerir que Madding tinha colocado pessoas para ficarem de olho em mim. Decidi que não importava, peguei a bengala e fui em direção a ele.

— Há quanto tempo foi isso?

— Uma hora. — Ele segurou minha mão com a dele, a palma macia, quente e lisa. — Não vou te dever mais nada depois disso, Oree. Entendeu?

Sorri um pouquinho, pois entendia. Madding nunca descumpria um acordo; se ele te devesse uma, faria qualquer coisa, contra qualquer um, para pagar. Porém, se ele tivesse que enfrentar a Ordem Itempaniana, seria difícil para ele fazer negócio em Sombra por um tempo. Havia coisas que ele não podia fazer — por exemplo, matá-los ou deixar a cidade, a não ser para retornar ao reino dos deuses. Até mesmo os deuses tinham leis.

Cheguei mais perto e me apoiei na força reconfortante de seu braço. Era difícil tocar naquele braço sem lembrar de outras noites, outros confortos e outras épocas em que confiara nele para fazer todos os meus problemas desaparecerem.

— Eu diria que é o preço por partir meu coração — disse suavemente, mas cada sílaba era verdade. E ele suspirou, pois sabia que estava certa.

— Segure firme, então — disse Madding, e o mundo inteiro explodiu em luz enquanto a magia dele nos levava para o lugar em que Brilhante estava morrendo.

{3}

"Deuses e corpos"
(óleo sobre tela)

No instante em que Madding e eu aparecemos na Raiz Sul, uma explosão de poder nos atordoou.

Eu a percebi como uma onda de claridade tão intensa que gritei enquanto ela passava, deixando cair a bengala para colocar as mãos sobre os olhos. Mad também arquejou, como se algo tivesse o golpeado. Ele se recuperou mais rápido do que eu e tomou minhas mãos, tentando afastá-las do rosto.

— Oree? Deixe-me ver.

Eu o deixei afastar minhas mãos.

— Estou bem — falei. — Bem. Foi só… ofuscante demais. Puxa! Não sabia que essas coisas podiam se machucar assim.

Continuei piscando e lacrimejando, o que o fez examinar cada olho mais de perto.

— Não são "coisas"; são olhos. A dor está diminuindo?

— Sim, sim, estou bem, eu te disse. O que diabo foi aquilo?

A claridade já havia desaparecido, consumida pela escuridão que era tudo o que eu geralmente via. A dor estava diminuindo mais devagar, mas *estava* diminuindo.

— Não sei. — Madding tomou meu rosto entre as mãos, os polegares tocando as pálpebras inferiores para secar as lágrimas. De início, permiti, mas de repente o toque era íntimo demais, trazendo à tona lembranças mais dolorosas do que a luz. Eu me afastei, provavelmente mais rápido do que deveria. Ele suspirou um pouco, mas me deixou ir.

Houve um sutil movimento ao meu redor e ouvi uma leve batida repetitiva, como de pés tocando o chão. O tom de Madding mudou para algo mais autoritário, como sempre acontecia quando ele falava com seus subordinados.

— Digam que aquele não era quem acho que era.

— Era sim — disse uma voz, que me fazia pensar em alguém pálido e andrógino, embora tivesse visto sua dona uma vez e ela fosse o oposto exato, negra e voluptuosa. Ela também era uma das deidades que não gostava de ser vista por mim, então nunca mais tive um vislumbre dela.

— Demônios e escuridão — disse Mad, soando irritado. — Pensei que os Arameri estivessem com ele.

— Parece que não mais — disse a outra voz. Aquela certamente era masculina. Também já o tinha visto, e ele era uma criatura estranha com um cabelo longo e incontrolável que cheirava a cobre. Sua pele era branca como a dos amnies, mas com fragmentos escuros e irregulares aqui e ali; provavelmente considerava os fragmentos como itens decorativos. Eu os achava bem bonitos, quando conseguia vê-lo sem o disfarce. Mas aquilo era coisa séria, então naquele momento ele era só parte da escuridão.

— Lil veio — disse a mulher, e Madding grunhiu. — Há corpos. Os Guardiões da Ordem.

— Os... — Madding subitamente se afastou e me lançou um olhar duro. — Oree, por favor não me diga que *este* é o seu novo namorado.

— Não tenho um namorado, Mad, não que seja da sua conta. — Franzi a testa, de repente me dando conta. — Espera. Está falando do Brilhante?

— Brilhante? Quem diab... — Madding xingou, então se abaixou rapidamente para pegar a bengala e colocá-la em minhas mãos. — Chega. Vamos embora.

Os subordinados dele desapareceram, e Madding começou a me arrastar em direção a qualquer que fosse o lugar de onde aquele poder quente e branco tinha vindo.

Raiz Sul — Onde as Raízes se Espalham, dizia a piada local — era uma das piores vizinhanças em Sombra. Uma das raízes principais da Árvore se bifurcou em um galho lateral próximo, o que significava que a área tinha três lados, em vez dos dois habituais. Em dias raros, a Raiz Sul podia ser linda. Tinha sido um respeitável bairro de artesãos antes da Árvore, de forma que as paredes pintadas de branco eram incrustadas aqui e ali com mica e ágata lisa, e as ruas eram pavimentadas com ladrilhos grandes e pequenos, com portões de ferro forjados em formas magníficas. Se não fosse pelas três raízes, receberia mais luz do sol do que as partes de Sombra mais próximas ao tronco da Árvore. Disseram-me que isso ainda acontecia, em dias de ventania no final do outono, por uma ou duas horas no dia. Em qualquer outro momento, a Raiz Sul estava predominantemente no escuro.

Só quem vivia ali hoje em dia eram aqueles infelizes e desesperados que não tinham escolha. Era o motivo de ser um dos poucos lugares na cidade onde os Guardiões da Ordem poderiam se sentir à vontade para espancar um homem até a morte no meio da rua.

Mas a consciência deles deve ter pesado mais do que o normal, pois o espaço para onde Madding me arrastou não parecia aberto. Cheirava a lixo e mofo, e o odor ácido e bolorento de urina era tão forte que podia sentir o gosto. Seria outro beco? Um que não tinha magia para mantê--lo limpo.

E havia outros cheiros ali, mais fortes e ainda menos agradáveis. Fumaça. Carvão. Carne e cabelo queimados. Dava para ouvir alguma coisa ainda chamuscando baixinho.

Perto desse som havia uma figura feminina alta e franzina, a única coisa que podia ver além de Madding. Ela estava de costas para mim, então de início notei apenas seu cabelo longo e assimétrico, liso como o de um alto-nortista, mas de uma estranha cor de ouro manchado. Aquele não era o dourado do cabelo amnie; de certa forma, não era nem um pouco bonito. Ela também era magra — de uma maneira perturbadora e nada saudável. Usava um vestido muito elegante com um decote baixo nas costas, e as escápulas visíveis de ambos os lados do cabelo eram acentuadas, como pontas de facas.

Então a mulher se virou, e coloquei as mãos sobre a boca para evitar gritar. Acima do nariz, o rosto dela era normal. Abaixo, a boca se tornava uma monstruosidade distorcida e bizarra, a mandíbula pendia até a altura dos joelhos, as gengivas impossivelmente longas eram formadas por várias fileiras de dentes pequeninos como agulhas. Dentes *que se moviam*, cada fileira vagando pela sua mandíbula como uma inquieta trilha de formigas. Podia ouvi-los zumbindo baixinho. A baba escorria.

E quando viu minha reação, ela sorriu. Foi a coisa mais hedionda que já vi.

Então ela irradiou luz, tornando-se uma mulher de aparência comum, uma amnie inegável, com uma boca inegavelmente humana. Contudo, o sorriso seguia lá, e ainda havia algo faminto e *perturbador* em sua expressão.

— Meus deuses — murmurou Madding. (Deidades diziam coisas assim o tempo todo.) — *É você*.

A direção das palavras dele me confundiu; porque ele não estava falando com a mulher loira. Então me sobressaltei com a resposta, porque veio de outra direção não esperada — de cima.

— Ah, sim — disse essa nova e suave voz. — É ele.

Madding de repente ficou parado de um jeito que eu sabia indicar problema. Os dois tenentes dele de repente apareceram, igualmente tensos.

— Entendi — disse Madding, falando baixo e com cuidado. — Faz um tempo, Sieh. Veio se gabar?

— Um pouco. — A voz era a de um garoto jovem, pré-adolescente. Olhei para cima, tentando entender onde ele estava, em um telhado talvez, ou uma janela no segundo ou terceiro andar. Não conseguia vê-lo. Era um mortal? Ou outra deidade tímida?

Houve um movimento repentino diante de mim, e de súbito o garoto falava do chão, a apenas alguns metros de distância. Deidade, então.

— Você parece cansado, velhote — disse o garoto, e só depois percebi que ele, também, não falava comigo, Madding, ou a mulher loira. Enfim percebi que na lateral do beco, perto da parede, havia alguém agachado. Sentado ou ajoelhado, talvez. Sem fôlego por algum motivo. Havia algo familiar naquela respiração ofegante.

— A carne mortal está sujeita às leis físicas — continuou o garoto, falando com a pessoa que arfava. — Se não usar selos para conduzir o poder, consegue mais, é verdade, mas então a magia suga suas forças. Use o suficiente e pode até te matar ao menos por um tempo. Receio que é só mais uma das mil coisas novas que terá que aprender. Sinto muito, velhote.

A mulher loira soltou uma risada que se assemelhava a pés esmagando pedras.

— Você não sente muito.

Ela estava certa. A voz do garoto — Madding tinha o chamado de Sieh — não demonstrava compaixão alguma. Na verdade, ele soava satisfeito, como a maioria das pessoas ficaria ao ver um inimigo fraquejando. Inclinei a cabeça, escutando atentamente e tentando entender.

Sieh riu.

— É óbvio que sinto muito, Lil. Pareço ser o tipo de pessoa que guarda mágoa? Seria mesquinho da minha parte.

— Mesquinho — concordou a mulher loira —, infantil e cruel. O sofrimento dele te agrada?

— Ah, sim, Lil. Agrada muito.

Nem sequer houve a pretensão de camaradagem daquela vez. Não havia nada naquela voz infantil além de um prazer sádico. Tremi, sentindo ainda mais medo por Brilhante. Nunca vira uma deidade criança antes, mas tinha o pressentimento de que não eram diferentes das crianças humanas. Crianças humanas podiam ser impiedosas, principalmente quando tinham poder.

Eu me afastei de Madding, pretendendo ir até o homem ofegante. Madding me puxou de volta rapidamente, a mão apertada como um torniquete no meu braço. Cambaleei, reclamando.

— Mas...

— Agora não, Oree — disse Madding. Ele não usava aquele tom comigo com frequência, mas tinha aprendido havia muito tempo que significava perigo.

Se aquela fosse qualquer outra situação, teria alegremente ficado atrás dele e tentado ficar tão invisível quanto o possível. Estava em um beco escuro no fim do além, cercada de homens mortos e deuses com as emoções à flor da pele. Pelo que sabia, não havia qualquer outro mortal por perto. Mesmo que tivesse, que infernos poderiam ter feito para ajudar?

— O que aconteceu com os guardiões? — sussurrei para Madding. Era uma pergunta desnecessária; enfim eles tinham parado de chamuscar. — Como Brilhante os matou?

— Brilhante?

Para a minha decepção, era a voz de Sieh. Não queria ter atraído a atenção dele ou da mulher loira. Mesmo assim, Sieh parecia verdadeiramente extasiado.

— *Brilhante?* É assim que o chama? Sério?

Engoli em seco, tentei falar, e tentei outra vez quando a primeira tentativa falhou.

— Ele não me diz seu nome, então... tive que dar um para ele.

— Teve mesmo?

O garoto, parecendo achar graça, aproximou-se. Pela direção da voz, eu devia ser bem mais alta que ele, mas isso não foi tão reconfortante quanto deveria ter sido. Ainda não conseguia ver nada dele, nem mesmo um contorno ou uma sombra, o que significava que ele era melhor em se esconder do que a maioria das deidades. Não dava nem para sentir o cheiro dele. Mas conseguia *senti-lo*; sua presença preenchia o beco de uma maneira que a das outras deidades não fazia.

— Brilhante — o garoto repetiu, pensativo. — E ele responde a esse nome?

— Não exatamente. — Umedeci os lábios e decidi me arriscar. — Ele está bem?

O garoto se afastou abruptamente.

— Ah, ele ficará bem. Ele não tem *escolha* a não ser ficar bem, não é? — Ele estava mais irritado agora, percebi com o coração ficando pesado. Tinha feito as coisas ficarem piores. — Não importa o que aconteça com o corpo mortal dele, não importa quantas vezes ele abuse desse corpo, e sim, ah sim, sei disso, achou que eu não soubesse? — O garoto estava falando com Brilhante de novo, e a voz dele praticamente tremia de fúria. — Pensou que eu não riria de você, tão orgulhoso, tão *arrogante*, morrendo de novo e de novo por que não pode tomar o mais simples cuidado?

Houve um som repentino de empurrão e um grunhido de Brilhante. E outro som, inconfundível: um golpe. O garoto havia o chutado ou batido nele. A mão de Madding apertou meu braço, parecia ter sido sem querer. Uma reação ao que quer que ele estivesse vendo. Sieh rosnava as palavras de modo quase incompreensível.

— Você achou — outro chute, esse com mais força; deidades eram bem mais fortes do que pareciam — que eu não ia — chute — amar te ajudar com isso? — *Chute*.

E um eco: o estalo líquido de um osso. Brilhante gritou, e então não consegui me segurar; abri a boca para intervir.

Mas antes que pudesse, outra voz falou, tão baixo que quase não escutei.

— Sieh.

Silêncio.

De uma vez só, Sieh ficou visível. Ele era um garoto, pequeno e magro, quase da cor dos maroneses, mas tinha um cabelo liso e despenteado. Nem um pouco intimidador. Conforme aparecia, ele ficou paralisado, os olhos arregalados em surpresa, então ele se virou por completo.

No espaço para o qual estava virado, outra deidade apareceu. Essa era uma coisinha pequena também, alguns centímetros mais baixa que eu e pouco maior que Sieh, e mesmo assim havia algo sobre ela que indicava força. Provavelmente sua roupa, que era estranha: um colete cinza longo, sem mangas, que deixava à mostra os braços negros, magros e torneados, e calças que paravam no meio das panturrilhas. Estava descalça. Primei-

ramente, pensei que ela se parecia com a descrição que ouvia dos alto-
-nortistas, mas o cabelo era diferente — cacheado e volumoso em vez de
liso e curto como o de um garoto. E os olhos dela também, embora não
conseguisse identificar com certeza. Que cor era aquela? Verde? Cinza?
Outra coisa?

De esguelha, vi Madding ficar tenso, os olhos se arregalando. Um de
seus tenentes deixou escapar um xingamento rápido e suave.

— Sieh — a mulher serena repetiu, o tom de censura.

Sieh fez uma careta, parecendo nada mais do que um garotinho emburrado pego fazendo coisa errada.

— Que foi? Não é como se ele fosse mortal de verdade.

Ao lado, a deusa loira, Lil, olhou para Brilhante com interesse.

— Ele cheira como mortal. Suor, dor, sangue e medo, tão bom.

A nova deusa olhou para ela, o que não pareceu perturbar Lil nem um
pouco, e então tornou a focar em Sieh.

— Isso não é o que tínhamos em mente.

— Por que eu não deveria chutá-lo até a morte de novo e de novo? Ele
nem está tentando cumprir os termos que você definiu. Ao menos assim
ele iria me entreter.

A deusa balançou a cabeça, suspirando, e foi até ele. Para a minha
surpresa, Sieh não resistiu enquanto ela o puxava para um abraço, colocando uma das mãos em sua nuca. Ele permaneceu parado, sem retribuir
o gesto, mas até eu podia ver que ele não se importava em ser abraçado.

— Não há propósito nisso — ela disse no ouvido dele, e o tom era tão
carinhoso que não consegui evitar pensar em minha mãe, a quilômetros
de distância no território Nimaro. — Não ajuda em nada. Nem mesmo
o machuca, não de uma maneira relevante. Por que se dá ao trabalho?

Sieh desviou o olhar, as mãos em punho ao lado do corpo.

— Você sabe por quê!

— Sim, sei. Você sabe?

Quando Sieh falou de novo, pude ouvir a tensão na voz.

— Não! Eu o odeio! Quero matá-lo para sempre!

E foi então que ele perdeu a compostura, cedendo contra ela e se dissolvendo em lágrimas. A deusa serena suspirou e o puxou para mais perto, parecendo satisfeita em reconfortá-lo pelo tempo que fosse necessário.

Fiquei impressionada com isso por um momento, dividida entre a surpresa e a pena, e então me lembrei de Brilhante no chão ali perto, esforçando-se para respirar.

Disfarçadamente, eu me afastei de Madding, que estava assistindo à cena com uma expressão muito estranha, algo que não pude interpretar. Tristeza, talvez. Desgosto. Não importava. Enquanto ele e os outros focavam naquilo, fui até Brilhante. Com certeza era ele; reconheci seu cheiro peculiar e pungente de especiarias e metal. Quando me abaixei para examiná-lo, descobri que suas costas estavam muito quentes e completamente encharcadas com o que esperava ser apenas suor. Ele havia se encolhido, os punhos cerrados com força, em uma evidente agonia.

O estado dele me enfureceu. Ergui o olhar para encarar Sieh e a deusa serena — e com um arrepio intenso, vi que ela me observava por cima do ombro magrelo de Sieh. Os olhos dela não eram verde-acinzentados antes? Eram de um verde-amarelado agora, e não tão amigáveis.

— Interessante — disse ela. Ao seu lado, Sieh se virou para me observar também, esfregando um olho com as costas da mão. Ela manteve uma das mãos sobre o ombro dele distraidamente e disse para mim: — É a amante dele?

— Não — retrucou Madding.

A mulher olhou para ele com tranquilidade e a mandíbula de Madding ficou tensa. Nunca tinha o visto tão próximo de estar com medo como naquele momento.

— Não sou — confirmei. Não sabia o que estava acontecendo, por que Madding parecia tão cauteloso com essa mulher e a criança-deusa, mas não queria que ele se encrencasse por minha causa. — Brilhante mora comigo. Nós… ele é… — O que eu deveria dizer? *Nunca minta para uma deidade*, Mad tinha me alertado havia muito tempo. Algumas delas haviam passado milênios estudando a raça humana. Elas não podiam ler mentes, mas a nossa linguagem corporal dizia tudo. — Sou amiga dele — falei por fim.

O garoto trocou um olhar com a deusa, então os dois me encararam de modo enigmático e desconcertante. Naquele instante percebi que as pupilas de Sieh eram duas fendas, como as de uma cobra ou um gato.

— Amiga dele — disse Sieh. O rosto não tinha expressão agora, os olhos secos, a voz sem qualquer emoção. Não sabia se isso era bom ou ruim. Soou tão fraco.

— Sim — falei. — É... assim que... me considero, pelo menos. — Outro momento silencioso se seguiu, e fiquei envergonhada. Nem sabia o verdadeiro nome de Brilhante. — Por favor, só pare de machucá-lo. — Minha voz era só um sussurro.

Sieh suspirou, assim como a mulher. A sensação de estar caminhando em uma corda bamba sobre um abismo muito profundo começou a se dissipar.

— Você diz que é amiga dele — disse a mulher. Havia compaixão na voz dela, para a minha surpresa. E os olhos eram de um verde mais escuro agora, quase cor de avelã. — *Ele* também considera *você* assim?

Então eles tinham percebido.

— Não sei — respondi, odiando-a por fazer aquela pergunta. Não olhei para Brilhante, que ainda estava ao meu lado. — Ele não fala comigo.

— Pergunte o motivo a você mesma — o garoto sugeriu devagar.

Umedeci os lábios.

— Há muitos motivos pelos quais um homem evitaria falar sobre seu passado.

— Poucos desses motivos são bons. Os *dele* certamente não são.

Com um último olhar de desdém, Sieh se virou e começou a se afastar.

Mas ele parou, uma expressão de surpresa passando por seu rosto, quando a mulher serena de repente se moveu, aproximando-se de Brilhante e eu. Quando ela se agachou, equilibrando-se com facilidade sobre os pés descalços, tive uma breve noção de quem ela era de verdade, a deusa por debaixo da casca nada imponente, e me surpreendi. Enquanto a presença de Sieh havia preenchido o beco, a dela preenchia... o quê? Era muito vasto para compreender, muito específico. O chão debaixo dos meus joelhos. Cada tijolo e partícula de concreto, cada erva-daninha sobrevivente e o cheiro de mofo. O ar. As lixeiras no fundo do beco. *Tudo.*

E então desapareceu tão rápido quanto aparecera, e ela era apenas uma pequena mulher alto-nortista com olhos que me faziam pensar em uma floresta escura e úmida.

— Você tem muita sorte — disse ela. Fiquei confusa a princípio; então percebi que ela falava com Brilhante. — Amigos são coisas preciosas e poderosas; difíceis de conseguir, ainda mais difíceis de manter. Devia agradecê-la por se arriscar por você.

Ao meu lado, Brilhante se contorceu. Não consegui ver o que ele fez, mas a expressão da mulher se tornou irritada. Ela balançou a cabeça negativamente e se levantou.

— Cuidado com ele — aconselhou. Falava comigo agora. — Seja amiga dele se quiser; se ele deixar. Ele precisa mais de você do que ele pensa. Mas por sua própria segurança, não o ame. Ele não está pronto para isso.

Só consegui encará-la, sem palavras devido a surpresa. Ela se virou, então parou enquanto passava por Madding.

— Role — disse ela.

Ele assentiu, como se estivesse esperando que ela falasse com ele.

— Estamos fazendo tudo o que é possível. — Mad me lançou um olhar rápido e apreensivo. — Até os mortais estão investigando. Todos querem saber como isso aconteceu.

Ela assentiu devagar de maneira formal. Por um momento longo demais, ficou em silêncio. Deuses faziam aquilo às vezes, contemplavam o inconcebível, embora geralmente tentassem não fazer isso quando os mortais estavam por perto. Talvez ela ainda não estivesse acostumada com mortais.

— Você tem trinta dias — disse ela de repente.

Madding ficou imóvel.

— Para encontrar o assassino da Role? Mas você prometeu...

— Eu disse que nós não íamos interferir em questões *mortais* — ela interrompeu. Madding se calou. — Isso é sobre família.

Depois de um momento, Madding assentiu, embora ainda parecesse angustiado.

— Sim. Sim, com certeza. E, ah...

— Ele está com raiva — disse a mulher, e pela primeira vez ela mesma pareceu aflita. — Role não tinha um lado na guerra. Mas mesmo que tivesse... vocês ainda são filhos dele. Ele ainda ama vocês. — Ela fez uma pausa e olhou para Madding, mas ele desviou o olhar. Imaginei que ela falava do Iluminado Itempas, que diziam ser o pai de todas as deidades. Naturalmente, Ele faria uma exceção com a morte de um de Seus filhos.

A mulher continuou:

— Então, trinta dias. Eu o convenci a ficar longe por esse tempo. Depois disso... — ela parou, então deu de ombros. — Você conhece o temperamento dele melhor do que eu.

Madding ficou muito pálido.

Com aquilo, a mulher se virou para se juntar ao garoto, ambos evidentemente planejando ir embora. De esguelha, vi um dos tenentes de Madding suspirar de alívio. Eu também deveria estar aliviada. Deveria ter ficado quieta. Mas enquanto observava a mulher e o garoto se afastarem, só conseguia pensar em uma coisa: *eles conheciam Brilhante*. Odiavam-no, talvez, mas o conheciam.

Tateei em busca da bengala.

— Esperem!

Madding me olhou como se eu tivesse perdido o juízo, mas o ignorei. A mulher parou, sem se virar, mas a criança o fez, olhando para mim com surpresa.

— Quem é ele? — perguntei, apontando para Brilhante. — Me dirão o nome dele?

— Oree, droga. — Madding deu um passo à frente, mas a mulher ergueu a mão delicada e ele parou.

Sieh apenas balançou a cabeça.

— As regras determinam que ele tem que viver entre os mortais *como um mortal* — disse ele, olhando para Brilhante. — Nem um de vocês vem a este mundo com um nome, e ele também não. Ele não ganha nada, a não ser que faça por merecer. Pois não está se esforçando, isso significa que ele nunca terá muita coisa. Exceto uma amiga, ao que aparece. — O garoto me olhou brevemente, de modo amargo. — Bem... Como minha Mãe disse, até ele tem sorte às vezes.

Mãe, memorizei, com a parte da minha mente que continuava fascinada com tais coisas mesmo depois de viver em Sombra por anos. Deidades acasalavam umas com as outras às vezes. Brilhante era o pai de Sieh, então?

— Mortais não vêm ao mundo com nada — falei com cuidado. — Nós temos história. Um lar. Família.

Sieh franziu os lábios.

— Só os privilegiados entre vocês. Ele não merece ser sortudo *assim*.

Tremi e sem querer me lembrei de como encontrara Brilhante, luz e beleza descartadas como lixo. Durante todo aquele tempo pensara que ele tivera pouca sorte; especulara que ele sofria de alguma doença divina, ou sofrera um acidente que lhe tirara tudo, exceto um vestígio de poder. Agora sabia que a condição dele fora imposta de propósito. Alguém — talvez esses próprios deuses — *fizera aquilo com ele,* como punição.

— O que diabos ele fez? — murmurei sem pensar.

De início, não entendi a reação do garoto. Nunca seria tão boa em perceber as coisas com os olhos como era com os outros sentidos, e a expressão no rosto de Sieh não era suficiente para que interpretasse. Mas quando ele falou, soube; fosse lá o que Brilhante fizera, fora terrível, pois o ódio de Sieh um dia havia sido amor. Amor traído soa completamente diferente de ódio puro.

— Talvez ele mesmo te conte algum dia — disse ele. — Espero que sim. Ele também não merece uma amiga.

Então o garoto e a mulher desapareceram, deixando-me sozinha entre deuses e corpos.

4

"Frustração"
(aquarela)

Agora você provavelmente está confuso. Tudo bem, eu também estava. O problema não era só minha incompreensão — embora isso fizesse parte —, mas também a história. Política. Os Arameri, e talvez os mais poderosos nobres e sacerdotes, provavelmente sabem de tudo isso. Sou só uma mulher normal sem conexões ou status, e sem qualquer poder além de uma bengala que se torna uma excelente arma em um combate. Tive que descobrir tudo da maneira mais difícil.

Minha educação não ajudava. Como a maioria das pessoas, fui ensinada que um dia existiram três deuses, e depois de uma guerra entre eles, restaram dois. Um deles não era mais um deus de verdade — embora ainda fosse muito poderoso —, então na verdade sobrou apenas um. (E várias deidades, mas nunca as víamos.) Pela maior parte da minha vida, fui criada para acreditar que esse cenário era o ideal, por que quem quer um monte de deuses para adorar quando um só basta? Então as deidades voltaram.

Mas não só elas. De repente os sacerdotes começaram a proclamar orações estranhas e escrever novos poemas educadores nos pergaminhos públicos. As crianças aprendiam novas canções nas escolas do Salão Branco. Se antes as pessoas eram obrigadas a louvar apenas o Iluminado Itempas, agora éramos encorajados a honrar mais dois deuses: um Lorde das Sombras Profundas e alguém chamada Lady Cinzenta. Quando as pessoas questionaram isso, os sacerdotes simplesmente disseram: *O mundo mudou. Devemos mudar com ele.*

Você pode imaginar como isso deu certo.

No entanto, não foi tão caótico quanto poderia ter sido. O Iluminado Itempas odeia a desordem, afinal de contas, e as pessoas que ficaram mais chateadas foram aquelas que levaram Seus princípios ao pé da letra. Então, pacificamente, de maneira silenciosa e organizada, aquelas pessoas apenas pararam de frequentar o Salão Branco. Elas passaram a educar as crianças em casa, ensinando-as da melhor forma que conseguiam. Pararam de pagar dízimos, embora isso um dia tenha sido punido com cadeia ou algo pior. Elas se comprometeram a preservar o Iluminado, mesmo que o mundo todo parecesse decidido a ficar um pouco mais sombrio.

Todos os outros estavam apreensivos, esperando a matança começar. A Ordem responde à família Arameri, e os Arameri não toleram desobediência. No entanto, ninguém foi preso. Não houve desaparecimentos, nem de indivíduos nem de cidades. Sacerdotes locais visitaram os pais, estimulando-os a levarem as crianças de volta para a escola pelo bem delas, mas quando os pais se recusaram, as crianças não foram levadas à força. Os Guardiões da Ordem publicaram um decreto que dizia que todas as pessoas deveriam pagar um dízimo básico para cobrir os serviços públicos; aqueles que não o fizeram *foram* punidos. Mas com as pessoas que escolheram não pagar o dízimo *para a Ordem* — nada aconteceu.

Ninguém sabia como interpretar isso. Então houve outras rebeliões discretas, essas sim desafiando mais o Iluminado. Por toda a parte, hereges começaram a adorar seus deuses abertamente. Alguma nação no Alto Norte — não me lembro de qual — declarou que ensinaria às crianças primeiramente a sua própria língua, e então a senmata, em vez de ao contrário. Inclusive houve pessoas que escolheram não adorar deus algum, apesar dos novos que apareciam em Sombra todos os dias.

E os Arameri não fizeram nada.

Por séculos, *milênios*, o mundo dançou uma única música. De certa forma, essa fora nossa lei mais sagrada e inviolável: *tu deves fazer tudo o que os Arameri ordenarem*. Para isso mudar... bem, isso é mais assustador para a maioria de nós do que qualquer bobagem que os deuses possam fazer. Significa o fim do Iluminado. E nem um de nós sabe o que acontecerá depois.

Então talvez minha incerteza sobre alguns pontos da cosmologia metafísica seja compreensível.

Felizmente, entendi as coisas bem rapidamente depois daquilo. Quando me virei de volta para o beco...

*   *   *

... a deidade loira estava lambendo algo no chão.

Inicialmente, achei que fosse Brilhante. Mas quando me aproximei, percebi que a posição estava errada. Brilhante estivera *daquele* lado do beco. As únicas coisas do lado onde ela estava agachada eram...

Senti ânsia de vômito. Os Guardiões da Ordem mortos.

Ela ergueu a cabeça para olhar para mim. Seus olhos eram da mesma cor do cabelo: dourado com manchas irregulares de cor mais escura. Encarei-a e tive uma epifania. Quando as pessoas olhavam para meus olhos, eram isso o que viam? Feiura onde devia haver beleza?

— Carne dada de graça — disse a deidade, e lançou um sorriso faminto para mim.

Dei a volta nela e retornei para perto de Brilhante.

— Você fica me testando, Oree — disse Madding, balançando a cabeça quando passei por ele. — De verdade.

— Só fiz uma pergunta — me defendi, agachando-me para examinar Brilhante. Sabem se lá deuses o que os Guardiões da Ordem fizeram com ele, mesmo antes do ataque de Sieh. Não me deixei pensar sobre os cadáveres atrás de mim, e em quem fora responsável por eles.

— Ele estava tentando te manter viva — respondeu a tenente de Madding.

Eu a ignorei, embora ela provavelmente estivesse certa. Só não estava a fim de admitir. Quando explorei o rosto de Brilhante com os dedos, descobri que sua boca estava cortada e que alguém havia lhe dado um olho roxo; tinha inchado tanto que estava quase fechado. Aquelas feridas não me preocuparam. Tateei seu tórax até sentir as costelas, tentando achar a fratura...

Algo se fixou no meu peito e empurrou. Com força. Assustada, gritei, voando para trás com tanta força que minhas costas bateram na parede mais distante do beco, atordoando meus sentidos.

— Oree! *Oree!*

Mãos me agarraram. Pisquei para recuperar o raciocínio e vi Madding ajoelhado diante de mim. A princípio, não entendi o que havia acontecido. Então vi Madding se virar, o rosto contorcido de fúria — direcionada a Brilhante.

— Estou bem — falei vagamente, embora não tivesse certeza. Brilhante não havia sido gentil. A parte de trás do meu crânio que batera na pedra estava pulsando. Deixei Madding me ajudar a levantar, agradecida por seu apoio quando vi as formas brilhantes dele e da mulher loira completamente embaçadas. — Estou bem!

Madding rosnou algo na linguagem gutural e rítmica dos deuses. Vi as palavras saírem da boca dele como flechas cintilantes lançadas para acertar Brilhante. Pela forma como se dissolviam no ar, a maioria das palavras era inofensiva, mas algumas delas pareceram acertar o alvo.

A risada rouca da deidade loira interrompeu a advertência.

— Quanto desrespeito, maninho — disse ela, lambendo carvão e gordura dos lábios. Nenhum sangue; ela não tinha mordido. Ainda.

— Respeito é algo que se conquista, Lil. — Madding cuspiu no chão. — Ele alguma vez tentou conquistar o nosso, em vez de exigi-lo?

Lil deu de ombros, inclinando a cabeça até que o cabelo assimétrico tapou seu rosto.

— O que importa? Fizemos o que tínhamos de fazer. O mundo muda. Contanto que haja vida para se viver e comida para saborear, estou satisfeita.

Com isso, ela abandonou a forma humana. A boca dela se escancarou de pouco a pouco, alongando-se de maneira impossível enquanto se inclinava sobre as figuras amontoadas dos Guardiões da Ordem.

Cobri a boca, e Madding pareceu enojado.

— Carne dada de graça, Lil. Pensei que essa fosse a sua crença.

Ela parou.

— Isto foi de graça. — A boca dela não se movia enquanto falava. Do jeito que estava, não seria possível formar palavras na maneira humana.

— E dada por quem? Duvido que esses homens tenham se oferecido a tostar para o seu prazer.

Ela ergueu um braço, apontando um dedo esquelético para o lugar onde Brilhante se encolhia.

— Mortos por ele. Carne dada por ele.

Tremi enquanto Lil confirmava o que temia. Madding percebeu e se aproximou para me examinar, tocando meus ombros e cabeça com cuidado. Senti dor onde ele me tocou, denunciando que teria hematomas pela manhã.

— Estou bem — repeti. Estava retomando a lucidez, então deixei Madding me ajudar a levantar. — Estou bem. Me deixe vê-lo.

Madding fez uma careta.

— Ele tentou mesmo te machucar, Oree.

— Eu sei. — Contornei Madding. Logo ouvi o som inconfundível e horrível de carne sendo dilacerada e ossos mastigados. Fiz questão de não ficar muito longe de Madding, cujo corpo largo bloqueava a minha visão.

Em vez disso, foquei em Brilhante, ou onde achei que ele estivesse. Fosse lá qual magia ele usara para matar os Guardiões da Ordem, já se dissipara havia muito tempo. Ele estava fraco agora, machucado, contorcendo-se em sua dor como uma fera...

Não. Tinha passado minha vida conhecendo o coração dos outros através do toque. Sentira a raiva insolente naquele empurrão. Talvez fosse esperado: a deusa serena tinha dito a ele para ser grato por me ter como amiga. Talvez eu jamais conhecesse Brilhante tão bem, mas podia afirmar que ele era orgulhoso demais para não enxergar aquilo como um insulto.

Ele estava respirando com dificuldade de novo. Empurrar-me tinha acabado com o pouco de energia que ele havia recuperado. Mas eu a senti quando ele conseguiu erguer a cabeça e me encarar.

— Minha casa ainda está aberta para você, Brilhante — falei, muito gentilmente. — Sempre ajudei pessoas que precisavam de mim, e não pretendo parar agora. Você *precisa* de mim, goste ou não.

Então me virei, estendendo a mão. Madding colocou a bengala nela. Respirei fundo, batendo com ela duas vezes no chão para ouvir o som reconfortante da madeira na pedra.

— Encontre seu caminho de volta sozinho — falei para Brilhante, e o deixei ali.

* * *

Madding não delegou à outra pessoa a tarefa de cuidar de mim. E tinha esperado que fizesse isso, uma vez que as coisas estavam estranhas entre nós desde o término. Entretanto, ele ficou, ajudando-me no banho enquanto eu tremia sob a água fria. (Madding poderia ter esquentado a água para mim — deuses tinham muitas habilidades —, mas a água gelada era melhor para as minhas costas.) Quando acabou, ele me embrulhou em um roupão macio e fofinho que havia conjurado, colocando-me de bruços na cama, e se acomodou ao meu lado.

Não reclamei, mas lancei um olhar divertido a ele.

— Suponho que isso seja só para me manter quente?

— Bem, não *só* isso — disse ele, chegando mais perto e descansando a mão na parte inferior das minhas costas. Essa região não estava ferida.

— Como está a sua cabeça?

— Melhor. Acho que a água fria ajudou. — Era bom tê-lo ali ao meu lado. Como nos velhos tempos. Disse a mim mesma para não me acostumar com aquilo, mas era como dizer a uma criança para não desejar doces. — Não tem nem um calombo.

— Hum. — Ele afastou alguns cachos de cabelo e se esticou para beijar minha nuca. — Pode ser que apareça um de manhã. Você devia descansar.

Suspirei.

— É difícil descansar quando você fica fazendo esse tipo de coisa.

Madding parou, então suspirou, seu hálito fazendo cócegas na minha pele.

— Desculpe.

Ele ficou lá por mais um momento, com o rosto pressionado contra o meu pescoço, sentindo meu cheiro, e por fim se sentou, movendo-se para colocar alguns centímetros de distância entre nós. Senti falta dele imediatamente e virei o rosto para que ele não percebesse.

— Arranjarei alguém para trazer... Brilhante... de volta, se ele não chegar aqui sozinho até de manhã — disse Madding por fim, depois de um silêncio longo e incômodo. — Foi isso o que me pediu para fazer.

— Hum. — Não havia sentido em agradecê-lo. Ele era o deus do dever; cumpria suas promessas.

— Tome cuidado com ele, Oree — disse Mad baixinho. — Yeine estava certa. Ele não liga muito para mortais, e você viu como é o temperamento dele. Não sei por que você o abrigou, não sei por que faz metade das coisas que faz, mas tome cuidado. É só o que peço.

— Não tenho certeza se devo permitir que me peça qualquer coisa, Mad.

Soube que o irritei quando o quarto se iluminou em uma ondulação azul-esverdeada radiante.

— Nossa história não tem só um lado, Oree — respondeu ele brusca-mente. Sua voz ficava mais suave nessa forma, neutra e ressoante. — Você sabe disso.

Suspirei, comecei a me virar, pensando duas vezes quando meus hema-tomas doeram. Em vez disso, virei só o rosto para ele. Madding havia se tornado uma forma humanoide brilhante que era só ligeiramente mascu-lina, mas a expressão explícita em seu rosto era de um amante magoado. Ele achava que eu estava sendo injusta. Pode até ser que estivesse certo.

— Você diz que ainda me ama — comecei. — Mas não quer mais ficar comigo. Não compartilha nada. Lança esses avisos vagos sobre o Brilhante em vez de me dizer algo *útil*. Como espera que eu me sinta?

— *Não posso* te contar mais nada sobre ele. — A parte líquida de sua forma de repente se tornou um cristal rígido, uma combinação multifacetada das pedras água marinha e peridoto. Amava quando ele ficava sólido, embora geralmente significasse teimosia da parte dele. — Você ouviu Sieh. Ele deve vagar por este mundo, sem nome e desconhecido...

— Então me conte sobre Sieh e aquela mulher. Você a chamou de Yeine, não é? Você estava com medo deles.

Madding grunhiu, fazendo todas as suas facetas tremerem.

— Você é como um pássaro pega, largando um assunto para saltar atrás de um mais interessante.

Dei de ombros.

— Sou mortal. Não tenho todo o tempo do mundo. Me conte.

Não estava mais com raiva. Nem ele, na verdade. Sabia que ele ainda me amava, e ele sabia que eu sabia. Só estávamos descontando um dia difícil um no outro. Era fácil retomar velhos hábitos.

Madding suspirou e se reclinou na cabeceira da cama, voltando à forma humana.

— Não era medo.

— Pareceu medo para mim. Todos vocês estavam com medo, exceto aquela com a boca. Lil.

Ele fez uma careta.

— Lil não é capaz de sentir medo. E não era medo. Era só... — Mad deu de ombros, franzindo a testa. — É difícil explicar.

— Com você tudo é difícil.

Ele revirou os olhos.

— Yeine é... bem, ela é muito jovem, considerando a nossa raça. Não sei o que pensar sobre ela ainda. E Sieh, apesar da aparência, é o mais velho de nós.

— Ah — falei, embora não entendesse de verdade. Aquela criança era mais velha que Madding? E por que Sieh chamou a mulher de mãe se ela era mais jovem? — O respeito que se deve a um irmão mais velho...

— Não, não, isso não importa para nós.

Franzi a testa, confusa.

— O que é, então? Ele é mais forte que você?

— Sim. — Madding fez uma careta de desgosto. Tive uma impressão momentânea da água-marinha se tornando safira, embora não tenha mudado; era só minha imaginação.

— Por que ele é mais velho?

— Em parte, sim. Mas também... — Ele deixou as palavras morrerem.

Frustrada, grunhi.

— Quero dormir esta noite, Mad.

— Estou tentando te contar. — Madding suspirou. — As linguagens mortais não têm palavras para isso. Ele... *vive a verdade*. Ele é o que é. Já ouviu esse ditado, não? É mais do que palavras para nós.

Não fazia ideia do que ele estava falando. Ele viu isso no meu rosto e tentou de novo.

— Imagine que você é mais velha que este planeta, e mesmo assim precisa agir como uma criança. Conseguiria?

Era impossível até de imaginar.

— Eu... não sei. Acho que não.

Madding assentiu.

— Sieh consegue. Ele faz isso *todos os dias*, o dia todo; ele nunca para. É isso o que o faz forte.

Estava começando a entender, um pouquinho.

— É por isso que você é um agiota?

Madding riu.

— Prefiro o termo *investidor*. E minhas taxas são perfeitamente justas, obrigado.

— Traficante, então.

— Prefiro o termo *boticário independente...*

— Quieto. — Estendi o braço, saudosa, para tocar as costas da mão dele, que descansava nos lençóis. — Deve ter sido difícil para você durante a Interdição. — Era assim que ele e as outras deidades chamavam o tempo antes da vinda deles, o tempo em que não tinham permissão para visitar nosso mundo ou interagir com mortais. Porque tinham sido proibidos de vir ou quem os proibira, eles não contavam. — Não consigo imaginar deuses tendo muitas obrigações.

— Não é verdade — disse ele. Mad me observou por um momento; então virou a mão para segurar a minha. — As obrigações mais poderosas não são materiais, Oree.

Olhei para a mão dele envolvendo a insignificância da minha, compreendendo ainda que não quisesse fazê-lo. Desejei que ele tivesse deixado de me amar. Teria facilitado as coisas.

O toque dele afrouxou; meu semblante tinha revelado mais do que eu planejara. Ele suspirou e ergueu minha mão, beijando o dorso.

— Preciso ir — disse. — Se precisar de qualquer coisa...

Em um impulso, me sentei, embora o movimento tenha feito minhas costas doerem muito.

— Fique — pedi.

Ele desviou o olhar, aflito.

— Eu não deveria.

— Sem obrigação, Mad. Apenas amizade. Fique.

Ele estendeu a mão para afastar o cabelo da minha bochecha. Naquele momento vulnerável, a expressão dele era a mais suave que já vira quando não estava em sua forma líquida.

— Queria que fosse uma deusa — disse Mad. — Às vezes parece que você *é* uma. Mas então algo assim acontece... — Afastou meu roupão e tocou um hematoma com a ponta do dedo. — E me lembro de como é frágil. Eu me lembro que te perderei um dia. — Trincou a mandíbula. — Não consigo aguentar isso, Oree.

— Deusas podem morrer também. — Só percebi meu erro depois. Estivera pensando na Guerra dos Deuses, milênios antes. Tinha me esquecido da irmã de Madding.

Mas ele sorriu, triste.

— É diferente. Nós *podemos* morrer. Mas vocês mortais... nada pode impedir que morram. Tudo o que podemos fazer é observar enquanto acontece.

E morrer um pouco com você. Foi o que ele dissera antes, na noite em que me deixou. Entendera o pensamento, até tinha concordado. Isso não significava que um dia ia gostar disso.

Coloquei a mão em seu rosto e me inclinei para beijá-lo. Mad correspondeu de imediato, mas senti como ele se continha. Não senti nada dele naquele beijo, por mais que tenha me aproximado, praticamente implorando por mais. Quando nos separamos, suspirei e ele desviou o olhar.

— Preciso ir — Madding repetiu.

Desta vez, eu o deixei ir. Ele se levantou da cama e foi até a porta, parando na soleira por um momento.

— Não pode voltar para a Rua Artística — afirmou. — Sabe disso, não sabe? Nem deveria ficar na cidade. Vá embora, ao menos por algumas semanas.

— E ir para onde? — Tornei a me deitar, virando meu rosto para longe dele.

— Talvez devesse visitar sua cidade natal.

Balancei a cabeça. Eu odiava Nimaro.

— Viaje então. Deve haver outro lugar que queira visitar.

— Preciso comer — falei. — E ter o aluguel pago seria legal também, a não ser que queira que eu carregue todos os meus pertences comigo quando for.

Mad suspirou, um pouco irritado.

— Então pelo menos coloque a mesa em um dos outros calçadões. Os Guardiões da Ordem de Somle não ligam muito para aquelas partes da cidade. Ainda conseguirá alguns clientes lá.

Não o bastante. Mas ele estava certo; seria melhor do que nada. Suspirei e assenti.

— Posso arranjar para um dos meus subordinados...

— Não quero te dever nada.

— É um presente — disse Mad graciosamente. Houve um leve tremor desagradável no ar, como algo azedando. Generosidade não era fácil para ele. Em um outro dia, em outras circunstâncias, teria ficado honrada por Madding ter feito o esforço, mas não estava me sentindo muito generosa naquele momento.

— Não quero *nada* de você, Mad.

Silêncio mais uma vez, este reverberava com mágoa. Aquilo também relembrava os velhos tempos.

— Boa noite, Oree — disse ele, e foi embora.

Depois de chorar por um tempo, por fim adormeci.

* * *

Deixe-me contar como Madding e eu nos conhecemos.

Vim para Sombra — embora ainda pensasse nela como Céu na época — quando tinha dezessete anos. Logo me juntei a outros como eu — recém-chegados, sonhadores, jovens seduzidos pela cidade apesar de seus perigos porque às vezes, para alguns de nós, o tédio e a familiaridade eram piores do que colocar nossas vidas em risco. Com a ajuda deles, aprendi a fazer dinheiro com o meu talento para artesanato e a me proteger daqueles que teriam me explorado. No início, dormi em um cortiço com outras seis pessoas, depois consegui meu próprio apartamento. Depois de um ano, enviei uma carta para a minha mãe informando-a de que estava viva e recebi em troca uma carta de dez páginas exigindo que eu voltasse para casa. Eu estava bem.

Eu me lembro que era o fim do dia, no inverno. A Árvore nos protege do grosso da neve, por isso ela é leve e escassa na cidade, mas tinha nevado um pouco, e estava frio o bastante para que os caminhos de pedras se tornassem armadilhas letais de gelo. Dois dias antes, Vuroy havia caído e fraturado o braço, para a tristeza de Ru e Ohn, que tiveram que aguentar a reclamação constante dele em casa. Não havia ninguém em casa para cuidar de mim caso caísse, e não tinha dinheiro para pagar um dobrador de ossos, então caminhei ainda mais devagar que o normal nas calçadas. (O som da bengala contra o gelo é parecido com o da bengala contra a pedra, mas há uma diferença sutil na atmosfera ao redor; não é apenas mais frio, mas também notavelmente mais consistente.)

Estava bem segura. Só ia devagar. Mas por estar me esforçando para não quebrar um osso, não prestava tanta atenção à rota, e como ainda era relativamente nova na cidade, me perdi.

Sombra não é uma boa cidade para ficar perdida. A cidade crescera desordenadamente ao longo dos séculos, espalhando-se aos pés do palácio de Céu, e sua configuração fazia pouco sentido, apesar dos esforços constantes dos nobres para pôr ordem na bagunça. Habitantes antigos disseram que ficou pior desde o crescimento da Árvore, que dividiu a cidade em Somoe e Somle, gerando novas mudanças mágicas. A Lady havia sido gentil o bastante para impedir que a Árvore destruísse as coisas enquanto crescia, mas vizinhanças inteiras foram trocadas de lugar, velhas ruas extintas e novas criadas, marcos históricos movidos. Caso se perdesse, uma pessoa poderia andar em círculos por horas.

No entanto, esse não era o perigo real. Percebi rápido naquela tarde fria: alguém estava me seguindo.

Os passos soavam mais ou menos seis metros atrás de mim, mantendo o ritmo. Virei uma esquina e torci, em vão, para que funcionasse; os pés se moveram comigo. Virei outra vez. Mesma coisa.

Ladrões, provavelmente. Estupradores e assassinos não gostavam muito do frio. Eu tinha pouco dinheiro, e definitivamente não parecia rica, mas sem dúvida bastava a imagem de uma garota sozinha, perdida e cega. Isso me tornava um alvo fácil em um dia em que os alvos estavam escassos.

Não caminhei mais rápido, embora fosse óbvio que estivesse com medo. Alguns ladrões não gostavam de deixar testemunhas. Mas a pressa revelaria ao ladrão que tinha sido notado, e pior, eu ainda poderia quebrar o pescoço. Era melhor deixá-lo se aproximar, dar a ele o que queria, e esperar que fosse o suficiente.

Só que... ele não estava se aproximando. Caminhei por um, dois, três quarteirões. Ouvi outras poucas pessoas na rua, e essas estavam caminhando depressa, algumas reclamando do frio, não ligando para nada além de seus próprios problemas. Durante vários trechos, havia apenas eu e meu perseguidor. *Agora é a hora*, pensei várias vezes. Mas o ataque não veio.

Enquanto virava a cabeça para ouvir melhor, percebi de esguelha algo brilhando. Assustada — naquela época não estava muito acostumada com magia —, me esqueci da cautela, parei e me virei para ver.

Quem me perseguia era uma jovem. Ela era gorda, baixa, tinha cabelo cacheado de um verde pálido e pele de tom quase similar. Apenas isso teria me alertado da natureza dela, embora fosse óbvio porque eu conseguia vê-la.

Ela parou quando parei. Percebi que sua expressão era muito triste. Ela nada disse, então me arrisquei:

— Olá.

Ela ergueu as sobrancelhas.

— Consegue me ver?

Franzi a testa um pouco.

— Sim. Você está bem aí.

— Que interessante. — Ela voltou a caminhar, mas parou quando dei um passo para trás.

— Se não se importa que eu diga — falei com cautela —, nunca fui assaltada por uma deidade.

A expressão dela ficou ainda mais entristecida.

— Não quero te machucar.

— Esteve me seguindo desde aquela rua lá atrás. Aquela com o esgoto entupido.

— Sim.

— Por quê?

— Porque pode ser que você morra — respondeu ela.

Cambaleei para atrás, mas apenas consegui dar um passo, porque meu sapato escorregou um pouco no gelo.

— *O quê?*

— Você provavelmente morrerá nos próximos segundos. Pode ser difícil... doloroso. Vim ficar com você. — Ela suspirou gentilmente. — Minha natureza é misericórdia. Entende?

Naquela época, não havia conhecido muitas deidades, mas, depois de um tempo morando em Sombra, qualquer um sabia: elas extraíam suas forças de algo em particular — um conceito, um estado de ser, uma emoção. Os sacerdotes e escribas chamavam isso de *afinidade*, embora nunca tenha visto uma deidade usar o termo. Quando elas encontravam sua afinidade, eram atraídas por ela como um farol, e algumas não conseguiam evitar responder a ela.

Engoli em seco e assenti.

— Você... está aqui para me ver morrer. Ou... — Tremi quando percebi — ou me matar, se o trabalho ficar pela metade. É isso?

Ela assentiu.

— Sinto muito.

E ela parecia mesmo sentir muito. Seus olhos estavam pesados, a testa franzida com os primeiros sinais de luto. Ela usava uma roupa fina e sem formas — mais provas de sua natureza, pois qualquer mortal teria congelado usando aquilo. As vestes a faziam parecer mais jovem do que eu, e vulnerável. Como alguém que pararia para ajudar.

Estremeci e disse:

— Bem... é... talvez possa me contar o que vai me matar, e eu posso... é... *fugir*, e então não precisará perder tempo comigo. Isso funcionaria?

— Há muitos caminhos para qualquer futuro. Mas quando sou atraída para um mortal, significa que a maioria dos caminhos já se exauriu.

Meu coração, que já batia forte, deu um solavanco doloroso.

— Está dizendo que é inevitável?

— Não é inevitável. Mas é provável.

Precisava me sentar. Os prédios ao redor não eram residenciais; deviam ser depósitos. Não havia lugar para sentar, exceto o chão frio e duro. E até onde sabia, fazer isso poderia me matar.

Foi então que percebi o absoluto silêncio.

A dois quarteirões dali, houvera pessoas na rua. Apenas os passos da mulher verde tinham chamado minha atenção, por motivos óbvios, mas agora não havia qualquer outro som de passos. A rua estava completamente vazia.

Mesmo assim, eu podia ouvir... algo. Não, não era um som, era mais uma sensação. Uma pressão no ar. O rastro persistente de um aroma, que se camuflava como uma provocação. E estava...

Atrás de mim. Eu me virei, tropeçando de novo, a pulsação saltando na garganta quando vi *outra* deidade do outro lado da rua.

Aquela não estava prestando atenção em mim, no entanto. Ela parecia ser uma amnie ou uma habitante da ilha, tinha cabelo preto e aparentava estar na meia idade, possuía uma aparência bem comum, exceto que eu também conseguia vê-la. Ela estava de pé com as pernas separadas e os punhos fechados, o corpo tenso, uma expressão de pura fúria no rosto. Quando segui o olhar dela para ver a quem aquela fúria estava direcionada, vi uma terceira pessoa, igualmente tensa e imóvel, mas do meu lado da rua, bem perto. Um homem. Madding, embora eu não soubesse disso ainda.

O ar entre essas duas deidades era uma nuvem da cor de sangue e ódio. Ondulava e tremia, crescendo e convergindo fossem lá quais forças usavam uma contra a outra. Porque, apesar do silêncio e da inércia, era de fato nisto que tinha me enfiado: uma batalha. Não era necessário ter olhos que viam magia para saber disso.

Umedeci os lábios e olhei para trás, para a mulher de pele esverdeada. Ela assentiu: era assim que eu poderia morrer, presa no fogo cruzado de um duelo entre deuses.

Rápido, o mais silenciosamente que pude, comecei a me afastar, em direção à mulher esverdeada. Não achei que ela me protegeria — ela deixara explícita sua intenção —, mas não havia outra direção segura.

Havia me esquecido do caminho de gelo atrás de mim. É óbvio que escorreguei e caí, soltando um grunhido de dor e derrubando a bengala. Ela caiu sobre as pedras com um barulho alto e estridente.

A mulher do outro lado da rua se moveu em surpresa e olhou para mim. Tive um instante para ver que o rosto dela não era tão comum quanto pensara, a pele muito brilhante, dura e lisa, como porcelana. Então as pedras no chão começaram a tremer, a parede atrás de mim envergou, e minha pele começou a pinicar.

De repente o homem estava à minha frente, abrindo a boca para liberar um rugido que lembrava o som de uma onda batendo em uma caverna oceânica. A mulher de pele de porcelana gritou, erguendo os braços enquanto algo (não consegui ver o que era exatamente) se estilhaçava ao redor dela. Aquela mesma força a jogou para trás. Ouvi o concreto estalar e desmoronar quando o corpo dela bateu em uma parede, e em seguida desabou no chão.

— Que diabos está fazendo? — gritou o homem para ela.

Confusa, eu o encarei. A veia em sua têmpora era visível, pulsando com a raiva. Aquilo me fascinou porque não tinha percebido que deidades tinham veias. Mas é óbvio que tinham; não estava na cidade havia muito tempo, mas já tinha ouvido falar de sangue divino.

A mulher se colocou de pé devagar, embora o golpe que tomou a teria partido no meio se fosse mortal. Contudo, pareceu tê-la enfraquecido, enquanto ela se apoiava em um joelho e encarava o homem.

— Você não pode ficar aqui — disse ele, mais calmo agora, embora ainda visivelmente furioso. — Não é cuidadosa o bastante. Ao ameaçar a vida desta mortal, já quebrou a regra mais importante.

A mulher franziu os lábios, zombando.

— *Sua* regra.

— A regra acordada entre todos nós que escolhemos viver aqui! Nem um de nós quer outra Interdição. Foi avisada. — Ele ergueu a mão.

E de repente a rua estava *cheia* de deidades. Por todo o lado que olhava, conseguia vê-las. A maioria parecia humana, mas algumas tinham deixado de lado suas formas humanas ou não ligavam para isso. Tive vislumbres de peles similares a metal, cabelos como madeira, pernas com juntas animais, dedos de tentáculos. Deve ter havido duas, talvez três dúzias delas na rua ou sentadas nos meios-fios. Uma até flutuava acima de nossas cabeças, com asas de inseto.

A mulher de rosto de porcelana ficou de pé, embora ainda parecesse trêmula. Ela olhou ao redor para a reunião de deidades, e o desconforto em seu rosto era evidente. Mas ela endireitou a postura e fez uma careta.

— Então é assim que luta suas batalhas? — Isso foi direcionado ao homem.

— A batalha acabou — disse ele.

Deu um passo para trás, para mais perto de mim, e para a minha surpresa, inclinou-se para me ajudar a levantar. Pisquei, confusa, então franzi a testa enquanto ele ia para a minha frente, bloqueando a visão da mulher. Tentei espiá-la, afinal sabia que ela tentara me matar momentos antes, mas o homem se moveu comigo.

— Não — disse ele. — Você não precisa ver isso.

— O quê? — perguntei. — Eu...

Houve um som parecido com o dobrar de um grande sino atrás dele, seguido por uma repentina e rápida comoção no ar. Então todas as deidades ao nosso redor desapareceram. Quando virei a cabeça para espiar atrás do homem daquela vez, vi apenas a rua vazia.

— Você a matou — sussurrei, chocada.

— Não, é óbvio que não. Abrimos uma porta, só isso, nós a enviamos de volta ao reino. *É isso* o que não queria que visse. — Para a minha surpresa, o homem sorriu, e fiquei momentaneamente hipnotizada por como ele parecia humano fazendo aquilo. — Tentamos não matar uns aos outros. Isso costuma aborrecer nossos pais.

Antes que pudesse me conter, ri, então percebi que estava rindo com um deus e fiquei em silêncio. O que me confundiu ainda mais, então só encarei o sorriso estranhamente reconfortante dele.

— Está tudo bem, Eo? — O homem não se virou enquanto erguia a voz. De repente me lembrei da mulher esverdeada.

Quando olhei para ela, me assustei de novo. A mulher esverdeada — Eo, aparentemente — estava sorrindo para mim tão carinhosamente quanto uma mãe de primeira viagem. A cor dela também havia mudado, de verde para um rosa pálido. Até o cabelo dela estava rosa. Enquanto a encarava, ela inclinou a cabeça para mim e de novo para o homem, depois se virou e foi embora.

Fiquei boquiaberta por um momento, então balancei a cabeça.

— Acho que eu devo minha vida a você — falei, me virando para o homem.

— Porque estava em perigo também por minha causa, digamos que estamos quites — disse ele, e um tilintar fraco, como sinos de vento, soou no ar, embora não houvesse vento. Olhei ao redor, confusa. — Mas não me importaria em te pagar uma bebida, se estiver com vontade de celebrar a vida.

Aquilo me fez rir de novo quando enfim percebi o que ele estava tramando.

— Você tenta sair com todas as garotas mortais que quase mata?

— Só com aquelas que não correm aos gritos — respondeu ele. Então me assustou ainda mais ao tocar meu rosto, debaixo de um dos olhos. Fiquei um pouquinho tensa, como sempre fico quando alguém nota meus olhos. Preparando-me para o *se não fosse por...*

Mas não havia repulsa em seu olhar e nada além de fascinação em seu toque.

— E aquelas com olhos bonitos — completou ele.

Consegue imaginar o resto, não consegue? Aquele sorriso, a força da presença dele, a calma aceitação da minha estranheza, o fato de que ele ainda era um estranho. Basicamente, o destino estava selado. Dois dias depois de nos conhecermos, eu o beijei. O desgraçado aproveitou a oportunidade para despejar o gosto de si mesmo em minha boca, tentando me seduzir a ir para a cama com ele. Não funcionou na hora — eu tinha princípios —, mas alguns dias depois, fui para casa com ele. Nua diante de Madding, senti pela primeira vez que alguém me via por inteira, não só as partes de mim. Ele achava meus olhos fascinantes, mas também era eloquente ao falar sobre meus cotovelos. Ele gostava de tudo.

Sinto falta dele. Deuses, como sinto falta dele.

* * *

Dormi até tarde no dia seguinte e acordei sofrendo. Minhas costas eram só dor, e como não estava acostumada a dormir de bruços, meu pescoço estava rígido. Considerando isso, meus olhos inchados e doloridos, e a dor de cabeça que retornara sem piedade, não podia ser julgada por não ter notado de imediato que havia alguém diferente na casa.

Exausta, entrei na cozinha, atraída pelos cheiros e sons do café da manhã sendo preparado.

— Bom dia — murmurei.

— Bom dia — disse uma alegre voz feminina, e quase caí. Eu me segurei contra a bancada, girei e agarrei o suporte das facas.

Mãos seguraram as minhas e gritei, imediatamente resistindo. Mas as mãos eram cálidas, grandes e familiares.

Brilhante, graças aos deuses. Parei de tentar alcançar uma arma, embora meu coração ainda batesse forte. Brilhante e uma mulher. Quem?

Então me lembrei do cumprimento dela. Aquela voz rouca, doce demais. Lil estava na minha casa, fazendo meu café da manhã, depois de comer alguns dos Guardiões da Ordem que Brilhante assassinara.

— O que, em nome do Turbilhão, está fazendo aqui? — exigi. — E mostre-se, maldição. Não se esconda de mim dentro da minha própria casa.

Ela soava zombeteira.

— Achei que não gostasse da minha aparência.

— Não gosto, mas prefiro *saber* que não está aí babando na minha frente.

— Não saberá disso nem se me vir. — Mas ela apareceu, me encarando em sua forma ilusoriamente normal. Ou talvez aquela outra forma, a da boca enorme, fosse normal para ela, e esta simulação fosse apenas uma gentileza de sua parte. De qualquer forma, estava grata. — Quanto ao motivo de estar aqui, eu o trouxe para casa. — Ela acenou para o espaço atrás de mim, onde ouvi Brilhante respirando.

— Ah. — Estava começando a ficar calma de novo. — É... obrigada então. Mas... é... Lady Lil...

— É só Lil. — Ela sorriu e se voltou para o fogão. — Presunto.

— O quê?

— *Presunto.* — Lil se virou e olhou para atrás de mim, para Brilhante. — Eu quero um pouco de presunto.

— Não há presunto na casa — disse ele.

— Ah. — Ela soou triste. O semblante desmoronou, era quase comicamente trágico. Mal percebi, atordoada pela resposta de Brilhante.

Ele se moveu atrás de mim, indo para o armário e pegando algo, que colocou na bancada.

— *Velly* defumado.

Lil se animou imediatamente.

— Ah! Melhor que presunto. Agora teremos um café da manhã decente. — Então se voltou para os preparativos, começando a murmurar alguma canção sem tom.

Estava começando a me sentir aérea. Fui até a mesa e me sentei, sem saber o que pensar. Brilhante se sentou diante de mim, me observando com seu olhar penetrante.

— Devo me desculpar — disse ele, polido.

Dei um pulo.

— Vai falar *mais?*

Ele fez questão de não responder àquela pergunta, uma vez que a resposta era óbvia.

— Não esperava que Lil se aproveitasse de sua hospitalidade. Não foi minha intenção.

Por um momento, não respondi, distraída. Ele falara no local da morte de Role, mas aquela era a primeira vez que eu o ouvia falar várias frases uma atrás da outra.

E pelos deuses, a voz dele era linda. Tenor. Tinha esperado que ele fosse barítono. E era intensa, cada palavra pronunciada perfeitamente reverberando pelas minhas orelhas até os meus dedos. Poderia ouvir aquele tipo de voz o dia todo.

Ou a noite toda... firmemente, desviei os pensamentos daquele caminho. Já tinha deuses o suficiente na minha vida amorosa.

Então percebi que o estava encarando por um tempo.

— Ah, não ligo tanto — falei enfim. — Embora preferisse que tivessem perguntado primeiro.

— Ela insistiu.

Aquilo me surpreendeu.

— Por quê?

— Tenho um aviso para dar — interrompeu Lil, aproximando-se da mesa. Ela colocou um prato diante de mim, e outro diante de Brilhante. Minha cozinha tinha apenas duas cadeiras, então ela se acomodou na bancada e pegou um prato que aparentemente havia reservado para si. Seus olhos brilhavam enquanto encarava a comida, e desviei o olhar, com medo de que ela abrisse a bocarra outra vez.

— Um aviso?

Apesar de tudo, a comida tinha um cheiro bom. Cutuquei um pouco e percebi que ela integrara o *velly* aos ovos, junto com pimentas e ervas as quais me esquecera de que tinha. Experimentei — estava delicioso.

— Alguém está te procurando — disse Lil.

Levei um momento para perceber que ela estava falando comigo e não com Brilhante. Então fiquei séria, constatando quem poderia estar me procurando.

— Todos viram o Previto Rimarn falando comigo ontem. Agora que ele... hum... se foi, imagino que seus colegas previtos virão.

— Ah, ele não está morto — disse Lil, surpresa. — Os três que comi ontem à noite eram apenas Guardiões da Ordem. Jovens, saudáveis, bastante suculentos debaixo da casca. — Ela deixou escapar um suspiro lascivo. Abaixei o garfo, perdendo o apetite. — Não havia magia neles para estragar o gosto, exceto aquela usada para matá-los. Acho que eles estavam lá só para garantir o espancamento.

Apesar de tudo, gemi por dentro. Aquele foi o único benefício que pude ver nas mortes dos sacerdotes; Rimarn era o único que sabia da minha magia e suspeitava que eu fosse a assassina da Role. Agora, com seus homens mortos, ele definitivamente estaria procurando por mim.

Lembrei-me das palavras de Madding: *saia da cidade*. No entanto, a questão do dinheiro me atormentava. E não queria ir embora. Sombra era o meu lar.

— Não é dele que estou falando, de qualquer forma — disse Lil, interrompendo meus pensamentos. Surpresa, foquei nela. O seu prato, ligeiramente visível para mim no brilho refletido do corpo dela, estava vazio, limpo como se ela o tivesse polido. Ela estava lambendo o garfo agora, a língua fazendo movimentos longos, lentos e obscenos.

— O quê?

Lil se virou e me olhou, e de repente fiquei paralisada por seu olhar manchado. Os pontos escuros nos olhos *se mexeram*, girando perto das pupilas em uma dança lenta e inquieta. Eu me perguntava se as manchas no cabelo dela se mexiam também.

— Tanta fome — ela disse em um ronronar rouco e lento. — Se enrola em você como uma capa grossa. A raiva de um previto. O desejo de Madding. — Minhas bochechas esquentaram. — E outro, mais faminto que os demais. Poderoso. Perigoso. — Lil estremeceu, e estremeci com ela. — Ele poderia reformular o mundo com essa fome, principalmente se conseguir o que quer. E o que ele quer é *você*.

Eu a encarei, confusa e aflita.

— Quem é essa pessoa? Ele me quer para quê?

— Não sei. — Lil umedeceu os lábios, então me encarou, contemplando. — Talvez se eu ficar perto de você, posso encontrá-lo.

Franzi a testa, apreensiva demais para fazer qualquer comentário. Por que alguém poderoso iria me querer? Não era nada, ninguém. Até Rimarn ficaria desapontado se soubesse a verdade da magia que sentira em mim. Tudo o que podia fazer era *ver*.

E… franzi a testa. Havia também as minhas pinturas. Eu as mantinha escondidas; apenas Madding e Brilhante sabiam sobre elas. Havia algo mágico nelas. Não sabia o quê, mas meu pai me ensinara havia muito tempo que era importante manter essas coisas escondidas, então foi o que fiz.

Será que eram elas o que a pessoa misteriosa queria?

Não, não, estava tirando conclusões precipitadas. Nem ao menos sabia se aquela pessoa existia. Tudo o que tinha era a palavra de uma deusa que não via mal nenhum em comer seres humanos. Talvez não visse nada demais em mentir para eles também.

Brilhante ainda estava lá, embora não tivesse o ouvido comer. Umedeci os lábios, me perguntando se ele iria responder.

— Sabe do que ela está falando? — perguntei a ele.

— Não.

Até então, tudo bem.

— Seus ferimentos — comecei.

— Ele está bem — interrompeu Lil. Ela estava de olho na comida que eu deixara no prato. — Eu o matei, e ele voltou inteiro.

Pisquei, surpresa.

— Você o curou… ao *matá-lo*?

Ela deu de ombros.

— Devia ter deixado ele como estava, levando semanas para se curar sozinho? Ele não é como o resto de nós. É mortal.

— Exceto ao nascer do sol.

— Até mesmo nessa hora. — Lil desceu da bancada, deixando o prato vazio para trás. — Ele foi reduzido a apenas uma fração de seu verdadeiro eu, o suficiente para que uma luz brilhante apareça de vez em quando, mas não mais que isso. E o suficiente para te proteger. — Ela chegou mais perto, os olhos fixos no meu prato.

Estivera tão ocupada pensando nas palavras dela que não a vi se aproximar até que sua expressão se tornou... Deuses, não tenho palavras para descrever o horror que ela era. Era como se o outro rosto de Lil, o predador de boca enorme, tivesse aparecido por baixo do rosto bonzinho. Não conseguia ver aquela face, como ela havia me alertado, mas conseguia sentir sua presença e sua infinita fome impetuosa. Percebi isso apenas quando ela avançou, não em meu prato, mas em *mim*.

Nem tive tempo de gritar. A mão ossuda de unhas afiadas se lançou em minha garganta e poderia tê-la rasgado antes de eu perceber o perigo. Mas um instante depois, a mão dela parou, trêmula, a apenas um centímetro da minha pele. Eu a encarei, e então olhei para a mancha escura ao redor de seu pulso. Assim como no dia anterior, na minha mesa. E assim como antes, Brilhante de repente se tornou visível para mim, seu cintilar crescendo de dentro, o rosto e os olhos irritados enquanto encarava Lil.

Ela sorriu para ele e então para mim.

— Viu?

Afastei a mente dos acessos silenciosos de pânico e respirei fundo para me acalmar. Vi mesmo. Mas não fazia sentido.

Falei para Brilhante:

— O seu poder volta para você quando... quando me protege?

Ainda podia vê-lo, por isso foi fácil interpretar o olhar de desprezo que ele me lançou. Quase recuei, surpresa. O que fizera para merecer aquele olhar? Então me lembrei do que Madding dissera. *Ele não gosta muito de mortais.*

Lil sorriu, lendo minha expressão.

— Quando protege qualquer mortal — disse ela, e olhou para Brilhante. — *Você vagará entre os mortais como um deles.*

Surpresa, pisquei e vi Brilhante ficar tenso. Aquelas palavras não eram dela, dava para ver. Elas não soavam como pertencentes à Lil; podia ouvir os tons mais sombrios.

— Desconhecido, tendo apenas a riqueza e o respeito que você ganhar com suas ações e palavras. Você poderá invocar seu poder apenas em caso de grande necessidade, e apenas para ajudar esses mortais que você tanto despreza.

Brilhante soltou o pulso dela e se afastou, sentando-se com uma expressão desolada — o pouco que podia ver, porque seu brilho já estava esvanecendo. Ah, ele havia lidado com a ameaça, então não precisava mais do poder.

Respirei fundo e encarei Lil.

— Obrigada pela informação. Mas se não se importa, no futuro, apenas me *explique* as coisas. Chega de demonstrações.

Ela riu, e o som arrepiou os pelos do meu corpo. Lil não soava totalmente sã.

— Estou feliz que pode me ver, garota mortal. Faz as coisas serem tão mais interessantes. — O olhar dela se desviou para a mesa. — Vai terminar de comer?

Meu prato — ou ela estava falando da minha mão, que estava perto dele? Com muito cuidado, coloquei a mão sobre o colo.

— Fique à vontade.

Lil tornou a rir, extasiada, e se inclinou sobre o prato. Houve um movimento rápido demais para que eu pudesse acompanhar. Tive a impressão de ouvir agulhas zunindo e uma rápida brisa fétida atingiu meu nariz. Quando ela ergueu a cabeça meio respirar depois, o prato estava vazio. Ela também pegou meu guardanapo, limpando os cantos da boca.

Engoli em seco e me levantei, passando por ela. Brilhante era apenas uma forma fosca na minha frente, comendo. Lil tinha começado a lançar olhares ao prato dele também. Havia coisas que queria dizer a ele, mas não na frente de Lil. Ele havia sido humilhado o bastante na noite anterior. Mas nós teríamos que chegar a um entendimento, ele e eu, e logo.

Lavei a louça devagar, e Brilhante comeu devagar. Lil se sentou na minha mesa, revezando olhares entre ele e eu, e rindo sozinha vez ou outra.

*   *   *

O sol estava forte quando saí de casa — mais tarde do que tinha planejado. Precisava ir mais longe daquela vez e carregar mesas. Torcera para que Brilhante se juntasse a mim de novo, e talvez me ajudasse a carregar as coisas, mas ele permaneceu onde estava depois de terminar o café da manhã. Estava rabugento, com um humor mais sombrio do que o normal; quase senti falta de sua velha apatia.

Lil foi embora quando saí, para meu grande alívio. Uma deidade problemática como hóspede era suficiente para mim. Mas ela se despediu de mim com carinho, e me agradeceu tanto pelo café da manhã que de fato me senti melhor em relação a ela. Madding sempre insinuara que alguns deuses eram melhores do que outros na interação com os mortais. Alguns ficavam muito alheios em seus processos de pensamento, ou eram muito monstruosos aos nossos olhos, para se encaixarem facilmente, mesmo quando se esforçavam muito. Tive a impressão de que Lil estava entre esses.

Carreguei a mesa e os produtos mais vendidos para o calçadão a Sudoeste do parque Gateway. O calçadão no Noroeste era onde a Rua Artística ficava, o melhor lugar para aproveitar as multidões que circulavam ali buscando a melhor visão da Árvore e de outros pontos interessantes da cidade. O calçadão Sul, onde a visão era razoável, mas não ideal, e onde as atrações eram menos impressionantes, era um local medíocre. Entretanto, era a única opção que tinha; a entrada ao Nordeste do parque havia sido obstruída anos antes por uma raiz da Árvore, e o portão Leste tinha uma visão adorável do portão de carga de Céu.

Enquanto entrava no calçadão Sul, ouvi alguns outros vendedores trabalhando, chamando transeuntes para ver as mercadorias. Não era um bom sinal — significava que os potenciais clientes eram tão poucos que os vendedores competiam por eles. Não haveria a camaradagem entre comerciantes que estava acostumada na Rua; ali, era cada vendedor por si. Dava para ouvir três — não, quatro — outros vendedores nas proximidades: um com lenços decorativos, outro vendendo "tortas da Árvore" (seja lá o que fosse; o cheiro era bom), e duas pessoas aparentemente vendendo livros e souvenires. Senti os olhares dos dois últimos enquanto começava a arrumar as coisas, e temi que precisasse lidar com aborrecimentos. No entanto, como geralmente acontecia quando prestavam atenção em mim, ninguém me incomodou. Há momentos — raros, admito — em que a cegueira é útil.

Então me instalei e esperei. E esperei. Não conhecia a área e não tivera a chance de explorar totalmente. Embora pudesse ouvir o som de passos por perto (peregrinos fazendo comentários sobre como a cidade se tornara escura e como o palácio de Céu abraçado pela Árvore ainda estava bonito), era possível que tivesse me instalado em uma área ruim. Não havia dúvida de que os outros vendedores já tinham reivindicado os melhores lugares, então decidi fazer o melhor que podia com o que tinha em mãos.

No meio da tarde, porém, soube que estava em apuros. Minhas mercadorias haviam atraído alguns peregrinos — em sua maioria trabalhadores, amnies de cidades e terras menos prósperas perto de Sombra. Aquilo era parte do problema, percebi; alto-nortistas e habitantes da ilha sempre foram meus melhores clientes. A fé em Itempas sempre fora precária naquelas terras, então eles ficavam ávidos por comprar minhas miniaturas da Árvore e estátuas de deidades. Mas os senmatas eram em sua maioria amnies, e amnies eram em sua maioria Itempanes. Eles não se impressionavam tanto com a Árvore e as outras maravilhas profanas de Sombra.

E estava tudo bem. Nunca me ressenti pelas crenças de outras pessoas, mas precisava comer. Meu estômago começara a roncar como um lembrete desse fato — era minha culpa por deixar a presença de Lil atrapalhar o café da manhã.

Foi então que tive uma ideia. Revirei as bolsas e fiquei aliviada ao descobrir que trouxera o giz do calçadão. Fui até as mesas frontais, agachei-me e pensei no que desenhar.

A ideia que veio a mim foi tão incrivelmente poderosa que me equilibrei nas pontas dos pés por um momento, impressionada. Em geral, meus impulsos criativos vinham pela manhã, quando pintava no porão. A intenção era só fazer alguns rabiscos bobos para atrair os olhos na direção

das minhas bugigangas e produtos. Mas a imagem na minha cabeça...
umedeci os lábios e ponderei se era seguro ou não.

Era perigoso, constatei. Sem dúvidas. Eu era *cega*, pelo amor dos deuses;
não deveria ser capaz de visualizar nada, muito menos retratar algo reco-
nhecível. A maioria das pessoas da cidade não notaria nem ligaria para
o paradoxo, mas seria suspeito para os Guardiões da Ordem e qualquer
um cujo trabalho era ficar de olho em magia não autorizada. Sobrevivera
todos aqueles anos sendo cuidadosa.

Mas... peguei um pedaço de giz, esfregando sua extensão lisa e roliça
entre os dedos. Cores não faziam muita diferença para mim, exceto como
um detalhe substancial; contudo, tinha adquirido o hábito de nomear
minhas tintas e gizes. A cor representa mais do que um detalhe a ser
visto, afinal de contas. O giz tinha um cheiro levemente amargo — não
como o amargor da comida, mas a sensação amarga do ar rarefeito, como
quando escalamos uma montanha alta. Entendi que era branco, perfeito
para a imagem na minha cabeça.

— Eu faço uma pintura — sussurrei, e comecei.

Rascunhei o arco de um céu. Não a cidade Céu, ou qualquer parte
dela — nem mesmo o céu que existia em algum lugar acima da Árvore,
que nunca tinha visto. Aquele seria um firmamento fino, quase vazio, se
desenrolando em camadas de cores crescentes. Fiz uma camada grossa de
giz branco, usando ambos os bastões disponíveis até que sobrasse apenas
uma lasca. Sorte. Então investi no azul — mas não demais. Pareceu errado
para o céu na minha cabeça — muito vibrante, denso, quase gorduroso
entre os dedos. Usei as mãos para amenizar o azul, então adicionei outra cor que fez um bom amarelo. Sim, era aquilo. Engrossei o amarelo,
fazendo-o rolar no desenho, sentindo sua intensidade crescente e calor,
e seguindo-o até que por fim se fundiu em luz no centro da composição.
Dois sóis, um maior e outro menor, girando ao redor um do outro em uma
dança eterna. Talvez pudesse...

— Ei.

— Só um minuto — murmurei.

As nuvens naquele céu seriam poderosas, espessas e sombrias indicando chuva iminente. Agarrei algo que cheirava como prata e desenhei uma, desejando ter mais azul ou preto.

Agora os pássaros. É óbvio que haveria pássaros voando naquele céu brilhante e vazio. Mas eles não teriam penas...

— Ei! — Algo me tocou e pulei, deixando cair o giz e saindo do transe.

— O-o quê? — Quase de uma vez, minhas costas reclamaram, hematomas e músculos pulsando. Por quanto tempo estivera desenhando? Grunhi, colocando a mão para trás para massagear a lombar.

— Obrigado — disse a voz. Masculina, mais velha. Ninguém que conhecia, embora me lembrasse vagamente de Vuroy. Então me lembrei de ouvir essa voz, um dos meus colegas vendedores de souvenires, o que falava mais alto entre eles. — É um truque legal — continuou ele. — Você atraiu uma boa multidão. Mas o calçadão Sul fecha ao pôr do sol, então é melhor aproveitar alguns clientes enquanto pode, hein?

Multidão?

De repente, tomei consciência das vozes ao meu redor — dezenas delas, reunidas ao redor do desenho. Estavam murmurando, exclamando sobre alguma coisa. Eu me levantei e gemi com a dor agonizante nos joelhos.

Enquanto me endireitava, a multidão de pessoas explodiu em aplausos.

— O que... — Mas eu sabia. Elas estavam me aplaudindo.

Antes que pudesse assimilar, meus expectadores avançaram — eu os ouvi se esforçando para não pisar no desenho — e começaram a me perguntar sobre os preços das mercadorias, e se eu pintava profissionalmente, e como conseguia desenhar coisas tão bonitas quando não podia ver, e se *realmente* não conseguia ver. Era esperta o bastante para ir para atrás da mesa e dar respostas bobas e gentis às perguntas mais desconfortáveis (— Não, realmente não consigo ver! Estou feliz que tenha gostado!), antes de ser inundada por clientes ávidos comprando tudo o que tinha. A maioria deles nem quis pechinchar. Foi o melhor dia de vendas que já tive, e tudo aconteceu em questão de minutos.

Quando terminavam as compras comigo, a maioria dos clientes ia até as outras mesas — como estiveram fazendo desde que começara a desenhar, percebi mais tarde. Não é de se espantar que o vendedor tenha vindo me agradecer. Mas dava para ouvir o dobrar distante dos sinos do Salão Branco, marcando o pôr do sol; o parque fecharia em breve.

— Pensei mesmo que fosse você — disse uma voz por perto, e dei um pulo, me virando para sorrir para quem pensei ser outro cliente. Mas o homem que falara não foi até a mesa. Quando me orientei em sua direção, percebi que estava parado depois do desenho de giz.

— Perdão? — perguntei.

— Você estava no outro calçadão — disse ele, e fiquei tensa e assustada, embora ele não soasse nem um pouco ameaçador. — Naquele dia, depois que encontrou o corpo da deidade. Eu te vi, pensei que havia algo... de interessante... em você.

Comecei a guardar as coisas, menos temerosa agora; talvez aquela fosse uma tentativa desajeitada do homem para puxar assunto comigo.

— Estava na multidão? — perguntei. — Um dos hereges?

— Hereges? — O homem riu. — Hum. Suponho que a Ordem pensaria que sim, embora eu também honre o Lorde Iluminado.

Um membro do Novas Luzes então; supostamente eles eram um outro braço dos Itempanes. Ou talvez uma seita nova. Não conseguia me manter a par de todas.

— Bem... eu mesma sou uma Itempane tradicional. — Falei aquilo para prevenir qualquer tentativa dele de me converter. — Mas se a Role era sua deusa, sinto muito por sua perda.

Quase ouvi as sobrancelhas dele se erguendo.

— Uma Itempane que não condena os adoradores de outro deus nem celebra a morte desse mesmo deus? Você também é um pouco herege, não?

Dei de ombros, colocando a última das pequenas caixas no saco.

— Talvez. — Sorri. — Não conte aos Guardiões da Ordem.

O homem riu e então, para o meu alívio, virou-se para ir embora.

— Óbvio que não. Até mais tarde, então.

Ele se foi cantarolando, e aquilo confirmou: estava cantando a melodia sem palavras do Novas Luzes.

Eu me sentei por um instante para descansar antes de começar a jornada de volta. Meus bolsos estavam cheios de moedas, e minha bolsa também. Madding ficaria satisfeito; precisaria tirar alguns dias de folga para repor o estoque antes de conseguir vender de novo, e talvez tirasse alguns dias a mais, de férias. Nunca tirara férias antes, mas podia pagar agora.

Botas se aproximaram da parte mais distante do calçadão. Estava tão cansada e atordoada que não dei importância; havia muitas pessoas vagando pelo calçadão Sul agora, embora os outros vendedores também estivessem recolhendo as mercadorias. Se eu tivesse ouvido com mais atenção, no entanto, teria reconhecido as botas. Reconheci, tarde demais, quando o dono delas falou comigo.

— Muito bom, Oree Shoth — disse a voz que eu passara o dia temendo ouvir. Rimarn Dih. Ah, não. — Muito bom, mesmo, que tenha desenhado um farol tão adorável — disse ele, parando perto do desenho de giz.

Havia outros três pares de passos se aproximando atrás dele, todos com aquelas botas pesadas e terrivelmente familiares. Fiquei de pé, tremendo.

— Esperava que estivesse a meio caminho de Nimaro agora — continuou ele. — Imagine minha surpresa quando senti o cheiro familiar de magia por perto.

— Não sei de nada — gaguejei. Agarrei a bengala como se ela fosse me ajudar. — Não tenho ideia de quem matou a Lady Role, e não sou uma deidade.

— Minha querida, não ligo mais para isso — disse Rimarn, e pela intensa fúria em seu tom, sabia que ele encontrara fosse lá o que Lil deixara de seus homens. Aquilo significava que era o fim da linha para mim. — Quero seu amigo. Aquele bastardo maronês de cabelo branco. Onde ele está?

Por um momento, fiquei confusa. O cabelo de Brilhante era branco?

— Ele não fez nada. — Ah, deuses, aquilo era uma mentira e Rimarn era um escriba; ele saberia. — Quero dizer, havia uma deidade, uma mulher chamada Lil. Ela...

— Chega disso — ele interrompeu, e se virou. — Levem ela.

As botas se aproximaram, me cercando. Dei um passo para trás, mas não havia para onde ir. Eles me espancariam até a morte ali mesmo para vingar seus companheiros ou me levariam para o Salão Branco para ser interrogada antes? Comecei a arfar, em pânico; o coração batendo forte. O que poderia fazer?

E então muitas coisas aconteceram de uma vez.

*   *   *

Por quê?, perguntara a meu pai muito tempo antes. Por que não podia mostrar minhas pinturas às pessoas? Eram apenas tinta e pigmento. Nem todo mundo gostava delas — algumas das imagens eram perturbadoras demais —, mas elas não faziam mal algum.

Elas são mágicas, ele me disse. De novo e de novo ele me disse, mas não escutei o suficiente. Não acreditei. *Não existe magia que não faça mal.*

*   *   *

Os Guardiões da Ordem pisaram no meu desenho.

— Não — sussurrei conforme eles se aproximavam. — Por favor.

— Pobre garota — ouvi uma mulher dizer, uma daquelas que queria saber se eu pintava profissionalmente, murmurando entre a multidão. Eles tinham me amado um momento antes. Agora iam ficar ali, inúteis, enquanto os Guardiões se vingavam.

— Abaixe essa bengala, mulher — disse um dos Guardiões, soando irritado.

Segurei a bengala com mais força. Não conseguia respirar. Por que estavam fazendo aquilo? Eles sabiam que não tinha matado a Role, que não era uma deidade. Eu tinha magia, mas eles ririam se soubessem os poderes fenomenais que estava escondendo. Não era uma ameaça.

— Por favor, por favor — falei. Quase chorei ao falar, assim como o meu nome: *por favor* — soluço — *por favor*. Eles continuaram vindo.

Uma mão agarrou a bengala, e de repente meus olhos queimaram. O calor ferveu atrás deles, lutando para sair. Como reflexo, eu os fechei, a dor impulsionando o terror.

— Fiquem longe de mim! — gritei. Tentei lutar, agitando as mãos e a bengala. Minha mão encontrou um peito...

A mão de Brilhante no meu peito, atacando a testemunha, para a má sorte dela.

E eu *empurrei*.

* * *

Isso é difícil de explicar, mesmo agora. Aguenta aí.

Em algum lugar, em outro lugar, há um céu. É um céu quente e vazio, acima de tudo, como os céus devem ser, ardendo com a luz de sóis gêmeos. O mesmo céu que desenhei — entende? Em algum lugar, ele é real. Sei disso agora.

Quando gritei e empurrei os Guardiões da Ordem, o calor detrás dos meus olhos explodiu em luz. Na minha consciência, vi pernas caírem naquele céu, de ponta a cabeça. Pernas e quadris, aparecendo do nada, chutando, contorcendo-se. Caindo.

E não havia nada preso a elas.

* * *

Algo mudou.

Quando tomei consciência disso, pisquei. Gritos ao meu redor. Pessoas correndo, passos pesados contra o chão. Algo empurrou uma das minhas mesas, derrubando-a; dei um passo para trás. Conseguia sentir o cheiro do sangue e algo mais desagradável: excremento, bile, medo intenso e fedido.

De repente, percebi que não conseguia mais ver o meu desenho por completo. Estava lá — ainda dava para ver os contornos dele. Seu brilho estava estranhamente apagado e se apagava mais a cada segundo, como se a magia tivesse sido gasta. No entanto, o que restara estava tampado por três grandes manchas escuras, espalhando-se e se misturando. Líquido, não magia.

A voz de Rimarn Dih estava perturbada, o horror tornando-a quase incompreensível.

— O que fez, vadia maronesa? *O que, em nome do Pai, você fez?*

— O-o quê?

Meus olhos doíam. Minha cabeça doía. O cheiro estava me enjoando. Eu me sentia estranha, fora do eixo, toda a minha pele estava arrepiada. Minha boca tinha gosto de culpa, e não sabia por quê.

Rimarn estava gritando para que alguém o ajudasse. Ele soava como se estivesse se esforçando, puxando algo pesado. Houve um som, algo molhado... eu me encolhi. Não queria saber que som era aquele.

Duas presenças apareceram de súbito, ladeando-me. Elas me pegaram pelos braços, gentilmente.

— Hora de ir, pequenina — disse uma forte voz masculina. O tenente de Madding. De onde diabos ele viera? Então o mundo brilhou e estávamos em outro lugar. Havia silêncio ao nosso redor, junto com uma umidade quente e perfumada, e uma sensação azul-esverdeada de calma e equilíbrio. A casa de Madding.

Deveria ser um santuário para mim, mas não me senti segura.

— O que aconteceu? — perguntei à deidade ao meu lado. — Por favor me diga. Algo... eu fiz algo, não fiz?

— Não sabe? — a outra tenente de Madding perguntou, do meu outro lado. Ela soava incrédula.

— Não. — Eu não queria saber. Umedeci os lábios. — Por favor, me diga.

— Não sei como fez — disse ela, falando devagar. Havia algo no tom da voz dela que era quase... admiração. Aquilo não fazia sentido; ela era uma deusa. — Nunca vi nenhum mortal fazer alguma coisa assim. Mas seu desenho... — Ela deixou as palavras morrerem.

— Seu desenho se tornou *enarmhukdatalwasl*, embora não exatamente *shuwao* — disse a deidade masculina, suas palavras divinas fazendo meus olhos doerem por um momento. Em reflexo, eu os fechei. Por que meus olhos doíam? A sensação era de que havia levado um soco no fundo de cada um. — Seu desenho esculpiu um caminho através de meio bilhão de estrelas e conectou um mundo ao outro, só por um momento. Foi a coisa mais absurda.

Frustrada, esfreguei os olhos, embora não tenha adiantado; a dor estava dentro de mim.

— Não entendo, maldição! Fale a língua mortal! — *Não queria saber.*

— Fez uma porta — disse ele. — Você enviou os Guardiões da Ordem através dela. Mas não pelo caminho todo. A magia não era estável. Acabou antes que eles passassem totalmente por ela. Entende?

— Eu... — Não. — Era só um desenho feito a giz — sussurrei.

— Você os largou a meio caminho de outro mundo — explodiu a deidade feminina. — E então fechou a porta. *Você os partiu no meio.* Entende agora?

Eu entendia.

Comecei a gritar, e continuei gritando até que uma das deidades fez alguma coisa, e então desmaiei.

5

"Família"
(estudo em carvão)

Tenho uma memória favorita do meu pai que às vezes me lembro em um sonho.

No sonho, sou pequena. Faz pouco tempo que aprendi a subir a escada. Os degraus são muito separados e não consigo vê-los, então por um longo tempo tive medo de não perceber um deles e cair. Tive que aprender a não ter medo, o que é muito mais difícil do que parece. Fico muito orgulhosa de ter conseguido.

— Papai — digo, correndo pela pequena sala do sótão. Seguindo o acordo mútuo de meus pais, esta é a sala *dele*. Minha mãe não vem aqui, nem mesmo para limpar. Mas a sala está arrumada, meu pai é um homem organizado, e mesmo assim está repleta com aquele sentimento indefinível que é *ele*. Parte disso é o cheiro, mas há algo a mais em sua presença também. Algo que compreendo instintivamente, embora me falte o vocabulário para descrever.

Meu pai não é como a maioria das pessoas na nossa vila. Ele vai às cerimônias do Salão Branco só o suficiente para que o sacerdote não o castigue. Não faz oferendas no altar da casa. Não ora. Perguntei se acredita nos deuses, e ele diz que é óbvio que sim, nós não somos maroneses? *Mas isso não é a mesma coisa que honrá-los*, ele acrescenta às vezes. Então me avisa para não mencionar isso para mais ninguém. Não para os sacerdotes, não para os meus amigos, nem sequer para a minha mãe. Um dia, diz ele, entenderei.

Hoje ele está com um humor estranho — e por um breve momento, posso vê-lo: um homem mais baixo do que os outros, com olhos pretos tranquilos, e mãos grandes e elegantes. O rosto dele não tem rugas, é quase jovem, embora seu cabelo seja grisalho e haja algo em seu olhar, algo denso e cansado, que denuncia sua longa vida mais do que as rugas poderiam fazer. Ele era velho quando se casou com a minha mãe. Nunca quis uma criança, mas me ama de todo coração.

Sorrio e me apoio em seus joelhos. Ele está sentado, o que coloca seu rosto no alcance dos meus dedos. Olhos podem ser enganados, já aprendi, mas o toque é sempre verdadeiro.

— Você esteve cantando — digo.

Ele sorri.

— Pode me ver de novo? Achei que já teria acabado por agora.

— Cante para mim, papai — peço. Amo as cores que a voz dele lança no ar.

— Não, pequena-Ree. Sua mãe está em casa.

— Ela nunca ouve! Por favor.

— Prometi — diz ele amavelmente, e inclino a cabeça.

Meu pai prometeu à minha mãe, muito antes de eu nascer, que nunca exporia ela ou a mim ao perigo que vem da estranheza dele. Sou muito jovem para entender de onde o perigo vem, mas o medo nos olhos dele é o bastante para me fazer ficar em silêncio.

Mas ele já quebrara a promessa antes. Fez isso para me ensinar, porque de outra forma eu poderia ter revelado minha própria estranheza por pura ignorância. E mais tarde percebi, que também é doloroso para ele reprimir aquela parte de si. Ele foi feito para ser glorioso. Comigo, nesses pequenos momentos particulares, ele pode ser.

Então quando meu pai vê minha decepção, ele suspira e me coloca em seu colo. Muito suavemente, só para mim, ele canta.

*   *   *

Acordei devagar, ouvindo e sentindo cheiro de água.

Estava sentada nela. A temperatura da água era quase a mesma do meu corpo; mal a sentia na minha pele. Abaixo de mim, dava para sentir uma pedra dura e esculpida, morna como a água; sentia o cheiro de flores próximas. Hiras: uma planta de vinha que um dia fora nativa da Terra dos Maroneses. Suas flores tinham um perfume distinto e intenso que eu gostava. Aquilo me disse onde estava.

Se não tivesse estado antes na casa de Madding, estaria desorientada. Madding era dono de uma casa grande em um dos distritos prósperos de Somoe, e havia me levado até lá com frequência, reclamando que minha pequena cama lhe causava dor nas costas. Ele tinha enchido o térreo da casa com piscinas. Havia pelo menos uma dúzia delas, esculpidas na base rochosa debaixo daquela parte de Sombra, moldadas em formas bonitas e cercadas de plantas. Era o tipo de escolha estilística pela qual os deuses eram famosos; eles pensavam primeiro na estética e, por último, na praticidade e posse. Os convidados de Madding tinham que ficar de pé ou se despir e entrar na piscina. Ele não via nada de errado nisso.

As piscinas não eram mágicas. A água era quente porque Mad havia contratado algum gênio mortal para inventar um mecanismo que mantinha água fervente nos canos o tempo todo. Madding nunca aprendera como funcionava, então não podia me explicar.

Eu me sentei, escutando, e logo fiquei ciente de que havia alguém comigo, sentado por perto. Não vi nada, mas a respiração era familiar.

— Mad?

Ele se deslocou na escuridão, sentando-se na beira da piscina com um joelho dobrado. O cabelo estava solto, agarrado à pele molhada. Isso o fazia parecer estranhamente jovem. Seus olhos estavam sombrios.

— Como se sente? — perguntou ele.

A pergunta me confundiu por um momento, e então me lembrei.

Eu me apoiei na lateral da piscina, mal sentindo o pulsar dos hematomas antigos, e desviei o rosto. Meus olhos ainda doíam, então os fechei, embora não tenha ajudado muito. Como me sentia? Como uma assassina. Como mais poderia me sentir?

Madding suspirou.

— Suponho que não faz diferença dizer isto, mas o que aconteceu não foi culpa sua.

É óbvio que não fazia diferença. E não era verdade.

— Mortais nunca são bons em controlar magia, Oree. Não foram feitos para isso. E você não sabia o que sua magia podia fazer. Não teve intenção de matar aqueles homens.

— Eles estão mortos mesmo assim — retruquei. — Minha *intenção* não muda isso.

— É verdade. — Ele se mexeu, colocando o outro pé na água. — Mas provavelmente eles tinham a intenção de *te* matar.

Ri um pouco. Ecoou na superfície ondulante da água e soou doentio.

— Pare de tentar, Mad. Por favor.

Ele ficou em silêncio por um momento, deixando que eu me lamentasse. Quando decidiu que já tinha sido o suficiente, Mad submergiu até que a água chegasse na altura dos quadris e se aproximou, erguendo-me contra ele. Só aquilo bastou, de verdade. Encostei o rosto em seu peito e me deixei derreter em seus braços. Ele acariciou minhas costas e murmurou coisas reconfortantes em sua língua enquanto eu chorava, então me carregou para fora da sala de piscinas, pelas escadas curvilíneas, e me deitou na pilha de almofadas que servia como sua cama. Adormeci ali, sem me importar se acordaria outra vez.

*   *   *

É óbvio que acordei em algum momento, incomodada por vozes falando suavemente ali por perto. Quando abri os olhos e olhei ao redor, me surpreendi ao ver uma deidade estranha sentada ao lado da pilha de almofadas. Ela era muito pálida, com cabelo preto curto moldado como um boné ao redor de um rosto agradável em formato de coração. Reparei em duas coisas de cara: primeiro, ela parecia comum o bastante para se passar por humana, o que a marcava como uma deidade que fazia negócios com humanos regularmente. E segundo, por algum motivo, ela estava sentada na sombra, embora não houvesse nada por perto que pudesse lançar sombras sobre ela, e eu não deveria ter sido capaz de ver a sombra, de qualquer forma.

Ela estava falando com Madding, mas parou quando me sentei.

— Olá — falei, assentindo para ela e esfregando o rosto. Conhecia todos os subordinados dele, e ela não era um deles.

A mulher assentiu de volta, sorrindo.

— Então você é a assassina que o Mad ama.

Fiquei tensa. Madding fez uma careta.

— Nemmer.

— Não quis ofender — disse ela, dando de ombros, ainda sorrindo. — Gosto de assassinos.

Olhei para Madding, questionando-me se seria aceitável que eu mandasse essa mulher ir para o quinto dos infernos. Ele não parecia tenso, o que me informou de que ela não era ameaça nem uma inimiga, mas também não estava feliz. Ele notou meu olhar e suspirou.

— Nemmer veio me alertar, Oree. Ela controla outra organização aqui na cidade...

— Mais como uma associação de profissionais independentes — Nemmer acrescentou.

Madding lançou a ela o olhar digno de um irmão irritado, e então focou em mim de novo.

— Oree... A Ordem de Itempas acabou de contatá-la, querendo contratar os serviços dela. Ela em específico, e não das pessoas que trabalham com ela.

Peguei um travesseiro grande e o puxei contra mim, não para esconder a nudez, mas para cobrir o arrepio apreensivo. Madding percebeu e foi até o armário para buscar algo para mim.

Para Nemmer, eu disse:

— Não que eu saiba muito sobre isso, mas tive a impressão de que a Ordem poderia chamar as associações de assassinos Arameri quando precisassem.

Os Reinos Partidos

— Sim — confirmou Nemmer —, quando os Arameri aprovam ou ligam para o que eles estão fazendo. Mas há muitas pequenas questões que estão fora do radar dos Arameri, e a Ordem prefere cuidar sozinha dessas questões. — Ela deu de ombros.

Assenti devagar.

— Imagino que seja uma deusa da... morte?

— Ah, não, essa é a Lady. Sou apenas do roubo, segredos, um pouco de infiltração. O tipo de coisa que acontece debaixo do manto do Pai da Noite.

Não consegui evitar piscar ao ouvir esse título. Ela estava se referindo a um dos novos deuses, o Lorde das Sombras, mas o termo dela soara muito como *Senhor da Noite*. Não podia ser, era óbvio; o Senhor da Noite estava sob a guarda dos Arameri.

— Não me importo com o trabalho — Nemmer continuou —, mas apenas como uma via secundária. — Ela deu de ombros, depois olhou para Madding. — Mas posso reconsiderar, dada à quantia que a Ordem está oferecendo. Talvez acabar com deidades que irritam mortais seja um grande mercado inexplorado.

Arfei e me virei em direção a Madding, que estava voltando para a cama com um roupão. Ele ergueu uma sobrancelha, despreocupado. Nemmer riu e estendeu a mão para cutucar meu joelho nu, o que me fez pular.

— Eu poderia estar aqui por *você*, sabe.

— Não — falei delicadamente. Madding podia cuidar de si mesmo. Não precisava me preocupar. — Ninguém enviaria uma deidade para me matar. Mais fácil pagar vinte meri a algum pedinte e fazer parecer um assalto que deu errado. Não que eles precisem disfarçar; eles são *a Ordem*.

— Ah, mas você se esquece — disse Nemmer. — Você usou magia para matar aqueles Guardiões no parque. E a Ordem pensa que matou aqueles três que foram designados para disciplinar um homem maronês, dito seu primo, por atacar um previto. Eles não conseguiram encontrar os corpos, mas está rolando uma conversa sobre como sua magia funciona. — Ela deu de ombros.

Ah, deuses. Madding se ajoelhou atrás de mim, colocando um penhoar de seda nos meus ombros. Eu me apoiei nele.

— Rimarn — falei. — Ele pensou que eu fosse uma deidade.

— E ninguém contrata um mortal para matar uma deidade. Mesmo uma que aparentemente é a deusa dos desenhos a giz que ganham vida. — Nemmer deu uma piscadela para mim. Mas então ficou séria. — É você quem eles querem, mas não é você quem eles acham que está por trás da morte da Role. Irmãozinho, você deveria ter sido mais discreto. — Ela assentiu em direção a mim. — Todos os vizinhos dela sabem sobre o amante deidade; metade da cidade sabe. Se não fosse por isso, poderia ter sido capaz de salvá-la.

— Eu sei — disse Mad, e havia o pesar de um milênio em seu tom de voz.

— Espere — eu disse, franzindo a testa. — A Ordem acha que Madding matou a Role? Eu sei que uma deidade deve ter feito aquilo, mas...

— Madding está no negócio de vender nosso sangue — disse Nemmer. O tom dela era neutro, mas ainda assim ouvi a reprovação, e Madding suspirou. — E ouvi dizer que o negócio está indo bem. Não é difícil presumir que ele pode querer aumentar a produção, talvez obtendo uma grande quantidade de sangue divino de uma vez.

— O que seria uma presunção razoável — retrucou Madding — se o sangue da Role tivesse *desaparecido*. Havia muito dele ao redor do corpo...

— Que você levou embora, diante de testemunhas.

— Para Yeine! Para ver se havia alguma esperança de trazê-la de volta à vida. Mas a alma de Role já havia partido. — Ele balançou a cabeça e suspirou. — Por que diabos eu a mataria, jogaria o corpo em um beco e *voltaria para buscá-lo*, se o sangue era tudo o que queria?

— Talvez o sangue não fosse o que queria — disse Nemmer, suavemente. — Ou, pelo menos, não queria *todo* o sangue dela. Algumas das testemunhas chegaram perto o bastante para ver o que estava faltando, Mad.

As mãos de Madding pressionaram meus ombros. Confusa, cobri uma delas com a minha.

— Faltando?

— O coração dela — disse Nemmer, e se calou.

Eu me sobressaltei, horrorizada. Mas então me lembrei daquele dia no beco, quando meus dedos se afastaram do corpo de Role cobertos por uma camada grossa de sangue.

Madding praguejou e se levantou. Começou a andar de um lado a outro, seus passos rápidos e breves indicando a raiva. Nemmer o observou por um momento, depois suspirou e voltou sua atenção a mim.

— A Ordem acha que isso foi algum tipo de encomenda peculiar — disse ela. — Um cliente rico querendo um tipo mais potente de sangue divino. Se a coisa nas nossas veias é poderosa o bastante para dar magia aos mortais, quão mais forte o sangue do coração pode ser? Talvez seja forte o bastante para dar a uma mulher maronesa cega, conhecida amante do próprio deus do qual eles suspeitam, o poder para matar três Guardiões da Ordem.

Minha boca se escancarou.

— Isso não faz sentido! Nenhuma deidade mataria outra por esses motivos!

Nemmer ergueu as sobrancelhas.

— Sim, e qualquer um que nos conheça entenderia isso — disse ela, um tom de aprovação na voz. — Nós que vivemos em Sombra gostamos de brincar com a fortuna mortal, mas nem um de nós *precisa* dela, nem mataríamos por ela. A Ordem não descobriu isso ainda, ou então não teria tentado me contratar, e não suspeitariam de Madding, pelo menos não por essa razão. Mas eles seguem a crença do Iluminado: aquilo que perturba a ordem da sociedade deve ser eliminado, não importa se *causou* a perturbação ou não. — Nemmer revirou os olhos. — E pensávamos que eles se cansariam de imitar Itempas e começariam a pensar sozinhos depois de dois mil anos.

Trouxe as pernas para perto do corpo e as abracei, descansando a testa em um joelho. Não importava o que fizesse, o pesadelo continuava crescendo, piorando a cada dia.

— Eles suspeitam de Madding por minha causa — sussurrei. — É isso o que está dizendo.

— Não — explodiu Madding. Ainda podia ouvi-lo andando de um lado a outro; a voz tomada de fúria reprimida. — Eles suspeitam de mim por causa do seu maldito hóspede.

Percebi que ele estava certo. O previto Rimarn poderia ter notado minha magia, mas isso pouco significava. Muitos mortais tinham magia; era assim que escribas como Rimarn apareciam. Apenas *usar* essa magia era ilegal, e sem ver minhas pinturas, Rimarn não teria provas de que eu a usara. Se ele tivesse me interrogado naquele dia, e se eu não tivesse perdido o juízo, ele teria percebido que seria impossível eu ter matado a Role. No pior dos casos, poderia ter acabado como uma recruta da Ordem.

Mas então Brilhante tinha interferido. Embora Lil tenha devorado os corpos na Raiz Sul, Rimarn sabia que quatro homens haviam entrado naquele beco e apenas um saíra, de alguma forma ileso. Deuses sabiam quantas testemunhas na Raiz Sul abririam o bico por uma moeda ou duas. Ainda pior, Rimarn provavelmente sentiu a onda branca e quente de poder que Brilhante usou para matar os homens, mesmo estando do outro lado da cidade. Considerando isso e o que eu fizera com os Guardiões da Ordem com o desenho a giz, não parecia uma conclusão tão absurda: uma deidade morta, outra possivelmente lucrando com sua morte, e os mortais mais intimamente conectados com ele de repente manifestando uma magia estranha. Nada disso era prova — mas eles eram Itempanes. Desordem era crime o suficiente.

— Bem, falei o que precisava. — Nemmer se levantou, espreguiçando-se. Enquanto o fazia, vi o que sua postura havia escondido: ela era formada por músculo e graciosidade acrobática. Parecia normal demais para ser uma espiã e assassina, mas lá estava quando ela se movia. — Cuide-se, irmãozinho. — Ela parou e pensou. — Você também, irmãzinha.

— Espere — deixei escapar, e os dois fizeram uma expressão de surpresa. — O que dirá a Ordem?

— O que *já* disse a eles — corrigiu ela com uma ênfase firme — é que é melhor eles nunca mais tentarem matar uma deidade. Eles não entendem: não é com Itempas que terão que lidar agora. Não sabemos o que esse novo Crepúsculo fará. Ninguém em sã consciência quer descobrir. E que o Turbilhão ajude o reino mortal inteiro se algum dia eles provocarem a fúria da Escuridão.

— Eu... — Fiquei confusa e em silêncio, sem fazer ideia do que Nemmer falava. O *Crepúsculo* conhecia; era outro nome para a Lady. A *Escuridão*... era o Lorde das Sombras? E o que ela quis dizer com "não é com Itempas que terão que lidar agora"?

— Eles estão perdendo tempo nessa besteira — explodiu Madding —, agarrando-se a migalhas em vez de tentar encontrar o assassino de nossa irmã! Essa já seria razão o bastante para eu mesmo matá-los!

— Amigo, amigo — disse Nemmer, sorrindo. — Você sabe as regras. Além disso, em vinte e oito dias, isso será irrelevante.

Eu me perguntei sobre isso também, então me lembrei das palavras da deusa serena, naquele dia na Raiz Sul. *Você tem trinta dias.*

O que aconteceria quando aqueles trinta dias passassem?

Nemmer ficou séria.

— Enfim... é pior do que pensa, irmãozinho. Você ouvirá sobre isso em breve, então é melhor que te conte agora: mais dois de nossos irmãos desapareceram.

Madding se assustou, e eu também. As fontes de Nemmer eram realmente boas se ela soubera disso antes dos subordinados de Madding ou antes que a fofoca das ruas pudesse se espalhar.

— Quem? — perguntou ele, chocado.

— Ina e Oboro.

Havia ouvido falar sobre o último. Ele era algum tipo de deus-guerreiro, com uma sólida reputação em círculos de luta ilegal na cidade. As pessoas gostavam dele porque lutava limpo — até perdera algumas vezes. Ina era um nome novo para mim.

— Mortos? — perguntei.

— Nenhum corpo foi encontrado, e nem um de nós sentiu as mortes acontecerem. Embora ninguém tenha sentido a de Role também.

Nemmer fez uma pausa, ficando imóvel em meio à sua sombra persistente, e de repente percebi que ela estava furiosa. Era difícil notar por trás dos gracejos, mas ela estava tão brava quanto Madding. Não é para menos, eram seus irmãos desaparecidos, talvez mortos. Na posição dela, eu me sentiria da mesma forma.

Então, tardiamente, me dei conta: eu *estava* na posição dela. Se alguém estava atrás de deidades, matando-as, então toda deidade na cidade estava em perigo — incluindo Madding. E Brilhante, se ele ainda contava.

Eu me levantei e fui até Mad. Ele havia parado de andar de um lado ao outro; quando peguei suas mãos em um toque brusco, ele pareceu surpreso. Eu me virei para Nemmer e não pude evitar o tremor na voz.

— Lady Nemmer, obrigada por nos contar tudo isso. Você se importaria de deixar que Madding e eu conversemos em particular agora?

Nemmer pareceu surpresa; então sorriu como um lobo.

— Ah, gosto dela, Mad. Pena que é mortal. E sim, senhorita Shoth, não me importo de deixá-los sozinhos agora, sob a condição de que nunca mais me chame de "Lady Nemmer". — Fingindo estar horrorizada, ela estremeceu. — Faz eu me sentir velha.

— Sim, La... — Mordi a língua. — Sim.

Nemmer piscou, cumprimentou Madding e então desapareceu.

Assim que ela se foi, me virei para ele.

— Quero que saia de Sombra.

Madding se inclinou para trás, me encarando.

— O *quê?*

— Alguém está matando as deidades aqui. Ficará seguro no reino dos deuses.

Ele ficou boquiaberto e sem palavras por vários segundos.

— Não sei se rio ou se te expulso da minha casa. Você me subestimar tanto... pensar que eu *fugiria* em vez de encontrar os canalhas que estão fazendo isso...

— Não ligo para o seu orgulho! — Apertei as mãos dele outra vez, tentando fazê-lo escutar. — Sei que não é um covarde; sei que quer encontrar o assassino da sua irmã. Mas se alguém está matando deidades, e se nem um dos deuses sabe como *parar* essa pessoa... Mad, o que há de errado em fugir? Você me incentivou a fazer a mesma coisa para fugir da Ordem, não foi? Você passou éons no reino dos deuses e só, o quê, dez anos neste? Por que deveria se importar com o que acontece aqui?

— Por que eu deveria... — Mad se livrou das minhas mãos e agarrou meus ombros, me encarando. — Perdeu o juízo? Está aqui diante de mim, me perguntando por que não te deixo sozinha para encarar os Guardiões da Ordem e só os deuses sabem o quê mais! Se acha...

— É *você* quem eles querem! Se for embora, vou me entregar. Direi a eles que voltou para o reino dos deuses; eles tirarão as próprias conclusões a partir daí. E então...

— Então eles te matarão — disse ele. O choque me calou. — É óbvio que vão, Oree. Bodes expiatórios restauram a ordem, não é? As pessoas estão chateadas pelo que aconteceu com a Role; mortais não gostam de pensar em seus deuses morrendo. Elas também querem ver a justiça sendo feita contra o assassino. A Ordem precisa entregar *alguém* a eles, mesmo que não seja o assassino. Se eu me for, você não terá qualquer proteção.

Cada palavra do que ele disse era verdade, sabia com toda certeza. E estava com medo. Mas...

— Não conseguiria suportar se você morresse — falei, delicada. Não conseguia olhar nos olhos dele. Era uma variação da mesma coisa que ele me dissera meses antes, e doía dizer agora, da mesma forma que ouvir suas palavras doeu no passado. — É diferente de saber que te perderei quando eu morrer. Isso é... o certo, o natural. O jeito como as coisas devem ser. Mas...

E não pude evitar. Imaginei o corpo *dele* naquele beco, seu aroma azul-esverdeado desaparecendo, seu calor esfriando, seu sangue manchando meus dedos e nada, nada, onde a visão dele deveria estar.

Não. Preferiria morrer a permitir que aquilo acontecesse.

— Que seja — falei. — Já matei três homens. Foi um acidente, mas eles ainda estão mortos. Eles tinham sonhos, famílias, talvez... você sabe tudo sobre dívidas, Mad. Não é justo que eu pague? Contanto que fique seguro.

Ele disse uma palavra que ressoou como fúria, medo e sinos azedos, e explodiu contra minha visão em um jato de água-marinha fria, silenciando-me. Ele me soltou, afastando-se, e só então percebi que havia o magoado na sede de sacrificar a minha vida. Obrigação era a natureza dele; o altruísmo era sua antítese.

— Você não vai fazer isso comigo — disse Madding, a raiva tornando-o frio, embora o medo estivesse aparente por baixo dela. — Não vai sacrificar sua vida porque deu o azar de estar por perto quando aqueles estúpidos começaram a "investigação" deles. Ou por causa daquele egoísta maldito que mora com você. — Ele fechou as mãos com força. — E você nunca, nunca mais, vai se oferecer para morrer por mim.

Suspirei. Não queria magoá-lo, mas não havia motivo para ele ficar no reino mortal e aguentar leis mortais inconvenientes. Nem mesmo por mim. Precisava fazê-lo ver isso.

— Você mesmo disse — falei. — Vou morrer um dia. É inevitável. O que importa se acontecer agora ou em cinquenta anos? Eu...

— *Importa* — ele rosnou, avançando sobre mim. Em dois passos, cruzou a sala e me segurou pelos ombros outra vez. Isso causou uma fenda na superfície de sua forma mortal. Por um segundo, ele brilhou em uma luz azul e então voltou ao normal, suor tomando conta do rosto. As mãos dele tremiam. Estava adoecendo para tentar me convencer. — Não se atreva a dizer que não importa!

Sabia o que deveria ter dito então, o que deveria ter feito. Já havia visto isso nele antes — essa necessidade poderosa, perigosa e avassaladora que o levava a me amar, não importando quanta dor isso causasse. Ele estava certo; precisava de uma deusa como amante, não uma frágil garota mortal que se deixaria ser morta tão facilmente. Terminar comigo tinha sido a coisa mais inteligente que fizera, mesmo que tê-lo deixado fazer isso tenha sido a escolha mais difícil que eu já fiz.

Então deveria tê-lo afastado. Dito algo terrível, calculado para partir o coração dele. Aquela teria sido a coisa certa a se fazer, e eu deveria ter sido forte o bastante para fazê-la.

Mas eu nunca fora tão forte quanto gostaria.

Madding me beijou. E deuses, foi maravilhoso. Eu o senti desta vez, toda a frescura e fluidez da água-marinha nele, os limites e ambições, tudo o que ele reprimira duas noites antes. Ouvi os sinos de novo enquanto ele fluía em mim e através de mim, e quando se afastou, me agarrei nele, trazendo-o para perto de novo. Mad descansou a testa na minha, estremecendo por um longo e denso momento; ele também sabia o que deveria fazer. Então me pegou e me carregou de volta à pilha de almofadas.

Nós já tínhamos feito amor antes, várias vezes. Nunca foi perfeito — não poderia ser, pois eu era mortal —, mas era sempre bom. Era ainda melhor quando Mad estava carente como estava agora. Ele perdia o controle, esquecia-se de que eu era mortal e que precisava se conter. (Não estou falando da força dele, embora fosse parte. Quero dizer que às vezes ele me levava a lugares, me mostrava visões. Há coisas que mortais não devem ver. Quando ele esquecia-se de refrear, eu via algumas delas.)

Gostava que ele perdesse o controle, por mais perigoso que fosse. Gostava de saber que podia dar a ele tanto prazer. Ele era uma das deidades mais jovens, mas ainda vivera milênios enquanto eu vivera décadas, e às vezes temia não ser suficiente para ele. Em noites como aquela, porém, enquanto ele chorava, gemia, se exauria contra mim, e cintilava como um diamante quando o momento chegava, sabia que era um medo bobo. É óbvio que era suficiente, porque ele me amava. E isso era tudo o que importava.

* * *

Depois, ficamos deitados, exaustos e preguiçosos, no silêncio úmido e frio, característico da madrugada. Podia ouvir outras pessoas se movendo na casa, naquele andar e no andar de cima: serventes mortais, alguns dos subordinados de Madding, talvez um cliente valioso a quem foi dado o raro privilégio de comprar mercadorias direto da fonte. Não havia portas na casa de Madding, porque os deuses as consideravam um incômodo, então a casa inteira provavelmente nos ouviu. Nem um de nós se importou.

— Te machuquei? — Essa era a pergunta usual dele.

— É óbvio que não. — Era a minha resposta usual, embora ele sempre suspirasse de alívio quando a ouvia. Deitei-me de bruços, confortável, ainda sem sono. — Eu *te* machuquei?

Geralmente ele ria. O fato de Mad ficar em silêncio daquela vez me fez lembrar de nossa discussão mais cedo. Logo também fiquei calada.

— Você terá que sair de Sombra — disse ele por fim.

Não falei nada, porque não havia nada a ser dito. Madding não ia deixar o reino mortal, porque isso me faria ser morta. Deixar Sombra talvez me matasse também, mas as chances eram mais baixas. Tudo dependia do quanto o previto Rimarn me queria. Fora da cidade, Madding tinha menos poder para me proteger; a ordem da Lady proibia que deidades deixassem Sombra, pois ela temia o dano que poderiam causar pelo mundo. Mas a Ordem de Itempas tinha um Salão Branco de médio porte em cada cidade, e milhares de sacerdotes e seminaristas por todo o mundo. Teria dificuldade de me esconder deles se Rimarn estivesse determinado a me capturar.

Mas Madding estava apostando que Rimarn não se importaria tanto. Eu era presa fácil, mas não exatamente a presa que ele queria.

— Tenho alguns contatos fora da cidade — disse Madding. — Vou pedir que eles preparem as coisas para você. Uma casa em alguma cidade pequena, um ou dois guardas. Ficará confortável. Isso eu garanto.

— E as minhas coisas aqui?

Por um instante, os olhos dele ficaram desfocados.

— Enviei um dos meus irmãos para cuidar de tudo esta noite. Guardaremos seus pertences aqui por enquanto, então usaremos magia para enviar tudo para a sua nova casa. Seus vizinhos nem verão você se mudando.

Tão ordeira e rápida, a destruição da minha vida.

Rolei sobre a minha barriga e apoiei a cabeça nos braços dobrados, tentando não pensar. Depois de um momento, Madding se sentou, inclinou o corpo para fora da pilha de almofadas, abrindo um pequeno armário no chão e revirando-o. Não consegui ver o que pegou, mas pude vê-lo usando o objeto para picar o dedo, e fiz uma careta.

— Não estou a fim — falei.

— Vai te fazer se sentir melhor. O que sempre *me* faz sentir melhor.

— Não te incomoda vender sangue divino agora que as pessoas pensam que está disposto a matar por ele?

— Não — respondeu Madding, embora sua voz estivesse mais acentuada do que o normal —, porque *não* estou disposto a matar por ele, e não dou a mínima para o que os outros pensam. — Ele estendeu o dedo para mim. Uma única gota escura de sangue estava ali, similar a uma granada. — Viu? Já está sangrando. Devo desperdiçar?

Suspirei, mas enfim me inclinei para a frente e coloquei seu dedo na boca. Havia um sutil gosto de sal e metal, junto a outros sabores mais estranhos que nunca fui capaz de identificar. O sabor de outros reinos, talvez. Fosse o que fosse, enquanto engolia, senti o formigamento indo da garganta até a barriga.

Lambi o dedo antes de me afastar. Como suspeitava, a ferida já estava fechada; só gostava de provocá-lo. Madding soltou um suspiro lento.

— É por isso que a Interdição aconteceu — disse, deitando-se ao meu lado mais uma vez. Ele usou a mão para formar pequenos círculos na parte inferior das minhas costas; em geral, isso significava que ele estava pensando em sexo de novo. Maldito insaciável.

— Hum? — Fechei os olhos e estremeci, só um pouquinho, enquanto o sangue divino espalhava seu poder pelo meu corpo. Uma vez, quando Madding tinha me dado um pouco de seu sangue, comecei a flutuar a exatamente quinze centímetros do chão. Não conseguira descer por horas. Madding não ajudou; ele estava ocupado se acabando de rir. Felizmente, tudo o que *geralmente* sentia era uma agradável sensação relaxante, como embriaguez, mas sem a ressaca. Às vezes, tinha visões, mas nunca eram assustadoras. — Do que está falando?

— Você. — Mad roçou os lábios na minha orelha, causando um arrepio agradável na minha espinha. Ele percebeu e traçou o arrepio com a ponta dos dedos, me fazendo arquear e suspirar. — Vocês mortais e seu desatino inebriante. Muitos de nós foram seduzidos pela sua raça, Oree; até os Três, há muito tempo. Costumava pensar que quem se apaixonava por um mortal era um tolo.

— Mas agora que experimentou, percebeu que estava errado?

— Ah, não. — Madding se levantou, colocou-se sobre minhas pernas e deslizou as mãos para debaixo de mim, segurando e massageando meus seios. Suspirei com prazer, embora não tenha conseguido evitar dar uma risadinha quando ele mordiscou a minha nuca. — Eu estava certo. É um tipo de absurdo. Vocês nos fazem querer coisas que não deveríamos querer.

Meu sorriso desapareceu.

— Tipo a eternidade.

— Sim. — As mãos dele pararam por um momento. — E mais que isso.

— O que mais?

— Filhos, por exemplo.

Eu me sentei.

— Me diga que está brincando.

Ele tinha me prometido, havia muito tempo, que com ele, eu não precisava tomar as mesmas precauções que tomaria com um homem mortal.

— Calma — disse Madding, me fazendo deitar de novo. — É óbvio que estou brincando. Mas eu *poderia* te dar filhos, se eu quisesse. Se você quisesse. E se estivesse disposto a quebrar a única regra que os Três impuseram a nós.

— Ah. — Eu me recostei de volta nas almofadas, relaxando enquanto ele recomeçava sua carícia vagarosa e persuasiva. — Está falando sobre demônios. Filhos de mortais e imortais. Monstros.

— Eles não eram monstros. Isso foi antes da Guerra dos Deuses, antes que eu nascesse, mas ouvi dizer que eles eram como nós. Digo, deidades. Eles podiam dançar entre as estrelas como nós fazemos; tinham a mesma magia. Mesmo assim, envelheciam e morriam, não importava quão pode-

rosos fossem. Isso os fazia ser... muito estranhos. Mas não monstruosos.
— Ele suspirou. — É proibido criar mais demônios, mas... ah, Oree. Você
faria crianças tão lindas.

— Hum. — Estava começando a não prestar atenção nele. Madding
amava falar enquanto suas mãos faziam coisas deliciosas que transcendiam
palavras. Ele havia colocado uma mão entre as minhas pernas durante
aquele último devaneio. Coisas deliciosas. — Então os Três estavam com
medo de que vocês fossem... é... se apaixonar por mortais e fazer mais
demoniozinhos poderosos.

— Não todos os Três. No final, apenas Itempas ordenou que ficássemos
longe do reino mortal. Mas ele não tolera desobediência, então fizemos
como ele ordenou. — Mad beijou meu ombro, então esfregou o nariz na
minha têmpora. — Nunca percebi quão cruel aquela ordem foi, até te
conhecer.

Sorri, me sentindo atrevida, e estendi a mão para agarrar a protuberância quente e dura pressionada contra o meu traseiro. Fiz uma carícia
treinada e ele estremeceu contra mim, a respiração acelerando na minha
orelha.

— Ah, sim — provoquei. — Tão cruel.

— Oree — disse ele, a voz de repente baixa e rouca. Suspirei e ergui
meu quadril um pouco, e Madding voltou para dentro de mim como se
pertencesse ali.

Em algum momento do delicioso prazer flutuante que se seguiu, percebi
que estávamos sendo observados. Não me preocupei com isso no começo.
Os irmãos de Madding pareciam fascinados com o nosso relacionamento,
então se nos ver os ajudava sempre que decidiam tentar com um mortal,
não me incomodava. Mas havia algo diferente naquele olhar, percebi
depois, quando estava agradavelmente exausta e quase adormecida. Não
havia o ar usual de curiosidade ou excitação; havia algo mais denso nele.
Algo censurador. E familiar.

Era óbvio. Madding mandara alguém recolher todos os meus pertences.
Naturalmente, isso incluía Brilhante: meu panaca de estimação, rabugento,

arrogante e egoísta. Não fazia ideia de porque eu estar com Madding o irritava, e não me importava. Estava cansada de seu humor, cansada de tudo. Então, ignorei-o e fui dormir.

*　　*　　*

Madding não estava lá quando acordei. Eu me sentei, confusa, e escutei por um momento, tentando me orientar. Lá embaixo, podia ouvir o barulho incessante da água e sentir o cheiro do perfume das *hiras*. Na parte de cima, alguém estava caminhando, fazendo o assoalho gemer. A intuição me disse que era muito tarde, mas a maioria dos subordinados de Madding era composta por deidades; elas não dormiam. De algum lugar no mesmo andar, ouvi uma mulher rindo e dois homens falando.

Bocejei e tornei a me deitar, mas as vozes invadiram minha consciência.

— … não te disse…

— … da sua conta, maldição! Você não tem…

Percebi devagar: Brilhante. E Madding. Conversando? Não importava. Não me importava.

— Não está escutando — disse Madding. Ele falava em voz baixa, mas com propósito; isso fazia o som se propagar. — Ela te deu uma chance de verdade e você está a desperdiçando. Por que faria isso quando muitos de nós lutaram por você, morreram… — A voz dele falhou, resultando em silêncio por um instante. — Você nunca pensou nos outros… só em você! Faz ideia do que a Oree teve de passar por sua causa?

Abri os olhos.

A resposta de Brilhante foi um murmúrio baixo, incompreensível. A de Madding passou longe disso, era quase um grito:

— Você está destruindo ela! Não basta ter destruído sua própria família? Tem que matar o que *eu* amo também?

Eu me levantei. A bengala estava ao meu lado na pilha de travesseiros, bem onde Mad sempre a deixava. O penhoar estava enrolado nos travesseiros, onde eu o deixara cair. Eu o desenrolei e vesti.

— ... te dizer isso agora... — Madding havia recuperado parte da compostura, embora ainda estivesse nitidamente furioso. Tinha abaixado a voz outra vez. Brilhante estava calado, como estivera desde a explosão de Madding, que continuou falando, embora não conseguisse entender o que dizia.

Parei na porta. Não me importava, disse a mim mesma. Minha vida estava arruinada e era culpa de Brilhante. *Ele* não se importava. Que diferença fazia o que ele e Madding diziam um ao outro? Por que ainda me dava ao trabalho de tentar entendê-lo?

— ... ele poderia te amar de novo — disse Madding. — Pode fingir que não significa nada para você, Pai, se quiser. Mas eu sei...

Pai. Pisquei. *Pai?*

— ... apesar de tudo — disse Madding. — Acredite ou não, como quiser. — As palavras tinham um ar de encerramento. A discussão acabara, ainda que somente um deles tenha falado.

Recuei contra a parede, afastando-me da porta, embora isso não me ajudasse muito se Madding voltasse ao quarto. Mas, apesar de ter ouvido os passos de Madding se afastando de fosse lá o cômodo em que estiveram, eles desceram as escadas, não voltaram para o quarto.

Enquanto ficava ali contra a parede, pensando no que tinha ouvido, Brilhante também saiu do cômodo. Ele passou pelo quarto de Madding, e me preparei para que percebesse que estava fora da cama e talvez entrasse para me encontrar. Os passos dele sequer desaceleraram. Ele foi escada acima.

Qual deles seguir? Pensei por um momento, e então fui atrás de Madding. Ao menos sabia que ele falaria comigo.

Eu o encontrei de pé sobre a maior das piscinas, brilhando o suficiente para tornar toda a câmara visível enquanto sua magia se refletia nas paredes e na água. Parei atrás dele, saboreando o jogo de luzes em suas facetas, a mudança e ondulação da carne água-marinha líquida enquanto se movia, o cintilar padronizado das paredes. Ele juntara as mãos, a cabeça baixa como se fosse orar. Talvez *estivesse* orando. Acima das deidades estavam os deuses, e acima dos deuses estava o Turbilhão, o indecifrável. Talvez até ele orasse para alguma coisa. Todos nós não precisávamos de alguém a quem recorrer às vezes?

Então me sentei e esperei, sem interromper, e por fim Madding abaixou as mãos e se virou para mim.

— Não deveria ter levantado a voz — disse ele suavemente, em meio ao badalar dos cristais.

Sorri, trazendo os joelhos para perto do corpo e enlaçando-os com os braços.

— Também acho difícil não gritar com ele.

Mad suspirou.

— Se pudesse tê-lo visto antes da guerra, Oree. Ele costumava ser glorioso. Todos nós o amávamos... competíamos por seu amor, nos regozijávamos em sua atenção. E ele nos amava de volta em sua maneira calma e constante. Ele mudou tanto.

O corpo de Mad deu um último brilho líquido e então se firmou na casca humana robusta, de feições simples, que aprendera a amar tanto quanto a outra ao longo dos anos. Ele ainda estava nu, o cabelo ainda solto, ainda de pé na água. Seus olhos carregavam memórias e tristezas antigas demais para pertencerem a qualquer homem mortal. Ele nunca parecia totalmente comum, não importava o quanto tentasse.

— Então ele é o seu pai — falei devagar. Não queria dizer em voz alta a suspeita que começara a desenvolver. Mal queria acreditar nela. Havia dezenas, talvez centenas, de deidades, e houvera muito mais antes da Guerra dos Deuses. Nem todas tinham sido concebidas pelos Três.

Mas a maioria fora.

Madding sorriu, lendo minha expressão. Nunca fui capaz de esconder nada dele.

— Não sobraram muitos de nós que não o tenham renegado.

Umedeci os lábios.

— Pensei que ele fosse uma deidade. Digo, *só* uma deidade, não... — Gesticulei vagamente sobre a cabeça, querendo falar do céu.

— Ele não é só uma deidade.

A confirmação foi inesperadamente anticlimática.

— Eu achei que os Três fossem... diferentes.

— Eles são.

— Mas Brilhante...

— Ele é um caso especial. A condição atual dele é temporária. Provavelmente.

Nada na minha vida havia me preparado para isso. Sabia que não tinha tanto conhecimento sobre as questões dos deuses, apesar de minha associação única com alguns deles. Sabia tão bem quanto qualquer pessoa que os sacerdotes ensinavam o que queriam que nós soubéssemos, e não necessariamente o que era verdade. E, às vezes, mesmo quando diziam a verdade, estavam errados.

Madding se aproximou, sentando-se ao meu lado. Contemplou as piscinas, seu comportamento agora mais calmo.

Eu precisava entender.

— O que ele fez? — Essa era a pergunta que eu fizera a Sieh.

— Algo terrível. — O sorriso dele desaparecera durante meu momento de silêncio atordoado. A expressão estava fechada, quase raivosa. — Algo que a maioria de nós não esquecerá. Ele se safou por um tempo, mas agora a dívida deve ser paga. Ele pagará por ela de novo e de novo por um longo tempo.

Às vezes eles erravam *muito*.

— Não entendo — sussurrei.

Ele ergueu a mão e passou o nó de um dos dedos pela minha bochecha, afastando um cacho solto.

— Ele teve muita sorte de te encontrar — disse Madding. — Tenho que confessar, tive um pouco de ciúmes. Ainda havia ali um resquício do que ele fora. Consigo ver por que estaria atraída por ele.

— Não é assim. Ele nem gosta de mim.

— Eu sei. — Madding deixou a mão cair. — Não tenho certeza se ele é capaz de se importar com alguém agora, não de um jeito real. Ele nunca foi bom em mudar, em se adaptar. Em vez disso, desmoronou. E levou todos nós consigo.

Madding ficou em silêncio, ecoando dor, e entendi então que, ao contrário de Sieh, ele ainda amava Brilhante. Ou quem quer que Brilhante fora um dia.

Minha mente lutou contra o nome que sussurrava em meu coração.

Encontrei a mão dele e enlacei nossos dedos. Madding olhou para eles, então para mim, e sorriu. Havia tanta tristeza em seus olhos que me inclinei e o beijei. Ele suspirou no beijo, apoiando a testa na minha quando nos separamos.

— Não quero mais falar dele — declarou.

— Tudo bem — concordei. — Do que devemos falar? — Embora achava que soubesse.

— Fique comigo — sussurrou Madding.

— Não fui eu quem foi embora. — Tentei ser leve e falhei por completo. Ele fechou os olhos.

— Era diferente antes. Agora percebo que vou te perder de qualquer jeito. Você irá embora da cidade, ou ficará velha e morrerá. Mas se ficar, terei você por mais tempo. — Mad procurou minha outra mão; não era bom como eu em fazer as coisas sem enxergar. — Preciso de você, Oree.

Umedeci os lábios.

— Não quero te pôr em perigo, Mad. E se eu ficar... — Cada pedaço de comida que comesse, cada peça de roupa que vestisse, viria dele. Poderia suportar isso? Havia viajado pelo continente, deixado minha mãe e meu povo, lutado para viver como quisesse. Se ficasse em Sombra, com a Ordem me caçando e a morte seguindo meus passos, seria capaz de ao menos deixar a casa de Madding? Liberdade solitária ou prisão com o homem que amava. Duas escolhas horríveis.

E ele sabia disso. Eu o senti estremecer, e aquilo foi quase suficiente.

— Por favor — sussurrou.

De novo, quase cedi.

— Me deixe pensar — falei. — Eu preciso... não consigo pensar, Mad.

Ele abriu os olhos. Como estava tão perto, me tocando, pude sentir a esperança o deixando. Quando se afastou, largando minha mão, soube que ele começara a afastar também seu coração, preparando-o para minha rejeição.

— Tudo bem — disse Mad. — Leve quanto tempo quiser.

Se ele tivesse ficado com raiva, teria sido tão mais fácil.

Comecei a falar, mas ele se afastou. E o que havia a ser dito, de qualquer jeito? Nada curaria a dor que eu acabara de causar. Apenas o tempo poderia fazê-lo.

Então suspirei, me levantei e fui em direção às escadas.

* * *

A casa de Madding era enorme. O segundo andar, onde o quarto dele estava localizado, também era onde ele e os irmãos trabalhavam, se espetando para produzir pequenos frascos de sangue para vender para mortais. Ele enriquecera com isso e com seus outros negócios; as deidades possuíam muitas habilidades pelas quais os mortais estavam dispostos a pagar muito dinheiro. Mas ele ainda era uma deidade, e quando seu negócio cresceu, ele não considerou abrir um escritório; simplesmente aumentou a casa e convidou todos os subordinados a morarem com ele.

A maioria aceitara. O terceiro andar abrigava os quartos de todas as deidades que gostavam de ter uma cama, alguns escribas que saíram do controle da Ordem, e um punhado de mortais com outros talentos úteis — manutenção de registros, sopro de vidro, vendas. O próximo andar era o telhado, que era o que procurava.

Encontrei duas deidades relaxando aos pés da escada que levava ao telhado quando subi: o tenente/guarda de pele manchada de Madding e uma criatura linda que assumiu a forma de um homem kentio de meia-idade. Esse último, cujo olhar carregava sabedoria e desinteresse na mesma medida, ignorou minha presença. O primeiro piscou para mim e se moveu para mais perto do irmão para me deixar passar.

— Indo pegar um pouco de brisa noturna? — perguntou ele.

Assenti.

— Consigo sentir melhor a cidade lá em cima.

— Vai dizer adeus? — Os olhos dele eram curiosos demais, lendo meu rosto como um selo. Dei um sorriso fraco como resposta, porque não confiava em mim mesma para manter a compostura se dissesse algo. A expressão dele suavizou com pena. — Seria uma pena ver você partir.

— Já causei problemas demais a ele.

— Ele não se importa.

— Eu sei. Mas nesse ritmo, vou acabar devendo a ele minha alma ou algo pior.

— Ele não conta o que você deve, Oree. — Era a primeira vez que ele usava o meu nome. Não deveria ter ficado surpresa; o homem estivera com Madding havia mais tempo que eu. Talvez eles até tenham vindo ao mundo mortal juntos, dois eternos solteiros procurando diversão em meio ao sofrimento e a glória da cidade. A ideia me fez sorrir. Ele notou e fez o mesmo. — Não tem ideia do quanto ele se importa com você.

Havia visto nos olhos de Mad quando ele me pediu para ficar.

— Sei disso — sussurrei, e então precisei respirar fundo. — Te vejo mais tarde, é... — Fiz uma pausa. Todo aquele tempo, e nunca perguntara o nome dele. Minhas bochechas arderam de vergonha.

Ele pareceu achar graça.

— Paitya. Minha parceira — a mulher? — é Kitr. Mas não diga a ela que te contei.

Assenti, resistindo ao impulso de olhar para a deidade que parecia mais velha. Algumas deidades eram como Paitya, Madding e Lil, não se importando se os mortais concediam reverências a eles ou não. Mas tinha aprendido que outros nos consideravam seres muito inferiores. De qualquer forma, o mais velho já parecia irritado por eu ter interrompido seu relaxamento. Melhor deixá-lo em paz.

— Você terá companhia — disse Paitya quando passei por ele. Quase parei, percebendo de quem ele falava.

Mas percebi que era adequado, considerando a tristeza dentro de mim. Fora criada como uma itempane devota, embora não tenha mantido a constância nos últimos anos, e meu coração nunca tenha estado na crença. Mesmo assim, ainda orava a Ele quando sentia a necessidade. Definitivamente a sentia agora, então continuei subindo os degraus, lutei para abrir a porta pesada de metal e saí no telhado.

Enquanto o eco metálico da porta desaparecia, ouvi um respirar de um lado, perto do chão. Ele estava sentado em algum lugar, provavelmente contra uma das largas vigas da caixa d'água que dominava o espaço do telhado. Não pude sentir seu olhar, mas ele deve ter me ouvido entrar no telhado. O silêncio se instaurou.

De pé ali, sabendo quem ele era, esperava me sentir diferente. Deveria ser cerimoniosa, estar nervosa, talvez maravilhada. Mesmo assim, minha mente não conseguia juntar os dois conceitos: o Iluminado Lorde da Ordem e o homem que encontrara na lixeira. Itempas e Brilhante; Ele e ele; de jeito algum pareciam o mesmo no meu coração.

E só conseguia pensar em uma das mil perguntas que deveria ter feito.

— Todo esse tempo morou comigo e nunca falou. Por quê?

A princípio, achei que não responderia. Mas por fim escutei uma leve mudança no cascalho que cobria o telhado e senti a intensidade de seu olhar sobre mim.

— Você era irrelevante — respondeu ele. — Só mais uma mortal.

Estava me acostumando a ele, percebi amargamente. Aquilo me magoara bem menos do que o esperado.

Balançando a cabeça, fui até outra viga da caixa d'água, toquei para garantir que não havia poças ou detritos no caminho, e me sentei. Não havia silêncio de verdade no telhado; o ar da madrugada estava denso com os sons da cidade. Mesmo assim, estava em paz, de alguma forma. A presença de Brilhante, minha raiva em relação a ele, pelo menos evitou que eu pensasse em Madding, nos Guardiões da Ordem mortos ou no fim da vida que construíra em Sombra. Então, meu deus me confortara, ainda que do seu próprio jeito desagradável.

— E que diabos está fazendo aqui, de qualquer forma? — perguntei. Não conseguiria mostrar mais respeito que isso. — Orando para si mesmo?

— Há uma lua nova hoje.

— E daí?

Ele não respondeu e não me importei. Virei o rosto em direção ao brilho da copa da Árvore do Mundo, distante e quase imperceptível, e fingi que eram as estrelas sobre as quais ouvi outras pessoas falarem durante toda a minha vida. Vez ou outra, em meio às ondulações e redemoinhos do mar frondoso, via um clarão mais brilhante. Provavelmente um desabrochar precoce; a Árvore floresceria em breve. Havia pessoas na cidade que sobreviviam por um ano com o pagamento pelo trabalho perigoso de escalar os galhos mais baixos da Árvore e cortar suas flores prateadas para vender aos ricos.

— Tudo que acontece na escuridão, ele vê e ouve — disse Brilhante de repente. Desejei que ele ficasse em silêncio de novo. — Em uma noite sem lua, ele me escutará, mesmo que escolha não responder.

— Quem?

— Nahadoth.

Esqueci a raiva de Brilhante, a tristeza por Madding, e a culpa sobre os Guardiões da Ordem. Esqueci-me de tudo, exceto daquele nome.

Nahadoth.

*   *   *

Nós nunca nos esquecemos do nome dele.

Hoje, nosso mundo tem dois grandes continentes, mas um dia já foram três: o Alto Norte, Senm e a Terra dos Maroneses. Esse último era o menor dos três, mas também era o mais magnífico, com árvores que alcançavam trezentos metros no ar, flores e pássaros que não eram encontrados em qualquer outro lugar, e cachoeiras tão grandes que diziam que dava para sentir seu esguicho do outro lado do mundo.

As centenas de grupos do meu povo — chamados apenas de "maros" na época, não "maroneses" — eram muitas e poderosas. No final da

Guerra dos Deuses, aqueles que honraram o Iluminado Itempas acima de outros deuses foram beneficiados. Isso incluía os amnies, um povo agora extinto chamado de Ginij e nós. Os amnies eram governados pela família Arameri. O lar deles era Senm, mas eles construíram seu forte em nossa terra, por convite nosso. Éramos mais espertos que os Ginij. Mas pagamos um preço por nossa politicagem sagaz.

Houve um tipo de rebelião. Um grande exército marchou pela Terra dos Maroneses, com a intenção de derrubar os Arameri. Estúpido, eu sei, mas coisas assim aconteciam naquela época. Teria sido apenas mais um massacre, apenas mais uma nota de rodapé na história, se uma das armas dos Arameri não tivesse sido solta.

Ele era o Senhor da Noite, irmão e eterno inimigo do Iluminado Itempas. Estropiado, deteriorado, mas ainda inimaginavelmente poderoso, ele abriu um buraco na terra, causando terremotos e tsunamis que destruíram a Terra dos Maroneses. Todo o continente afundou no mar e quase todo o seu povo morreu.

Os poucos maro que sobreviveram se estabeleceram em uma minúscula península do continente Senm, concedida a eles pelos Arameri em compaixão por nossa perda. Começamos a nos chamar de maroneses, o que significava "aqueles que choram por maro" na língua comum que um dia falamos. Nomeávamos nossas filhas com base na tristeza e nossos filhos na raiva; debatíamos se valia a pena tentar reconstruir a nossa raça. Agradecemos a Itempas por salvar até mesmo o punhado de nós que sobrara, e odiamos os Arameri por tornar essa oração necessária.

E embora o restante do mundo quase o tenha esquecido, com exceção dos cultos hereges e contos para assustar as crianças, nós nos lembrávamos do nome de nosso destruidor.

Nahadoth.

*   *   *

— Tenho tentado mostrar meu remorso a ele — disse Brilhante.

Aquilo me tirou de um tipo de choque para me colocar em outro.

— *O quê?*

Brilhante se levantou. Eu o ouvi dar alguns passos, talvez até a parede baixa que marcava a beirada do telhado. A voz dele, quando falou, estava diluída pelo vento e os sons da madrugada da cidade, mas veio até mim com a limpidez necessária. A dicção era precisa, sem sotaque, perfeitamente afinada. Ele falava como um homem nobre treinado para fazer discursos.

— Você queria saber o que eu tinha feito para ser punido com a mortalidade — disse ele. — Perguntou a Sieh.

Afastei meus pensamentos de sua ladainha infinita de *Nahadoth, Nahadoth, Nahadoth*.

— Bem... sim.

— Minha irmã, eu a matei — confessou Brilhante.

Franzi a testa. É óbvio que ele a matara. Enefa, a deusa da terra e da vida, havia conspirado contra Itempas com o irmão deles, o Senhor da Noite Nahadoth. Itempas a matara pela traição e dera Nahadoth para os Arameri o escravizarem. Era uma história famosa.

A não ser que...

Umedeci os lábios.

— Ela... fez algo para te provocar?

O vento mudou por um momento. A voz dele veio até mim e então para longe, depois retornou, como uma canção, suave.

— Ela o tirou de mim.

— Ela... — Pausei.

Não queria entender. Obviamente Itempas tinha se envolvido com Enefa em algum ponto antes do desentendimento deles; a existência de deidades era prova suficiente disso. Mas Nahadoth era o monstro da escuridão, o inimigo de todo o bem que havia no mundo. Não queria pensar nele como o *irmão* do Lorde Iluminado, muito menos...

Mas eu passara muito tempo entre deidades. Havia visto que elas amavam e odiavam como mortais, magoavam umas as outras como mortais, deixavam-se levar por mal-entendidos, cultivavam mágoas e *se matavam por amor como os mortais.*

Levantei-me, tremendo.

— Está dizendo que *você* começou a Guerra dos Deuses — falei. — Está dizendo que o Senhor da Noite era seu amante... está dizendo que *ainda* o ama. Está dizendo que *ele está livre agora e ele quem fez isto com você.*

— Sim — confirmou Brilhante. Então, para a minha surpresa, deixou escapar um risinho, tão carregado de amargura que a voz dele tremeu por um instante. — É exatamente o que estou dizendo.

Minhas mãos apertaram a bengala até que as palmas doessem. Eu me agachei, fixando a bengala no cascalho para me apoiar, pressionando a testa na madeira velha e macia.

— Não acredito em você — sussurrei. *Não podia* acreditar nele. Não podia estar tão errada assim sobre o mundo, os deuses, tudo. Toda a raça humana não podia estar errada daquele jeito.

Podíamos?

Ouvi o cascalho se mexer debaixo dos pés de Brilhante enquanto se virava para mim.

— Você ama o Madding? — perguntou ele.

Era uma pergunta tão inesperada, tão sem sentido no contexto da nossa conversa, que levei vários segundos para fazer a boca funcionar.

— Sim. Pelos deuses, é óbvio que sim. Por que está me perguntando isso agora?

Mais cascalho, tilintando com ritmo enquanto Brilhante se aproximava. As mãos quentes dele seguraram as minhas no ponto em que elas encontravam a bengala. Fiquei tão surpresa com isso que o deixei afastá-las da madeira e me puxar para me erguer. Então ele não fez nada, por vários momentos. Apenas olhou para mim. Percebi, tardiamente, que não usava nada além do penhoar de seda. O inverno fora ameno naquele ano, e a primavera estava chegando mais cedo, mas a noite começava a esfriar. Arrepios tomavam conta da minha pele, e meus mamilos marcavam a seda.

Em casa, vestira tão pouco quanto — ou menos. Nudez não significava nada para mim, e Brilhante nunca mostrara o menor interesse. Agora, porém, estava bastante consciente de seu olhar, e... me incomodava. Nunca havia experimentado aquela sensação específica de desconforto com ele antes.

Brilhante chegou mais perto, suas mãos subindo para os meus braços. As mãos dele eram muito cálidas, quase reconfortantes. Não sabia o que ele queria fazer até que seus lábios roçaram nos meus. Surpresa, tentei me afastar, e as mãos dele se firmaram rapidamente — não o bastante para machucar, mas como um aviso. Congelei. Ele se aproximou de novo e me beijou.

Não sabia o que pensar. Mas enquanto a boca dele persuadia a minha a abrir com uma habilidade que nunca imaginara, e a língua dele tocou meus lábios, não consegui evitar relaxar contra ele. Se Brilhante tivesse forçado o beijo, eu teria odiado. Teria lutado. Em vez disso, de um modo não natural e quase perfeito demais, ele foi gentil. A boca dele não tinha gosto de nada, o que era estranho e de certa forma enfatizava sua desumanidade. Não era nada como beijar Madding. Não havia o sabor do eu interior de Brilhante. Mas quando a língua dele tocou a minha, me assustei um pouco, porque foi bom. Não esperava aquilo. As mãos dele desceram para a minha cintura, então para os meus quadris, me puxando para mais perto. Senti seu cheiro espetacular, caloroso e pungente. O calor e a força do corpo dele... eram completamente diferentes de Madding. Perturbador. Interessante. Os dentes dele mordiscaram meu lábio inferior e estremeci, daquela vez não totalmente por causa do medo.

Brilhante não fechara os olhos. Podia senti-los me observando, me avaliando, de maneira fria, apesar do calor de sua boca.

Quando se afastou, inspirou fundo. Expirou devagar. Disse, ainda em uma voz terrível e suave:

— Você não ama o Madding.

Fiquei rígida.

— Mesmo agora, você me quer. — Havia tanto desprezo na voz dele; cada palavra encharcada de veneno. Nunca ouvira tal emoção vinda dele, e tudo era ódio. — Os poderes dele te intrigam. O prestígio de ter um deus como amante. Talvez até seja devota a ele de certa forma, embora duvide disso, afinal parece que qualquer deus serve. — Ele deixou escapar um pequeno suspiro. — Sei bem os perigos de confiar em sua raça. Alertei meus filhos, mantive-os longe enquanto pude, mas Madding é teimoso. Sinto muito pela dor que ele sentirá quando enfim perceber quão indigna do amor dele você é.

Fiquei parada lá, dormente de tão chocada. Acreditando nele por um longo e horrível momento. Brilhante fora — e subjugado ou não, ainda era — o deus que reverenciara por toda a minha vida. É óbvio que ele estava certo. Não hesitara em relação à oferta de Madding? Meu deus me julgara, avaliando-me como insuficiente, e aquilo doía.

Então o bom senso se reafirmou, e com ele veio a completa fúria.

Ainda estava de costas contra a viga da caixa de água, o que me deu a alavancagem perfeita enquanto enfiei as mãos no peito de Brilhante e o empurrei com toda a força. Ele cambaleou para trás, fazendo um som de surpresa. Eu o segui, o medo e confusão esquecidos em meio à fúria flamejante.

— *Essa* é a sua prova? — Minhas mãos encontraram o peito dele e o empurrei de novo, jogando todo o meu peso só pela satisfação de escutá-lo grunhir. — *Isso* é o que te faz pensar que não amo Mad? Você beija bem, Brilhante, mas acha mesmo que chega aos pés do Madding no meu coração? — Eu ri, minha própria voz soando como um eco ríspido em meus ouvidos. — Pelos deuses, ele estava certo! Você realmente não sabe nada sobre amor.

Eu me virei, murmurando para mim mesma, indo em direção à porta do telhado.

— Espere — pediu Brilhante.

Eu o ignorei, balançando a bengala em um arco irritado à minha frente. A mão dele tornou a agarrar meu braço, e daquela vez tentei me livrar, xingando.

— *Espere* — pediu ele, sem me soltar. Ele pareceu desviar o olhar de mim, mal notando a minha fúria. — Tem alguém aqui.

— O que você... — Mas agora também ouvira, e congelei.

Passos, remexendo os cascalhos do telhado, perto da porta.

— Oree Shoth? — A voz era masculina, fria e escura como uma madrugada de inverno. Familiar, embora não conseguisse reconhecer a quem pertencia.

— S-sim? — falei, me perguntando se era algum cliente de Madding, e o que ele estava fazendo no telhado, naquele caso. E como sabia o meu nome? Talvez tivesse ouvido os subordinados de Madding fofocando. — Estava me procurando?

— Sim. Embora esperasse que estivesse sozinha.

Brilhante se moveu de repente, se colocando à minha frente, e me peguei tentando ouvir o homem através de seu tamanho bastante intimidador. Abri a boca para gritar com ele, com raiva demais para ser educada ou respeitosa, e então parei.

Era fraco. Precisava estreitar os olhos para ver. Mas Brilhante começara a cintilar.

— Oree — disse ele. Calmo, como sempre. — Entre na casa.

O medo interrompeu qualquer coisa que pudesse dizer.

— E-ele está entre a porta e eu.

— Vou tirá-lo do caminho.

— No seu lugar, não faria isso — disse o homem, tranquilo. — Você não é uma deidade.

Brilhante suspirou e, sob outras circunstâncias, teria me divertido com a irritação dele.

— Não. Eu não sou — ele retrucou.

E antes que eu pudesse falar de novo, ele havia desaparecido, o espaço à minha frente gelado com sua ausência. Houve um brilho de magia — algo ocultado pelo cintilar enevoado do corpo de Brilhante. Em seguida, uma onda de movimento, tecido rasgando, a luta de carne contra carne. Um jato de umidade em meu rosto, me fazendo estremecer.

Os Reinos Partidos

E então silêncio.

Fiquei parada por um momento, minha própria respiração alta e rápida em meus ouvidos enquanto me esforçava para ouvir o som que sabia e temia que viesse: corpos batendo nas pedras da rua três andares abaixo. Mas houve apenas aquele silêncio terrível.

Meus nervos venceram. Corri para a porta do telhado, abri e me joguei para dentro da casa, gritando.

"Uma janela se abre"
(giz sobre concreto)

Há coisas que ele me contou sobre si. Não tudo, é óbvio — algumas coisas ouvi de outros deuses ou lembrei de antigas histórias da minha infância. Mas ele me contou a maior parte. Não era da natureza dele mentir.

No tempo dos Três, as coisas eram muito diferentes. Havia muitos templos, mas poucos textos sagrados, e aqueles com crenças diferentes não eram perseguidos. Os mortais amavam os deuses que queriam — por vezes, vários ao mesmo tempo — e isso não era considerado uma heresia. Se houvesse disputas sobre um pedaço específico de história ou magia, bastava chamar uma deidade local e perguntar. Não era necessário ficar possessivo em relação a um deus ou outro quando havia vários para escolher.

Foi durante esse tempo que os primeiros demônios nasceram: prole de humanos mortais e deuses imortais, nem uma coisa nem outra, possuindo os melhores dons de ambos. Um desses dons era a mortalidade — uma coisa estranha a se chamar de dom, na minha opinião, mas as pessoas naquela época pensavam diferente. Enfim, todos os demônios a possuíam.

Mas considere o que isto significa: *todos os demônios morreram*. Não faz sentido, faz? Crianças raramente se parecem com apenas um dos pais. Alguns poucos demônios não deveriam herdar a imortalidade? Eles certamente tinham magia, e muita — tanta que a passaram para nós, quando acasalaram conosco. Escrever, curar, fazer profecias e enviar sombras —

tudo isso veio à raça mortal por meio dos demônios. Mas mesmo quando os demônios tinham amantes divinos e procriavam com eles, aquelas crianças envelheciam e morriam também.

Para nós, a herança divina era uma benção. Para os deuses, uma gota de sangue mortal condenava toda a sua prole à morte.

Ao que tudo indica, por um longo tempo, ninguém percebeu o que isso significava.

*   *   *

Desci as escadas mais rapidamente do que deveria, considerando que nunca fiquei por lá tempo o bastante para memorizar as escadas de Madding. Atrás de mim, vieram Paitya, a deidade de meia-idade, Kitr, que viera do nada quando eu gritara e pela primeira vez estava visível, e Madding. Quando alcançamos a sala das piscinas, mais duas pessoas se juntaram a nós: uma mulher alta e mortal que brilhava com quase a mesma quantidade de palavras divinas que o Previto Rimarn, e um elegante cão de corrida que brilhava branco à minha vista. Quando cheguei à porta da frente da casa, ouvi outras vozes no andar de cima; tinha acordado a casa inteira.

Poderia ter me sentido mal se meus pensamentos não tivessem sido preenchidos com aquele silêncio terrível.

— Oree! — Mãos me agarraram antes que pudesse dar três passos para fora da porta; lutei contra elas. Um borrão azul se tornou Madding. — Não deveria ter saído de casa, droga.

— Preciso... — Eu me sacudi para me livrar dele. — Ele...

— Ele quem? Oree? — Madding de repente ficou imóvel. — Por que tem sangue no seu rosto?

Aquilo interrompeu o meu pânico, embora a mão que levei até o rosto tremesse muito. No telhado, algo molhado respingara no meu rosto; havia me esquecido.

— Chefe? — Paitya havia se agachado para ver algo no chão. Não conseguia ver o quê, embora o seu semblante sinistro fosse inconfundível. — Tem muito mais sangue aqui.

Madding se virou para ver, os olhos arregalados. Ele se voltou para mim, franzindo a testa.

— O que aconteceu? Onde você estava, no telhado? — De repente, franziu ainda mais a testa. — Meu Pai fez algo com você? Os deuses me ajudem...

Kitr, que estivera verificando a rua por perigo, nos lançou um olhar severo.

— *Contou* a ela?

Madding a ignorou, embora eu tenha percebido seu tremor de aflição. Ele me virou de um lado a outro, procurando ferimentos.

— Estou bem — falei, mantendo a bengala contra o peito enquanto me acalmava. — *Estou* bem. Mas, sim, estava no telhado com... com Brilhante. Havia alguém... um homem. Não consegui vê-lo; ele deve ser um mortal. Ele sabia o meu nome, disse que estava procurando por mim...

Paitya praguejou e se levantou, estreitando os olhos enquanto fazia buscas na área.

— Desde quando Guardiões da Ordem vêm até a droga do telhado? Eles costumam ter noção o bastante para não nos irritar.

Madding murmurou alguma coisa na linguagem dos deuses; enrolado e afiado, um xingamento.

— O que aconteceu?

— Brilhante — falei. — Ele lutou contra o homem. Teve magia... — Agarrei o braço de Madding, os dedos apertando o tecido da camisa dele. — Mad, o homem de alguma forma o atingiu com magia, acho que foi isso que causou o sangue, acho que Brilhante o agarrou e o empurrou para fora do telhado, *mas não os ouvi atingir o chão...*

Madding já começara a gesticular para os companheiros, indicando para que procurassem ao redor da casa e nas ruas próximas. Kitr ficou por perto, assim como Paitya. Madding não tinha necessidade de ter guarda--costas, mas eu tinha, e ele provavelmente já havia instruído um deles a me tirar de lá caso algum tipo de luta ocorresse.

— Vou destruir o Salão Branco — ele rosnou, sua forma humana piscando em azul enquanto me empurrava de volta para a porta da frente. — Se eles ousaram atacar minha casa, meu povo...

— Ele não estava atrás do Brilhante — murmurei, percebendo tardiamente. Parei, agarrando o braço de Madding para conseguir a atenção dele. — Mad, aquele homem não estava mesmo atrás do Brilhante! Se ele era um Guardião da Ordem, ele ia querer o Brilhante, não é? Eles sabem que ele matou aqueles homens na Raiz Sul. — Quanto mais pensava, mais certeza tinha. — Não acho mesmo que aquele homem fosse um Guardião da Ordem.

Não perdi o olhar rápido e surpreso que cruzou o rosto de Madding. Ele trocou um olhar com Kitr, que parecia igualmente alarmada. Kitr então se virou para olhar para um dos mortais, a escriba. Ela assentiu e se ajoelhou, tirando um bloco de papel da jaqueta e destampando um pincel fino.

— Também irei ver — disse a deidade de meia-idade, desaparecendo.

Madding me puxou contra ele, me segurando firme com um braço e mantendo o outro livre, em caso de conflito. Tentei me sentir segura ali, nos braços de um deus e protegida por meia dúzia de outros, mas meus nervos estavam à flor da pele, e o pânico não diminuía. Não conseguia deixar de lado a sensação de que algo estava errado, muito errado, que alguém estava observando, que alguma coisa ia acontecer. Sentia isso com cada partícula de intuição que possuía.

— Não há corpo — disse Paitya, aproximando-se de nós. Além dele, podia ver outras deidades aparecendo e desaparecendo na rua, em parapeitos de janelas, na beira de um telhado. — Há sangue suficiente para *ter* um corpo, mas não há nada. Nem mesmo... é... membros.

— É...? — Precisei lutar para falar, meio abafada contra o ombro de Madding.

— É dele. — Paitya olhou para trás, para o cão de corrida, que farejava o local agora; o cachorro olhou para cima e assentiu em uma confirmação solene. — Sem dúvida. O sangue só respingou; caiu de cima. Mas nosso Pai não *desabou* aqui.

Madding murmurou algo em sua própria língua, então mudou para senmata para que eu pudesse entender.

— Deve ter havido uma arma. Ou magia, como disse. — Ele olhou para mim, com o semblante irritado. — Ele está sem poderes agora. Sabia que não daria conta de um escriba, se é isso o que o homem era. No telhado de uma casa cheia de deidades… por que ele não pediu ajuda? Maldito teimoso.

Fechei os olhos e me inclinei contra Madding, de repente exausta. Só então me toquei que poderia ter pedido ajuda também, embora tenha estado assustada demais para pensar em fazer isso na hora. Brilhante, no entanto, não tivera medo algum. Ele não *quisera* ajuda. Ele tinha feito de novo — se enfiado em uma situação perigosa, colocando a vida em risco, tudo para que pudesse ter um gostinho de seu antigo poder. Tinha sido por minha causa daquela vez, mas será que isso era realmente melhor? Deidades respeitavam a vida, inclusive as delas. Eram como os imortais, mas pelo menos se defendiam ou desviavam dos golpes quando eram atacados. Ao lutar, tentavam não matar. Enquanto isso, Brilhante massacrava até mesmo sua própria raça.

— O Senhor da Noite devia tê-lo matado — falei, cheia de amargura repentina. Madding ergueu a sobrancelha, surpreso, mas balancei a cabeça. — Há algo errado com ele, Mad. Sempre suspeitei, mas esta noite…

Eu lembrei-me da pequena hesitação na voz de Brilhante quando ele admitiu seu papel na Guerra dos Deuses. Só um momento de instabilidade, uma rachadura na rocha de sua intransigência. Mas foi mais profundo que isso, não foi? Seu descuido com a própria carne — como ele *terminara* morto na minha lixeira, havia tantos meses antes? Aquele beijo perverso que me dera. As palavras ainda mais perversas depois, culpando-me por toda a hipocrisia da raça humana.

Ele era — ou tinha sido — o deus da ordem, a personificação viva da estabilidade, paz e racionalidade. O homem que ele se tornara, aqui no reino humano, não fazia sentido. Brilhante não parecia Itempas porque

Brilhante *não era* Itempas, e nenhuma parte de minha educação maro certinha me permitiria aceitá-lo como tal.

Madding suspirou.

— Nahadoth queria matá-lo, Oree. Vários dos meus irmãos também, depois do que ele fez. Mas os Três criaram este universo; se um deles morrer, tudo termina. Então ele foi enviado para cá, onde pode causar menos danos. E talvez... — Ele parou, e de novo ouvi o tom de saudade em sua voz. Uma esperança, ainda viva. — Talvez, de alguma forma, ele possa... melhorar. Perceber o que fez de errado. Não sei.

— Ele disse que estava tentando se desculpar. No telhado. Com... com... — Estremeci. Nós não nos esquecemos do nome dele, mas também não o dizíamos, não se pudéssemos evitar. — O Senhor da Noite.

Madding piscou, surpreso.

— Ele estava? Isso é mais do que pensei que ele faria. — Madding se recompôs. — Mas duvido que terá algum efeito. Ele *matou a minha mãe*, Oree. Ele a assassinou com veneno, mutilou o corpo dela. Então passou os próximos milênios matando e prendendo qualquer um de nós que se atrevia a reclamar. Ele precisa de um pouco mais que uma desculpa para remediar isso.

Ergui a mão para tocar o rosto de Madding, lendo sua expressão com os dedos. Isso me ajudou a entender o que eu deixara passar.

— Ainda está com raiva.

A testa dele se franziu.

— É óbvio que estou. Eu a amava! Mas... — Ele suspirou pesadamente, se inclinando para pressionar a testa na minha. — ... eu o amei também, um dia.

Tomei o rosto dele entre as mãos, desejando saber como confortá-lo. No entanto, era assunto de família, entre pai e filho. Era um problema para Brilhante resolver, se algum dia o encontrássemos.

Mas havia uma coisa que eu podia fazer.

— Vou ficar — falei.

Mad se assustou, se afastando para me encarar. É óbvio que ele sabia do que eu estava falando. Depois de um longo momento, ele disse:

— Tem certeza?

Quase ri. Estava tremendo por dentro, não só pelo que restara do pânico.

— Não. Mas não acho que algum dia terei certeza. Eu só... sei o que é mais importante para mim.

Então ri, enquanto percebia que Brilhante havia me ajudado a decidir, com aquele beijo horrendo e suas palavras desafiadoras. Eu também amava Madding. E queria ficar com ele, mesmo se significasse o fim da vida pela qual lutara tanto para construir, e o fim da minha independência. Amar envolvia ceder, afinal de contas — algo que eu suspeitava que Brilhante não entendia.

O rosto de Madding estava solene quando assentiu, aceitando minha decisão. Gostei que ele não sorriu. Acho que ele sabia o que a decisão me custara.

Em vez disso, depois de um momento, Mad suspirou e olhou para Kitr, que, cuidadosamente, prestara mais atenção à rua do que a nós naqueles últimos minutos.

— Vou chamar todos para dentro — disse ele. — Não gosto disso. Um mero escriba não deveria ser capaz de se esconder de nós. — Mad olhou para trás, na direção dos respingos de sangue. — E não consigo sentir nosso Pai em lugar nenhum. É *disso* o que menos gosto.

— Nem eu — concordou Kitr. — Há alguns de nós com o poder de escondê-lo, mas por que fariam isso? A não ser... — Ela olhou para mim, avaliando e rejeitando uma ideia com a mesma rapidez. — Acha que isso tem algo a ver com a Role? Sua mortal encontrou o corpo, mas o que isso tem a ver?

— Não sei, mas...

— Espere. Há algo...

Isso veio do outro lado da rua. Segui a voz e vi o contorno da escriba de Madding, aquela coberta de selos. Ela estava olhando para os prédios ali perto, segurando um pedaço de papel. Uma série de selos individuais foi desenhada nos cantos, com três fileiras de palavras divinas no centro. Enquanto observava, uma das palavras divinas e um selo no canto superior direito começaram a brilhar com mais intensidade. A escriba, que aparentemente sabia o que aquilo significava, arfou e deu vários passos para trás. Não conseguia ver o rosto dela, pois não havia palavras divinas escritas nele, mas o terror preenchia sua voz.

— Ah, deuses, eu sabia! Cuidado! Todos vocês, cuida...

E de repente os infernos encheram as ruas.

Não, não infernos. *Buracos*.

Com o som de papel se rasgando, eles se abriam ao nosso redor, círculos perfeitos de escuridão. Alguns no chão, outros nas paredes; alguns pendurados no ar sem qualquer suporte. Um deles abriu bem debaixo dos pés da escriba, praticamente no momento que as últimas palavras saíram de sua boca. Ela não teve tempo de gritar antes de cair e desaparecer. Outro pegou Kitr, que havia tentado correr para o lado de Madding. Abriu-se diante dela entre um passo e outro, e ela desapareceu. O cão de corrida praguejou em mekatish e correu ao redor do primeiro buraco que se abriu sob suas patas, mas então outro se abriu acima dele. Vi seu pelo curto ficar em pé, sendo puxado para cima e, em seguida, com um grito, ele foi sugado também.

Antes que pudesse reagir, Madding de repente me empurrou para longe dele, para dentro da porta da casa. Tropeçando sobre os degraus altos da entrada, me virei, abrindo a boca para falar... então vi um buraco se abrir às costas dele. Senti o puxão, sua força intensa o suficiente para me atrair um degrau à frente mesmo depois que parei.

Não! Agarrei uma das maçanetas elaboradas da porta com uma mão para me manter firme e usei isso como alavanca para erguer a bengala, esperando que Madding fosse capaz de agarrá-la. Madding, de olhos arregalados e dentes expostos, se esticou em minha direção. O som de sinos estridentes mal era audível, sugado pelo buraco.

Ele murmurou algo que não consegui ouvir. Cerrou os dentes, e desta vez o ouvi na minha cabeça, à maneira dos deuses. ENTRE!

Então voou para trás, como se uma enorme mão invisível o tivesse agarrado pela cintura e puxado. O buraco desapareceu. Mad se fora.

Eu me atrapalhei com a maçaneta da porta, a respiração agitada e alta em meus ouvidos, as palmas tão suadas que a bengala escorregou e caiu no chão. Não conseguia ouvir mais ninguém na rua; estava sozinha. Exceto pelos buracos restantes, que pairavam ao meu redor, mais escuros do que o preto da minha visão.

Então consegui abrir a porta e corri para dentro da casa, para longe dos buracos, em direção à escuridão serena e vazia onde era cega, mas na qual pelo menos sabia quais perigos enfrentava.

Dei três passos para dentro da casa antes que o ar arrebentasse atrás de mim, e voei para trás. Um som parecido com metal estremecendo preencheu o mundo enquanto eu caía.

{7}

"Garota na escuridão"
(aquarela)

Meus sonhos têm sido mais vívidos ultimamente. Disseram-me que isso poderia acontecer, mesmo assim... eu me lembrei de algo.

No sonho, faço uma pintura. Mas enquanto me perco nas cores do céu, das montanhas e dos cogumelos nas montanhas — este é um mundo vivo, cheio de flora e fungos estranhos; quase posso sentir o cheiro da fumaça de seu ar alienígena — a porta do meu quarto se abre e minha mãe entra.

— O que está fazendo? — ela pergunta.

E embora ainda esteja meio perdida nas montanhas e cogumelos, não tenho escolha a não ser voltar para este mundo, onde sou apenas uma garota cega superprotegida cuja mãe quer o melhor para mim, mesmo que não concordemos sobre o que é melhor.

— Pintando — respondo, embora seja óbvio. Meu estômago está contraído em tensão defensiva; temo que um esporro esteja a caminho.

Minha mãe apenas suspira e se aproxima, colocando a mão sobre a minha para que saiba onde ela está. Ela fica em silêncio por um longo tempo. Está olhando para a pintura? Mordo meu lábio inferior, nem ao menos ousando ter esperança de que ela esteja, talvez, tentando entender por que faço o que faço. Ela nunca me disse para parar, mas consigo sentir sua reprovação, tão azeda e pesada na minha língua quanto uvas velhas e mofadas. Minha mãe também já deu a entender isso, no passado. *Pinte algo útil, algo bonito.* Algo que não colocasse os espectadores em transe por horas a fio. Algo que não atraísse o interesse intenso e gritante dos sacerdotes se eles o vissem. Algo seguro.

Ela não diz nada desta vez, apenas acaricia meu cabelo trançado, e por fim percebo que não está pensando em mim ou nas minhas pinturas.

— O que foi, mamãe? — pergunto.

— Nada — responde ela, com muita suavidade, e percebo pela primeira vez na vida que ela acabou de mentir para mim.

Meu coração se enche de pavor. Não sei por quê. Talvez seja o cheiro de medo que exala dela, ou a tristeza por baixo disso, ou o simples fato de que minha mãe tagarela e alegre está de repente tão calada, tão imóvel.

Então me inclino sobre ela e coloco os braços ao redor de sua cintura. Ela está trêmula, incapaz de me dar o conforto do qual preciso. Pego o que consigo, e talvez retribuo um pouco do que tenho.

Meu pai morreu algumas semanas depois.

* * *

Flutuei em um vazio entorpecente, gritando, incapaz de me ouvir. Quando juntei as mãos, não senti nada, mesmo quando cravei as unhas. Abrindo a boca, respirei fundo para gritar novamente, mas não senti nenhuma sensação de ar se movendo em minha língua ou enchendo meus pulmões. *Sabia* que tinha feito aquilo. Desejei que meus músculos se movessem e achei que tinham respondido. Mas não conseguia sentir nada.

Nada além do frio terrível. Era forte o bastante para fazer doer, ou teria sido se pudesse sentir a dor. Se tivesse conseguido ficar em pé, poderia ter caído no chão, sentindo frio demais para fazer qualquer coisa além de tremer. Se houvesse um chão.

A mente mortal não é feita para esse tipo de coisa. Não sinto falta da visão, mas tato? Audição? Paladar? Estava acostumada com eles. *Precisava* deles. Era assim que as outras pessoas se sentiam com relação à cegueira? Não é de se espantar que a temiam tanto.

Contemplei o desatino.

Os Reinos Partidos

*   *   *

— Pequena-ree — diz meu pai, segurando minhas mãos. — Não fique dependente da sua magia. Sei que ficará tentada. É bom ver, não é?

Assinto. Ele sorri.

— Mas o poder vem de dentro de você — continua meu pai. Ele abre uma das minhas pequenas mãos e traça a impressão espiralada de um dedo. Faz cócegas e rio. — Se usar muito dela, vai ficar cansada. Se usar tudo... pequena-ree, pode morrer.

Confusa, franzo a testa.

— É só magia.

Magia é luz, cor. Magia é uma canção bonita — maravilhosa, mas não uma necessidade vital. Não é como água, comida, sono, ou sangue.

— Sim. Mas também é parte de você. Uma parte importante. — Ele sorri, e pela primeira vez, vejo como a tristeza toma conta dele hoje. Ele parece solitário. — Precisa entender. Não somos como as outras pessoas.

*   *   *

Gritei com a voz e pensamentos. Deuses podem ouvir os pensamentos se um mortal se concentrar o bastante — é como eles escutam as orações. Não houve resposta de Madding, ou de qualquer outra pessoa. Embora tocasse ao redor, minhas mãos nada encontraram. Mesmo que ele estivesse ali, ao meu lado, eu saberia? Não fazia ideia. Estava tão assustada.

*   *   *

— Sinta — diz meu pai, guiando minha mão. Seguro um grosso pincel de pelo de cavalo, molhado com tinta que cheira a vinagre. — Sinta o cheiro no ar. Escute o raspar do pincel. Então acredite.

— Acreditar... em quê?

— No que espera que aconteça. O que quer que exista. Se você não controlar, a coisa te controlará, pequena-Ree. Nunca se esqueça disso.

*   *   *

139

Deveria ter ficado na casa deveria ter saído da cidade deveria ter visto o previto vindo deveria ter deixado Brilhante na lixeira onde o encontrei deveria ter ficado em Nimaro e nunca ter partido.

*   *   *

— *A pintura é uma porta* — *diz meu pai.*

*   *   *

Estiquei as mãos e achei que deviam estar tremendo.

*   *   *

— *Uma porta?* — *pergunto.*

— *Sim. O poder está em você, escondido, mas a pintura abre o caminho para esse poder, te permitindo trazer um pouco dele para a tela. Ou para qualquer outro lugar em que deseje colocá-lo. Conforme for crescendo, descobrirá novas maneiras de abrir a porta. A pintura é apenas o primeiro método que descobriu.*

— *Ah.* — *Eu penso no assunto.* — *Isso significa que poderia cantar minha magia, como você?*

— *Talvez. Gosta de cantar?*

— *Não como gosto de pintar. E minha voz não é tão boa quanto a sua.* Ele ri.

— *Eu gosto da sua voz.*

— *Você gosta de tudo o que faço, papai.* — *Mas meus pensamentos estão a todo vapor, fascinados pela ideia.* — *Isso significa que posso fazer algo além das pinturas? Tipo...* — *Minha imaginação infantil não consegue conceber as possibilidades da magia. Ainda não há deidades no mundo para nos mostrar o que podemos fazer.* — *Tipo transformar um coelhinho em uma abelha? Ou fazer as flores desabrocharem?*

Meu pai fica em silêncio por um segundo, e sinto sua relutância. Ele nunca mentiu para mim, nem quando faço perguntas que ele preferiria não responder.

Os Reinos Partidos

— Não sei — diz ele por fim. — Às vezes, quando canto, se eu acreditar que algo acontecerá, acontece. E às vezes... — Ele hesita, de repente parecendo aflito — ... às vezes quando não canto, acontece também. A canção é a porta, mas a crença é a chave que a destranca.

Toco o rosto dele, tentando entender seu desconforto.

— O que foi, papai?

Ele pega minha mão, a beija e sorri, mas já senti. Ele está com medo, só um pouquinho.

— Bem, apenas pense. E se visse um homem e acreditasse que ele fosse uma pedra? Algo vivo que acreditou que fosse algo morto?

Tento não pensar nisso, mas sou jovem demais. Soa divertido para mim. Ele suspira, sorri e dá um tapinha em minhas mãos.

*   *   *

Estendi as mãos, fechei os olhos, e *acreditei* em um mundo para que ele existisse.

Minhas mãos começaram a sentir, então imaginei solo grosso e argiloso. Meus pés doíam ao me erguer, então coloquei aquele solo sob eles, um som sólido e oco quando pisei por causa do ar e da vida fervilhando dentro dele. Meus pulmões imploravam para respirar e inalei um ar ligeiramente frio e úmido com orvalho. Respirei e o calor da respiração criou vapor no ar. Não conseguia ver, mas *acreditei* que estava lá. Assim como sabia que haveria luz ao meu redor, como minha mãe descrevera um dia — luz matutina enevoada, vinda de um sol pálido do início da primavera.

A escuridão permanecia, resistente.

Sol. *Sol.* SOL.

O calor dançou ao longo da minha pele, afastando o frio doloroso. Eu me ajoelhei, respirando fundo, cheirando a terra recém-revirada e sentindo o brilho da luz contra as pálpebras fechadas. Precisava ouvir algo, então decidi que haveria vento. Uma leve brisa matinal, dissipando gradualmente o nevoeiro. Quando a brisa veio, agitando meu cabelo e fazendo cócegas em meu pescoço, não me permiti sentir o espanto. Isso levaria a dúvidas. Podia sentir a fragilidade do lugar ao meu redor, sua inclinação para ser *outra coisa*. Escuridão fria e infinita...

— Não — disse rapidamente, e fiquei satisfeita por ouvir minha própria voz. Agora havia vento para propagá-la. — Ar morno de *primavera*. Um jardim pronto para ser plantado. Fique aqui.

O mundo ficou. Então abri os olhos.

Conseguia ver.

E, de um jeito estranho, a cena ao meu redor era familiar. Estava sentada no terraço com jardim da minha vila natal, onde fora quase completamente cega. Não há muita magia em Nimaro. A única vez que vira a vila fora...

... no dia que meu pai morrera. No dia do nascimento da Lady Cinzenta. Naquele dia, vira tudo.

Precisei recriar aquele dia, apoiando-me na memória daquele vislumbre único e cheio de magia. A névoa prateada do meio da manhã estremecia no ar. Eu me lembrei que aquela forma grande e retangular do outro lado do jardim era uma *casa*, mas não sabia dizer se era minha ou dos vizinhos sem sentir o cheiro ou contar os passos. Coisas pinicavam meus pés e dançavam na brisa: *grama*. Tinha recriado tudo.

Exceto as pessoas. Eu me levantei, ouvindo. Em todos os meus anos na vila, nunca a tinha ouvido tão silenciosa àquela hora do dia. Havia sempre pequenos sons — pássaros, bodes no quintal, o bebê de alguém chorando. Ali não havia nada.

Como ondulações na água, senti o espaço ao meu redor tremer.

— É o meu lar — sussurrei. — É o meu lar. Só está cedo; ninguém se levantou ainda. É real.

As ondulações pararam.

Real, e mesmo assim terrivelmente frágil. Ainda estava no lugar escuro. Tudo o que fizera fora criar uma esfera de sanidade ao meu redor, como uma bolha. Teria que continuar afirmando sua realidade, acreditando nela, para mantê-la intacta.

Tremendo, caí de joelhos de novo, enterrando os dedos no solo úmido. Sim, era melhor assim. Concentrar-me nas pequenas coisas, no comum.

Levei um punhado de terra ao meu nariz, inspirei. Não dava para confiar nos meus olhos, mas o resto... sim. Seria suficiente.

Mas de repente fiquei cansada, mais cansada do que deveria estar. Enquanto agarrava o torrão de terra, notei que a cabeça balançava, as pálpebras pesavam. Não tinha dormido muito, mas não podia ser isso. Estava em um lugar estranho, morrendo de medo. O medo por si só deveria ter me deixado tensa demais para dormir.

Antes que pudesse entender esse novo mistério, houve mais um daqueles curiosos arrepios ondulantes — e então a agonia chiou por trás dos meus olhos. Gritei, arqueando o corpo para trás e levando as mãos sujas ao rosto, minha concentração interrompida. Mesmo enquanto gritava, senti a falsa bolha de Nimaro romper ao meu redor, girando até se mergulhar no nada enquanto uma escuridão vazia e doentia se instalava.

E então...

Caí de lado em uma superfície sólida, dura o bastante para que o ar fosse arrancado dos meus pulmões.

— Bem, aí está você — disse uma voz masculina fria. Familiar, mas eu não conseguia pensar. Mãos me tocaram, me virando e tirando o cabelo do meu rosto. Tentei me livrar, mas isso intensificou a agonia nos olhos, na cabeça. Estava cansada demais para gritar.

— Ela está bem? — Era uma voz feminina, em algum lugar atrás do homem.

— Não tenho certeza.

As palavras pareciam divinas, chocando-se em minhas orelhas. Eu as tampei e gemi, desejando que tudo ficasse em silêncio.

— Essa não é a desorientação normal.

— Hum, não. Acho que é algum efeito da magia dela. Ela a usou para se proteger do meu poder. Fascinante. — Ele se virou para longe de mim, e senti sua presunção como uma camada de sujeira ao longo da minha pele. — Sua prova.

— De fato. — Ela também soava satisfeita.

Naquele momento, desmaiei.

"A luz revela"
(encáustica sobre tela)

Acordei devagar, e com um pouco de dor.

Estava deitada, com cobertores pesados de linho e lã pinicante sobre mim. Escutei por um tempo, respirando, avaliando. Estava em um cômodo um tanto pequeno: minha respiração soava próxima, embora não de uma maneira claustrofóbica. Cheirava à vela de cera gasta, poeira, eu, e à Árvore do Mundo.

O último cheiro era muito forte, mais forte do que jamais sentira vindo da Árvore. O ar estava carregado com suas resinas de madeira distintas e o verde intenso e brilhante da folhagem. A Árvore não perdia suas folhas no outono — um fato ao qual nós, na cidade, éramos profundamente gratos —, mas soltava folhas danificadas e as substituía pouco antes da chegada da primavera. Durante esse período, ela tendia a ter um cheiro mais acentuado, mas para o cheiro estar *tão* forte assim, tinha que estar mais perto do que o normal.

Aquela não era a única coisa incomum. Eu me sentei devagar, estremecendo ao notar que todo o meu braço esquerdo estava dolorido. Eu o examinei e encontrei hematomas recentes ali, assim como no quadril e no tornozelo. Minha garganta arranhava tanto que doía quando tentava pigarrear. E minha cabeça doía em uma única área específica, do meio do couro cabeludo, descendo a cabeça e indo para frente na direção dos olhos...

Então me lembrei. O local vazio. A falsa Nimaro. Estilhaçando-se, caindo, vozes. *Madding.*

Onde diabos eu estava?

O cômodo estava fresco, embora conseguisse sentir a fluida luz do sol vindo da minha direita. Tremi um pouco enquanto saía dos cobertores quentinhos, embora estivesse usando roupas — uma camisa simples sem mangas, calças largas com um cordão na cintura. Ainda que não fossem do tamanho correto, eram confortáveis. Havia chinelos ao lado da cama, os quais evitei naquele momento. Era mais fácil sentir o chão se deixasse meus pés descalços.

Explorei a sala e descobri que havia sido presa.

Em comparação a outras prisões, aquela era boa. A cama era macia e confortável, a pequena mesa e as cadeiras eram bem-feitas e havia tapetes grossos cobrindo grande parte do piso de madeira. Um minúsculo cômodo mais afastado continha um vaso sanitário e uma pia. Porém, a porta que encontrei estava totalmente trancada e não havia fechadura do lado de dentro. As janelas não tinham grades, mas estavam fechadas. O vidro era grosso e pesado; não seria capaz de quebrá-lo facilmente, e certamente não sem fazer muito barulho.

E o ar parecia estranho. Não tão úmido quanto o que estava acostumada. Mais fino, de alguma forma. O som também não se propagava. Para experimentar, bati palmas, mas o ruído ecoou da maneira errada.

Perdida em pensamentos, levei um susto quando a tranca da porta girou. Estava perto das janelas, então a solidez delas foi subitamente reconfortante quando recuei e encostei nelas.

— Ah, enfim está acordada — disse uma voz masculina que nunca tinha ouvido. — Por coincidência, bem no momento em que vim eu mesmo saber como está, em vez de enviar um iniciado. Olá.

Senmata, mas com um sotaque que não conhecia. Na verdade, ele soava como alguém rico, cada pronúncia precisa, a linguagem formal. Não pude notar mais do que isso, pois não falava com muitas pessoas ricas.

— Olá — respondi, ou tentei responder. Minha garganta maltratada por gritar em um lugar vazio, eu me lembrava agora, soltou um rangido rouco, e doeu tanto que fiz uma careta.

— Talvez não devesse falar. — A porta se fechou atrás dele. Alguém a trancou por fora. Tornei a me assustar com o barulho da tranca. — Por favor, Eru Shoth, não quero machucá-la. Acredito que eu saiba o que deve estar se perguntando, então, se você se sentar, explicarei tudo.

Eru Shoth? Fazia tanto tempo que ouvira o termo honorífico que, por um momento, não o reconheci. Um termo raro de respeito a uma mulher jovem. Estava um pouco velha para isso — em geral era usado para moças abaixo dos vinte anos —, mas tudo bem; talvez ele quisesse me agradar. No entanto, ele não soava como um maronês.

Ele esperou onde estava, paciente, até que por fim me sentei em uma das cadeiras.

— Assim é melhor — disse o homem, passando por mim. Passos ensaiados, firmes, mas graciosos. Um homem grande, embora não tão grande quanto Brilhante. Velho o bastante para conhecer o próprio corpo. Ele tinha cheiro de papel e tecido nobre, e um pouco de couro. — Bem. Meu nome é Hado. Sou responsável por todos os recém-chegados aqui, o que, no momento, consiste apenas em você e seus amigos. "Aqui", caso esteja se perguntando, é a Casa do Sol Nascido. Já ouviu falar?

Franzi o cenho. O sol recém-nascido era um dos símbolos do Pai Iluminado, mas era pouco usado naquela época, pois era facilmente confundido com o sol nascente da Lady Cinzenta. Não tinha ouvido ninguém se referir ao sol nascido desde a minha infância, em Nimaro.

— O Salão Branco? — perguntei.

— Não, não exatamente, embora nosso propósito também seja votivo. E nós, também, honramos o Lorde Iluminado, porém, não da mesma maneira que a Ordem Itempaniana. Talvez tenha ouvido o termo usado por nossos membros em vez disso: somos conhecidos como Novas Luzes.

Aquele eu conhecia. Mas fazia ainda menos sentido agora: o que um culto herege queria comigo?

Hado dissera que poderia adivinhar minhas perguntas, mas se tinha adivinhado aquela, decidiu não comentar.

— Você e seus amigos serão nossos convidados, Eru Shoth. Posso te chamar de Oree?

Convidados, sei. Cerrei a mandíbula, esperando que ele fosse direto ao ponto.

Ele pareceu achar graça do meu silêncio, inclinando-se sobre a mesa.

— De fato, decidimos recebê-la entre nós como uma de nossas iniciadas, nosso termo para um membro novo. Será introduzida às nossas doutrinas, nossos costumes, toda a nossa forma de viver. Nada será escondido de você. Na verdade, esperamos que encontre a iluminação conosco, e ascenda em nossas posições como uma verdadeira crente.

Desta vez, virei o rosto para ele. Havia aprendido que isso deixava minha opinião explícita para as pessoas que podiam enxergar.

— Não.

Ele deixou escapar um suspiro gentil e despreocupado.

— Pode ser que leve um tempo para se acostumar com a ideia, é evidente.

— *Não.* — Fechei as mãos em punho sobre o colo e me esforcei para falar, apesar da agonia na garganta. — Onde estão os meus amigos?

Houve uma pausa.

— Os mortais que foram trazidos aqui com você também estão sendo induzidos em nossa organização. Não as deidades, é óbvio.

Engoli, tanto para molhar a garganta quanto para empurrar o súbito medo nauseante na barriga. Não havia como eles terem levado Madding e seus irmãos até lá contra a vontade deles. Não havia como.

— E as deidades?

Outra daquelas malditas pausas emblemáticas.

— Cabe aos nossos líderes decidir o destino delas.

Tentei descobrir se Hado estava mentindo. Estava me preocupando com deidades, não com mortais. Nunca ouvira falar de nenhuma magia mortal que pudesse aprisionar uma deidade.

Mas Madding não viera me buscar, e aquilo significava que ele não podia, por algum motivo. Eu *ouvira* falar de deidades usando mortais como disfarce para suas próprias tramas. Talvez fosse o que estava acontecendo ali — algum rival de Madding, armando para assumir o mercado do sangue divino. Ou talvez outra deidade houvesse aceitado o trabalho que Lady Nemmer recusara.

Entretanto, se qualquer uma das hipóteses fosse verdadeira, não seria Madding o único a ser perseguido, em vez de toda a sua equipe?

Então, houve um estranho movimento abaixo dos meus pés, como um tremor no chão. Sacudindo as paredes, podia ser sentido facilmente, apesar de não fazer tanto barulho. Foi como se toda a sala tivesse resfriado de repente. Uma das janelas grossas até sacudiu de leve em sua moldura antes de ficar imóvel.

— Onde estamos? — perguntei.

— A Casa está anexada ao tronco da Árvore do Mundo. A Árvore balança um pouco às vezes. Nada com o que se preocupar.

Meus deuses.

Ouvira rumores de que algumas das pessoas mais ricas da cidade — chefes de cartéis mercantes, nobres e similares — começaram a construir casas no tronco da Árvore. Custava uma fortuna, em parte porque os Arameri haviam estabelecido requisitos estritos de estética, segurança e saúde da Árvore, e em parte porque ninguém com a ousadia de construir na Árvore se daria ao trabalho de construir uma casa *pequena*.

Era incrível um grupo de hereges poder utilizar tais recursos. Era impossível que eles tivessem o poder para capturar e manter, contra a vontade delas, meia dúzia de deidades.

Estas não são pessoas comuns, percebi com um arrepio. *Isto vai além do dinheiro; é sobre poder também. Poder mágico, político, todo tipo.*

As únicas pessoas no mundo com aquele tipo de poder eram os Arameri.

— Ora, vejo que ainda não está se sentindo bem. Não o suficiente para continuar uma conversa, pelo menos. — Hado endireitou a postura, aproximando-se de mim. Eu me encolhi quando seus dedos tocaram minha têmpora esquerda, e fiquei surpresa ao perceber que tinha outro hematoma ali. — Melhor — disse ele —, mas acho que recomendarei mais um dia de descanso para você. Mandarei alguém trazer o jantar e levá-la para o banho. Quando estiver mais curada, o Nypri gostaria de examiná-la.

Sim, me lembrava agora. Depois que minha Nimaro falsa se estilhaçara, fui de alguma forma tirada do espaço vazio. Caíra no chão, com força. Mas a dor nos meus olhos... era mais familiar. Sentira a mesma dor na casa de Madding, depois de usar magia para matar os Guardiões da Ordem no parque.

Então me dei conta do que Hado dissera.

— Nypri? — Soava como algum tipo de título. — Seu líder?

— Sim, um dos nossos líderes. No entanto, o papel dele é mais específico; ele é um escriba especialista. E está muito interessado em suas habilidades mágicas singulares. É provável que ele queira uma demonstração.

Fiquei pálida. Eles sabiam sobre a minha magia. Como? Não importava; eles sabiam.

— Não quero — falei. Minha voz estava baixinha, e não apenas por causa da dor.

A mão de Hado ainda estava na minha têmpora. Ele as moveu para baixo e deu um tapinha na minha bochecha, duas vezes, de uma forma condescendente. Ambos os tapas foram um pouco fortes demais para serem reconfortantes, e então sua mão se demorou em mim, um aviso implícito.

— Não seja tola — disse ele com suavidade. — Você é uma boa garota maronesa, não é? Somos todos verdadeiros Itempanes aqui, Oree. Por que não havia de querer se juntar a nós?

Os Arameri haviam governado o mundo por dois mil anos. Naquele tempo, eles impuseram o Iluminado em cada continente, em cada reino, em cada etnia. Àqueles que adoravam outros deuses foi dada uma simples ordem: convertam-se. Aqueles que desobedeceram foram aniquilados, seus nomes e trabalhos esquecidos. Verdadeiros Itempanes só acreditavam em um caminho — o deles.

Igual a Brilhante, uma voz pequena e amarga sussurrou para mim antes que eu a calasse.

Hado riu de novo, mas desta vez acariciou minha bochecha, aprovando meu silêncio. Ainda doía.

— Você se sairá bem aqui — disse ele.

Com isso, foi até a porta e deu uma batidinha nela. Alguém o deixou sair e a trancou de novo. Fiquei sentada onde estava por muito tempo, com a mão na bochecha.

*   *   *

Pessoas silenciosas entraram na minha cela duas vezes no dia seguinte, trazendo um café da manhã típico dos amnies e sopa para o almoço. Falei com a segunda que entrou — minha voz estava melhor —, perguntando onde Madding e os outros estavam. A pessoa não respondeu. Ninguém mais apareceu nesse meio tempo, então fiquei perto da porta, ouvindo e tentando determinar se havia guardas lá fora ou se havia algum padrão nos movimentos em corredores próximos. Minhas chances de escapar — sozinha, de uma casa cheia de fanáticos, sem sequer a bengala para me ajudar a encontrar o caminho — eram pequenas, mas não havia motivos para não tentar.

Estava mexendo na janela de vidro grosso quando a porta se abriu atrás de mim e alguém pequeno entrou. Eu me endireitei sem me sentir culpada. Eles não eram estúpidos. Esperavam que eu tentasse escapar, pelo menos nos primeiros dias. Os verdadeiros Itempanes não eram nada senão racionais.

— Meu nome é Jont — disse uma jovem, me surpreendendo ao falar. Ela soava mais nova que eu, talvez uma adolescente. Havia algo na voz que sugeria inocência, ou talvez entusiasmo. — Você é Oree.

— Sim — confirmei. Percebi que ela não havia fornecido um sobrenome. Nem Hado, na noite anterior. Então também não disse o meu, uma batalha pequena e segura. — Prazer em te conhecer. — Minha garganta estava melhor, graças aos deuses.

Ela parecia satisfeita com minha tentativa de ser educada.

— O Mestre dos Iniciados, Mestre Hado, que você conheceu, disse que devo dar-lhe o que precisar. Posso levá-la ao banho agora, e trouxe roupas limpas. — Houve o fraco *pluff* de uma pilha de tecidos sendo colocada sobre alguma superfície. — Nada chique, infelizmente. Vivemos de maneira simples aqui — disse Jont.

— Entendo — respondi. — Você... é uma iniciada também?

— Sim. — Ela se aproximou e presumi que estivesse me olhando nos olhos. — Foi um palpite ou sentiu de alguma forma? Ouvi dizer que as pessoas cegas conseguem captar detalhes que as outras pessoas não conseguem.

Tentei não suspirar.

— Foi um palpite.

— Ah. — Jont soou desapontada, mas se recuperou logo. — Vejo que está se sentindo melhor hoje. Dormiu por dois dias direto depois que eles trouxeram você do Vazio.

— Dois dias? — Mas outra coisa chamou a minha atenção. — O Vazio?

— O lugar para o qual nosso Nypri envia os piores blasfemadores do Iluminado — explicou Jont. Ela abaixou a voz, seu tom cheio de pavor. — É tão terrível quanto dizem?

— Está falando do lugar além dos buracos. — Eu me lembrava de não conseguir respirar, nem gritar. — Foi terrível — falei baixo.

— Então é bom que o Nypri foi misericordioso. O que fez?

— O que fiz?

— Para ele te colocar lá.

Com isso, a fúria desceu pela minha espinha.

— Não fiz nada. Estava com meus amigos quando esse seu Nypri nos atacou. Fui *sequestrada* e trazida aqui contra a minha vontade. E meus amigos... — Quase engasguei quando percebi. — Pelo que sei, eles podem ainda estar naquele lugar horrível.

Para a minha surpresa, Jont emitiu um som de compaixão e deu um tapinha na minha mão.

— Está tudo bem. Se eles não forem blasfemadores, ele os tirará de lá antes que muito dano seja feito. Então. Devemos ir aos chuveiros?

Jont pegou meu braço e me conduziu enquanto eu tropeçava, guiando-me devagar, afinal não estava com a bengala para me ajudar a identificar os obstáculos no chão. Enquanto isso, refleti sobre as informações que Jont me dera. Eles podiam chamar seus novos membros de iniciados em **vez de Guardiões da Ordem, e podiam usar magia estranha, mas em** todos os outros aspectos, esse Novas Luzes parecia muito com a Ordem Itempane — inclusive nos mesmos modos arrogantes.

Aquilo me fez questionar por que a Ordem ainda não acabara com eles. Uma coisa era permitir a adoração a deidades; certamente havia certo pragmatismo nisso. Mas outra fé dedicada ao Iluminado Itempas? Isso era uma bagunça. Confuso para as pessoas comuns. E se o Novas Luzes começasse a construir seus próprios Salões Brancos, coletar suas próprias oferendas, implantar seus próprios Guardiões da Ordem? Isso violaria cada princípio do Iluminado. A própria existência do Novas Luzes convidava o caos.

O que fazia menos sentido era os Arameri permitirem isso. A fundadora do clã deles, Shahar Arameri, fora um dia Sua sacerdotisa predileta; a Ordem era sua porta-voz. Não conseguia ver como permitir a existência de uma voz rival os beneficiava.

Então me ocorreu: *talvez os Arameri não saibam.*

Fui distraída do pensamento quando entramos em um cômodo aberto preenchido com umidade morna e o som de água. A sala de banho.

— Você se lava primeiro? — perguntou Jont. Ela me guiou para a área de limpeza; dava para sentir o cheiro do sabão. — Não sei nada sobre os costumes maro.

— Não são muito diferentes dos amnies — respondi, perguntando-me por que ela se importava. Tateei a região e encontrei uma prateleira com sabão, esponjas novas e uma tigela grande de água. Quente; um agrado. Tirei as roupas e as coloquei no cabide que encontrei na prateleira, então me sentei para me lavar. — Afinal de contas, também somos senmatas.

— Pois o Senhor da Noite destruiu a Terra dos Maroneses — disse ela, e então arfou. — Ah, droga... desculpe-me.

— Por quê? — Dei de ombros, deixando a esponja de lado. — Mencionar não vai fazer com que aconteça de novo. — Encontrei um frasco, que abri e cheirei. Xampu. Adstringente, o que não era ideal para o cabelo maronês, mas teria que servir.

— Bem, sim, mas... fazê-la lembrar de uma atrocidade tão grande..

— Aconteceu com os meus ancestrais, não comigo. Não me esqueço, nós nunca nos esquecemos —, mas há mais sobre os maroneses do que uma tragédia antiga. — Eu me enxaguei com a água da tigela e suspirei, me virando para ela. — Onde fica a imersão?

Jont tornou a pegar a minha mão e me levou a uma enorme banheira de madeira. O fundo era de metal, aquecido por uma chama embaixo dele. Precisei usar os degraus na lateral para subir e entrar. A água estava fria demais para o meu gosto, e sem perfume, mas ao menos tinha cheiro de limpeza. As piscinas de Madding sempre estavam do jeito certo...

Chega disso, disse a mim mesma de imediato quando meus olhos arderam com as lágrimas. *Você não fará nada por ele se não descobrir um jeito de sair daqui.*

Jont veio comigo, inclinando-se na lateral da banheira. Desejei que ela fosse embora, mas supus que parte do papel dela era agir como minha guarda, assim como minha guia.

— Os maroneses sempre priorizaram honrar Itempas entre os Três, assim como nós, amnies — disse ela. — Vocês não honram nem um deus inferior. Não é mesmo?

A sua forma de falar me alarmou no mesmo instante. Já conhecera o tipo dela antes. Nem todos os mortais estavam satisfeitos com a vinda das deidades. Nunca entendi a maneira deles de pensar, por que — até pouco tempo atrás — presumira que o Iluminado Itempas mudara de ideia sobre a Interdição; pensei que Ele *quisera* Seus filhos no reino mortal. É óbvio, Itempanes mais devotos perceberiam antes de mim, relapsa como era. O Lorde Iluminado não mudara de ideia

— Adorar as deidades? — Eu me recusava a usar as mesmas palavras que ela. — Não. Mas conheci muitas delas, e algumas até chamo de amigas. — Madding. Paitya. Nemmer, talvez. Kitr... bem, não, ela não gostava de mim. Lil decerto não.

Brilhante? Sim, um dia eu o chamara de amigo, embora a deusa serena estivera certa; ele não diria o mesmo de mim.

Quase podia ouvir o rosto de Jont se contraindo de desgosto.

— Mas... elas não são humanas. — Ela falou isso da forma como alguém descreveria um inseto ou um animal.

— E o que importa?

— Não são como nós. Não conseguem nos entender. São perigosas.

Eu me apoiei na lateral da banheira e comecei a trançar meu cabelo molhado.

— Já falou com uma delas?

— É óbvio que não! — Ela soou horrorizada com a ideia.

Comecei a falar mais sobre eles, mas resolvi parar. Se ela não conseguia ver os deuses como pessoas — ela mal *me* via como uma pessoa —, então nada que dissesse faria diferença. No entanto, isso me fez perceber uma coisa.

— Seu Nypri também se sente assim sobre as deidades? É por isso que ele arrastou meus amigos para aquele lugar, o Vazio?

Jont prendeu a respiração.

— Seus amigos são *deidades*? — De uma vez, a voz dela endureceu. — Então, sim, esse é o motivo. E o Nypri não *os* deixará sair tão cedo.

Fiquei em silêncio, revoltada demais para pensar em algo para dizer. Depois de um momento, Jont suspirou.

— Não quis te chatear. Por favor, já terminou? Temos muito a fazer.

— Acho que não quero fazer nada do que você tem em mente — usei o tom mais frio que consegui.

Ela tocou meu ombro e disse algo que me impediria de continuar pensando nela como inocente:

— Você vai.

Os Reinos Partidos

Saí da banheira e me sequei, tremendo não só por causa do ar frio.

Quando estava seca e enrolada em um roupão grosso, Jont me levou de volta à cela, onde me vesti com as vestes que ela trouxera: um pulôver simples e uma saia comprida que rodeava lindamente meus tornozelos. As roupas íntimas eram genéricas e largas, não do tamanho certo, mas quase. Bem como os sapatos — chinelos macios feitos para usar em ambientes internos. Um lembrete sutil de que meus sequestradores não tinham a intenção de me deixar sair.

— Melhor assim — disse Jont quando terminei, soando satisfeita. — Você se parece com uma de nós agora.

Toquei a barra da saia.

— Suponho que a saia seja branca.

— Bege. Não usamos branco. Branco é a cor da falsa pureza, enganando aqueles que de outra forma buscariam a Luz. — Havia uma entonação musical na forma como Jont disse isso, fazendo-me crer que ela estava recitando algo. Não era nenhum poema educacional que já ouvira, no Salão Branco ou em qualquer outro lugar.

Em seguida, um sino pesado soou em algum lugar da casa. Seu tom ressonante era lindo; fechei os olhos sentindo um prazer inesperado.

— A hora do jantar — disse Jont. — Você ficou pronta na hora certa. Nossos líderes pediram que jante com eles esta noite.

Estremeci.

— Suponho que eu não possa recusar? Ainda estou um pouco cansada.

Jont pegou a minha mão de novo.

— Desculpe. Não é longe.

Então a segui ao longo do que pareceu um labirinto infinito de corredores. Passamos por outros membros do Novas Luzes (Jont cumprimentou a maioria deles, mas não parou para me apresentar), mas prestei pouca atenção neles, a não ser por reparar que a organização era muito, muito maior do que supus. Notei uma dúzia de pessoas no corredor próximo à cela. Mas em vez de ouvi-las, contei os passos enquanto caminhávamos, assim poderia encontrar meu caminho mais rapidamente se um dia conseguisse escapar. Saímos de um corredor que cheirava a incenso *varsmusk* e entramos em outro que parecia ter janelas abertas por toda a extensão, deixando entrar o ar da noite. Descendo dois lances de escada (vinte e quatro degraus), virando um corredor (à direita), e atravessando um espaço aberto (em linha reta, em um ângulo de trinta graus a partir do corredor), chegamos a um lugar fechado muito maior.

Ali havia muitas pessoas ao nosso redor, mas a maioria das vozes parecia estar abaixo do nível da cabeça. Sentadas, talvez. Estava sentindo o cheiro de comida havia algum tempo, misturada com os cheiros de lampiões, pessoas e a onipresença verde da Árvore. Presumi que fosse uma sala de jantar enorme.

— Jont. — O contralto de uma mulher mais velha soou, suave e atraente. E havia um cheiro, como as hiras em flor, que também chamou minha atenção porque me lembrava da casa de Madding. Nós paramos. — Vou escoltá-la daqui. Eru Shoth? Virá comigo?

— Lady Serymn! — Jont parecia perturbada, alarmada e animada ao mesmo tempo. — S-sim. — Ela me soltou, e outra mão pegou a minha.

— Estávamos à sua espera — disse a mulher. — Há uma sala de jantar privativa por aqui. Direi se houver degraus no caminho.

— Tudo bem — falei, agradecida. Jont não fizera isso, e eu já havia batido meu dedão duas vezes. Enquanto caminhávamos, pensei sobre esse novo enigma.

Lady Serymn, Jont a chamara. Certamente não uma deidade, não entre esses detratores de deidades. Uma nobre então. Contudo, seu nome era amnie, uma daquelas combinações complicadas de consoantes que eles gostavam tanto; os amnies não tinham nobreza, exceto... mas não, era impossível.

Passamos por uma porta larga para um espaço menor e mais silencioso, e de repente havia outras coisas para me distrair — o cheiro de comida. Galinha assada, algum tipo de marisco, verduras e alho, molho de vinho, outros cheiros que não consegui identificar. Comida de gente rica. Quando Serymn me guiou até a mesa onde estava o banquete, percebi que havia outros já sentados ao redor. Fiquei tão fascinada com a comida que mal os notei.

Eu me sentei entre aqueles estranhos, diante de seu banquete luxuoso, e tentei não demonstrar o nervosismo.

Um servente se aproximou e começou a preparar meu prato.

— Gostaria de comer pato, Lady Oree?

— Sim — respondi com educação, percebendo o título. — Sou só Oree. Não "Lady".

— Você se subestima — disse Serymn. Ela se sentou à minha direita, perpendicular a mim. Havia pelo menos outras sete pessoas ao redor da mesa; podia ouvi-las murmurando umas com as outras. A mesa era ou retangular ou oval, e Serymn estava sentada na cabeceira. Alguém estava sentado na outra ponta, diante dela. — É apropriado que te chamemos de Lady. Por favor, nos permita conceder a você essa cortesia.

— Mas eu *não sou* — falei, confusa. — Não há uma gota sequer de sangue nobre em mim. Nimaro não tem uma família real; ela foi aniquilada junto com a Terra dos Maroneses.

— Suponho que essa seja uma boa hora para explicar por que te trouxemos aqui — disse Serymn. — Afinal, tenho certeza de que está se perguntando.

— Sim — respondi, irritada. — Hado... — Hesitei. — *Mestre* Hado me contou um pouco, mas não foi o suficiente.

Meus companheiros soltaram algumas risadinhas, incluindo duas vozes masculinas baixas no canto mais distante da mesa. Reconheci uma delas e corei: Hado.

Serymn também parecia achar graça.

— O que honramos não é sua fortuna ou posição, Lady Oree, mas sua linhagem.

— Minha linhagem é como o restante de mim: comum — respondi. — Meu pai era carpinteiro; minha mãe cultivava e vendia plantas medicinais. Os pais *deles* eram agricultores. Não há ninguém mais chique do que um contrabandista em toda a minha árvore genealógica.

— Me permita explicar. — Ela pausou para tomar um gole de vinho, inclinando-se para a frente, e enquanto o fazia, tive um vislumbre em sua direção. Eu me virei rapidamente para ver, mas fosse lá o que fosse, fora obscurecido de alguma forma.

— Que curioso — disse outra pessoa na mesa. — Na maior parte do tempo ela parece uma mulher cega qualquer, sem virar o rosto para uma ou outra coisa específica, mas agora ela pareceu *ver* você, Serymn.

Eu me xinguei silenciosamente. Era provável que não teria feito diferença esconder minha habilidade, mas ainda assim odiava dar a eles informações de maneira involuntária.

— Sim — disse Serymn. — Dateh mencionou que ela parece ter alguma percepção sobre magia. — Ela fez algo, e de repente tive uma visão nítida do que vislumbrara antes. Era um círculo pequeno e sólido de magia dourada e brilhante. Não, o círculo não era sólido. Sem poder me conter, me inclinei para frente, estreitando os olhos. Os círculos consistiam em dezenas de pequenos selos, escritos uns sobre os outros, na língua afiada dos deuses. Palavras divinas. *Frases*, quase um livro, espiralavam-se e sobrepunham-se umas às outras tão densamente que, a distância, o círculo parecia sólido.

Então entendi, e me endireitei, chocada.

Serymn se mexeu de novo, deixando o cabelo voltar ao lugar, percebi pela forma como o círculo de selos desapareceu. Sim, estava na testa dela.

Não pode ser. Não faz sentido. Não acredito. Mas havia visto com meus dois olhos mágicos.

Umedeci os lábios de repente secos, juntando as mãos trêmulas sobre o colo, e conjurei toda a coragem para falar.

— O que uma Arameri sangue-cheio está fazendo com um símbolo de um pequeno culto herege, Lady Serymn?

A risada que irrompeu na mesa não era a reação que esperava. Quando acabou — fiquei imóvel enquanto acontecia, em um silêncio tenso —, Serymn disse em uma voz ainda tomada de divertimento:

— Por favor, Lady Oree, coma. Podemos ter uma boa conversa *e* desfrutar uma boa refeição, não é mesmo?

Então dei algumas garfadas. Em seguida, de um jeito polido, limpei a boca e me endireitei, deixando evidente que aguardava com calma por uma resposta à minha pergunta.

Serymn deu um suspiro suave e pareceu limpar a própria boca.

— Muito bem. Estou com esse "símbolo de um pequeno culto herege", como diz, porque tenho um objetivo a alcançar, e estar aqui ajuda esse propósito. Mas devo reforçar que o Novas Luzes não é pequeno, nem herege, nem um culto.

— Fui levada a entender — falei devagar — que qualquer forma de adoração diferente daquela sancionada pela Ordem era herética.

— Falso, Lady Oree. Pela lei do Iluminado, a lei instaurada pela minha família, apenas a adoração *a outros deuses que não sejam Itempas* é herética. A forma que escolhemos adorar é irrelevante. Mas é verdade que a Ordem preferiria que os dois conceitos, obediência ao Lorde Iluminado e obediência à Ordem, fossem sinônimos. — Houve outra risadinha suave na mesa. — Mas, para ser direta, a Ordem é uma autoridade mortal, não divina. Nós, do Luzes, apenas reconhecemos a distinção.

— Então acham que a forma de adoração que escolheram é melhor que a da Ordem?

— Sim. As crenças da nossa organização são fundamentalmente similares àquelas da Ordem de Itempas. Na verdade, vários de nossos membros foram sacerdotes da Ordem. Mas há algumas diferenças significativas.

— Por exemplo?

— Quer mesmo entrar em uma discussão sobre doutrinas agora, Lady Oree? — perguntou Serymn. — Será introduzida na nossa filosofia nos próximos dias, como qualquer outro novo iniciado. Pensei que suas perguntas seriam mais básicas.

Elas eram. Mesmo assim, sentia instintivamente que a chave para entender todos aqueles fanáticos estava em entender aquela mulher. Aquela *Arameri*. Os sangue-cheios eram os membros mais importantes de uma família tão devota à ordem, e o critério que usavam para classificar e organizar a si mesmos era o quão perto da suma sacerdotisa Shahar a linhagem estava. Eles eram influentes, aqueles que tomavam decisões — e, às vezes, por meio do poder de seus deuses-escravizados, aniquilavam nações.

Tinha sido assim dez anos atrás, antes do terrível dia em que a Árvore do Mundo crescera e as deidades retornaram. Sempre houvera rumores, mas agora eu sabia a verdade, saída dos lábios do próprio Brilhante. Os escravizados pelos Arameri haviam se libertado; o Senhor da Noite e a Lady Cinzenta haviam subjugado o Iluminado Itempas. Os Arameri, ainda que muito poderosos, perderam sua maior arma e seu patrono em um único golpe.

O que acontecia quando, as pessoas que um dia possuíram o poder absoluto, de repente o perdiam?

— Tudo bem — falei com cuidado. — Perguntas básicas. Por que estão aqui, e por que *eu* estou?

— O quanto sabe do que aconteceu há dez anos, Lady Oree?

Hesitei, incerta. Era mais seguro fingir ser ignorante ou revelar o quanto sabia? Essa mulher Arameri me mataria se contasse o segredo de sua família? Ou era um teste para ver se eu mentiria?

Parti um pedaço de pão, mais por nervosismo do que fome.

— Eu... sei que há três deuses novamente — falei devagar. — Sei que o Iluminado Itempas não governa mais sozinho.

— Quer dizer, "não mais governa", Lady Oree — disse Serymn. — Mas presumiu isso, não foi? Todos os verdadeiros seguidores de Itempas sabem que Ele nunca permitiria as mudanças que aconteceram nos últimos anos.

Assenti, involuntariamente pensando na cama de Madding, em nós fazendo amor, e a desaprovação de Brilhante.

— É verdade — falei, suprimindo um sorriso amargo.

— Então devemos considerar os Irmãos deles, esses novos deuses...

Um dos companheiros de Serymn deixou escapar uma risada que mais parecia um latido.

— Novos? Vamos lá, Lady Serymn, não somos o povo ingênuo. — Ela olhou para mim, e não me deixei enganar pela doçura em seu tom. — A maioria de nós, pelo menos.

Cerrei a mandíbula, me recusando a morder a isca. Notei que Serymn recebeu isso com notável tranquilidade; não teria esperado que um Arameri tolerasse muito o escárnio, mesmo se a maior parte tivesse sido às custas de outra pessoa.

— De fato, o "Lorde das Sombras" foi uma tentativa débil de distração — respondeu ela, e retornou a atenção a mim. — Mas minha família estava ocupada tentando evitar o pânico, Lady Oree. Afinal de contas, passamos séculos aterrorizando os mortais com a mera possibilidade da soltura do Senhor da Noite. Melhor mantê-lo preso do que ele se libertar e se vingar contra o mundo; foi assim que aconteceu. Agora apenas algumas mentiras fracas impedem a população de perceber que o que aconteceu com os maro pode acontecer com *todos*.

Ela se referia à destruição do meu povo — culpa da família dela — sem rancor nem vergonha, e aquilo me fez borbulhar de raiva. Mas os Arameri eram assim: ignoravam seus erros, mesmo nas ocasiões em que eram persuadidos a admiti-los.

— Ele está com raiva — falei. Suavemente, porque eu também estava. — O Senhor da Noite. Sabe disso, não sabe? Ele deu um prazo para os Arameri e para as deidades encontrarem os assassinos de seus filhos.

— Sim — concordou Serymn. — Essa mensagem foi dada ao Lorde Arameri há alguns dias, me disseram. Um mês, a partir da morte da Role. Isso nos dá aproximadamente três semanas.

Ela falava como se a fúria de um deus não fosse nada. Minhas mãos se fecharam com força sobre meu colo.

— O Senhor da Noite estava *entediado* quando destruiu a Terra dos Maroneses. Ele nem tinha todo o seu poder naquela época. Você sequer consegue imaginar o que ele fará agora?

— Consigo imaginar melhor do que você, Lady Oree. — Serymn falava com muita cautela. — Lembre-se de que cresci com ele.

A mesa ficou em silêncio. Em algum lugar da sala, um relógio tiquetaqueou alto. Todos nós podíamos ouvir as histórias não contadas no tom neutro dela — e então havia a maior das histórias, se esgueirando abaixo da superfície da conversa como algum tipo de leviatã: *por que uma mulher de aparência tão poderosa, tão destemida, fugira de Céu, para começo de conversa?* E agora, imaginando os horrores em meio à calmaria do tique-taque do relógio, não conseguia deixar de me perguntar: *que diabos o Senhor da Noite fez com ela?*

— Felizmente — disse Serymn por fim, e expirei, aliviada, pela quebra do silêncio —, a raiva dele é benéfica para nossos planos.

Devo ter franzido o cenho, porque ela riu. Soou um pouco forçado.

— Considere, Lady Oree, que já fomos salvos uma vez pelo terceiro membro dos Três. Considere o que isso significa, o que ela significa. Nunca se questionou? Enefa do Crepúsculo, irmã do Iluminado Itempas, está morta faz dois mil anos. Quem, então, é essa Lady Cinzenta? Você conhece muitas das deidades da cidade. Elas te explicaram esse mistério?

Pisquei, surpresa, ao perceber que Madding não me explicara. Ele falara da morte de sua mãe, o luto ainda embargando a voz. Mas ele também falara de seus pais, no plural e no presente. Era só uma daquelas contradições que uma pessoa precisava aceitar ao lidar com deuses; não me incomodara porque não pensara que era importante. Mas também, até pouco tempo atrás, pensara ter entendido a hierarquia dos deuses.

— Não — falei. — Ele... elas nunca me disseram.

— Hum. Então te contarei um grande segredo, Lady Oree. Há dez anos, uma mulher mortal traiu seu deus e a própria humanidade ao conspirar para libertar o Senhor da Noite, o amante dela. Ela conseguiu, e seus esforços foram recompensados com o poder perdido de Enefa. Ela se tornou, para todos os efeitos, uma *nova* Enefa, uma deusa em seu próprio direito.

Perdi o ar, surpresa. Nunca havia imaginado que era possível um mortal se tornar um deus. Mas aquilo explicava muitas coisas. As restrições às deidades, confinando-as dentro da cidade de Sombra; o porquê das deidades se policiarem tão cuidadosamente para evitar a destruição em massa. Uma deusa que um dia fora mortal poderia se opor ao insensível desprezo pela vida humana.

Os Reinos Partidos

— A Lady Cinzenta é irrelevante para nós — disse Serymn —, além do fato de que temos de agradecê-la pela paz atual. — Ela se inclinou à frente, apoiando os cotovelos na mesa. — Estamos contando com a intervenção dela, na verdade. Enefa, a quem essa nova deusa é em essência uma cópia, sempre lutou pela preservação da vida. Essa é a natureza dela; enquanto seus irmãos são mais extremos, rápidos para julgar e ainda mais rápidos para destruir tudo, ela *mantém*. Ela se adapta à mudança e procura a estabilidade dentro dela. A Guerra dos Deuses não foi a primeira vez em que Itempas e Nahadoth lutaram. Foi apenas a primeira vez que eles lutaram, desde a criação da vida, sem Enefa por perto para manter o equilíbrio do mundo.

Eu estava meneando a cabeça.

— Está dizendo que conta com essa nova Enefa para nos manter seguros? Está brincando? Mesmo que ela tenha sido humana um dia, essa não é mais a realidade. Agora ela pensa como qualquer outro deus. — Pensei em Lil. — E alguns deles são desequilibrados.

— Se ela quisesse acabar com a raça humana, ela mesma poderia ter feito isso, muitas e muitas vezes, durante os últimos dez anos. — A mesa se mexeu um pouquinho enquanto Serymn fazia algum gesto. — Ela é a deusa da vida e da morte. E, por favor, lembre-se, quando era mortal, ela era uma Arameri. Sempre fomos previsíveis. — Eu a ouvi sorrir. — Acredito que ela procurará canalizar a fúria do Senhor da Noite da maneira mais conveniente. Afinal de contas, ele não precisa destruir o mundo todo para vingar seus filhos. Só uma parte serve. Talvez uma única cidade.

Recoloquei as mãos sobre o colo, perdendo o apetite.

Os pais maroneses não contam histórias reconfortantes na hora de dormir. Assim como baseamos os nomes de nossos filhos em tristeza e raiva, também contamos histórias que os farão chorar e acordar no meio da noite, estremecendo com pesadelos. Queremos que nossos filhos tenham medo e nunca se esqueçam, porque assim eles estarão preparados se o Senhor da Noite vier novamente.

Assim como ele logo viria para Sombra.

— Por que a Ordem de Itempas... — Hesitei, sem ter certeza de como falar aquilo sem ofender uma sala cheia de ex-membros da Ordem. — O Senhor da Noite. Por que honrá-lo só porque ele está livre? Ele já nos odeia. Eles realmente pensam que um deus zangado seria dissuadido por esse tipo de hipocrisia?

— Os deuses não são quem eles estão tentando dissuadir, Lady Oree. — Era a voz do homem na extremidade da mesa. Fiquei tensa. — É a *nós* que eles esperam apaziguar.

Eu conhecia aquela voz. Já a ouvira antes — três vezes agora. No calçadão Sul, pouco antes de eu matar os Guardiões da Ordem. No telhado de Madding, antes do caos que se seguiu. E mais tarde, enquanto estava enfraquecida e debilitada depois de ser retirada do Vazio.

Ele estava sentado na extremidade da mesa, oposto a Serymn, irradiando a mesma autoconfiança mansa. Mas é óbvio que era o caso; ele era o Nypri deles.

Enquanto ficava ali sentada, estremecendo de medo e fúria, Serymn deu uma risadinha.

— Direto como sempre, Dateh.

— Só disse a verdade. — Ele soava divertido.

— Hum. O que meu marido quer dizer, Lady Oree, é que a Ordem, e através dela a família Arameri, é perseverante na expectativa de convencer o restante da humanidade de que o mundo está como deve estar. Apesar da presença de todos os nossos novos deuses, nada mais deve mudar, politicamente falando. Devemos nos sentir felizes... seguros... complacentes.

Marido. Uma Arameri sangue-cheio casada com um herege cultista?

— Você não está fazendo nenhum sentido — falei. Foquei no garfo entre os dedos, no estalar da lareira da sala de jantar ao fundo. Isso me ajudou a permanecer calma. — Está falando dos Arameri como se fizesse parte da família.

— De fato. Vamos dizer que minhas atividades não são sancionadas pelo restante da minha família.

O Nypri pareceu achar graça.

— Ah, eles poderiam aprovar, se soubessem.

Serymn riu, assim como as outras pessoas na mesa.

— Acha mesmo? Você é bem mais otimista que eu, meu amor.

Eles zombaram enquanto eu permanecia sentada lá, tentando entender a nobreza, a conspiração e milhares de outras coisas que nunca fizeram parte da minha vida. Era apenas uma artista de rua. Apenas uma maronesa comum, assustada e longe de casa.

— Não entendo — falei por fim, interrompendo-os. — Vocês me sequestraram, me trouxeram aqui. Estão tentando me forçar a me juntar a vocês. O que tudo isso, o Senhor da Noite, a Ordem, os Arameri, tem a ver *comigo*?

— Mais do que sabe — disse o Nypri. — O mundo está em grande perigo no momento, não apenas pela fúria do Senhor da Noite. Pense: pela primeira vez em séculos, os Arameri estão vulneráveis. Ah, eles ainda têm imensa força política e financeira, e estão construindo um exército que fará qualquer nação rebelde pensar duas vezes. Mas *eles podem ser derrotados agora*. Sabe o que isso significa?

— Que algum dia poderemos ter um grupo diferente de tiranos no poder? — Apesar dos meus esforços para ser educada, estava ficando irritada. Eles continuavam dando voltas, sem nunca responder minhas perguntas.

Serymn não parecia ofendida.

— Talvez... mas qual grupo? Todos os clãs nobres, conselhos governantes e ministros eleitos vão querer a chance de governar os Cem Mil Reinos. E se todos eles se esforçarem para isso ao mesmo tempo, o que acha que vai acontecer?

— Mais escândalos, intrigas, assassinatos e seja lá o que mais fazem com seu tempo — respondi.

Ao menos Lady Nemmer ficaria satisfeita.

— Sim. E golpes, enquanto nobres fracos são substituídos por outros mais fortes ou mais ambiciosos. E rebeliões dentro dessas terras, enquanto grupos minoritários lutam por uma parte. E novas alianças à medida que reinos menores se unirem para obter força. E traições, porque toda aliança tem algumas. — Serymn deixou escapar um suspiro longo e cansado. — Guerra, Lady Oree. Haverá guerra.

Como a boa garota Itempane que nunca fui, estremeci ainda assim. A guerra era uma maldição para o Iluminado Itempas. Tinha ouvido histórias da época antes do Iluminado, antes que os Arameri fizessem leis estritas para regulamentar a violência e o conflito. Nos velhos tempos, milhares morriam em cada batalha. Cidades foram arrasadas, seus habitantes massacrados por exércitos de guerreiros que atacavam, estupravam e matavam civis indefesos.

— O-onde? — perguntei.

— *Por toda a parte.*

Não conseguia imaginar. Não em tal escala. Era um disparate. Caos.

Então me lembrei. Nahadoth, o Senhor da Noite, também era o deus do caos. Era a vingança mais condizente que ele poderia impor sobre a humanidade.

— Se os Arameri caírem e o período Iluminado acabar, a guerra retorna — disse Serymn. — A Ordem de Itempas teme isso mais do que qualquer ameaça representada por um deus, porque é o maior perigo. Não apenas para uma cidade, mas para toda a nossa civilização. Já há rumores de inquietação no Alto Norte e nas ilhas. Aquelas ilhas foram forçadas a se converterem ao culto de Itempas depois da Guerra dos Deuses. Eles nunca esqueceram, nem perdoaram, o que fizemos a eles.

— Alto-nortistas — disse alguém na mesa, em tom de desprezo. — Bárbaros! Dois mil anos e eles ainda estão com raiva.

— Bárbaros, sim, e com raiva — concordou Hado, que eu havia esquecido estar lá. — Mas nós não sentimos a mesma raiva quando nos disseram para começar a cultuar o Senhor da Noite?

Houve resmungos ao redor da mesa, concordando.

— Sim — disse Nypri. — Então, a Ordem permite a heresia e desvia o olhar quando os ex-fiéis de Itempas rechaçam seus deveres. Eles esperam que a exploração de novas religiões ocupe o povo e conceda aos Arameri tempo para se preparar para a conflagração que está por vir.

— Mas é inútil — disse Serymn, uma nota de raiva em sua voz. — T'vril, o Lorde Arameri, espera acabar com a guerra rapidamente quando acontecer. Mas para se preparar para a guerra terrestre, ele se distraiu da ameaça nos céus.

Suspirei, cansada de muitas maneiras.

— Podem se preocupar com isso, mas o Senhor da Noite é — abri as mãos, em um gesto de impotência — uma força da natureza. Talvez todos devêssemos começar a orar a essa Lady Cinzenta, afinal disse que ela é a única que o está mantendo na linha. Ou talvez devêssemos escolher nossos paraísos pessoais na vida após a morte agora mesmo.

O tom de Serymn me repreendeu gentilmente.

— Preferimos ser mais proativos, Lady Oree. Talvez seja o sangue Arameri correndo em minhas veias, mas não gosto de permitir que uma ameaça familiar se espalhe descontroladamente. Melhor atacar primeiro.

— Atacar? — Dei uma risadinha, certa de que estava entendendo errado. — Atacar um *deus*? Isso não é possível.

— Sim, Lady Oree, é. Afinal de contas, já foi feito uma vez.

Congelei, o sorriso se desfazendo em meu rosto.

— A deidade Role. *Você* a matou.

Serymn riu, evasiva.

— Na verdade, me referia à Guerra dos Deuses. O Pai do Céu Itempas matou Enefa; se um dos Três pode morrer, todos eles podem.

Fiquei em silêncio, confusa, mas não estava mais rindo. Serymn não era tola. Não acreditava que uma Arameri falaria de algo como o assassinato de uma deusa se não tivesse poder para fazê-lo.

— Esse, para enfim chegar ao ponto, é o motivo pelo qual sequestramos você. — Serymn ergueu sua taça para mim, o som fraco do cristal tão alto quanto um sino no silêncio do cômodo. Nossos companheiros haviam se calado, prestando atenção a cada palavra dela. Quando ela os saudou, eles ergueram as taças também.

— Ao retorno do Iluminado — disse o Nypri.

— E ao Lorde Branco — disse a mulher que comentara sobre a minha visão.

— Até que a escuridão acabe — disse Hado.

E outras afirmações, de cada pessoa na mesa. Parecia um ritual solene — enquanto todos eles se comprometiam a uma fascinante linha de raciocínio ilógico.

Após todos fazerem suas declarações e ficarem em silêncio, falei com a voz assombrada por compreensão e descrença:

— Vocês querem matar o Senhor da Noite.

— Sim — confirmou Serymn. Ela fez uma pausa enquanto outro servente se aproximava. Ouvi a tampa de algum tipo de bandeja ser erguida. — E queremos que você nos ajude. Sobremesa?

9

"Sedução"
(carvão)

Depois do jantar, não houve mais discussões sobre deuses e planos inconsequentes. Estava atordoada demais para pensar em mais perguntas, e mesmo se eu as tivesse feito, Serymn deixou nítido que não responderia mais nada.

— Acho que falamos o suficiente por esta noite — disse ela, e então deu uma risada rica e perfeitamente comedida. — Está um pouco pálida, minha querida.

Então eles me levaram de volta à cela, onde Jont havia me deixado vestes noturnas e vinho temperado para beber antes das orações da noite, de acordo com o costume maronês. Talvez ela tenha lido isso em um livro. Suspeitando ser observada, bebi uma taça e então orei pela primeira vez em muitos anos — mas não para o Iluminado Itempas.

Em vez disso, tentei fixar os pensamentos em Madding. Ele havia me dito que os deuses podiam ouvir as orações de seus devotos, não importando a distância ou as circunstâncias, se as orações fossem fortes o bastante. Não era exatamente uma devota de Madding, mas esperava que o desespero compensasse.

Sei onde está, sussurrei mentalmente, pois poderia haver alguém ouvindo no cômodo. *Ainda não sei como vou tirá-lo daí, mas estou trabalhando nisso. Consegue me ouvir?*

Mas, embora tenha repetido a prece e esperado ajoelhada por quase uma hora, não houve resposta.

Sabia que Madding estava naquele lugar escuro e sem sensações — o Vazio —, mas não tinha certeza de onde *era*. Pelo que sabia, apenas o Novas Luzes podia abrir e fechar a porta. Ou talvez apenas o Nypri, escriba treinado, pudesse. Descobrir isso seria a minha próxima tarefa.

Na manhã seguinte, acordei de madrugada, tendo dormido um sono agitado na cama. Já havia movimento na casa. Podia ouvir atrás da porta: pessoas caminhando, vassouras limpando, conversas casuais. Devia ter adivinhado que uma organização de Itempanes começaria o dia bem antes do amanhecer. Mais distante, ecoando pelos corredores, ouvi um canto — o hino sem palavras do Novas Luzes, que era muito mais reconfortante e encorajador do que os próprios membros do Luzes. Talvez houvesse algum tipo de cerimônia matinal ocorrendo. Se fosse esse o caso, seria apenas uma questão de tempo até que eles viessem me buscar. Tentando acalmar o desconforto, vesti as roupas que eles me deram e esperei.

Não muito depois, a tranca na minha porta foi aberta e alguém entrou.

— Jont? — perguntei.

— Não, é Hado de novo — disse ele.

Meu estômago se contorceu, mas acho que consegui disfarçar minha apreensão. Havia algo nesse homem que me deixava muito incomodada. Era mais do que a participação dele no meu sequestro e a iniciação forçada em um culto; mais do que sua ameaça velada na noite anterior. Às vezes, até achava que conseguia vê-lo, como uma sombra mais escura gravada na minha visão. No geral, era só um sentimento constante, impossível de provar, que a face que ele me mostrara era só um véu, e que por trás ele estava rindo de mim.

— Desculpe desapontar você. — Ele percebeu minha inquietação, e, como era de se esperar, parecia diverti-lo. — Jont tem trabalhos de limpeza durante as manhãs. Algo com o qual se familiarizará também, mais cedo ou mais tarde.

— Mais cedo ou mais tarde?

— É tradição um novo iniciado ser colocado para trabalhar, mas ainda estamos tentando encontrar uma posição que acomode suas necessidades únicas.

Não pude deixar de me irritar.

— Está falando da minha cegueira? Posso limpar muito bem, principalmente se me der uma bengala. — Para a minha tristeza, a que eu tinha fora abandonada na rua, do lado de fora da casa de Madding. Sentia falta dela como sentiria de uma velha amiga.

— Não, Eru Shoth, estou falando do fato de que fugirá na primeira oportunidade que tiver. — Recuei, e ele riu suavemente. — Em geral, não colocamos guardas para vigiar os trabalhadores, mas até que estejamos certos do seu comprometimento à nossa causa... bem, seria tolice deixá--la sem supervisão.

Inspirei fundo, e então expirei.

— Me surpreende que não tenha procedimentos para lidar com recrutas como eu, se sequestro e coerção sejam suas práticas usuais.

— Acredite ou não, a maioria dos nossos iniciados é voluntária. — Hado passou por mim, inspecionando o quarto. Ouvi quando ele pegou um castiçal de uma das arandelas da parede, talvez percebendo que eu apagara a vela antes da hora. Não precisava da luz, e nunca gostei da ideia de morrer dormindo durante um incêndio. Ele continuou: — Fizemos um bom trabalho recrutando entre certos grupos. Em especial, Itempanes leigos e devotos insatisfeitos com as recentes mudanças da Ordem. Imagino que teremos sucesso em Nimaro quando colocarmos uma filial por lá.

— Mesmo em Nimaro, Mestre Hado, há aqueles que não sentem necessidade de adorar Itempas da mesma forma que as outras pessoas. Ninguém os força a fazer o que não querem.

— Falso — respondeu ele, me fazendo franzir o cenho. — Antes daquele dia há dez anos, todo mortal nos Cem Mil Reinos adorava Itempas da mesma forma. Ofertas e cerimônias semanais em um Salão Branco, horas mensais de serviço, aulas para crianças de três a quinze anos. Todos os dias sagrados, em todo o mundo, os mesmos rituais eram realizados e as mesmas orações entoadas. Aqueles que discordavam... — Hado fez uma pausa e se virou para mim, ainda irradiando aquela zombaria serena que eu odiava tanto. — Bem. Pode me contar o que aconteceu a eles, Lady. Se havia muitos que discordavam na sua terra.

Consternada, fiquei em silêncio, porque foi um golpe direto em mim: uma maronesa que fugira de Nimaro na primeira chance. Pior do que isso, ele estava certo. Meu próprio pai odiava os Salões Brancos, os rituais e a rígida adesão à tradição. Havia muito tempo, ele me contara, os maroneses tinham seus próprios costumes para a adoração do Iluminado Itempas — formas poéticas especiais, um livro sagrado e sacerdotes que haviam sido guerreiros-historiadores, não inspetores. Tínhamos até a nossa própria linguagem na época. Tudo mudou quando os Arameri chegaram ao poder.

— Você entende — disse Hado. Ele podia ler o meu rosto como um livro, e o odiei por isso. — Itempas valoriza ordem, não escolha. Isto posto — ele se aproximou e tomou a minha mão, me fazendo levantar e tomar seu braço para ser guiada —, obviamente seria impossível recrutar muitos como você. Não o faríamos se não fosse tão importante para a nossa causa.

Aquilo não parecia bom.

— O que exatamente isso quer dizer?

— Em vez de seguir o processo normal de iniciação, passará o dia hoje com Lady Serymn e amanhã com o Nypri. Eles decidirão a melhor maneira de continuar seu processo. — Hado tornou a dar batidinhas na minha mão, me lembrando de seus tapinhas nada gentis da noite anterior. Sim, aquilo também era um aviso. Se de alguma forma eu não agradasse os líderes do Novas Luzes, o que aconteceria? Não tinha nem um palpite, pois nem sabia por que eles me queriam. Cerrei os dentes, com raiva. Mas, na verdade, tinha mais medo do que raiva. Aquelas pessoas eram poderosas e perturbadas, e essa nunca era uma boa combinação.

Hado me conduziu para fora do quarto e começou a me guiar pelos corredores, movendo-se em um ritmo lento. Contei os passos o máximo que pude, mas havia inúmeras voltas na Casa do Sol Nascido; perdi a conta várias vezes. Todos os corredores ali tinham leves curvas, talvez em função de a casa ter sido construída envolta no tronco de uma árvore. E porque os construtores da casa foram incapazes de estender a estrutura para longe do tronco — não era arquiteta, mas até mesmo eu podia ver a peculiaridade naquilo —, a casa era estreita e alta, com vários níveis e seções conectadas por escadas, dando ao lugar uma sensação estranha e desconexa. Dificilmente era um monumento que representava o amor do Lorde Iluminado pela ordem.

Mas talvez aquilo, também, fosse um disfarce, como a aparência inofensiva que o Novas Luzes cultivava com cuidado. A Ordem Itempaniana os via como só mais um culto herege. Eles mudariam de ideia se soubessem que aquele culto herege tinha poder suficiente para desafiar os deuses?

Hado nada disse enquanto caminhávamos, e eu, preocupada, também não. Avaliei seu silêncio, tentando decidir o quanto me atreveria a perguntar. Por fim, tomei coragem.

— Sabe o que aqueles... buracos... são?

— Buracos?

— A magia que foi usada para me trazer aqui. — Estremeci. — O Vazio.

— Ah, aquilo. Não sei, não exatamente, mas o Nypri foi ranqueado como Escriba de Honra da Classe dentro da Ordem Itempaniana. É a designação mais alta deles. — Hado deu de ombros, movendo minha mão em seu braço. — Me disseram que ele até foi candidato a se tornar o Primeiro Escriba dos Arameri, embora, é óbvio, a ideia não tenha vingado quando ele desertou da Ordem.

Dei uma risada, apesar de tudo.

— Então ele se casou com uma Arameri sangue-cheio e começou sua própria religião para se lembrar do que quase tivera?

Hado também riu.

— Não exatamente, mas acredito que a insatisfação mútua é um fator na colaboração deles. Imagino que objetivos mútuos não estão distantes de respeito mútuo, e isso está a um passo do amor.

Interessante — ou seria, se o casal feliz não tivesse sequestrado, torturado e encarcerado a mim e aos meus amigos.

— Que adorável — falei, tão gentil quanto pude —, mas sei algumas coisas sobre escribas, e nunca vi um escriba fazer algo assim. Dominar uma, várias deidades? Sequer pensei que isso fosse possível.

— Deuses não são invencíveis, Lady Oree. E seus amigos, bem, quase todos aqueles que vivem aqui na cidade, são deidades mais jovens e fracas. — Ele deu de ombros, ignorando a minha surpresa; havia acabado de me dizer algo que nunca percebera. — O Nypri simplesmente achou uma maneira de aproveitar isso.

De novo, fiquei em silêncio, pensando no que Hado me contara. Por fim, passamos por uma porta e entramos em um espaço fechado menor, este com um tapete grosso no chão. O cheiro de comida estava forte ali, itens de café da manhã — e um aroma familiar de hiras.

— Obrigada por vir — disse Serymn, se aproximando de nós. Hado soltou minha mão, e Serymn a tomou do jeito que uma irmã faria, chegando perto para me dar um beijo na bochecha. Consegui me manter imóvel, embora quase tenha cedido ao impulso de me afastar. Serymn notou, é óbvio. — Desculpe-me, Lady. Suponho que o povo das ruas não se cumprimente assim.

— Eu não saberia — falei, incapaz de desfazer a carranca no rosto. — Não faço parte do "povo da rua", seja lá o que for isso.

— Então a ofendi. — Ela suspirou. — Minhas desculpas. Tenho pouca experiência com pessoas comuns. Obrigada, Irmão Iluminado Hado.

Hado saiu, e Serymn me guiou até uma grande cadeira estofada.

— Prepare um prato — ela ordenou, e alguém ao lado da mesa começou a fazê-lo. Sentada do outro lado, Serymn me examinou em silêncio por um momento. Nesse sentido, ela era como Brilhante; conseguia sentir seu olhar, como o bater das asas de uma mariposa.

— Descansou bem na noite passada?

— Sim — falei. — Aprecio sua hospitalidade, até certo ponto.

— Esse ponto sendo seu destino e o destino de suas amigas deidades, sim. Compreensível. — Serymn se calou enquanto o servente se aproximava, colocando um prato em minhas mãos. Nada de atendimento formal desta vez. Relaxei.

— E seu próprio destino — falei. — Quando Madding e os outros se libertarem, duvido que perdoarão a maneira como estão sendo tratados. Eles são imortais; não pode prendê-los *para sempre*. — Embora se ela pudesse matá-los de alguma forma, isso tornaria meu argumento questionável...

— Verdade — disse ela. — E quão conveniente é você ter mencionado esse fato, afinal é o motivo de estarmos nesta confusão agora.

Pisquei, percebendo que ela não mais falava de Madding e dos demais, mas de outro grupo de deuses aprisionados.

— Está falando dos deuses dos Arameri. O Senhor da Noite. — O alvo ridículo deles.

— Não apenas o Senhor da Noite, mas também Sieh, o Trapaceiro. — Foi necessário todo o meu autocontrole para não dar um pulo diante dessa informação. — Kurue, a Sábia; e Zhakkarn do Sangue. Era inevitável que encontrassem a liberdade em algum momento. Talvez os milênios que passaram aprisionados sequer pareceram muito tempo para eles. Nossos deuses têm paciência infinita, mas eles nunca se esquecem de um erro, e nunca deixam que esse erro fique impune.

— Você os culpa? Se tivesse poder e alguém me machucasse, também me vingaria.

— Eu também. *Já fiz isso*, em mais de uma ocasião. — Ouvi quando ela cruzou as pernas. — Mas qualquer pessoa de quem tentasse me vingar estaria igualmente em seu direito de tentar se defender. É tudo o que estamos fazendo aqui, Lady Oree. Nos defendendo.

— Contra *um dos Três*. — Balancei a cabeça e decidi tentar ser sincera. — Desculpe, mas se está tentando me converter ao apelar para a... lógica das ruas, ou seja lá o que acredita que nos motiva, pessoas humildes e comuns, há uma falha no seu raciocínio. De onde venho, se alguém tão poderoso assim está com raiva de você, você *não* revida. Faz o melhor que pode para reparar a situação, ou se esconde e nunca mais sai, e enquanto isso reza para que ninguém que você ame se machuque.

— Os Arameri não se escondem, Lady Oree. Nós não reparamos situações, não quando acreditamos que nossas ações são corretas. Afinal, essas são as maneiras do Iluminado Itempas.

E olhe onde essas maneiras os levaram, quase falei, mas segurei a língua. Não fazia ideia se Brilhante estava bem, ou onde estava. Se ele conseguira escapar, tinha pouca esperança de que se preocuparia em nos ajudar, mas caso ajudasse, não pretendia contar ao Novas Luzes sobre ele.

— Acho que preciso alertá-la — falei — que não me considero muito Itempane.

Serymn ficou em silêncio por um momento.

— Pensei sobre isso. Saiu de casa aos dezesseis, no ano em que seu pai morreu, não foi? Apenas algumas semanas depois da ascensão da Lady Cinzenta.

Fiquei tensa.

— Como, em nome dos deuses, você sabe disso?

— Nós investigamos quando soubemos de você pela primeira vez. Não foi difícil. Afinal de contas, não há muitas cidades na reserva Nimaro, e sua cegueira faz você ser memorável. Seu sacerdote no Salão Branco reportou que gostava de discutir com ele durante as aulas, na infância.

— Ela riu. — De alguma forma, isso não me surpreende.

Meu estômago revirou, ameaçando devolver minha refeição. Eles haviam ido até a minha vila? Falado com o meu sacerdote? Eles ameaçariam minha mãe agora?

— Por favor, Lady Oree. Sinto muito. Não quis assustá-la. Não queremos machucar você nem ninguém de sua família.

Houve o som metálico de um bule e o barulho de líquido sendo despejado.

— Entenderá se eu achar isso difícil de acreditar.

Encontrei uma mesa ao lado da cadeira e coloquei o prato sobre ela.

— Mesmo assim, é a verdade. — Ela se inclinou à frente e colocou algo em minhas mãos, uma pequena xícara de chá. Eu a segurei com força para disfarçar a tremedeira nos dedos. — Seu sacerdote acha que deixou Nimaro porque perdeu a fé. É verdade?

— Aquele sacerdote era o sacerdote *de minha mãe*, Lady, mais do que era meu, e nem um deles me conhecia bem. — Minha voz estava um pouco alta demais para uma conversa educada; a raiva havia estraçalhado meu autocontrole. Inspirei fundo e tentei imitar a maneira calma e aculturada dela de falar. — Não dá para perder uma fé que nunca se teve, em primeiro lugar.

— Ah. Então nunca acreditou no Iluminado?

— É óbvio que acreditei. Mesmo agora acredito, em princípio. Mas quando tinha dezesseis anos, vi a hipocrisia em todas as coisas que o sacerdote me ensinara. É muito bom dizer que o mundo valoriza a razão, a compaixão e a justiça, mas se nada na realidade reflete essas palavras, elas não têm sentido.

— Desde a Guerra dos Deuses, o mundo tem aproveitado o mais longo período de paz e prosperidade da história.

— Meu povo foi um dia tão rico e poderoso quanto os amnie, Lady Serymn. Agora somos refugiados sem uma terra natal para chamar de nossa, forçados a depender da caridade dos Arameri.

— É verdade, houve perdas — concordou Serymn. — Mas acredito que os ganhos foram maiores.

De repente, estava com raiva, *furiosa* com ela. Havia ouvido os argumentos de Serymn da boca de minha mãe, do meu sacerdote, de amigos da família — pessoas que amava e respeitava. Eu aprendi a conter a raiva sem reclamar, porque meus sentimentos os incomodavam. Mas a verdade em meu coração? Falando sério? Nunca entendi como eles podiam ser tão... tão...

Cegos.

— Quantas nações e povos os Arameri dizimaram? Quantos hereges foram executados, quantas famílias massacradas? Quantas pessoas pobres foram espancadas até a morte por Guardiões da Ordem pelo crime de não saber nosso lugar? — Senti gotas quentes de chá se derramando em meus dedos. — O Iluminado é a *sua* paz. *Sua* prosperidade. E de mais ninguém.

— Ah. — A voz suave de Serymn entrecortou a minha raiva. — Não apenas fé perdida, fé *partida*. O Iluminado falhou com você, e por sua vez, você o rejeitou.

Odiava seu tom condescendente, hipócrita e sabichão.

— Não sabe nada sobre isso!

— Sei como seu pai morreu.

Congelei.

Ela continuou, ignorando meu choque.

— Há dez anos, no mesmo dia, ao que parece, que o poder da Lady Cinzenta varreu o mundo, seu pai estava no mercado da vila. Todo mundo sentiu *alguma coisa*. Não eram precisas habilidades mágicas para sentir que algo importante acabara de acontecer.

Serymn pausou, como se esperasse que eu falasse. Fiquei imóvel, então ela continuou.

— Mas dentre todas aquelas pessoas no mercado, apenas seu pai começou a chorar e caiu no chão, cantando de alegria.

Fiquei sentada lá, tremendo. Ouvindo aquela mulher, aquela *Arameri*, recitar sem emoção os detalhes do assassinato de meu pai.

*   *   *

Não foi o cantar que o denunciou. Ninguém além de mim detectava a magia na voz dele. Um escriba poderia tê-la sentido, mas minha vila era muito pobre e provinciana para ter direito a um escriba em seu pequeno Salão Branco. Não, o que matou meu pai foi medo, puro e simples.

Medo, e fé.

*   *   *

— As pessoas na sua vila já estavam ansiosas. — Serymn falava mais suavemente agora. Não acho que por respeito à minha dor. Acho que só percebera que um volume mais alto era desnecessário. — Depois dos estranhos tremores e tempestades da manhã, deve ter parecido que o mundo estava prestes a acabar. Houve incidentes similares naquele dia, em municípios e cidades de outras partes do mundo, mas o caso de seu pai foi talvez o mais trágico. Havia rumores sobre ele antes daquele dia, entendo, mas... não é desculpa para o que aconteceu.

Ela suspirou, e parte da minha fúria desapareceu quando ouvi arrependimento genuíno em seu tom. Pode ter sido encenação, mas nesse caso, foi suficiente para quebrar minha paralisia.

Eu me levantei da cadeira. Não poderia ter ficado sentada por mais tempo, não sem gritar. Deixei a xícara de chá de lado e me afastei de Serymn, buscando um ponto do cômodo com ar fresco e menos sufocante. Alguns metros depois, encontrei uma parede e tateei o caminho até a janela; a luz do sol entrando através dela ajudou a acalmar minha agitação. Atrás de mim, Serymn permaneceu em silêncio — fato pelo qual fiquei grata.

*   *   *

Quem atirou a primeira pedra?, é algo que sempre me perguntei. O sacerdote não contava, enquanto eu perguntava de novo e de novo. Ninguém na cidade conseguia dizer; eles não se lembravam. As coisas aconteceram rápido demais.

Meu pai era um homem estranho. A beleza e a magia que eu amava nele eram coisas fáceis de perceber, embora ninguém mais parecesse ver. Mesmo assim, eles notavam *algo* sobre ele, quer entendessem, quer não. O poder dele permeava o espaço ao seu redor, como um calor. Como a luz de Brilhante e os sinos de Madding. Talvez nós, mortais, na verdade tenhamos mais do que cinco sentidos. Talvez junto com paladar, olfato e o resto haja a *detecção do especial*. Vejo as coisas especiais com os olhos, mas outros o fazem de maneiras diferentes.

Então, naquele dia tão distante, quando o poder alterou o mundo e todos, de idosos a bebês, sentiram, descobriram esse sentido especial, e então viram meu pai e perceberam por fim o que ele era.

Mas o que sempre vira como glória, eles viram como ameaça.

* * *

Depois de um tempo, Serymn ficou de pé atrás de mim.

— Você culpa nossa fé pelo que aconteceu com o seu pai — disse ela.

— Não — sussurrei. — Culpo as pessoas que o mataram.

— Tudo bem. — Ela ficou em silêncio por um breve momento, testando o meu humor. — Mas já parou para pensar que talvez haja uma causa para o desvario que tomou a sua vila? Um poder maior agindo?

Ri uma vez, sem humor.

— Quer que eu culpe os deuses.

— Não todos eles.

— A Lady Cinzenta? Quer matá-la também?

— A Lady ascendeu à divindade naquela hora, é verdade. Mas lembre--se do que mais aconteceu, Oree.

Apenas Oree daquela vez, nada de "Lady". Como se fôssemos velhas amigas, a artista de rua e a Arameri sangue-cheio. Sorri, odiando-a com toda a minha alma.

Ela disse:

— O Senhor da Noite recuperou sua liberdade. Isso também afetou o mundo.

Meu coração doía demais para que eu fosse educada.

— Lady, não me importo.

Ela se aproximou, colocando-se ao meu lado.

— Deveria. A natureza de Nahadoth é mais do que apenas escuridão. O poder dele engloba selvageria, impulso e abandono da lógica. — Ela parou de falar, talvez esperando para ver se eu absorvera suas palavras. — A fúria de uma multidão.

O silêncio se seguiu. Nele, um arrepio correu pela minha espinha.

Nunca pensara naquilo antes. Era inútil culpar os deuses quando mãos mortais jogaram as pedras. Mas se aquelas mãos mortais tinham sido influenciadas por um poder maior...

Seja lá o que Serymn leu no meu rosto, deve tê-la agradado. Ouvi na voz dela.

— Essas deidades — disse ela —, essas que chama de amigas. Pergunte-se quantos mortais elas mataram com o passar dos anos. Muito mais do que os Arameri, tenho certeza; a Guerra dos Deuses por si só aniquilou quase tudo o que era vivo neste reino. — Serymn se aproximou mais. Conseguia sentir o calor do corpo dela irradiando ao meu lado, quase me pressionando. — Elas vivem para sempre. Não têm necessidade de alimento ou descanso. Não têm uma forma verdadeira. — Ela deu de ombros. — Como tais criaturas podem entender o valor de uma única vida mortal?

Na minha mente, vi Madding, uma coisa azul-esverdeada brilhante diferente de tudo neste mundo. Eu o vi em sua forma mortal, sorrindo enquanto eu o tocava, com olhos gentis expressando desejo. Senti seu perfume fresco e etéreo, ouvi o som de seus sinos, senti o ronronar de sua voz enquanto falava o meu nome.

Eu o vi sentado na mesa em sua casa, como ele fizera muitas vezes durante o nosso relacionamento, rindo com suas deidades enquanto colocavam o próprio sangue em frascos para vender.

Era uma parte da vida dele na qual nunca me deixara pensar com profundidade. Sangue divino não era viciante. Não causava mortes ou doenças; ninguém nunca tomou muito e se envenenou. E os favores que Madding fazia para as pessoas na vizinhança — para aqueles de nós que eram simples demais para conseguir ajuda da Ordem ou dos nobres, Madding e seu grupo em geral eram nosso único recurso.

Mas os favores nunca eram de graça. Ele não era cruel sobre isso. Apenas pedia o que as pessoas podiam pagar, e dava prazos justos. Qualquer um que tinha débito com ele sabia que haveria consequências se não pudesse pagar. Ele era uma deidade; era a natureza dele.

O que ele fez com eles, aqueles que não pagaram?

Vi os olhos infantis do deus da Trapaça Sieh, tão frios quanto os de um felino. Ouvi o chiar e o zumbir dos dentes de Lil.

E no fundo do meu coração surgiu a dúvida que não me permitia contemplar desde o dia em que Madding partira meu coração.

Ele algum dia me amou? Ou o meu amor era só mais uma distração para ele?

— Eu te odeio — sussurrei para Serymn.

— Por enquanto — respondeu ela, com uma compaixão terrível. — Não me odiará para sempre.

Então ela pegou a minha mão e me conduziu de volta a cela, me deixando lá, tendo apenas o silêncio infeliz como companhia.

"Doutrinação"
(estudo em carvão)

Naquela tarde, Hado me colocou em um grupo de trabalho para ajudar a limpar a grande sala de jantar. Era um grupo de nove homens e mulheres, alguns mais velhos que eu, mas a maioria mais jovem, ou assim julguei por suas vozes. Eles me observaram com uma curiosidade explícita enquanto Hado explicava a eles sobre minha cegueira — embora ele não tenha contado a eles que havia sido forçada a entrar no culto.

— Tenho certeza de que perceberão que ela é bastante autossuficiente, mas é óbvio que haverá algumas tarefas que não conseguirá completar — foi tudo o que ele disse, e assim soube o que estava por vir. — Por causa disso, designei vários de nossos iniciados mais velhos para observar o trabalho do grupo, caso ela precise de ajuda. Espero que não se importem.

Eles o asseguraram que não se importavam, em um tom de ânsia servil que me fez imediatamente detestar todos eles. Mas quando Hado saiu, fui até a líder designada da equipe de trabalho, uma jovem kentia chamada S'miya.

— Me deixe cuidar do esfregão — pedi. — Estou com vontade de trabalhar pesado hoje.

Então ela me deu o balde.

O cabo do esfregão era muito parecido com uma bengala em minhas mãos. Eu me senti mais segura com ele, com controle de mim mesma pela primeira vez desde que cheguei à Casa do Sol Nascido. Era uma ilusão, óbvio, mas me agarrei a ela, precisava dela. O refeitório era enorme, mas me empenhei no trabalho e não prestei atenção ao suor que escorria pelo rosto e fazia a túnica disforme grudar no corpo. Quando S'miya por fim tocou meu braço e disse que tínhamos acabado, fiquei surpresa e desapontada por ter passado tão rápido.

— Você dá orgulho ao Nosso Lorde com todo esse esforço — disse S'miya em um tom de admiração.

Endireitei a postura para diminuir a dor nas costas e pensei em Brilhante.

— De alguma forma, duvido disso — falei. Isso causou um momento de silêncio confuso por parte dela, e ainda mais quando ri.

Com aquela tarefa feita, um dos iniciados mais velhos me levou à sala de banho, onde uma boa imersão ajudou a diminuir um pouco da dor que decerto sentiria no dia seguinte. Então fui levada de volta à cela, onde uma refeição me esperava. Eles ainda trancaram a porta, e havia apenas um garfo para comer, nenhuma faca. Enquanto comia, pensava em quão rapidamente uma pessoa podia se acostumar com esse tipo de cativeiro — a simplicidade do trabalho honesto, hinos reconfortantes ecoando pelos corredores, comida de graça, abrigo e vestimenta. Sempre me perguntei por que alguém se juntaria a uma organização como a Ordem, e agora estava começando a entender. Comparado às complexidades do mundo externo, aquilo era mais fácil para o corpo e o coração.

Infelizmente, aquilo significava que, uma vez que tomara banho e comera, o silêncio retornava. Mas enquanto me sentava triste na cadeira perto da janela, a cabeça apoiada no vidro como se aquilo fosse, de alguma forma, acalmar a dor no meu coração, Hado voltou. Ele estava acompanhado de outra pessoa, uma mulher que não conhecera antes.

— Vá embora — falei.

Hado parou. A mulher fez o mesmo. Ele disse:

— Vejo que estamos de mau humor. O que aconteceu?

Eu ri, de forma breve e ríspida.

— Nossos deuses nos odeiam. Tirando isso, está tudo às mil maravilhas.

— Ah. Um humor *filosófico*. — Ele se mexeu para se sentar em algum lugar de frente a mim. A mulher, cujo perfume era desagradavelmente forte, ficou perto da porta. — Você odeia os deuses?

— Eles são deuses. Não importa se os odiamos.

— Discordo. Ódio pode ser um motivador poderoso. Todo o nosso mundo é do jeito que é por causa do ódio de uma única mulher.

Mais doutrinação, percebi. Não queria falar com ele, mas era melhor do que ficar sentada sozinha e amargurada, então respondi.

— A mulher mortal que se tornou a Lady Cinzenta?

— Uma das ancestrais dela, na verdade: a fundadora do clã Arameri, a sacerdotisa Itempane Shahar. Já ouviu falar dela?

Suspirei.

— Nimaro pode ser um fim de mundo, Mestre Hado, mas eu *fui* à escola.

— As aulas do Salão Branco omitem os detalhes, Lady Oree, o que é uma pena, porque são muito deliciosos. Sabia, por exemplo, que ela foi amante de Itempas?

Deliciosos, de fato. Minha mente tentou invocar uma imagem de Brilhante — o Brilhante duro como pedra, de coração frio, indiferente, entregando-se a um caso passional com uma mortal. Ou com qualquer um, na verdade. Diabos, nem conseguia imaginá-lo transando.

— Não, não sabia. Também não tenho certeza se *você* sabe disso.

Ele riu.

— Por enquanto, vamos apenas supor que é verdade, está bem? Ela era amante dele, a única mortal que ele julgou apropriada para honrar daquela forma. E ela realmente o amava, porque quando Itempas lutou contra seus irmãos, ela os odiou também. Muito do que os Arameri fizeram depois da guerra, forçar o Iluminado sobre cada raça, perseguindo aqueles que um dia adoraram Nahadoth ou Enefa, é o resultado do ódio dela. — Hado fez uma pausa. — Um dos deuses que capturamos é seu amante. Isso também é mentira?

Fiz um grande esforço, e não reagi nem falei.

— Parece que você e Lorde Madding tiveram uma história e tanto. Dizem que o relacionamento de vocês acabou, mas reparei que correu para ele quando estava em perigo.

Do outro lado do quarto, a mulher que viera com Hado soltou um som baixo de nojo. Havia quase me esquecido de que ela estava lá.

— Como se sente agora que alguém o atacou? — perguntou Hado. A voz dele era gentil, compassiva. Sedutora. — Disse que os deuses nos odeiam, e no momento acho que você os odeia também, ao menos um pouco. E mesmo assim, de alguma forma, acho difícil acreditar que seus sentimentos mudaram tão completamente em relação àquele com quem dividiu sua cama.

Desviei o olhar. Não queria pensar naquilo. Não queria *pensar* em nada. Por que Hado e a mulher tinham vindo, afinal? O Mestre dos Iniciados não tinha tarefas a cumprir?

Hado se inclinou para a frente.

— Se pudesse, lutaria para salvar seu amante? Arriscaria sua vida para libertá-lo?

Sim, pensei imediatamente. E assim, as dúvidas que tivera desde a conversa com Serymn desapareceram.

Um dia, quando Madding e eu nos libertássemos daquele lugar, eu o questionaria sobre o tratamento dado aos mortais. Eu o questionaria sobre seu papel na Guerra dos Deuses. Descobriria o que ele fazia com as pessoas que não pagavam. Tinha sido negligente em não fazer isso antes. Mas faria alguma diferença, afinal? Madding vivera mil anos enquanto eu vivera alguns poucos. Durante aquele tempo, ele certamente fizera coisas que me deixariam horrorizada. Saber dessas coisas me faria amá-lo menos?

— Puta — disse a mulher.

Fiquei tensa.

— Como é?

Hado fez um som de irritação.

— Erad, Iluminada Irmã, fique em silêncio.

— Então apresse-se — explodiu ela. — Ele quer a amostra assim que possível.

Já estava tensa, pronta para atirar alguns impropérios — ou a cadeira abaixo de mim — em Erad. Aquilo chamou a minha atenção.

— Que amostra?

Hado soltou um longo suspiro, visivelmente considerando suas próprias palavras.

— Um pedido do Nypri — disse por fim. — Ele pediu por um pouco do seu sangue.

— Um pouco *do quê?*

— Ele é um escriba, Lady Oree, e você tem habilidades mágicas que ninguém nunca viu. Suponho que ele queira te estudar a fundo.

Cerrei os punhos, furiosa.

— E se eu não der uma amostra?

— Lady Oree, sabe bem a resposta a essa pergunta. — Hado não tinha mais um pingo de paciência. De qualquer forma, considerei resistir, para ver se ele e Erad estavam preparados para usar força bruta. Mas era estupidez, porque havia dois deles e uma de mim, e poderia facilmente haver mais deles se abrissem a porta e pedissem ajuda.

— Está bem — falei.

Depois de um momento — e provavelmente um último olhar de aviso de Hado —, Erad se aproximou e pegou a minha mão esquerda, virando-a.

— Segure a tigela — ela pediu a Hado, e um momento depois arfei quando algo espetou o meu punho.

— Demônios! — gritei, tentando me libertar. Mas o toque de Erad era firme, como se ela estivesse esperando a reação.

Hado agarrou meu outro ombro.

— Não vai demorar muito — disse ele —, mas se resistir, levará mais tempo.

Parei de resistir depois disso.

— Em nome dos deuses, o que está fazendo? — exigi saber, gritando enquanto Erad fazia outra coisa, e pareceu que meu punho foi espetado de novo. Podia ouvir líquido, meu sangue, respingando em algum tipo de recipiente. Ela havia enfiado algo em mim, abrindo a ferida ainda mais para manter o sangue fluindo. Doía como os infernos.

— Lorde Dateh pediu mais ou menos dois mil *drams* — murmurou Erad. Um momento se passou, e ela suspirou, satisfeita. — Deve ser suficiente.

Hado me largou e se afastou, e Erad tirou a coisa dolorosa do meu braço. Ela usou um pouco mais de gentileza para enfaixar meu punho. Puxei o braço para longe dela assim que o toque afrouxou. Ela deixou escapar um som de desprezo, mas me largou.

— Alguém logo trará o jantar — disse Hado enquanto os dois se aproximavam da porta. — Coma, vai prevenir a fraqueza. Descanse bem esta noite, Lady Oree.

Então fecharam a porta.

Fiquei sentada lá onde fui deixada, ninando o braço dolorido. O sangramento não havia parado por completo; uma gota havia escapado pelo curativo e descia pelo meu antebraço. Segui a sensação de seu caminho, meus pensamentos serpenteando de maneira similar. Quando a gota caiu no chão, imaginei seu respingo. Sua temperatura, esfriando. Seu cheiro.

Sua cor.

Havia uma maneira de escapar da Casa do Sol Nascido, sabia agora. Seria perigoso. Provavelmente letal. Mas seria mais seguro ficar e descobrir o que eles planejavam fazer comigo?

Eu me deitei, meu braço protegido contra o peito. Estava cansada — cansada demais para fazer a tentativa naquela hora. Seria preciso muito da minha força. De manhã, porém, os membros do Luzes estariam ocupados com seus rituais e tarefas. Haveria tempo antes que viessem me buscar.

Com os pensamentos escuros como o sangue, adormeci.

11

"Possessão"
(aquarela)

Então, havia uma menina.

O que imaginava, e o que os livros de história sugerem, é que ela teve o azar de ter sido gerada por um homem cruel. Ele batia na esposa e na filha, e abusava delas de outras formas. O Iluminado Itempas é chamado, dentre outras coisas, de deus da justiça. Talvez seja por isso que Ele respondeu quando ela foi até o templo Dele, o coração cheio de fúria não característica de uma criança.

— Quero que ele morra — disse ela (ou assim pensei). — Por favor, Grande Lorde, faça-o morrer.

Agora você sabe a verdade sobre Itempas. Ele é um deus de calor e luz, coisas que pensamos serem gentis e agradáveis. Um dia, também pensara nele dessa maneira. Mas calor fazia arder queimaduras; luz intensa podia machucar até os meus olhos cegos. Devia ter percebido. Todos nós devíamos ter percebido. Ele nunca foi o que queríamos que Ele fosse.

Então quando a menina implorou para que o Iluminado Lorde matasse o pai dela, Ele disse:

— Mate-o você mesma.

E deu a ela uma faca perfeitamente adequada para as mãos pequenas e infantis.

Ela levou a faca para casa e a usou naquela mesma noite. No dia seguinte, a menina voltou ao Lorde Iluminado, mãos e alma manchadas de vermelho, feliz pela primeira vez em sua curta vida.

— Eu Te amarei para sempre — disse ela.

E Ele, por um raro momento, Se impressionou com a força de vontade mortal.

Ou assim acho que foi.

A criança estava desequilibrada, é óbvio. Eventos ocorridos mais tarde provaram isso. Mas fazia sentido para mim que esse desequilíbrio não uma simples devoção religiosa, fosse mais atrativo para o Lorde Iluminado. O amor da menina era incondicional, seu propósito não fora diluído por considerações mesquinhas como consciência ou dúvida. Parece com Ele, acho, valorizar esse tipo de pureza de propósito — embora, como calor e luz, muito amor nunca é uma coisa boa.

*　　*　　*

Acordei uma hora antes do nascer do sol e imediatamente fui até a porta, para ouvir os passos dos meus sequestradores. Dava para ouvir as pessoas se movendo nos corredores próximos, e às vezes ouvia partes da canção serena e sem letra do Luzes. Mais rituais matinais. Se seguissem o padrão das manhãs anteriores, teria uma hora, talvez mais, antes que eles viessem.

Logo comecei a trabalhar, colocando de lado a mesa do quarto o mais silenciosamente que consegui. Então tirei o pequeno tapete do caminho, e inspecionei o chão de madeira com cuidado. Era lixado, ligeiramente acabado. Empoeirado. Não se parecia nada com uma tela.

Mas os ladrilhos no calçadão Sul também não se pareciam, no dia em que matei os Guardiões da Ordem.

Meu coração bateu forte enquanto vagava pelo quarto, pegando os itens que marcara ou escondera como potencialmente úteis. Um pedaço de queijo e uma pimenta-*nami* de uma refeição. Pedaços de cera de samambaia-falsa das velas. Uma barra de sabão. Não tinha nada que se assemelhasse com a cor preta em cheiro ou toque, o que era frustrante. Tinha a sensação de que precisaria de preto.

Ajoelhei no chão e peguei o queijo, respirando fundo.

Kitr e Paitya haviam chamado meu desenho de porta. Se desenhasse um lugar que conhecia e abrisse aquele portal de novo, seria capaz de viajar até lá? Ou talvez terminasse como os Guardiões da Ordem, mortos em dois lugares ao mesmo tempo?

Balancei a cabeça, irritada com minhas próprias dúvidas.

Com cuidado, mas sem jeito, rascunhei a Rua Artística. O queijo era mais útil como textura do que cor, porque parecia áspero, como as pedras sobre as quais caminhei nos últimos dez anos. Ansiava por preto para contornar as pedras, mas me forcei a trabalhar sem ele. A cera da vela acabou primeiro — mole demais —, mas entre ela e o sabão consegui fazer a sugestão de uma mesa e, depois dela, outra. A pimenta acabou em seguida, seu suco ardendo em meus dedos enquanto a triturava, tentando representar o verde da Árvore no ar. Então, ainda que tenha usado saliva e sangue para esticá-lo e colorir as pedras de forma correta, o queijo se desfez em pedacinhos em meus dedos. (Para conseguir o sangue, tive que coçar a crosta do derramamento de sangue da noite anterior. Era uma inconveniência não estar menstruada.)

Quando terminei, me afastei para olhar o trabalho, fazendo uma careta por conta da dor nas costas, ombros e joelhos. Era um desenho pequeno e grosseiro, com apenas duas palmas de diâmetro, pois não havia "tinta" suficiente para fazer mais. Mais impressionista do que gostaria, embora já tivesse criado desenhos como este antes e visto a magia neles assim mesmo. O que importava era o que a imagem evocava na mente e no coração, e não como se parecia. E esse, embora grosseiro, capturara a Rua Artística tão bem que senti saudades só de olhá-la.

Mas como fazê-lo se tornar real? E como atravessá-lo?

Coloquei os dedos na extremidade do desenho, desajeitada.

— Abra?

Não, não estava certo. No calçadão Sul, estivera assustada demais para dizer qualquer coisa. Fechei os olhos e falei com os pensamentos. *Abra!*

Nada. Não tinha pensado que funcionaria de verdade.

Uma vez, perguntara a Madding como era para ele, usar magia. Tinha um pouco do sangue dele em mim na ocasião, fazendo com que ficasse agitada e sonhadora; naquela época, a única magia que se manifestara em mim fora o som de uma música distante e atonal. (Não havia me esquecido a melodia, mas nunca a cantarolara em voz alta. Todos os meus instintos me alertavam sobre fazer isso.) Ficara desapontada, desejando algo mais grandioso, e aquilo me fez pensar como seria *ser* mágica, não apenas sentir o gosto da magia em respingos e gotas.

Ele dera de ombros, soando perplexo.

— Da mesma forma que é andar pela rua para você. O que acha?

— Andar pela rua — eu o informara com malícia — não tem nada a ver com voar entre as estrelas, ou cruzar milhares de quilômetros em um só passo, ou virar uma pedrona azul quando fica com raiva.

— É óbvio que é a mesma coisa — ele dissera. — Quando decide andar pela rua, você flexiona os músculos das pernas. Certo? Sente o caminho com a bengala. Escuta, garante que ninguém está no caminho. Então comanda que seu corpo se mova, e ele obedece. Acredita que acontecerá, então acontece. É assim que a magia é para nós.

Comande a porta a se abrir, e ela se abrirá. Acredite, e assim será. Mordendo o lábio inferior, toquei o desenho de novo.

Desta vez, tentei imaginar a Rua Artística como teria feito com as minhas paisagens, remendando as memórias de mil manhãs. Estaria cheia agora, a área repleta de mercadores, trabalhadores, fazendeiros e ferreiros locais começando suas atividades diárias. Em alguns dos prédios logo depois do meu desenho, cortesãs e restaurantes abririam a agenda para reservas noturnas. Os peregrinos que rezaram ao amanhecer estariam dando lugar aos menestréis cantando por moedas. Cantarolei uma música de Yuuf que era uma das minhas favoritas. Pedreiros suando, contadores distraídos; ouvi seus pés apressados, a respiração tensa e senti a energia cheia de propósito.

A princípio, não percebi a mudança.

O cheiro da Árvore era forte ao meu redor desde que fui levada para a Casa do Sol Nascido. Lenta e sutilmente, ele mudou — tornando-se o cheiro mais fraco e distante com o qual estava acostumada. Então aquele cheiro se misturou aos cheiros do Calçadão, bosta de cavalo, esgoto, ervas e perfumes. Ouvi vozes murmurando e as ignorei…, mas elas não vinham de dentro da Casa.

Realmente não percebi a mudança até que o desenho se abriu debaixo das minhas mãos e quase caí dentro dele.

Assustada, gritei e me afastei. Então encarei. Pisquei. Eu me inclinei para perto e encarei mais.

O tecido sobre a mesa mais próxima da Rua: *se mexeu*. Não conseguia ver pessoas — talvez porque não havia desenhado qualquer figura —, mas conseguia ouvir o falatório da multidão à distância, pés se movendo, rodas girando. Uma brisa soprou, jogando algumas folhas caídas da Árvore sobre as pedras do Calçadão, e o cabelo da minha nuca se arrepiou, só um pouco.

— Intrigante — disse o Nypri, atrás de mim.

Sobressaltando-me em choque, tentei ficar de pé e ao mesmo tempo fugir da voz. Em vez disso, tropecei no tapete enrolado e caí estatelada. Enquanto lutava para ficar de pé, me agarrando à cama para me orientar, percebi tarde demais que o tinha ouvido entrar e descartara o som. Ele estava parado no quarto, me observando, fazia um bom tempo.

O Nypri se aproximou, pegando minha mão e me ajudando a ficar de pé. Puxei-a de volta assim que pude. Atrás dele, percebi consternada, o desenho não só tinha deixado de ser real, mas também tinha sumido de vista completamente, a magia não estava mais ali.

— É necessária muita concentração para manejar a magia de uma maneira controlada — disse ele. — Impressionante, em especial porque não teve qualquer treinamento. E o fez com nada além de comida e cera de vela. Realmente incrível. É evidente que isso significa que precisaremos observá-la comer a partir de agora, e fazer buscas regulares em seus aposentos por qualquer coisa que tenha pigmento.

Droga! Cerrei as mãos com força antes que conseguisse me controlar.

— Por que está aqui? — perguntei. Soou mais agressivo do que deveria, mas não consegui evitar. Estava com muita raiva por ter perdido a minha chance.

— Eu vim, por ironia, pedir que demonstrasse suas habilidades mágicas para mim. Ainda sou um escriba, por mais que tenha deixado a Ordem. Manifestações singulares de magia herdada eram meu campo de estudo específico. — Ele se sentou em uma das cadeiras do quarto, ignorando minha fúria. — Devo informar, no entanto, que se queria escapar através do portal, seus esforços teriam sido inúteis. A Casa do Sol Nascido é cercada por uma barreira que impede a magia de entrar ou sair. Uma variação do Vazio, na verdade. — Ele bateu o pé no piso de madeira. — Se tivesse tentado atravessar o portal... bem, não tenho certeza do que aconteceria. Mas você, ou o que sobrasse de você, não teria ido longe.

Entranhas partidas, vozes gritando... me senti doente, e derrotada.

— De qualquer forma, não era grande o bastante para que eu atravessasse — sussurrei, deixando meu peso cair na cama.

— Verdade. No entanto, com prática; e mais tinta; não tenho dúvidas de que *poderia* passar por esses portais.

Aquilo chamou a minha atenção.

— O quê?

— Sua magia não é tão diferente da minha — disse ele, e de repente me lembrei dos buracos que ele usara para capturar a mim, Madding e aos outros. — Ambas são variantes da técnica de escrita que permite transporte instantâneo através da matéria e da distância por um portal. O que em si é apenas uma aproximação da capacidade dos deuses de atravessar o espaço e o tempo conforme a vontade deles. Parece que o seu dom se expressa de forma extrovertida, enquanto o meu é introvertido.

Grunhi.

— Finja que não passei a vida estudando pergaminhos fedidos e velhos cheios de palavras inventadas.

— Ah. Minhas desculpas. Deixe-me tentar uma analogia. Imagine que segura uma bola de ouro. O ouro é bastante macio em sua forma pura; é possível moldá-lo se fizer pressão suficiente. Então ele pode se tornar muitas coisas: moedas, um bracelete, uma taça para água. No entanto, o ouro não é útil para todos os propósitos. Uma espada feita de ouro se dobraria facilmente e seria pesada demais para o combate. Por isso, um metal diferente, por exemplo, ferro, é melhor.

Um farfalhar de tecido foi o meu aviso antes que Dateh agarrasse a minha mão. Os dedos dele eram secos e ásperos, com calos nas pontas. Ele virou a minha mão, expondo meus próprios calos por esculpir madeira e cortar mudas de *linvin*, bem como as manchas do material que serviu de tinta. Não a puxei de volta, embora quisesse. Não gostava do toque da mão dele.

— A magia em você é como o ouro — disse ele. — Aprendeu a moldá-lo de uma forma, mas existem outras. Imagino que as descobrirá com tempo e experimentos. A magia em mim é mais como o ferro: pode ser moldada e usada de maneiras similares, mas suas propriedades fundamentais e usos são muito diferentes. E, ao contrário de você, aprendi muitas maneiras de moldá-la. Entende agora?

Entendia. Os buracos de Dateh, ou portais, ou fosse lá como ele os chamava, eram como os meus portais. Ele os criava quando desejava, talvez usando seu próprio método para invocá-los, da mesma forma que eu pintava. Mas enquanto a magia dele conjurava um espaço frio e escuro destituído de *tudo*, minha magia abria caminho para lugares que existiam... ou criava espaços do nada.

Enquanto refletia sobre isso, percebi que esfregava os olhos com a mão livre. Eles doíam, embora não tanto quanto nas ocasiões anteriores em que usara magia. Acho que não exagerei daquela vez.

— E seus olhos — disse Dateh. Parei de esfregá-los, irritada. Ele não deixava nada passar. — São ainda mais únicos. Você viu o selo de sangue de Serymn. Consegue ver outras magias?

Pensei em mentir, mas estava intrigada.

— Sim — respondi. — Qualquer magia.

Ele pareceu pensar sobre isso.

— Consegue me ver?

— Não. Você não tem palavras divinas, ou as está escondendo.

— O quê?

Gesticulei vagamente, o que me deu uma desculpa para afastar as mãos dele.

— Com a maioria dos escribas, vejo as palavras divinas escritas na pele, brilhando. Não consigo ver a pele, mas vejo as palavras, enroladas nos braços, por exemplo.

— Fascinante. A maioria dos escribas faz isso, sabe, quando dominam um novo selo ou a escrita. É a tradição. Eles escrevem selos na pele para simbolizar a compreensão deles. A tinta sai, mas suponho que a magia permaneça.

— Não consegue ver?

— Não, Lady Oree. Seus olhos são bastante únicos; não tenho nada que se compare. Embora...

De repente, Dateh ficou visível para mim. De início, estava muito distraída com sua aparência para perceber o significado do que vi. Não consegui evitar, porque ele *não era amnie*. Ou pelo menos não totalmente, não com o cabelo tão liso e ralo que cobria seu crânio como se tivesse sido pintado. Ele o usava curto, provavelmente porque o cabelo comprido e trançado dos sacerdotes ficaria ridículo nele. Sua pele era mais pálida do que a de Madding, mas havia outras coisas sobre ele que sugeriam uma herança amnie mista. Ele era mais baixo do que eu e seus olhos eram tão escuros quanto madeira de Darr polida. Aqueles olhos se sentiriam mais à vontade entre meu povo ou em um do Alto Norte.

Como, em nome de todos os deuses, uma Arameri — os membros mais orgulhosos da raça amnie e notórios por seu desprezo por qualquer um que não fosse um Amnie puro — conseguiu se casar com um escriba rebelde *não amnie*?

Mas enquanto o meu choque diante dessa percepção esvanecia, um mais importante me atingiu: eu conseguia vê-lo.

Ele, isto é, não as marcas de seu poder de escriba. Na verdade, não vi uma palavra divina nele. Ele apenas estava visível, completamente, como uma deidade.

Mas o Novas Luzes odiava deidades...

— O que diabos você é? — sussurrei.

— Então *consegue* me ver — disse ele. — Estava me perguntando. Mas suponho que só funciona quando uso magia.

— Quando você...?

Ele apontou acima de nós, em direção a um canto da cela. Segui o dedo dele, confusa, mas não vi nada.

Espere. Pisquei, estreitei os olhos, como se fosse adiantar. Havia algo mais costurado contra a escuridão da minha visão. Algo pequeno, menor que uma moeda de dez *meri*, ou o selo de sangue de Serymn. Pairava, cintilando com um brilho preto absurdo que tremeluzia de leve; essa foi a única maneira que consegui separá-lo da escuridão que normalmente via. Parecia...

Engoli em seco. *Era*. Uma versão pequena e quase imperceptível dos mesmos buracos que nos atacaram na casa de Madding.

— Posso aumentá-lo se quiser — disse ele quando enfim vi. — Geralmente uso portais deste tamanho para vigiar.

Entendi então por que ele me comparara a ouro, e a si mesmo a ferro: minha magia era mais bonita, mas a dele servia como uma arma melhor.

— Não respondeu à minha pergunta — falei.

— O que sou? — Dateh parecia achar graça. — O mesmo que você.

— Não — rebati. — Você é um escriba. Posso ter aptidão para a magia, mas muita gente tem...

— Tem bem mais do que "aptidão" para magia, Lady Oree. Isto — ele gesticulou para o chão, onde meu desenho estava — é algo que apenas escribas de primeira classe, treinados, e com muitos anos de experiência, poderiam tentar fazer. E esse escriba precisaria de horas de desenho, e meia dúzia de scripts em mãos como plano B caso a ativação desse errado, coisas que parece não precisar. — Ele deu um pequeno sorriso. — Nem eu, devo dizer. Sou considerado um prodígio entre os escribas por causa disso. Acredito que você também seria, se tivesse sido descoberta e treinada desde cedo.

Minhas mãos, sobre os joelhos, se fecharam.

— O *que você é?*

— Sou um demônio — disse ele. — Assim como você.

Fiquei em silêncio, mais confusa do que em choque — isso viria depois.

— Demônios não são reais — falei por fim. — Os deuses mataram todos há éons. Não sobrou nada além de histórias para assustar crianças.

Dateh deu uma batidinha na minha mão. Primeiro, pensei que fosse uma tentativa desajeitada de me confortar; o gesto pareceu esquisito e forçado. Então percebi que ele também não gostava de me tocar.

— A Ordem Itempaniana pune uso não-autorizado de magia — disse Dateh. — Nunca se perguntou por quê?

Na verdade, não. Pensara que era só mais uma forma da Ordem controlar quem tinha poder e quem não tinha. Mas falei o que os sacerdotes me ensinaram:

— É uma questão de segurança pública. A maioria das pessoas *pode* usar magia, mas apenas os escribas *deveriam*, pois eles têm o treinamento para manter tudo sob controle. Escreva apenas uma linha de selos errada e o chão pode se abrir, raios podem cair, qualquer coisa pode acontecer.

— Sim, embora essa não seja a única razão. O decreto contra magia selvagem, na verdade, é anterior à arte de escrita que a domesticou. — Ele me observava. Era como Brilhante, como Serymn; conseguia sentir seu olhar. Tantas pessoas obstinadas ao meu redor, e todas perigosas. — A Guerra dos Deuses não foi a *primeira* guerra entre os deuses, afinal de contas. Muito antes de os Três lutarem entre si, eles lutaram contra os próprios filhos, a linhagem mista que geraram com homens e mulheres mortais.

De repente, inexplicavelmente, pensei no meu pai. Ouvi sua voz em meus ouvidos, vi as ondas suaves da canção dele enquanto flutuavam no ar.

A voz de Serymn: *houve boatos sobre ele.*

Os Reinos Partidos

— Os demônios perderam a guerra — disse Dateh. Ele falava de forma branda, e fiquei grata, pois de súbito me senti instável. Gelada, como se o quarto tivesse esfriado. — Foi tolice deles lutar, na verdade, considerando o poder dos deuses. Alguns dos demônios certamente perceberam isso, e se esconderam.

Fechei os olhos e por dentro tornei a sentir o luto por meu pai.

— Aqueles demônios sobreviveram — falei. Minha voz tremia. — É isso o que está dizendo. Não muitos deles. Mas o suficiente. — Meu pai. O pai dele também, ele me contara uma vez. E a avó, o tio, e muitos outros. Gerações de nós na Terra dos Maroneses, o coração do mundo. Escondidos entre o povo mais devoto ao Iluminado Itempas.

— Sim — confirmou Dateh. — Eles sobreviveram. E alguns, talvez para se camuflarem, se esconderam entre os mortais que tinham o sangue divino mais ralo e distante em suas veias, mortais que precisavam se esforçar para usar magia, pegando emprestada a linguagem dos deuses para facilitar até tarefas simples. O legado dos deuses é o que virou a chave na humanidade, destrancando a porta para a magia, mas na maioria dos mortais essa porta mal está entreaberta. Mesmo assim, há alguns entre nós que nascem com mais. Nesses mortais, a porta está *escancarada*. Não precisamos de selos nem de anos de estudo. A magia está gravada na nossa própria carne. Ele tocou meu rosto, abaixo de um dos olhos, e me encolhi. — Nos chame de regressos, se quiser. Como nossos ancestrais assassinados, nós somos o melhor da raça mortal; e tudo o que os nossos deuses temem.

Dateh colocou a mão sobre a minha de novo, e dessa vez não foi esquisito. Foi possessivo.

— Nunca vão me deixar ir, não é? — perguntei gentilmente.

Ele fez uma pausa.

— Não, Lady Oree. — Eu o ouvi sorrir. — Não vamos.

"Destruição"
(carvão e sangue, rascunho)

— Tenho um pedido — falei quando o Nypri se levantou para ir embora. — Meus amigos, Madding e os outros. Preciso saber o que planeja fazer com eles.

— Isso não é algo que *precise* saber, Lady Oree. — O tom de Dateh era gentilmente repreensivo.

Cerrei os dentes.

— Parece querer que eu me junte a vocês de livre e espontânea vontade.

Ele ficou em silêncio, pensativo. Fiquei grata, pois tinha me arriscado falando aquilo. Não fazia ideia de porque ele me queria, além do fato de sermos demônios. Talvez ele pensasse que algum dia eu poderia desenvolver uma magia tão poderosa quanto a dele, ou talvez demônios tivessem algum valor simbólico para o Novas Luzes. Fosse qual fosse a razão, reconheci a deixa quando a vi.

Por fim, Dateh disse:

— Minha esposa acredita que pode ser reabilitada, que em algum momento enxergará as coisas com nitidez. — Ele olhou para o meu desenho no chão. — Eu, no entanto, estou começando a me perguntar se você é perigosa demais para valer o esforço.

Mordisquei o lábio inferior.

— Não tentarei isso de novo.

Os Reinos Partidos

— Somos ambos Itempanes aqui, Lady Oree. Tentará se acreditar que vai funcionar. E se não houver muitos obstáculos. — Ele cruzou os braços, refletindo. — Hum. Tenho tentado entender o que fazer com ele...

— O quê?

— Seu amigo maronês.

— Meu... — Comecei. — Você está falando de Brilhante.

Então ele não havia escapado. Maldição.

— Sim, seja lá qual for o nome dele. — Pela primeira vez, Dateh soava irritado. — Pensei que ele também fosse uma deidade, graças a sua intrigante habilidade de voltar dos mortos. Mas ele está no Vazio há dias agora e não mostrou nenhum sinal de resistência, mágica ou de qualquer tipo. Ele só continua morrendo.

Os pelinhos da minha pele se arrepiaram. Abri a boca para dizer: *aquele é o nosso deus que você está torturando, seu maldito*, mas então me contive. O que Dateh faria se soubesse que tinha o Lorde Iluminado da Ordem como prisioneiro? Ele sequer acreditaria? Ou questionaria Brilhante — e, assim como eu, ficaria chocado ao saber que Brilhante *amava* o Senhor da Noite e reprovaria qualquer ação que o ameaçasse? O que aqueles homens descontrolados fariam?

— Talvez ele... seja como nós — falei em vez daquilo. — Um d-demônio. — Era difícil dizer aquelas palavras.

— Não. Eu o testei. Há propriedades distintas em seu sangue... tirando a habilidade peculiar, ele é mortal de todas as maneiras possíveis. — Dateh suspirou e não viu minha surpresa quando percebi que aquele era o motivo para terem tirado o meu sangue. — A Ordem descobriu algumas variantes de pequena magia ao longo dos séculos. Suponho que ele seja só mais uma dessas. — Ele parou de falar, por tempo o bastante para o silêncio me deixar mais nervosa. — Me disseram que esse homem viveu com você na cidade. Não posso matá-lo, mas acho que consegue imaginar como posso tornar desagradáveis os breves períodos de vida dele. *Você* é valiosa para mim; *ele* não. Estamos entendidos?

Engoli em seco.

— Sim, Lorde Dateh. Eu entendo perfeitamente.

— Excelente. Então mais tarde o colocarei com você. Mas devo alertar: depois de tanto tempo no Vazio, ele pode precisar de... ajuda.

Fechei as mãos com força sobre os joelhos enquanto ele batia na porta para que alguém o deixasse sair.

Quando ele o fez, algo mudou.

Foi só um tremeluzir momentâneo, tão rápido que pensei tê-lo imaginado. Por um momento, o corpo de Dateh pareceu completamente diferente. Errado. Observei o braço voltado para mim, curiosamente dobrado enquanto ele o descansava na soleira da porta. Dois braços, não um. Duas mãos agarrando a madeira lixada.

Pisquei, surpresa, e de repente a imagem sumira. Então a porta se abriu, e Dateh se foi.

Dormi. Não era minha intenção, mas estava exausta depois do esforço do uso de magia. Quando abri os olhos ainda doloridos, a luz do pôr do sol estava fraca e se esvaía sobre a minha pele. Alguém estivera no quarto durante aquele tempo, o que significava que meu sono fora pesado; geralmente acordava com qualquer barulho. Meus visitantes estiveram ocupados. A mobília estava de volta no lugar e havia uma bandeja de comida sobre a mesa. Quando conferi, as velas tinham desaparecido, substituídas por um lampião pequeno com um formato estranho — até que percebi que não continha nada mais do que um pavio umedecido que queimava devagar. Sem reserva de óleo que pudesse usar para pintar. Outros itens no quarto também tinham sido removidos ou substituídos, certamente porque podiam ter sido usados como pigmento. A comida era uma tigela de algum tipo de mingau, tão insípido e sem textura quanto eles poderiam ter feito, ainda mantendo-o comestível. E o ar cheirava a sabão. Senti um momento de tristeza pensando em meu desenho, por mais imperfeito que tenha sido.

Comi e então fui até a janela, me perguntando se algum dia fugiria daquele lugar. Considerei que devia estar presa por cinco, talvez seis dias. Logo chegaria *Gebre*, o equinócio da primavera. Por todo o mundo, os

Salões Brancos eram enfeitados com fitas decorativas e *encanda*, lampiões queimavam um combustível especial que fazia sua chama ficar branca, em vez de vermelha ou dourada. Os Salões abriam as portas para todos, celebrando a chegada dos longos dias de verão — e mesmo agora, com tantos duvidando da fé, os Salões estariam cheios. Contudo, ao mesmo tempo, também haveria cerimônias dedicadas ao Senhor da Noite e à Lady em todas as cidades. Aquilo era algo novo e ainda estranho para mim.

Uma hora se passou antes que a porta da minha cela se abrisse outra vez. Três homens entraram, carregando algo pesado — duas coisas, notei, enquanto eles grunhiam e tiravam a mesa e as cadeiras do caminho. O primeiro objeto que colocaram no chão rangia baixinho, e percebi que era outra cama, como a minha.

O segundo objeto era Brilhante, que foi largado sobre a cama. Ele grunhiu uma vez, e então ficou parado.

— Um presente do Nypri — disse um dos homens, e o outro riu.

Quando foram embora, corri para o lado de Brilhante.

A carne dele estava tão fria quanto a de um cadáver. Nunca o havia sentido tão frio; ele nunca ficava morto por tempo o bastante para perder a temperatura corporal por completo. Entretanto, quando cheguei sua pulsação, estava acelerada. A sua respiração era rápida e entrecortada. Eles o haviam limpado; ele estava vestindo a túnica branca sem mangas e as calças de um novo iniciado. Mas com o que eles o banharam, água congelante?

— Brilhante? — Todos os pensamentos do nome real dele fugiram da minha mente enquanto o colocava de costas e o cobria. Toquei seu rosto e ele se encolheu, fazendo um som animalesco. — É Oree. Oree.

— Oree. — A voz dele estava rouca, como a minha estivera, talvez pela mesma razão. Mas ele se aquietou depois disso, não mais se afastando do meu toque.

Ele era mortal, Dateh dissera, mas eu sabia a verdade. Por trás da aparência mortal, ele era o deus da luz, e havia passado cinco dias preso em um inferno escuro. Apressando-me pelo quarto, encontrei o lampião, que por sorte ainda não havia se apagado. Uma luz tão pequena o ajudaria?

Eu a levei mais para perto, colocando-a na prateleira acima da cama de Brilhante. Os olhos dele estavam fechados com força, e todos os seus músculos estremeciam como fios prestes a partir. Ele estava apenas um pouquinho mais quente.

Sem ter uma opção melhor, entrei debaixo das cobertas com ele e tentei aquecê-lo com o meu corpo. Não foi fácil, a cama era estreita e Brilhante tomava conta de quase todo o espaço. Por fim, precisei me deitar sobre ele, descansando a cabeça em seu peito. Não gostava da posição íntima demais, mas não havia nada mais a ser feito.

Fui pega de surpresa quando Brilhante de repente me abraçou e nos virou, me segurando firme no lugar com um braço em volta da minha cintura, uma mão mantendo minha cabeça em seu ombro e a perna jogada sobre a minha. Não estava totalmente imobilizada, mas também não conseguia me mover muito. Não que tenha tentado; estava muito chocada para isso, me perguntando o que havia motivado esse gesto repentino de afeto. Se é que era afeto.

Ele pareceu tranquilizado pelo fato de eu não ter resistido. A tensão trêmula aos poucos saiu do corpo dele, sua respiração contra a minha orelha desacelerou para algo mais normal. Depois de um tempo, ambos estávamos aquecidos e, apesar de ter passado o dia inteiro dormindo, não consegui evitar; adormeci.

Quando acordei, pensei ser tarde. Perto da meia-noite, mais ou menos algumas horas. Ainda estava sonolenta, mas tinha vontade de urinar, o que era um problema, afinal ainda me encontrava enfiada no emaranhado complicado junto ao corpo de Brilhante. A respiração longa e vagarosa me confirmou que ele dormia, e profundamente, o que era provável que ele precisasse depois de tamanho suplício.

Com cuidado e devagar, me livrei de seus braços e então me sentei, então consegui escalar por cima dele e enfim alcançar o chão. A essa altura, a necessidade se tornara urgente, e fiquei de pé para me apressar.

Uma mão agarrou meu pulso, e gritei.

— Aonde vai? — quis saber Brilhante.

Inspirando fundo para acalmar meu coração, respondi:

— Ao banheiro. — E esperei que ele me soltasse.

Ele não se mexeu. Incomodada, passei o peso do corpo de um pé ao outro. Por fim, falei:

— Se não me soltar, o chão vai ficar bem molhado daqui a pouco.

— Estou tentando — disse ele, baixinho. Não fazia ideia do que ele queria dizer. Então percebi que a mão no meu pulso estava afrouxando e apertando, e então afrouxando de novo, como se ele não conseguisse abri-la.

Confusa, toquei o rosto dele. A testa de Brilhante estava franzida. Ele inspirou de novo através dos dentes cerrados, e então, em um movimento brusco e deliberado, soltou meu pulso.

Pensei naquilo por um momento, mas a natureza não podia mais esperar. Senti os olhos dele em mim enquanto caminhava com pressa para atravessar o quarto.

Estava melhor quando saí; o cômodo tinha menos tensão. Quando me aproximei dele, tentei tocar seu rosto e encontrei os ombros curvados, a cabeça pendendo entre eles, agitado como se tivesse passado por uma longa e exaustiva corrida.

Eu me sentei ao lado de Brilhante.

— Quer me contar o que foi aquilo?

— Não.

Suspirei.

— Acho que mereço uma explicação, nem que seja só para que possa planejar minhas idas ao banheiro.

Como esperado, ele ficou em silêncio.

Qualquer reverência que sentia por ele desapareceu. Estava cansada. Por meses, aguentara o humor e o silêncio dele, seu temperamento, seus insultos. Por causa dele, perdera minha vida em Sombra. Nos momentos de raiva, podia até culpá-lo por ter sido sequestrada. Dateh só me encontrou porque matei os Guardiões da Ordem, o que não teria acontecido se Brilhante não os tivesse irritado.

— Está bem — falei, me levantando para voltar para a minha cama.

Mas quando dei um passo à frente, a mão dele tornou a agarrar meu pulso, com mais força agora.

— Você vai ficar — disse ele.

Tentei me libertar.

— Me solta!

— Fique — rosnou ele. — Ordeno que fique.

Sacudi o braço, me livrando dele, e me afastei depressa, encontrando a mesa e a manuseando para que ficasse entre nós.

— Você não *pode* mandar em mim — falei, tremendo de fúria. — Não é mais um deus, lembra? É só um mortal patético e indefeso como o resto de nós.

— Você se atreve... — Brilhante se levantou.

— É óbvio que me atrevo! — Agarrei a extremidade da mesa, com força o bastante para fazer a ponta dos meus dedos doerem. — O que há de errado com você? Acha que só porque disse algo, vou obedecer? Vai me matar se não obedecer? Acha que está *certo*? Meus deuses, não é de se admirar que o Senhor da Noite odeie você, se é isso o que acha.

O silêncio caiu sobre nós. Minha raiva acabara. Esperei pela dele, pronta para revidar, mas Brilhante nada disse. Depois de um longo momento, eu o ouvi se sentar de novo.

— *Por favor*, fique — disse ele por fim.

— O quê? — Mas eu o ouvira.

Por um momento, quase me afastei assim mesmo. Estava cansada dele àquele ponto. Mas ele não disse nada mais, e no silêncio, minha raiva diminuiu o suficiente para que percebesse o que aquele apelo deve ter custado. Não era da natureza de Brilhante *pedir* pelo que queria.

Então fui até ele. Mas quando Brilhante tocou a minha mão, eu a puxei de volta.

— Uma troca — falei. — Você já tirou muito de mim. Me dê *algo* de volta.

Ele deixou escapar um longo suspiro e tocou minha mão outra vez. Fiquei surpresa ao encontrá-la tremendo.

— Mais tarde, Oree — disse ele, um pouco mais alto que um suspiro. Confusa, toquei o cabelo não maronês dele com a mão livre; a cabeça dele ainda estava abaixada. — Mais tarde, te contarei... tudo. Agora não. Por favor, apenas fique.

Não tomei uma decisão, não de maneira consciente. Ainda estava com raiva. Mas daquela vez, quando ele tocou a minha mão, eu o deixei me puxar para a frente. Eu me sentei ao lado dele, e quando Brilhante se deitou, deixei que me fizesse deitar também, me colocando de lado e me abraçando por trás. Ele manteve os braços frouxos para que pudesse me levantar se precisasse. Ele colocou o rosto no meu cabelo, e decidi não me afastar.

Não dormi pelo resto da noite. Também não tenho certeza se ele dormiu.

*   *   *

— Pode ser que haja uma maneira de escaparmos deste lugar — disse Brilhante no dia seguinte.

Era meio-dia. Um dos iniciados do Luzes acabara de sair, depois de nos trazer o almoço e ficar para ver se comeríamos tudo. Ele levou as sobras embora e procurou nos meus esconderijos também, para garantir que não havia comida guardada debaixo da cama ou do tapete. Sem conversa fiada daquela vez, e sem tentativas de nos converter. Ninguém me levou para fazer tarefas ou ter lições. Eu me senti estranhamente negligenciada.

— Como? — perguntei, e então dei um palpite. — Sua magia. Ela vem quando me protege.

— Sim.

Umedeci os lábios.

— Mas estou em perigo agora; estive desde que o Luzes me capturou. Não havia nem uma faísca sequer de magia nele.

— Pode ser que seja uma questão de níveis de perigo. Ou talvez uma ameaça física seja necessária.

Suspirei, querendo ter esperanças.

— Isso é mais "pode ser" e "talvez" do que gostaria de ouvir. Imagino que ninguém tenha dado instruções sobre como... você... funciona agora?

— Não.

— Então o que sugere? Começo uma briga com Serymn, e quando ela atacar, você explode a Casa e mata todos nós?

Houve um momento de silêncio. Acho que minha leviandade o irritou.

— Essencialmente, sim. Embora haja pouca lógica em matar *você*, então vou moderar na quantidade de força.

— Aprecio sua consideração, Brilhante, aprecio mesmo.

Então o resto do dia passou tão devagar que doía, enquanto aguardava e tentava não ter esperança. E apesar de sua promessa de explicar seu comportamento bizarro no dia anterior, Brilhante não falou nada a respeito. Imaginei que ele ainda estava se recuperando do tormento no Vazio; ele dormira durante o nascer do sol, coisa que nunca fizera antes, embora tenha brilhado como de costume. Isso, além da minha companhia, pareceu recuperá-lo. Ele voltara ao seu antigo estado taciturno desde que acordara.

Mesmo assim, senti os olhos dele em mim com mais frequência do que o normal naquele dia, e uma vez ele me tocou. Foi quando havia me levantado para caminhar de um lado a outro, esperando em vão extravasar a energia inquieta. Passei por Brilhante, e ele estendera a mão para tocar meu braço. Teria considerado aquilo um erro ou fruto da minha imaginação se não fosse pela noite anterior. Era como se ele precisasse de contato de vez em quando, por algum motivo que não fazia sentido para mim. Mas quando alguma coisa sobre Brilhante fizera sentido?

Não fiz perguntas, pois estava preocupada com os meus próprios problemas — como a revelação de Dateh de que eu era um demônio. Não me sentia muito como um monstro. Aquilo não me fazia disposta a discutir a questão com Brilhante, que havia massacrado meus ancestrais e impedido seus filhos de criarem mais seres como eu.

Então, estava satisfeita em deixá-lo guardar seus segredos por hora.

No fim da tarde, fiquei quase aliviada quando houve uma batida rápida na porta, seguida da chegada de outro iniciado. Enquanto me levantava para seguir a garota, Brilhante simplesmente se levantou e veio para o meu lado. Eu a ouvi balbuciar por um momento, pega desprevenida, mas por fim suspirou e levou nós dois.

Assim, chegamos à sala de jantar privada, onde Serymn esperava com Dateh. Ninguém mais daquela vez, além dos servos que já estavam ocupados pondo a mesa, e alguns poucos guardas. Se Serymn estava incomodada pela presença de Brilhante, ela nada disse.

— Bem-vinda, Lady Oree — falou ela enquanto nos sentávamos. Virei o rosto em direção ao brilho do seu selo de sangue Arameri em uma tentativa de ser educada, embora estivesse começando a odiar ser chamada de *Lady Oree*. Agora, sabia o que significava. Os demônios de outrora foram descendentes dos Três também, e talvez merecessem tanto respeito quanto as deidades; e *não eram humanos*. Algo que não estava pronta para pensar sobre mim mesma.

— Boa noite, Lady Serymn — respondi. — E Lorde Dateh. — Não conseguia vê-lo, mas a presença dele era tão palpável contra a minha pele quanto o fresco luar.

— Lady Oree — disse Dateh. Tão sutil que quase passou despercebido, seu tom mudou ao falar com Brilhante. — E boa noite para o seu acompanhante. Talvez esteja disposto a se apresentar para nós hoje?

Brilhante não respondeu, e Dateh não pode evitar o suspiro de irritação. Precisei lutar contra a vontade de rir, porque por mais divertido que fosse ouvir Brilhante deixar outra pessoa transtornada, para variar, fiquei surpresa em como Dateh mudou de humor tão rápido. Fosse qual fosse o motivo, ele parecia não ter gostado de Brilhante logo de cara.

— Ele também não fala comigo — falei, mantendo meu tom leve. — Não muito, de qualquer forma.

— Hum — disse Dateh. Esperei que fizesse mais perguntas sobre Brilhante, mas ele também ficou em silêncio, irradiando hostilidade.

— Interessante — disse Serymn, o que *me* irritou agora porque era exatamente o que eu estivera pensando. — De qualquer forma, Lady Oree, acredito que seu dia tenha corrido bem?

— Fiquei entediada, na verdade — falei. — Preferiria estar em mais um daqueles grupos de trabalho. Então pelo menos poderia sair do quarto.

— Posso imaginar! — concordou Serymn. — Você parece o tipo de mulher que prefere uma atitude mais dinâmica e espontânea em relação à vida.

— Bem... sim.

Ela assentiu, o selo se mexendo na escuridão.

— Pode achar isto difícil de aceitar, Lady Oree, mas suas provações têm sido um passo necessário para trazê-la para a nossa causa. Como descobriu hoje, não ter outras opções torna até mesmo os trabalhos servis desejáveis. Corte um caminho e outros se tornam mais viáveis. É um método severo, mas que tem sido usado tanto pela Ordem quanto pela família Arameri ao longo dos séculos, com grandes resultados.

Controlei-me para não dizer o que realmente achava daquele resultado, e sufoquei a raiva ao tomar um gole da taça de vinho.

— Pensei que se opusessem aos métodos da Ordem.

— Ah, não, apenas à recente mudança na doutrina deles. Na maioria dos outros casos, os métodos da Ordem se mostraram válidos com o tempo, então os adotamos com gosto. Afinal de contas, ainda somos devotos às maneiras do Iluminado Pai.

Deveria ter sabido o que aquilo provocaria.

— De que maneira — perguntou Brilhante de repente, me assustando enquanto eu engolia — atacar os filhos de Itempas O serve?

O silêncio tomou conta da mesa. O meu era resultado do espanto, assim como o de Serymn. O de Dateh... aquele não conseguia interpretar. Mas ele abaixou o garfo.

— Pensamos — disse ele, suas palavras um tanto incisivas — que eles não pertencem ao reino mortal e que desafiam a vontade do Pai ao vir até aqui. Afinal de contas, sabemos que eles desapareceram deste plano depois da Guerra dos Deuses, quando Itempas tomou controle exclusivo dos céus. Agora que o controle Dele parece ter, hum, sido perdido, as deidades, como crianças rebeldes, estão se aproveitando. Já que temos a capacidade para corrigir essa questão... — Ouvi o tecido de suas vestes farfalhar; ele dava de ombros. — Fazemos o que Ele espera de Seus seguidores.

— Sequestrar Seus filhos — disse Brilhante, e apenas um tolo não teria ouvido a fúria fervente em sua voz. — E... matá-los?

Serymn riu, embora soasse afetada.

— Você presume que *nós*...

— Por que não? — Dateh também estava tomado de raiva. Ouvi alguns serventes se mexerem inquietos nos fundos. — Durante a Guerra dos Deuses, a raça deles usou este mundo como campo de batalha. Cidades inteiras morreram nas mãos das deidades. Elas não ligavam nem um pouco para as vidas mortais perdidas.

Ouvindo isso, também me enfureci.

— O que é isto, então? — perguntei. — Vingança? É por isso que estão mantendo Madding e os outros...

— Eles não são nada — explodiu Dateh. — Petiscos. Iscas. Nós os matamos para atrair presas maiores.

— Ah, sim. — Não pude evitar rir. — Eu me esqueci. Vocês acham mesmo que podem matar o Senhor da Noite!

Eu ouvi, mas não dei atenção à respiração rápida de Brilhante.

— Na verdade, sim — disse Dateh, frio. Ele estalou os dedos, invocando um dos serventes. Houve uma rápida troca de cochichos e então o servente saiu. — E provarei a você, Lady Oree.

— Dateh — disse Serymn. Ela soava... preocupada? Irritada? Não pude dizer. Ela era Arameri; talvez o temperamento de Dateh estivesse estragando algum plano elaborado.

Ele a ignorou.

— Você se esquece, Lady Oree, que há uma abundância de precedentes para o que fizemos. Ou talvez não saiba como a Guerra dos Deuses começou de verdade? Suponho que você, tendo sido amante de um deus...

Eu me tornei muito ciente de Brilhante. Ele estava imóvel; mal podia ouvi-lo respirar. Era ridículo sentir compaixão por ele naquele instante. Brilhante matara a irmã, escravizara o irmão, perseguira seus filhos por dois mil anos. Ele tinha tão pouca preocupação pela vida no geral, incluindo a minha e a dele mesmo, que mais mortes não deveriam significar nada para ele.

E ainda assim...

Tocara a mão dele, naquele dia no memorial de Role. Ouvi o estremecer em sua voz sólida e firme quando ele falara sobre o Senhor da Noite. Apesar dos problemas que tinha, apesar de ser um maldito, Brilhante ainda era capaz de amar. Madding estivera errado sobre isso.

E como qualquer homem se sentiria, descobrindo que sua filha fora morta em uma imitação de seus próprios pecados?

— Eu... ouvi — falei desconfortavelmente. Brilhante continuou em silêncio.

— Então você entende — disse Dateh. — O Iluminado Itempas desejava, e matava para realizar seu desejo. Por que não devemos fazer o mesmo?

— O Iluminado Itempas também representa a ordem — eu os lembrei, esperando mudar de assunto. — Se todos no mundo matassem para conseguir o que querem, haveria anarquia.

— Falso — disse Dateh. — O que aconteceria é o que *aconteceu*. Aqueles com poder; os Arameri, e em menor grau a nobreza e os sacerdotes da Ordem; matam com impunidade. Ninguém mais pode fazer isso sem a permissão deles. O *direito de matar* se tornou o poder mais cobiçado neste mundo e nos céus. Nós O adoramos não porque Ele é o melhor de nossos deuses, mas porque Ele é, ou foi, o maior assassino entre eles.

A porta da sala de jantar se abriu. Ouvi outro murmúrio. O servente retornando. Algo tremeluziu, e então um brilho prateado e irregular apareceu em minha visão. Assustada, eu o encarei, tentando entender o que era. Algo pequeno, uns dois centímetros de comprimento. Com um formato estranho. Pontudo, como a extremidade de uma faca, mas pequeno demais para ser usado assim.

— Ah, então *consegue* vê-la — disse Dateh, soando satisfeito de novo. — Isto, Lady Oree, é a ponta de uma flecha, uma muito especial. Você a reconhece?

Franzi o cenho.

— Não entendo muito de arco e flecha, Lorde Dateh.

Ele riu, já com um humor melhor.

— O que quis dizer é, reconhece o poder nela? Deveria. Esta ponta de flecha; a substância que a compõe; foi feita com o seu sangue.

Encarei a coisa, que brilhava como sangue divino. Mas não tão brilhante. E mais estranha: um redemoinho inconstante de magia em movimento, em vez do brilho estável ao qual estava acostumada.

Meu sangue não deveria ser nada especial; era apenas mortal.

— Por que faria algo com o meu sangue?

— Nosso sangue tem ficado mais ralo com o passar dos anos — disse Dateh. Ele colocou a coisa na mesa, diante dele. — Dizem que Itempas precisou de apenas algumas gotas para matar Enefa. Hoje em dia, a quantidade necessária para ser eficaz é… inviável. Assim, nós o destilamos, concentrando seu poder, e então moldamos o produto resultante em uma forma mais funcional.

Antes que pudesse falar, houve um baque forte quando a madeira atingiu o chão e a mesa de jantar estremeceu com força.

— *Demônio* — disse Brilhante. Ele estava de pé, as mãos firmes na mesa, que tremia com a força da raiva dele. — Como você *se atreve* a ameaçar…

— Guardas! — chamou Serymn, irritada e preocupada. — Sente-se, senhor, ou…

Fosse lá o que ela fosse dizer, as palavras se perderam. Houve um estrondo de louça e móveis quando Brilhante se lançou para frente, o peso dele fazendo a mesa bater com força contra minhas costelas. Mais assustada do que machucada, me arrastei para trás, a mão tentando pegar a bengala que deveria estar ao meu lado. Óbvio que não havia nada, então tropecei no tapete grosso da sala de jantar e caí estatelada, praticamente dentro da lareira. Ouvi berros, um grito de Serymn, um tumulto violento de carne e tecido. De todos os lados, homens correram, embora não em minha direção.

Eu me forcei a ficar de pé para me afastar do calor do fogo, as mãos lutando para se apoiar na pedra lisa e esculpida da lareira — e enquanto o faziam, escorregaram em algo quente e arenoso. Cinzas.

Atrás de mim, soava como se outra Guerra dos Deuses tivesse começado. Brilhante gritou quando alguém lhe bateu. Um instante depois, aquela pessoa saiu voando. Houve sons de estrangulamento, grunhidos de esforço, mais louças se quebrando. Mas não havia magia, percebi alarmada. Não conseguia ver nem um deles — nada, exceto o brilho pequeno e pálido da ponta de flecha onde ela caíra, e o balançar rápido do selo de sangue de Serymn quando ela correu até a porta para pedir ajuda. Brilhante lutou graças à sua própria fúria, não para me proteger, e aquilo significava que ele era apenas um homem. Inevitavelmente, eles logo o deteriam.

As cinzas. Toquei a pedra perto do fogo, pronta para puxar a mão se encontrasse algo quente. Meus dedos tocaram um caroço duro e irregular, bastante quente, mas não o bastante para doer. Pedacinhos dele se soltaram quando o toquei. Um pedaço de madeira velha que fora queimada até virar carvão, provavelmente por vários dias.

A cor preta.

Atrás de mim, Dateh conseguira se livrar de Brilhante, embora estivesse ofegante. Serymn estava com ele; eu a ouvi murmurar, preocupada, para ver se ele estava bem. Próxima a eles, uma confusão de golpes, gritos e mais homens correndo.

A inspiração chegou como um chute no meu estômago. Recuando com o carvão na mão, afastei o tapete e comecei a raspar o pedaço no chão, moendo-o em círculos. Dando voltas e mais voltas...

Alguém pediu por uma corda. Serymn gritou que não se incomodassem em amarrá-lo, que só o matassem, céus...

... e voltas e mais voltas...

— Lady Oree? — Era Dateh, a voz rouca e confusa.

... e voltas e mais voltas, febril, suor caía da minha testa e manchava a cor preta, sangue dos meus dedos arranhados, também formavam um círculo tão profundo e escuro quanto um buraco dando em lugar nenhum, frio, silencioso, terrível e *Vazio*. E em algum lugar naquele vácuo, azul--esverdeado e brilhante, quente, gentil e irreverente...

— Por todos os deuses, parem ela! *Parem ela!*

Sabia a textura da alma dele. Sabia o som dele, como sinos. Sabia que ele devia a Dateh e ao Novas Luzes uma dívida de dor e sangue, e, com todo o meu coração, queria que ela fosse paga.

Debaixo dos meus dedos e dos meus olhos, o buraco apareceu, suas extremidades irregulares onde os pedaços de carvão se partiram com a força do meu movimento. Gritei lá dentro:

— *Madding!*

E ele veio.

O que saiu do buraco foi luz, uma massa azul-esverdeada e cintilante de luz que ofuscou tudo como uma nuvem tempestuosa. Depois de um momento, ela estremeceu e se tornou a forma que conhecia — um homem formado de água-marinha viva e impossivelmente dinâmica. Por um instante, ele pairou onde as nuvens estiveram, movendo-se devagar e talvez de maneira desorientada pelas privações do Vazio. Mas senti o ódio invadir a sala no instante em que ele viu Dateh, Serymn e os outros, e ouvi suas badaladas se transformarem em um som áspero e metálico com intenções terríveis.

Dateh estava gritando sobre os berros desesperados dos guardas, exigindo alguma coisa. Vi um tremeluzir fraco na direção dele, quase engolido pela chama de Madding — que dava um rugido inumano e sem palavras que estremeceu a Casa inteira, e avançou...

... e então recuou, caindo no chão como se algo o tivesse atingido. Esperei que ele se levantasse, com mais raiva. Mortais podiam irritar deuses, mas nunca detê-los. No entanto, para a minha surpresa, Madding arfou, a luz em suas feições diminuindo abruptamente. Ele não se levantou.

Fraco, através do choque, Brilhante gritou de um modo que parecia muito angustiado.

Não deveria estar com medo. Mesmo assim, o medo azedava a minha boca enquanto lutava para ficar de pé, pisando no desenho na pressa de alcançá-lo. Era apenas carvão imóvel agora. Tropecei no tapete de novo, me endireitei, caí sobre uma cadeira que estava no chão e por fim engatinhei. Alcancei Madding, que estava caído de lado, e o puxei para que ficasse de costas contra o chão.

Não havia luz na barriga dele. O resto brilhava como de costume, embora mais fraco do que já tinha visto, mas aquela parte dele eu não conseguia ver de jeito nenhum. Ele a agarrava, e segui suas mãos para encontrar a substância lisa e dura de seu corpo partida por algo longo e fino, feito de madeira, que se projetava para cima. A flecha de uma besta. Agarrei seu eixo com as duas mãos e a puxei para fora. Madding gritou, se arqueando — e a mancha de nada em seu meio se espalhou ainda mais.

Conseguia ver a extremidade da flecha. A ponta de flecha de Dateh — aquela feita com o meu sangue. Não sobrara muito; toquei-a e descobri que tinha a consistência de giz macio, desfazendo-se com a mera pressão dos meus dedos.

De repente, Madding se apagou como a chama de uma vela, suas feições preciosas se tornando uma carne mortal débil e um cabelo embaraçado. *Mas ainda não conseguia ver parte dele.* Toquei sua barriga, encontrando sangue e uma perfuração profunda. Ele não estava se curando.

Meu sangue. Nele. Passando em seu corpo como veneno, extinguindo sua magia à medida que avançava.

Não. Não só sua magia.

Deixei a flecha de lado e toquei seu rosto com dedos trêmulos.

— Mad? Eu... não sei, isso não faz sentido, é o meu sangue, mas...

Madding inspirou com dificuldade e tossiu. Sangue — sangue divino, que deveria brilhar com sua própria luz — cobria seus lábios, mas estava escuro, obscurecendo as partes dele que podia ver. Elas também estavam desaparecendo. A flecha estava matando ele.

Não. Ele era um deus. Eles não morriam.

Mas Role morrera, e Enefa morrera, e...

Madding se engasgou, engoliu, focado em mim. Não fazia sentido ele rir, mas ele riu.

— Sempre soube que era especial, Oree — disse ele. — Um demônio! Uma lenda. Deuses. Sempre soube... que era alguma coisa. — Mad balançou a cabeça. Mal podia vê-lo por causa das lágrimas e porque ele estava se apagando. — E eu pensando que teria de ver *você* morrer.

— Não. Eu... não vou. Isso não é. Não. — Balancei a cabeça, balbuciando. Madding pegou a minha mão; a dele escorregadia e quente de sangue.

— Não deixe que ele te use, Oree. — Ele ergueu a cabeça para garantir que eu o ouvia. Mal conseguia ver o rosto dele, embora conseguisse senti-lo, quente e febril. — Eles nunca entenderam... julgaram rápido demais. Você não é só uma arma. — Ele tremeu, a cabeça a tombar para trás de novo, os olhos fechando. — Eu a teria amado... até que...

Ele desapareceu. Ainda conseguia senti-lo sob as mãos, mas Mad não estava lá.

— Não se esconda de mim — pedi. Minha voz estava suave e não se propagou, mas ele devia ter me ouvido. Devia ter me obedecido.

Mãos me agarraram, me colocaram de pé. Fiquei pendurada entre elas, tentando ordenar: *Quero te ver.*

— Forçou a minha mão, Lady Oree. — Era Dateh. Ele se aproximou, visível dessa vez; usara magia durante a luta. Ele estava massageando a garganta, o rosto machucado e ensanguentado. Alguém havia rasgado as vestes dele. Ele parecia totalmente furioso.

E odiava poder vê-lo, e não Madding.

— Uma porta para o meu Vazio. — Ele riu uma vez, sem humor, então fez uma careta, como se isso tivesse causado dor na garganta. — Incrível. Planejou isso, você e seu companheiro sem nome? Deveria ter desconfiado que não podia confiar em uma mulher que dá o próprio corpo para um *deles*.

Ele cuspiu no chão, talvez no corpo de Madding.

Não Madding não há nada lá aquele não é ele.

Então se virou e ordenou que um dos guardas se aproximasse.

— Traga sua espada — falou.

Então orei. Não fazia ideia se Brilhante podia me escutar, ou se ele se importava. Não me importei. *Pai Iluminado, por favor deixe que este homem me mate.*

— Precisa fazer isso? — perguntou Serymn, a voz tomada de desgosto.

— Ela ainda pode ser convertida à nossa causa.

— Deve ser feito dentro de instantes da morte. Não tenho intenção de deixar esta bagunça ser desperdiçada.

Dateh esticou o braço para pegar algo do guarda. Esperei, sentindo nada enquanto ele me lançava um olhar tão frio quanto o vento nos mais altos galhos da Árvore.

— Quando o Iluminado Itempas matou Enefa — disse ele —, ele também abriu o corpo dela e arrancou um pedaço de carne que continha todo o seu poder. Se Ele não tivesse feito isso, o universo teria acabado. Matar o Senhor da Noite tem o mesmo risco, então passei anos pesquisando onde fica a alma de um deus quando eles encarnam.

Dateh ergueu a espada, com ambas as mãos, tão rápido que por um instante vi seis braços em vez de dois, e três fileiras de dentes expostas pelo esforço.

Houve o vazio *whoosh* de ar cortado. Senti o vento no meu rosto. Mas o impacto, quando veio, não foi no meu corpo, embora tenha escutado o molhado *chuff* quando tocou a carne.

Franzi o cenho, o horror lutando contra a dormência em minha mente. Madding.

Dateh jogou a espada de lado, gesticulou para que outro homem o ajudasse. Eles se inclinaram. O cheiro de sangue divino tomou conta do ar ao meu redor, intenso e enjoativo, familiar, tão estranho ali quanto tinha sido no beco quando encontrara Role. Ouvi... deuses. Sons que esperaria ouvir em um dos infernos infinitos. Carne partindo. Ossos e cartilagem estalando.

Os Reinos Partidos

Então Dateh se ergueu. A mão dele estava escura, segurando algo; suas vestes estavam manchadas e intermitentes também. Ele olhava para a coisa em sua mão de uma forma que não conseguia interpretar, não sem tocar, mas imaginei. Um pouco de nojo e resignação. Mas também entusiasmo. Luxúria digna de um deus.

Quando ele ergueu o coração de Madding e o mordeu...

Não me lembro de nada mais.

13

"Exploração"
(escultura de cera)

Tudo se resume a sangue. O seu, o meu. Tudo.

Ninguém sabe como se descobriu que o sangue divino é irresistível para mortais. As deidades já sabiam quando chegaram; era conhecimento geral antes da Interdição. Suponho que alguém, algum dia, simplesmente decidiu experimentar. Da mesma forma, deuses provaram sangue mortal. Felizmente, apenas alguns deles parecem gostar do sabor.

Mas algum deus, em algum lugar, um dia decidiu provar o sangue de um demônio. E um grande paradoxo foi revelado: a imortalidade e a mortalidade *não* se misturam.

Como os céus devem ter tremido com aquela primeira morte! Até então, deidades temiam a si mesmas e a fúria dos Três, enquanto os Três não temiam ninguém. De repente, deve ter parecido aos deuses que havia perigo em todos os lugares. Cada gota venenosa, em cada veia mortal, de cada criança de linhagem mista.

Havia apenas uma maneira — uma maneira terrível — de amenizar os temores dos deuses.

Mesmo assim, os demônios assassinados tiveram suas vinganças. Depois do massacre, a harmonia que um dia fora inabalável entre deuses e deidades, imortais e mortais, acabou. Aqueles humanos que perderam amigos demônios e entes queridos se viraram contra humanos que ajudaram os deuses; clãs e nações desmoronaram sob a tensão. As deidades viam seus pais sob uma nova lente de medo, cientes agora do que poderia acontecer se *eles* um dia se tornassem uma ameaça.

E os Três? O quanto isso os machucou e os horrorizou, quando o ato acabou, a névoa da batalha se dissipou e eles se viram cercados pelos cadáveres de seus filhos e filhas?

Acredito no seguinte.

A Guerra dos Deuses aconteceu milhares de anos depois do holocausto dos demônios. Mas para seres que vivem para sempre, a memória não estaria ainda fresca? Quanto o primeiro evento contribuíra para o último? A guerra teria acontecido se Nahadoth, Itempas e Enefa não tivessem contaminado o amor que tinham um pelo outro com mágoa e desconfiança?

Eu me pergunto. Todos nós deveríamos nos perguntar.

*   *   *

Parei de me importar. O Novas Luzes, minha prisão, Madding, Brilhante. Nada importava. O tempo passou.

Eles me levaram de volta à cela e me amarraram na cama, deixando um braço livre. E como medida extra, fizeram uma inspeção no quarto e removeram qualquer coisa que pudesse usar para me machucar: as velas, os lençóis, outras coisas. Havia vozes, toques. Dor quando fizeram algo com meu braço de novo. Mais do meu sangue venenoso, pingando, pingando e pingando em uma tigela. Longos períodos de silêncio. Em algum ponto no meio de tudo isso, senti vontade de urinar, e urinei. O servente que chegou em seguida praguejou como um pedinte de Somoe quando sentiu o cheiro. Ele saiu, mulheres entraram. Colocaram uma fralda em mim.

Fiquei deitada onde me colocaram, na escuridão que é o mundo sem magia.

O tempo se passou. Às vezes dormia, às vezes não. Eles coletaram mais do meu sangue. Às vezes reconhecia as vozes que falavam ao meu redor.

Hado, por exemplo:

— Não devíamos pelo menos deixá-la se recuperar do choque primeiro?

Serymn:

— Dobradores de ossos e herbalistas foram consultados. Isso não causará nenhum mal permanente.

Hado:

— Que conveniente. Agora o Nypri não precisa mais se enfraquecer para alcançar nossos objetivos.

Serymn:

— Garanta que ela coma, Hado, e guarde suas opiniões para si.

Era alimentada. Mãos colocavam comida na minha boca. Por hábito, mastigava e engolia. Ficava com sede, então bebia a água quando era levada até a minha boca. A maioria caía na minha blusa. A blusa secava. O tempo passou.

De vez em quando, mulheres retornavam para me dar banho com uma esponja. Erad voltou, e depois de consultar Hado, colocou algo em meu braço que permaneceu ali, uma dorzinha constante. Quando vieram pegar meu sangue de novo, foi mais rápido, porque tudo o que precisaram fazer foi destampar um tubo de metal fino.

Se tivesse conseguido conjurar a vontade de falar, teria dito: *Não o tampe. Deixe o sangue escorrer até acabar.* Mas não falei, e eles não o fizeram.

O tempo passou.

Então eles trouxeram Brilhante de volta.

* * *

Ouvi homens arfando e grunhindo pelo esforço. Hado estava com eles.

— Pelos deuses, como ele é pesado. Deveríamos ter esperado até que estivesse vivo de novo.

Algo derrubou uma das cadeiras com um ruído alto.

— Juntos — disse alguém, e com um último grunhido coletivo, eles colocaram algo na outra cama da cela.

Hado de novo, próximo a mim, soando cansado e irritado:

— Bem, Lady Oree, parece que terá companhia de novo em breve.

— Fará bem para ela — disse um dos homens. Eles riram. Hado o repreendeu.

Parei de escutá-los. Por fim, foram embora. Houve mais silêncio por um tempo. Então, pela primeira vez em muito tempo, uma luz brilhou no canto da minha visão.

Não me virei para ver. Da mesma direção, houve um repentino arfar por ar, então outros, estabilizando-se depois de um tempo. A cama gemeu. Ficou silenciosa. Gemeu de novo, mais alto, enquanto seu ocupante se sentava. Houve mais silêncio por um longo tempo. Fiquei agradecida.

Por fim, escutei alguém se levantar e vir na minha direção.

— Você o matou.

Outra voz familiar. Quando a ouvi, algo em mim mudou, pela primeira vez em muito tempo. Eu me lembrei de algo. A voz era suave, de modo neutro, mas o que me lembrei era um grito cheio de tamanha emoção que uma voz humana não poderia carregar. Negação. Fúria. Luto.

Ah, sim. Ele gritara pelo filho naquele dia.

Que dia?

Não importava.

O peso afundou a lateral do colchão quando Brilhante se sentou ao meu lado.

— Conheço esse vazio — disse ele. — Quando entendi o que eu havia feito...

O quarto ficara frio com o pôr do sol. Pensei em cobertores, embora tenha me impedido de desejar um.

— Lutei, quando ele veio até mim — continuou ele. — É a minha natureza. Mas eu o teria deixado vencer. Eu *queria* que ele vencesse. Quando ele falhou, fiquei com raiva. Eu... o machuquei. — A mão tremeu, uma vez. — Entretanto, era a minha própria fraqueza o que eu desprezava de verdade.

Não importava.

A mão se moveu, cobrindo a minha boca. De qualquer forma, estava respirando pelo nariz; não era difícil.

— Vou te matar, Oree — disse ele.

Deveria ter sentido medo, mas não havia nada.

— Nenhum demônio pode ter permissão de viver. Mas além disso... — O dedão dele acariciou a minha bochecha uma vez. Foi estranhamente tranquilizador. — Matar o que se ama... conheço essa dor. Você foi inteligente. Corajosa. Merecedora, para uma mortal.

No fundo da escuridão do meu coração, algo se moveu.

A mão dele deslizou para cima, cobrindo o meu nariz.

— Não vou deixá-la sofrer.

Não me importava com as palavras dele, mas respirar importava. Virei a cabeça para o lado, ou tentei. As mãos dele se firmaram, quase gentis, mantendo-a parada.

Tentei abrir a boca. Precisei pensar na palavra.

— Brilhante.

Mas foi abafada pela mão dele, incompreensível.

Ergui o braço esquerdo, aquele que estava livre. Doía. A área ao redor da coisa de metal estava terrivelmente dolorida e quente também, com o começo de uma infecção. Houve um momento de resistência e a coisa de metal se soltou, enviando uma onda de dor pelo meu corpo. Tirada da apatia, me ergui, segurando o punho de Brilhante por reflexo. Sangue, quente e pegajoso, cobria a parte de dentro do meu braço e escorria.

Congelei por um instante enquanto a consciência me invadia, a apatia indo embora. *Madding está morto.*

Madding estava morto, e eu estava viva.

Madding estava morto e agora Brilhante, o pai dele, que havia gritado em angústia enquanto minha flecha de sangue fazia sua maldade, estava tentando me matar.

Primeiro veio a consciência. Em seguida, a *fúria.*

Tentei balançar a cabeça de novo, desta vez agarrando o punho de Brilhante. Era como agarrar madeira; a mão dele não cedia. Por instinto, enfiei as unhas na carne dele, tendo algum pensamento irracional de perfurar os tendões para enfraquecer seu toque. Brilhante moveu a mão um pouco — tive um instante para inspirar — e então afastou minha mão com sua mão livre, facilmente se livrando dos meus esforços.

Uma gota de sangue caiu no meu olho, e vermelho encheu meus pensamentos. A cor da dor e do sangue. A cor da fúria. A cor do coração violado de Madding.

Coloquei a mão contra o peito de Brilhante. *Eu faço uma pintura, seu filho de um demônio!*

Brilhante estremeceu uma vez. A mão dele escorregou para o lado; rapidamente recuperei o fôlego. Eu me preparei para que ele tentasse de novo, mas Brilhante não se mexeu.

De repente, percebi que podia ver minha mão.

Por um instante, não tive certeza de que *era* a minha mão. Nunca vira minha mão antes, afinal de contas. Parecia pequena demais para ser minha, longa e magra, mais enrugada do que esperava. Havia carvão debaixo de algumas unhas. Nas costas do dedão havia uma cicatriz alta, antiga e talvez com dois centímetros de comprimento. Eu me lembrei de quando acontecera, no ano anterior, quando um furador que estava usando escorregou.

Virei a mão para olhar para a palma e a vi completamente coberta de sangue.

Houve um som oco quando Brilhante caiu no chão ao meu lado.

Fiquei deitada por um momento, sentindo uma satisfação mórbida. Então comecei a desfazer as amarras que me mantinham no lugar. Logo percebi que as fivelas foram feitas para serem abertas com as duas mãos. Minha outra mão estava solidamente presa por uma algema de couro, acolchoada por dentro para evitar ferimentos. Por um momento, fiquei frustrada, até que pensei em usar o sangue da minha mão livre. Esfreguei-o no outro pulso e comecei a mexer de um lado para o outro, puxando e torcendo. Minhas mãos eram tão pequenas e magras. Demorou, mas eventualmente o sangue e o suor em meu pulso deixaram o couro escorregadio e soltei a mão. Então, pude abrir o restante das fivelas e me sentar.

Mas quando me sentei, caí para trás de novo. Minha cabeça girou, e fiquei fortemente nauseada. Escorei-me contra a parede, ofegando e tentando desanuviar a visão, e me perguntando o que em nome dos deuses o Novas Luzes havia feito comigo. Só aos poucos percebi: todo o sangue que eles haviam tirado. Quatro vezes. Em quantos dias? O tempo havia passado, mas não o suficiente, era óbvio. Não estava em condições de andar ou me mexer muito.

Aquilo era ruim, porque teria que fugir da Casa do Sol Nascido assim que possível. Não tinha mais escolha.

Enquanto permanecia deitada na cama, lutando para manter a consciência, uma luz tornou a brilhar no chão. Ouvi Brilhante inspirar fundo e, aos poucos, ficar de pé. Senti seu olhar zangado, pesado como chumbo.

— Não me toque — falei antes que ele pudesse recomeçar. — Não se atreva a me tocar!

Ele nada disse. E não se moveu, pairando sobre mim em uma ameaça palpável.

Ri dele. Não via a menor graça, só amargura. Rir me fazia extravasar.

— Maldito — praguejei. Tentei me sentar e encará-lo, mas não consegui. Ficar consciente e falar era o melhor que podia fazer. Minha cabeça estava pendurada para um lado, como uma bêbada. Continuei falando mesmo assim. — O grande Lorde da luz, tão misericordioso e gentil. Toque-me de novo e farei outro buraco na sua cabeça. Então sangrarei em você. — Tentei erguer o braço, só consegui fazê-lo tremer um pouco. — Verei se tenho sangue o bastante para matar um dos Três.

Era um blefe. Não tinha força para fazer nada daquilo. Mesmo assim, Brilhante ficou onde estava. Quase conseguia sentir sua fúria, colidindo contra mim como as asas de um inseto.

— Você não tem permissão para viver — disse ele. Não havia nem um pouco daquela fúria em sua voz. Ele era bom em autocontrole. — Você ameaça todo o universo.

Praguejei em todos os idiomas em que consegui pensar. Não eram muitos: senmata; alguns epítetos em maro antigo, que eram tudo o que conhecia da língua; e um pouco de kenti quebrado que Ru me ensinara. Quando terminei, estava arrastando a fala de novo, quase desmaiando. Com esforço, consegui permanecer consciente.

— Para os infernos com o universo — prossegui. — Não deu a mínima para o universo quando começou a Guerra dos Deuses. Não dá a mínima para *nada*, nem para si mesmo. — Consegui fazer um gesto vago com a mão. — Quer me matar? Faça por merecer. Me ajude a fugir deste lugar. *Então* minha vida será sua.

Brilhante ficou imóvel. Sim, imaginara que aquilo atrairia a atenção dele.

— Uma barganha. Entende isso, não é? Uma coisa *ordeira* e justa, então deveria respeitar. Você me ajuda, eu te ajudo.

— Te ajudar a fugir.

— Sim, maldição! — Minha voz ecoava nas paredes. Havia guardas lá fora, me lembrei tardiamente. Abaixei o tom de voz e continuei. — Ajude-me a fugir daqui e *parar essas pessoas*.

— Se eu matar você, eles não terão mais o seu sangue.

Brilhante falava palavras doces. Ri de novo e senti sua consternação.

— Eles ainda terão Dateh — falei quando o riso acabou. Estava ficando cansada de novo. Sonolenta. Mas não podia me permitir ceder ainda. Se não fizesse aquela barganha com Brilhante primeiro, nunca acordaria. — Apenas com o sangue de Dateh, eles mataram Role. Com o poder dele, capturaram outros. Quatro vezes, Brilhante! Quatro vezes eles pegaram o meu sangue. Quantos mais dos seus filhos eles envenenaram?

Ouvi a pausa na respiração dele. Aquilo o acertara em cheio, sem dúvida. Enfim encontrara a fraqueza dele, a fenda em sua apatia. Mesmo diminuído, insultado e insensível como era, ele ainda amava sua família. Então preparei o próximo ataque, sabendo que este atingiria ainda mais fundo.

— Talvez eles até usem o meu sangue para matar Nahadoth.

— Impossível — disse Brilhante. Mas eu o conhecia. Aquilo na voz dele era medo. — Nahadoth poderia aniquilar este mundo antes que Dateh piscasse.

— Não se estiver distraído. — Meus olhos se fecharam enquanto dizia isso. Não conseguia abri-los, não importava o quanto tentasse. — Eles estão matando as deidades para atraí-lo aqui, para o reino mortal. Dateh as mata. As *come*. — O sangue de Madding, escorrendo em rios escuros pelo queixo de Dateh enquanto ele mordia o coração como se fosse uma maçã. Arfei e tentei me esquecer da imagem. — Ele pega a magia delas. Não sei como. Como ele... — Engoli em seco, focada. — O *Senhor da Noite*. Não sei como Dateh planeja fazer. Uma flecha nas costas, talvez. Quem diabos sabe se funcionará, mas... quer que ele tente? Se há a menor chance de ele... conseguir...

Era demais. Era demais. Precisava descansar e que ninguém tentasse me matar por um tempo. Brilhante me deixaria ter aquilo?

Percebi que só havia um jeito de descobrir, e desmaiei.

* * *

Emergi um pouco, flutuando abaixo do limiar da consciência.

Calor do dia. Mais vozes.

— ... infecção — disse uma delas. Masculina. Voz grave e agradável como a de Vuroy, ah, como sentia falta dele. Mais palavras sussurradas, acalentadoras. Algo sobre "convulsão", "perda de sangue" e "boticário".

— ... necessário. Há sinais... — Serymn. Ela havia vindo me ver antes, me lembrei. Aquilo não era fofo? Ela se importava. — ... devemos agir logo.

A voz grave aumentou, flutuou e diminuiu o suficiente para que ouvisse uma palavra, enfatizada:

— ... *morrer*.

Um longo suspiro de Serymn.

— Então faremos uma pausa por um ou dois dias.

Mais sussurros. Confusos. Estava cansada. Dormi de novo.

* * *

Noite outra vez. O quarto parecia mais frio. Abri os olhos e ouvi um arfar rouco vindo da outra cama. Brilhante. A respiração dele borbulhava e chiava esquisita. Ouvi por um tempo, mas então a respiração se acalmou. Parou uma vez, retornou. Foi interrompida outra vez. Ficou em silêncio.

O quarto estava de novo com cheiro de sangue fresco. Eles tiraram mais de mim? Mas me sentia melhor, não pior.

Adormeci de novo antes que Brilhante pudesse ressuscitar e me contar o que o Novas Luzes fizera com ele.

* * *

Mais tarde. Ainda noite, mas mais tarde.

Abri os olhos enquanto a claridade brilhava contra eles. Olhei para Brilhante. Ele estava deitado na cama, encolhido de lado, ainda cintilando por ter voltado à vida.

Tentei me mexer e percebi que tinha mais energia. Meu braço ainda estava muito dolorido, e enfaixado com muitas camadas agora, mas conseguia movê-lo. As alças estavam de volta no lugar e afiveladas em meu peito, quadris e pernas, mas a algema do outro pulso foi deixada solta. Com facilidade, deslizei e libertei a mão.

Brilhante fizera aquilo? Então ele concordara com a minha barganha.

Eu me desafivelei e me sentei devagar, com cuidado. Houve um instante de tontura e náusea, mas passou antes que desmaiasse. Fiquei sentada na beirada da cama, respirando fundo, reconhecendo o meu corpo. Pés. Pernas trêmulas. Fralda em volta do meu quadril, felizmente limpa. Costas encurvadas. Pescoço dolorido. Ergui a cabeça e não senti tontura. Com muito cuidado, fiquei de pé.

Os três passos da minha cama até a de Brilhante me deixaram exausta. Eu me sentei no chão ao lado dele, apoiando a cabeça em suas pernas. Ele não se mexeu, mas sua respiração fez cócegas nos meus dedos quando examinei seu rosto. A sua testa estava franzida, mesmo durante o sono. Havia novos sulcos em seu rosto, ao redor de seus olhos fundos. Não estava morto, mas algo o esgotara. Brilhante geralmente acordava assim que ressuscitava. Muito estranho.

Enquanto retirava a mão, rocei-a contra o tecido das vestes dele. A umidade gelada me assustou. Toquei, explorei e descobri que havia uma grande quantidade de sangue quase seco na parte inferior de seu torso. Levantando a camisa, explorei a barriga dele. Sem ferimento agora, mas antes houvera um horrível.

Ele se mexeu enquanto o tocava, seu brilho esvanecendo rapidamente. Eu o vi abrir os olhos e franzir a testa para mim. Então suspirou e se sentou, ao meu lado. Ficamos em silêncio por um tempo.

— Tenho uma ideia — comecei. — Para escapar. Diga-me se acha que vai funcionar.

Contei, e Brilhante escutou.

— Não — disse ele.

Sorri.

— Não, não vai funcionar? Ou não, preferiria me matar de propósito a me matar por acidente?

Brilhante se levantou de repente e se afastou. Conseguia ver apenas o seu vago contorno enquanto ele ia até a janela e ficava lá. As mãos estavam fechadas em punhos, seus ombros altos e tensos.

— Não — disse ele. — Duvido que funcionará. Mas mesmo que funcione... — Um tremor passou pelo corpo dele, e então entendi.

Minha raiva apareceu de novo, embora tenha gargalhado.

— Ah, *entendi*. Tinha me esquecido do que aconteceu aquele dia no parque. Quando você começou toda essa confusão ao atacar o previto Rimarn. — Cerrei os punhos sobre as coxas, ignorando a dor do braço ferido. — Me lembro de olhar no seu rosto enquanto o atacava. O tempo inteiro estava em perigo, assustada demais por você, mas *você* estava aproveitando a chance de usar um pouco do seu antigo poder.

Brilhante não respondeu, mas eu tinha certeza. Vi o sorriso dele naquele dia.

— Deve ser muito difícil para você, Brilhante. Ter o seu antigo eu novamente por pouco tempo. Então o poder diminui até que não sobre nada de você, a não ser... *isto*. — Gesticulei em direção às costas apagadas dele, deixando meu nojo transparecer. Não me importava mais com o que ele pensava de mim. Com certeza não me importava mais com ele. — Já é ruim o suficiente que tenha que sentir um gostinho do seu poder todas as manhãs, não é? Talvez fosse mais fácil se não tivesse esse pequeno lembrete do que costumava ser.

Ele ficou rígido por um momento, seu mau humor se tornando raiva, como de costume. Brilhante era sempre previsível. Tão satisfatório.

E então, de repente, os ombros dele penderam para baixo.

— Sim — disse ele.

Pisquei, espantada. Aquilo me causou mais raiva. Então falei:

— Você é um covarde. Está com medo de que *funcione*, mas de que depois seja como a última vez... estará mais fraco do que nunca, incapaz até de se defender. Inútil.

Mais uma vez aquela inexplicável rendição.

— Sim — sussurrou ele.

Cerrei os dentes com raiva e frustração. Isso me deu uma força momentânea para me levantar e encarar as costas dele. Não queria a sua rendição. Queria... não sabia o quê. Mas não era aquilo.

— Olhe para mim! — exigi.

Brilhante se virou.

— Madding — sussurrou.

— O que tem ele?

Brilhante ficou em silêncio. Fechei a mão em punho, dando boas-vindas ao raio de dor enquanto as unhas cortavam a palma da minha mão.

— O *quê*, maldição?

Silêncio enervante.

Se tivesse força, teria jogado alguma coisa. No meu estado, só tinha palavras, então as fiz valer.

— Vamos falar sobre Madding então, por que não? Madding, seu filho, que morreu no chão, assassinado por mortais que *arrancaram o coração dele e comeram*. Madding, que ainda amava você apesar de tudo...

— Silêncio — explodiu ele.

231

— Ou então o quê, Lorde Iluminado? Vai tentar me matar de novo? — Ri com tanta força que fiquei cansada, as palavras seguintes saíram esbaforidas. — Acha que... me *importo*... de morrer agora? — Então precisei parar. Sentei-me pesadamente, tentando não chorar e esperando a tontura passar. Embora devagar, ainda bem, passou.

— Inútil — disse Brilhante. Suave, quase em um sussurro, que mal pude ouvir sobre o meu arfar. — Sim. Tentei invocar o meu poder. Lutei *por ele*, e não por mim. Mas a magia não vinha.

Franzi o cenho, minha raiva se dissipando. Em seu lugar, não senti nada. Ficamos sentados por um longo momento em silêncio, e o último brilho dele se apagou.

Enfim suspirei e me deitei na cama de Brilhante, com os olhos fechados.

— Madding não era mortal — falei. — É por isso que seu poder não funcionou por ele.

— Sim — concordou Brilhante. Estava controlado outra vez, seu tom sem emoção, a dicção precisa. — Entendo agora. Seu plano ainda é um risco tolo.

— Talvez — falei, quase adormecendo. — Mas não vai conseguir me parar, então é melhor ajudar.

Brilhante veio para a cama e ficou me observando por tanto tempo que adormeci. Ele poderia ter me matado. Sufocado-me, batido em mim, estrangulando-me com as próprias mãos; ele tinha todo um cardápio de opções.

Em vez disso, Brilhante me ergueu. O movimento me acordou, embora apenas um pouco. Flutuei nos braços dele, como em um sonho. Pareceu que demorou muito mais tempo do que deveria para ele me levar até a minha cama. Ele estava muito quente.

Brilhante depositou o meu corpo no leito e me amarrou de novo, deixando a algema frouxa para que eu pudesse me soltar.

— Amanhã — disse ele.

Despertei com o som da sua voz.

— Não. Pode ser que eles comecem a pegar o meu sangue de novo. Devemos ir agora.

— Precisa estar mais forte. — Insinuando que eu não poderia contar com a força dele. — E meu poder não vem à noite. Nem para te proteger.

— Ah — falei, me sentindo tola. — Verdade.

— De tarde seria melhor. O sol não vai estar bloqueado pela Árvore; isso pode nos dar um pouco de vantagem. Farei o que puder para convencê-los a não pegar mais o seu sangue antes disso.

Ergui a mão para tocar o rosto dele, então a desci para a sua camisa, no ponto endurecido ali.

— Você morreu de novo esta noite.

— Morri muitas vezes nos últimos dias. Dateh tem verdadeiro fascínio pela minha habilidade de ressuscitar.

Franzi o cenho.

— O que...

Mas não, era fácil de imaginar o que Dateh fizera com ele. Procurando em minha memória nebulosa os dias desde a morte de Madding, percebi que aquela não era a primeira vez que Brilhante retornara para o quarto morto, morrendo, ou coberto de sangue. Não era de se espantar não ter havido reação de nossos sequestradores quando eu mesma fizera um buraco nele.

Havia tantas coisas sobre as quais queria pensar. Tantas perguntas sem resposta. Como eu *tinha* matado Brilhante? Não tivera tinta, nem mesmo carvão. Paitya e os outros ainda estavam vivos? (Madding, meu Madding. Não, não ele, não podia pensar nele.) Se meu plano desse certo, tentaria chegar a Nemmer, a deusa da furtividade. Ela nos ajudaria.

Deteria os assassinos de Madding, nem se fosse a última coisa que fizesse.

— Me acorde de tarde então — falei, e fechei os olhos.

"Fuga"
(encáustica, carvão, raspas de metal)

Houve complicações.

Acordei aos poucos, o que era bom, ou teria me movido e me denunciado. Antes que pudesse fazer isso, alguém falou, e percebi que Brilhante e eu não estávamos sozinhos.

— Me solte.

Meu sangue gelou. *Hado*. Havia tensão no ar, algo que vibrava na minha pele como uma coceira, mas não conseguia entender o quê. Raiva? Não.

— *Me solte*, ou chamarei os guardas. Eles estão bem ali fora.

Um som rápido de movimento, carne e tecido.

— Quem é você? — Era Brilhante falando, embora mal conseguisse reconhecer sua voz. Estava trêmula, indo de ânsia à incompreensão.

— Não sou quem pensa.

— Mas...

— *Eu sou eu mesmo.* — Hado disse isso com tanta ferocidade que quase me movi, esquecendo-me de que estava fingindo. — Para você, só mais um mortal.

— Sim... sim. — Brilhante soava mais como ele mesmo agora, a emoção se dissipando de sua voz. — Agora percebo.

Hado respirou fundo, trêmulo como a voz de Brilhante estivera, e parte da tensão se desfez. Um tecido se mexeu outra vez e Hado veio até mim, encobrindo meu rosto.

Os Reinos Partidos

— Ela mostrou algum sinal de recuperação hoje? Falou, talvez?

— Não e não. — O tom foi mais rígido do que o normal, mesmo para Brilhante. Os Salões Brancos ensinavam que o Lorde Iluminado não podia mentir. Fiquei aliviada ao ouvir que ele podia, embora fosse óbvio que não combinava com ele.

— Tudo é diferente agora. Eles começarão a pegar sangue de novo esta noite. Com sorte, ela estará forte o suficiente.

— É provável que isso mate-a.

— Olhe lá para fora, homem. Duas semanas se passaram desde a morte da Role. Duas semanas até o prazo final do Senhor da Noite, como ele tão dramaticamente decidiu nos relembrar. — Ele deu uma risada suave e sem humor. Eu me perguntei o que ele queria dizer. — Dateh está possuído desde que viu. Não há esperança de dissuadi-lo desta vez.

A mão de Hado tocou meu rosto de repente, jogando meu cabelo para trás. Fiquei surpresa por um gesto tão gentil da parte dele. Ele não me parecera o tipo que fazia gentilezas, mesmo pequenas assim.

— Na verdade — continuou ele, suspirando —, se a mente dela não voltar, ou, diabos, mesmo que volte, temo que ele pegará *todo* o sangue dela, e o coração também.

Arrepios se espalharam pela minha pele. Orei para que Hado não percebesse.

Ele tocou a fivela sobre meu diafragma, em silêncio agora com seus próprios pensamentos — e sem mostrar qualquer intenção de ir embora. Comecei a me preocupar. A luz do sol parecia estranha na minha pele. *Fina*, até. Significava que era fim de tarde? Se Hado não fosse embora logo, o sol iria se por e Brilhante ficaria sem poderes. Nós precisávamos da magia dele para o plano funcionar.

— Você está diferente — disse Brilhante de repente. — Algo dele ainda permanece.

Foi perceptível, Hado ficou tenso ao meu lado.

— Não a parte que se importa com você — explodiu ele, e se levantou, indo em direção à porta. — Fale disso de novo e eu mesmo vou te matar.

235

Assim ele se foi, fechando a porta com mais força do que a necessária. E então Brilhante estava lá, desfazendo a fivela sobre meu diafragma com tanta força que gritei.

— Este lugar esteve caótico o dia todo — disse ele. — Os guardas estão nervosos; ficam checando o quarto sem parar. A cada hora há alguma interrupção, serventes trazendo comida, checando o seu braço, e então aquele lá. — Hado, imaginei.

Empurrei suas mãos e eu mesma trabalhei nas fivelas, gesticulando para que ele lidasse com aquelas que prendiam as minhas pernas, ao que ele obedeceu.

— O que aconteceu para estressar todos assim?

— Quando o sol nasceu esta manhã, estava escuro.

Fiquei paralisada, em choque. Brilhante continuou o trabalho.

— Um aviso? — perguntei.

Lembrei-me das palavras da deusa serena, naquele dia na Raiz Sul. *Você conhece o temperamento dele melhor do que eu.* Não de Itempas, como pensara no dia. Com mais filhos mortos ou desaparecidos, era o temperamento do Senhor da Noite que estava prestes a explodir. Será que ele esperaria mesmo completar o mês antes de agir?

— Sim. Apesar de que parece que Yeine conseguiu conter a fúria dele até certo ponto. O resto do mundo consegue ver o sol normalmente. Só esta cidade que não.

Então Serymn estivera certa em sua previsão. Ainda conseguia sentir a luz do sol fraca na minha pele. Devia haver alguma luz, ou Brilhante não estaria tentando me libertar. Talvez fosse como um eclipse. Eu o ouvira ser descrito como o sol que se tornava escuro. Mas um eclipse que durava o dia todo e se movia com o sol pelo céu? Não era de se admirar que o Novas Luzes estivesse inquieto. A cidade toda estaria em pânico.

— Quanto tempo até o pôr do sol? — perguntei.

— Pouquíssimo.

Deuses.

— Acha que consegue quebrar aquela janela? O vidro é muito grosso.

Minhas mãos não se moveriam tão rápido quanto gostaria; ainda estava fraca. Mas melhor do que estivera.

— As pernas das camas são feitas de metal. Soltei uma, e ela deve nos servir. — Ele falava como se aquela fosse a resposta à minha pergunta, imaginei que isso já fosse uma resposta.

Soltamos as fivelas e me sentei. Não houve tontura daquela vez, embora tenha cambaleado quando me levantei. Brilhante ficou de costas para mim, e o ouvi colocar a mesa diante da porta. Isso atrasaria os guardas, que entrariam assim que ouvissem Brilhante quebrar a janela. Cada segundo contaria quando começássemos.

Houve um grunhido rápido dele, e um som metálico enquanto ele retirava a perna solta da cama. Tão silenciosamente quanto possível, Brilhante colocou a cama quebrada diante da porta também. Então fomos até a janela. Ainda conseguia sentir a luz do sol na minha pele, mas estava fraca, quase fria. Logo não existiria mais.

— Não sei quanto tempo levará para a magia vir — disse ele. *Ou se sequer virá*, ele não disse, mas sei que pensou. Era o que eu pensava.

— Então cairei por um tempo — falei. — É um longo caminho até lá embaixo.

— Medo já matou mortais em momentos de perigo.

A raiva que sentia desde a morte de Madding nunca partira, apenas se aquietara. Surgiu novamente em mim enquanto sorria.

— Então não terei medo.

Brilhante hesitou mais um momento, mas por fim ergueu uma das pernas da cama.

O primeiro golpe espalhou rachaduras no vidro da janela. Foi tão alto, ecoando no quarto parcialmente vazio, que quase de imediato ouvi as vozes alarmadas dos homens do outro lado da porta. Alguém mexeu na fechadura com chaves que tilintavam.

Brilhante recuou e levou a perna da cama para frente de novo, grunhindo com o esforço. Senti o vento que o movimento gerou; um golpe verdadeiramente poderoso. Acabou com a janela, arrancando vários pedaços grandes. Um vento frio assustador soprou no quarto, grudando minhas vestes na pele e me fazendo tremer.

Os guardas haviam aberto um pouco a porta, mas foram impedidos pela mesa e pela cama. Estavam gritando para nós, gritando por ajuda, tentando tirar os móveis do caminho. Brilhante jogou a perna da cama de lado e chutou o máximo de vidro que conseguiu. Então pegou minhas mãos e as guiou para a frente. Senti o tecido de suas vestes, que ele depositara ali para cobrir as extremidades pontudas do peitoril.

— Tente se afastar da Árvore enquanto pula — disse ele. Como se dissesse a mulheres para saltarem em direção à morte o tempo todo.

Assenti e me inclinei sobre a borda, tentando descobrir a melhor maneira de pular. Quando fiz isso, uma brisa soprou de baixo para cima, erguendo alguns fios do meu cabelo. Por um momento, a coragem titubeou. Afinal de contas, sou apenas humana — ou, se não humana, mortal.

Deliberadamente, invoquei a imagem de Madding, do jeito que ele havia me olhado naquele último momento. Ele soubera que estava morrendo, soubera que eu era o motivo — mas não havia ódio nem nojo em sua expressão. Ele ainda me amara.

O medo sumiu. Fui para trás, para longe da janela.

Sobre os gritos dos guardas, Brilhante disse com urgência:

— Oree, você tem que...

— Cale a boca — sussurrei, e mergulhei através da abertura, abrindo os braços enquanto voava para o ar livre.

O vento forte era o único som que podia ouvir. Minhas roupas balançaram ao meu redor, fazendo a pele arder. Meu cabelo, que alguém havia amarrado para trás em um esforço de arrumá-lo, partiu a fita e se espalhou atrás de mim. Acima de mim. Estava caindo, mas não sentia estar caindo. Flutuei em um oceano de ar. Não havia sensação de perigo, estresse ou medo. Relaxei, desejando que durasse.

Uma mão agarrou minha perna, me tirando da felicidade. Em um movimento lento e gracioso, virei-me de costas. Era Brilhante? Não podia vê-lo. Meu plano tinha falhado então, e nós dois morreríamos quando atingíssemos o chão. Ele voltaria à vida. Eu não.

Ergui os braços, oferecendo as mãos para ele. Brilhante as agarrou, um pouco atrapalhado, e então me trouxe para perto, envolvendo os braços ao meu redor. Relaxei contra seu corpo quente e sólido, embalada pelo vento forte. Que bom. Não morreria sozinha.

Uma vez que minha orelha estava contra o peito dele, eu o senti ficar tenso e ouvi seu arfar rouco. O coração dele bateu forte uma vez, contra a minha bochecha. E então...

Luz.

Pelos Três, tão forte! Cercando-me por todos os lados. Fechei os olhos e ainda vi a forma de Brilhante resplandecer diante de mim, diminuindo a escuridão da minha visão. Conseguia *senti-la* contra a minha pele, como a pressão dos raios de sol. Avançamos em direção a terra como coisas que havia imaginado, mas nunca veria com os próprios olhos. Como um cometa. Como uma estrela cadente.

Nossa descida ficou mais lenta. O rugir do vento ficou mais suave, mais gentil. Algo havia revertido a atração da gravidade. Estávamos voando agora? Flutuando. Quanto havíamos caído, quanto ainda faltava? Quanto tempo antes que o sol se pusesse, e...

Brilhante gritou. A luz dele desapareceu, apagada de repente, e com ela a força que nos mantinha flutuando. Caímos de novo, desamparados agora, com mais nada para nos parar.

Não senti medo.

Mas Brilhante estava fazendo alguma coisa. Remexendo-se, arfando pelo esforço ou talvez fosse resultado de sua magia. Senti quando nos viramos no ar...

E quando atingimos o chão.

15

"*Uma oração para deuses ambíguos*" *(aquarela)*

Alguém estava gritando. Um grito alto, fino e incessante. Irritante. Estava tentando dormir, maldição. Eu me virei, tentando arastar os ouvidos do som.

No instante em que movi a cabeça, a náusea apareceu com força e velocidade surpreendentes. Tive tempo o bastante para abrir a boca e soltar uma respiração alta e ofegante antes que o vômito viesse. Vomitei um fino jato de bile, mas nada mais. Devia estar sem comer havia algum tempo.

Meu estômago parecia determinado para vomitar em seco assim mesmo, apesar dos meus pulmões precisarem de ar. Lutei contra essa urgência, os olhos lacrimejando, cabeça doendo e ouvidos zumbindo, até que por fim consegui respirar um pouco. Aquilo ajudou. A ânsia de vômito diminuiu; inspirei de novo. Por fim, o aperto no estômago desapareceu — embora apenas por um instante. Ainda conseguia sentir os músculos ali tremendo, prontos para recomeçar o ataque violento.

Enfim capaz de pensar, ergui a cabeça, tentando entender onde estava e o que acontecera. O zumbido nos ouvidos — que confundira com gritos — era alto e incessante, atordoador. A última coisa da qual me lembrava era... franzi o cenho, embora isso tenha feito a dor piorar. Cair. Sim. Tinha pulado de uma janela da Casa do Sol Nascido, determinada a escapar ou morrer tentando. Brilhante havia me alcançado e...

Perdi o ar. *Brilhante.*

Abaixo de mim.

Eu me afastei dele, ou tentei. No instante em que movi o braço direito, gritei, o que desencadeou outra série de ondulações no estômago. Lutei contra a dor e a ânsia de vômito, me arrastando por cima dele com o braço esquerdo, que ainda estava dolorido pela infecção e por tudo o que o Novas Luzes havia inserido para coletar meu sangue. Ainda assim, a dor naquele braço não era nada comparada com a agonia no meu lado direito, e o aperto na barriga, e as dores agudas nas costelas, e o inferno turbulento morando na minha cabeça. Por alguns momentos, não pude fazer nada a não ser ficar onde estava, choramingando e desamparada pela tristeza.

Por fim, a dor diminuiu o bastante para que eu funcionasse. Quando enfim consegui me erguer um pouco, tentei outra vez reconhecer meus arredores. Meu braço direito não funcionava de jeito nenhum. Estendi meu braço esquerdo.

— Brilhante?

Ele estava lá. Vivo, respirando. Limpei os olhos dele, que estavam abertos. Eles piscaram, os cílios fazendo cócegas na ponta dos meus dedos. Eu me perguntei se ele decidira parar de falar comigo outra vez.

Foi quando percebi que meus joelhos e o quadril onde me sentava estavam encharcados. Confusa, tateei o chão. Paralelepípedos, ensebados e densos com terra. Umidade fria que ficava mais quente quanto mais perto do corpo de Brilhante. Tão quente quanto…

Meus deuses.

Ele estava vivo. A magia dele nos salvara — não totalmente, mas o suficiente para suavizar a nossa queda. Era o bastante para ele ter girado nossos corpos no ar, de forma que ele atingisse o chão primeiro, para que ambos sobrevivêssemos. Mas se eu estava ferida assim…

Meus dedos encontraram a parte de trás da cabeça dele, e arfei, tirando a mão. Deuses, deuses, deuses.

Onde diabos estávamos? Estávamos deitados ali havia quanto tempo? Eu ousaria chamar por ajuda? Olhei ao redor, escutei. O ar estava frio e enevoado com a madrugada. Gotas grossas de água tocavam minha pele com a gentileza característica da chuva em Sombra. Conseguia ouvi-la, uma garoa ao nosso redor, mas nos arredores, não ouvia nada nem ninguém. Mas conseguia sentir vários cheiros — lixo, urina velha e metal enferrujado. Outro beco? Não, o espaço ao nosso redor parecia mais aberto. Onde quer que estivéssemos, era isolado; se alguém nos vira cair, teria vindo até nós por pura curiosidade.

A respiração de Brilhante estava entrecortada. Coloquei a mão sobre seu peito nu — ele removera a camisa na Casa — e quase me afastei, espantada ao sentir como o torso estava anormalmente *achatado*. Mesmo assim, o coração dele ainda batia forte, em contraste com o esforço borbulhante e brusco que fazia para respirar. Naquele ritmo, sua morte natural poderia levar um tempo agonizante para acontecer.

Precisava matá-lo.

O pânico tomou conta de mim, embora pudesse também ser enjoo. Sabia que era bobagem. Não era como se ele fosse permanecer morto, e quando retornasse à vida, estaria inteiro. Era, como Lil havia concluído, a maneira mais fácil de "curá-lo". Não seria a minha primeira vez fazendo aquilo.

Mas uma coisa era matar no momento da raiva. Matar friamente era uma questão totalmente diferente.

Nem tinha certeza se *poderia* matá-lo. Meu braço direito estava inútil, deslocado ou quebrado, embora felizmente parecesse estar ficando dormente. Todo o resto doía. Podia ter sobrevivido à queda melhor do que ele, mas isso não queria dizer que estava intacta. Na melhor das hipóteses, precisaria de dois braços funcionando para quebrar seu pescoço.

Então me dei conta da situação por completo: estava perdida em alguma parte de Sombra, desamparada, com um companheiro quase morto. Era só uma questão de tempo até que o Novas Luzes viesse procurar por nós. Eles, no mínimo, sabiam que Brilhante voltaria à vida. Estava doente, ferida e fraca. Aterrorizada. E, droga, cega.

— Por que diabos tudo tem que ser tão *difícil* com você? — perguntei a Brilhante, piscando para afastar as lágrimas de frustração. — Anda logo, morre!

Algo fez barulho ali por perto.

Arfei, o coração batendo forte no peito. Esquecida a frustração, fiquei de joelhos e escutei com mais atenção. Tinha vindo da minha direita, de algum lugar acima de mim, um som rápido de metal. Talvez fosse a água caindo em um cano exposto. Ou alguém nos procurando, reagindo ao som da minha voz.

Apoiada nas mãos e nos joelhos, tateei os arredores. A alguns metros à esquerda, encontrei um pedaço de madeira, velho e com lascas. Um barril, suas argolas de metal enferrujadas, um lado quebrado. Outro em cima dele, e então algo que parecia um pedaço largo e plano de telha, apoiado nos barris. Presa nele, uma caixa corroída.

Era um ferro velho. O único ferro velho próximo à Árvore era o Shustocks, em Somoe, onde todos os ferreiros e carroceiros da região descartavam materiais.

A telha formava uma espécie de telhado contra o barril, com um espaço estreito embaixo. Com todo o cuidado possível, empurrei a telha para trás, rezando para que não houvesse nada contra ela que pudesse cair e nos denunciar — ou nos esmagar. Nada aconteceu, então tateei mais ao redor, enfim engatinhando por debaixo da telha para inspecionar o lugar.

Havia espaço suficiente.

Recuei e fiquei de pé, quase caindo de novo quando outro espasmo passou pelo meu corpo. A dor na cabeça era horrível, pior do que já havia sentido antes. Devia ter batido a cabeça na queda — não com força o bastante para causar danos, mas o suficiente para bagunçar as coisas lá dentro.

Outro som vindo da mesma direção, algo batendo na madeira. E então silêncio.

Arfando para me livrar da dor, voltei a atenção para o corpo de Brilhante. Enfiando a mão boa nas calças dele, inclinei o quadril para trás e empurrei com as pernas, choramingando enquanto o arrastava para trás, centímetro por centímetro. Usei toda a força para colocá-lo naquele pequeno esconderijo, e ele não coube bem. Os pés estavam para fora. Rastejei para perto dele, arfando, e parei para ouvir, esperando que a chuva não demorasse a lavar o sangue de Brilhante.

Ele resmungou de repente e dei um pulo, encarando-o em preocupação. Arrastá-lo devia tê-lo ferido mais. Não tinha mais escolha; se não o matasse, Brilhante ia entregar nossa posição.

Engolindo em seco, fiz como ele fizera comigo na Casa do Sol Nascido. Pressionei a mão sobre sua boca, apertando o nariz com os dedos.

Por cinco respirações — contei de acordo com as minhas —, pareceu funcionar. O peito dele subiu, desceu. Ficou parado. Então ele deu um pulo, lutando. Tentei resistir, mas ele era forte demais, mesmo ferido, e logo se livrou de mim. Assim que soltei, Brilhante inspirou de novo, mais alto que antes.

Demônios, ele vai nos matar!

Demônios. Estiquei a mão, lembrando.

Pelo menos havia muito sangue para usar como tinta. Toquei abaixo de seu pescoço e consegui uma boa quantidade. Minha mão tremia quando a coloquei sobre seu peito, com cuidado. Antes, imaginara que era tinta, e então *acreditara* que a pintura era real. Devagar, movi a mão, espalhando o sangue em um amplo círculo na pele dele. Faria outro buraco, como aquele que usara para matar Brilhante antes, como aquele que perfurara o Vazio de Dateh. Não um círculo feito de tinta-sangue. Um buraco.

O peito dele subiu e desceu sob a minha mão, me desmentindo. Fiz uma careta e ergui a mão para não o sentir respirar.

Um buraco. Através de carne e osso, como um túmulo escavado na terra fofa, bordas perfeitamente cortadas pela lâmina invisível de uma pá. Um círculo perfeito.

Um buraco.

Minha mão apareceu. Eu a vi pairando na escuridão, dedos abertos, tremendo com o esforço.

Um *buraco*.

Comparado com a dor nauseante na cabeça, o que se formava diante de meus olhos era quase agradável. Ou estava me acostumando ou já sentia tanta dor que não fazia diferença. Mas notei quando Brilhante parou de respirar.

Com o coração batendo forte, abaixei a mão até o ponto onde o peito dele estivera. A princípio não senti nada; mas então a mão deslizou um pouco para o lado. Carne e osso, cortados tão perfeitamente que era como se uma faca houvesse feito o trabalho. Tirei a mão, sentindo ânsia de vômito.

— Que peculiar! — disse uma voz alegre, bem atrás de mim.

Quase gritei. Teria gritado se meu peito não doesse. Eu me virei, dei um pulo e me arrastei para trás, sacudindo o braço como se fosse algo feroz.

A criatura agachada perto dos pés de Brilhante não era humana. Tinha mais ou menos uma estrutura humana, mas estava agachada de uma maneira impossível, quase tão larga quanto alta — e não era muito alta. Talvez do tamanho de uma criança, se uma criança tivesse ombros largos como os de um *yoke*, e braços longos e musculosos. O rosto da criatura também não era o de uma criança, embora fosse bochechudo, com olhos enormes e arredondados. Tinha a linha do couro cabeludo retraída, e seu olhar era antigo e feroz.

Mas conseguia vê-la, e aquilo significava que se tratava de uma deidade — a mais feia que já tinha visto.

— O-oi — falei quando o coração parou de bater forte. — Desculpe. Você me assustou.

A coisa — ele — sorriu para mim, rapidamente mostrando os dentes. Dentes que também não eram humanos; ele não tinha os caninos. Apenas quadrados perfeitamente planos, em cima e embaixo.

— Não quis te assustar — disse ele. — Achei que não fosse me ver. A maioria não vê. — A criatura se inclinou para a frente, observando o meu rosto. — Hum. Então você é aquela garota. Aquela com os olhos.

Assenti, aceitando a definição bizarra. Deidades fofocavam como pescadores; havia conhecido tantos deles que a fofoca devia ter se espalhado.

— E você é?

— Dump.

— Desculpe?

— *Dump*. Você fez um truque legal. — Ele inclinou a cabeça na direção de Brilhante. — Eu mesmo sempre quis fazer um buraco ou dois nele! O que está fazendo com ele?

— É uma longa história. — Suspirei, de repente cansada. Se pudesse descansar, talvez... — Hã... Lorde D-Dump. — Eu me senti muito boba falando aquilo. — Estou numa enrascada. Por favor, pode me ajudar?

Dump inclinou a cabeça, como um cão confuso. Apesar disso, seu olhar era bastante perspicaz.

— Você? Depende. Ele? De jeito nenhum.

Assenti devagar. Mortais sempre pediam favores às deidades; muitas ficavam irritadas com isso. E aquela ali não gostava de Brilhante. Precisava agir com cuidado, ou talvez ele fosse embora antes que eu pudesse falar de seus irmãos desaparecidos.

— Primeiro, pode me dizer se há alguém por perto? Ouvi alguma coisa.

— Era eu. Vim ver o que caiu no meu território. Várias pessoas são jogadas para fora e caem aqui, mas nunca tão de cima. — Ele me deu um olhar torto. — Achei que fosse estar mais machucada.

— Seu território? — Um ferro velho não era a minha ideia de um lar, mas deidades não precisavam dos confortos materiais que nós mortais gostávamos. — Ah. Desculpe.

Dump deu de ombros.

— Não foi culpa sua. De qualquer forma, não será meu por muito tempo. — Ele gesticulou para cima, e me lembrei do sol escurecido. O aviso do Senhor da Noite.

— Vai embora? — perguntei.

— Não tenho escolha, tenho? Não sou tão estúpido a ponto de ficar aqui quando Naha está furioso assim. Já estou feliz que ele não nos amaldiçoou também. — Ele suspirou, parecendo infeliz. — Todos os mortais, porém... eles estão marcados, todos que estavam na cidade no momento que a Role e os outros morreram. Mesmo indo embora, ainda verão o sol escuro. Tentei mandar alguns dos meus filhos para o Sul, para uma das cidades costeiras, e eles acabaram de voltar. Disseram que queriam estar comigo quando... — Ele balançou a cabeça. — Matar todos, culpados e inocentes, não importa. Ele e Itempas nunca foram diferentes.

Abaixei a cabeça e suspirei, sentindo um cansaço que não era só físico. Escapar do Novas Luzes tinha feito algum bem? Faria alguma diferença se encontrasse uma maneira de expô-los? O Senhor da Noite destruiria a cidade de qualquer maneira, por puro rancor?

Dump passou o peso do corpo de um pé a outro, de repente parecendo angustiado.

— Mas não posso te ajudar.

— O quê?

— Alguém quer você. E ele também. Não posso ajudar vocês.

Então entendi.

— Você é o Lorde dos Rejeitos — falei. Não consegui evitar sorrir. Havia crescido ouvindo histórias sobre ele, embora nunca tenha sabido seu verdadeiro nome. Eram minhas favoritas na infância. Ele era outra figura impostora, engraçada, aparecendo principalmente em histórias de crianças fugitivas e tesouros perdidos. Quando algo era jogado fora, rejeitado ou esquecido, passava a pertencer a ele.

Ele sorriu para mim com aqueles desconcertantes dentes planos.

— Sou. — O sorriso desapareceu. — Mas você não foi rejeitada. Alguém te quer *muito*. — Dump deu um passo para trás, como se a minha simples presença causasse dor, fazendo uma careta de repugnância. — Precisa ir. Vou te mandar a algum lugar, se não conseguir andar...

— Sei sobre as deidades desaparecidas — falei de repente. — Sei quem as está matando.

Dump ficou tenso de repente, as mãos enormes se fechando em punhos.

— Quem?

— Um culto de mortais descontrolados. Lá em cima. — Apontei em direção à Árvore. — Há um deles, um escriba que... — Hesitei, de repente ciente do perigo de dizer que Dateh era um demônio. Se os deuses soubessem que ainda havia demônios no mundo...

Não. Não me importava mais com o que aconteceria comigo. Que me matassem, desde que lidassem também com os assassinos de Madding.

Mas antes que pudesse falar, Dump de repente arfou e se afastou de mim, sua imagem brilhando ainda mais enquanto ele invocava magia. Houve um grito ao longe, e então ouvi pequenos pés correndo em volta de uma pilha de lixo, dispersando-se enquanto trotavam sobre o que soava como uma tábua solta.

— Dump! — chamou uma jovem. — Há pessoas aqui! Rexy mandou que dessem o fora e elas bateram nele! Ele está sangrando!

Dei um pulo de repente quando Dump enfiou a garota no pequeno compartimento, comigo e Brilhante.

— Fique aí — ordenou ele. — Vou cuidar disso.

Eu me contorci ao lado da garota. Não havia muito espaço para ela, embora fosse pequena. Empurrei-a; ela não passava de ossos magros e roupas rasgadas.

— Lorde Dump, tome cuidado! O escriba que te falei, a magia dele... Dump fez um som de irritação e desapareceu.

— Droga! — Soquei o punho bom contra a perna imóvel de Brilhante. Se Dateh estava entre aqueles que vieram procurar por mim, ou se tinham outra ponta de flecha feita de sangue de demônio...

— Ei — disse a garota, incomodada. — Empurre o cara morto, não eu.

Morto, morto, inutilmente morto. Mas não podia dizer que ele não tinha me avisado; era por isso que Brilhante quisera que eu estivesse mais forte antes que tentássemos fugir. Para que eu o abandonasse? Por um momento, a possibilidade tomou meus pensamentos. Se o Novas Luzes não o encontrasse, Brilhante voltaria à vida e iria para a cidade, da mesma forma que fizera antes de me conhecer. Se eles o encontrassem... bem, talvez ele os atrasasse o suficiente para que eu escapasse.

Mas mesmo enquanto pensava, sabia que não conseguiria fazer aquilo. Por mais que quisesse odiar Brilhante por seu egoísmo, temperamento e personalidade horríveis, ele também amara Madding. Só por isso, merecia um pouco de lealdade.

Enquanto isso, precisava de ajuda. Não podia contar com a volta de Dump. Não tinha como conseguir ajuda dos mortais. Se conseguisse invocar outra deidade para ajudar, ou melhor ainda...

Meu primeiro pensamento foi tão repulsivo que tive dificuldades de considerá-lo. Mas me forcei a fazer isso de qualquer forma, porque Brilhante mesmo tinha dito: havia um deus que quereria lidar com os assassinos de seus filhos. Mas sabia, pela história do meu povo, que Lorde Nahadoth não pararia por ali. Ele poderia decidir acabar com o Novas Luzes ao acabar com toda a cidade de Sombra, ou talvez com o mundo todo. Ele já estava com raiva, e não éramos nada para ele — pior do que nada. Seus traidores e algozes. Era provável que fosse agradável para ele nos ver morrer.

A Lady Cinzenta então. Ela havia sido mortal e ainda mostrava certa preocupação com a humanidade. Mas como poderia contatá-la? Não era uma peregrina, embora os tivesse explorado por anos. Para orar a um deus — para conseguir atenção dele —, era necessário conhecer em detalhes a natureza dele. Nem sabia o verdadeiro nome da Lady. Era o mesmo com todas as outras deidades em que consegui pensar, incluindo a Lady Nemmer. Não sabia o bastante sobre nenhuma delas.

Então tive uma ideia. Engoli em seco, as mãos de repente suadas. Havia uma deidade cuja natureza era simples o bastante, horrível o bastante, para que qualquer mortal pudesse invocá-la. Embora o Turbilhão soubesse que eu não queria.

— Sai da frente — falei para a garota. Resmungando, ela saiu, e me arrastei com uma mão para o espaço aberto. A garota começou a se arrastar de volta para dentro, mas agarrei a perna ossuda dela. — Espere. Tem algo aqui que se pareça com uma bengala? Algo pelo menos deste tamanho. — Comecei a erguer ambos os braços, então arfei quando os músculos do meu braço ruim doeram de maneira agonizante. Fiz o tamanho aproximado com o meu braço bom. Se precisasse fugir, necessitaria de algo para me ajudar a encontrar o caminho.

249

A garota ficou em silêncio, me encarando por um segundo ou dois; então saiu. Esperei, tensa, ouvindo os sons da batalha ali perto — gritos adultos, berros infantis, destroços quebrando e estilhaçando. Perto demais. Para uma briga que envolvia uma deidade durar tanto, devia haver muitos membros do Novas Luzes ou talvez Dateh já a pegara.

A garota voltou, pressionando algo na minha mão. Eu o senti e sorri: um cabo de vassoura. Quebrado e serrilhado em uma das pontas, mas fora isso, perfeito.

Agora vinha a parte difícil. Eu me ajoelhei e abaixei a cabeça, respirando fundo para acalmar os pensamentos. Então procurei dentro de mim, tentando encontrar um sentimento em meio à confusão. Uma necessidade única e urgente. Uma *fome*.

— Lil — sussurrei. — Lady Lil, por favor, me escute.

Silêncio. Foquei os pensamentos nela, formei-a nos pensamentos: não sua aparência, mas a percepção de sua presença, aquela sensação iminente de muitas coisas presas em um lugar precário. O cheiro dela, carne estragando e dentes podres. O som de seus dentes guinchantes e indomáveis. Como era a sensação de *querer* como ela queria, constantemente? Como era a sensação de querer algo com tanta força que era possível sentir o gosto?

Talvez um pouco como me sentia, sabendo que perdera Madding para sempre.

Apertei o cabo de vassoura com a mão enquanto o coração era tomado de emoção. Enfiei a ponta irregular na terra e lutei contra a vontade de chorar e gritar. Eu o queria de volta. Queria os assassinos dele mortos. Não poderia ter o primeiro desejo — mas o último estava ao meu alcance, se conseguisse encontrar alguém para me ajudar. A justiça estava tão perto que conseguia sentir o gosto.

— Venha até mim, Lil! — gritei, sem me importar se algum membro do Novas Luzes pudesse me ouvir. — Venha, maldição! Tenho um banquete que vai adorar!

Os Reinos Partidos

E ela apareceu, agachando-se à minha frente com os cabelos dourados emaranhados sobre os ombros, seus olhos salpicados de fanatismo, ávidos e desconfiados.

— Onde? — perguntou Lil. — Que banquete?

Sorri feroz, exibindo meus próprios dentes afiados.

— Na minha alma, Lil. Consegue sentir o gosto?

Ela me observou por um longo momento, a expressão mudando de duvidosa à espantada.

— Sim — disse por fim. — Ah, sim. Adorável. — Os olhos dela se fecharam, e Lil levantou a cabeça, abrindo a boca um pouco para sentir o ar. — Muito anseio em você, por tanta coisa. Delicioso. — Ela abriu os olhos e franziu o cenho, confusa. — Não era tão saborosa antes. O que aconteceu?

— Tantas coisas, Lady Lil. Coisas terríveis, que são o motivo de eu ter-lhe chamado. Você me ajudará?

Ela sorriu.

— Faz séculos que ninguém ora por mim. Você o fará de novo, garota mortal?

Ela era como um vagalume, indo atrás de qualquer coisa brilhante.

— Vai me ajudar se eu orar?

— Ei — disse a garota atrás de mim. — Quem é essa?

O olhar de Lil pousou nela, de repente ávido.

— Te ajudarei se me der uma coisa — disse Lil.

Contraí os lábios, mas lutei contra o nojo.

— Te darei tudo o que for meu para dar, Lady. Mas esta criança é do Lorde Dump.

Lil suspirou.

— Nunca gostei dele. Ninguém quer o lixo dele, mas ele não compartilha.

Aborrecida, ela apontou para algo no chão, que não conseguia ver.

Estendi a mão e agarrei a dela, fazendo-a focar em mim outra vez.

— Descobri quem está matando seus irmãos, Lady Lil. Eles estão me caçando agora, e podem me alcançar em breve.

Ela encarou minha mão na dela, surpresa, e então olhou para mim.

— Não ligo para nada disso — disse.

Maldição! Por que tinha que ser atormentada por deidades *bizarras*? As normais estavam me evitando?

— Há outros que se importam — falei. — Nemmer...

— Ah, gosto dela. — Lil se reanimou. — Ela me dá os corpos que os subordinados dela não querem mais.

Por um momento, esqueci o que queria falar, então deixei para lá.

— Se disser isso para ela — falei, negociando —, tenho certeza de que ela te dará mais corpos.

Esperava que houvesse muitos membros do Novas Luzes mortos quando tudo acabasse.

— Talvez — disse Lil, de repente considerando —, mas o que *você* me dará para ir até ela?

Surpresa, precisei pensar. Não tinha comida comigo, nada de valor. Mas não conseguia me livrar da sensação de que Lil sabia o que queria de mim; ela só queria que eu dissesse primeiro.

Humildade, então. Havia clamado por ela, fizera dela a *minha* deusa, de certa maneira. Era seu direito exigir uma oferenda. Apoiei a mão boa no chão e abaixei a cabeça.

— Diga o que quer de mim.

— Seu braço — respondeu Lil, rápido demais. — É inútil agora, pior do que inútil. Talvez nunca se cure. Me dê.

Ah, óbvio. Senti o braço pendurado na minha lateral. Havia uma protuberância inchada e quente na parte superior que provavelmente significava uma quebra feia, embora felizmente o osso não tivesse partido a pele. Ouvira pessoas que morreram de coisas assim, o sangue envenenado por fragmentos de osso, ou por infecção e febre.

Não era o braço que preferia usar; eu era canhota. E já havia me decidido que não precisaria dele por muito mais tempo.

Respirei fundo.

— Não posso ficar sem ele — falei suavemente. — Preciso... ainda ser capaz de fugir.

— Farei tão rápido que não sentirá dor — disse Lil, se inclinando à frente em sua avidez. Senti o cheiro dela de novo, aquela baforada fedida vinda da boca real dela, não a falsa que estava usando para me persuadir. Carniça. Mas ela preferia carne fresca. — Queimando a ponta, assim não vai sangrar. Não vai nem sentir falta dele.

Abri a boca para dizer sim.

— Não — disse Brilhante, nos assustando.

Apoiando-me em um só braço, quase caí enquanto tentava me virar. Conseguia vê-lo; a magia da ressurreição ainda estava forte.

A garota de Dump gritou e se afastou de nós.

— Você estava morto! Que feitiçaria é essa?

— A carne dela pertence a ela para barganhar — disse Lil, fechando as mãos. — Você não tem direito de me proibir!

— Acho que nem você gostaria da carne dela, Lil. — Ouvi madeira chacoalhar e areia ser pisoteada enquanto ele saía da alcova. — Ou quer matar mais um dos meus filhos, Oree?

Estremeci. Meu sangue demoníaco. Tinha me esquecido. Mas antes que pudesse explicar a Lil, outra voz falou, gelando cada gota de veneno em minhas veias.

— Aí está você. Sabia que seu companheiro estaria vivo, Lady Oree, mas estou surpreso, e satisfeito, de te ver nas mesmas condições.

Acima e atrás de Lil: um dos pequeninos portais que Dateh usava para espiar, do tamanho de uma bola de gude. Não havia percebido, não com Lil na minha frente, me distraindo. Tarde demais, percebi que os sons da batalha ali perto haviam parado.

Lil se virou e se ergueu, inclinando a cabeça de um lado a outro, como um pássaro. Fiquei de pé, jogando o peso para me apoiar no cabo de vassoura e compensar o braço ferido. Para a garota, quem quer que ela fosse, sibilei:

— Corra!

— Vamos lá, Lady Oree. — A voz de Dateh era repreensiva, sensata, apesar da estranheza de falar por um buraco pequeno. — Nós dois sabemos que não há propósito em resistir. Vejo que está ferida. Devo arriscar te ferir ainda mais ao te levar ao meu Vazio? Ou virá sem reclamar?

Da minha esquerda, um grito surpreso. A garota. Ela havia corrido... e fora capturada pelas pessoas que se aproximaram de nós naquela direção. Vários pares de pés, dez ou doze. Havia outros se aproximando da outra extremidade do ferro velho agora. O Novas Luzes chegara.

— Você não precisa pegar aquela criança — falei, tentando evitar que a voz vacilasse. Tão perto! Nós quase conseguimos. — Não pode deixá-la ir?

— Infelizmente ela é uma testemunha. Não se preocupe; cuidamos de crianças. Ela não será maltratada, contanto que se junte a nós.

— Dump! — gritou a garota, que aparentemente estava resistindo aos captores. — Dump, me ajude!

Dump não apareceu. Meu coração doeu.

— É você! — disse Lil, de repente sorrindo. — Senti o gosto da sua ambição há semanas e avisei Oree Shoth para tomar cuidado com você. Sabia que se ficasse perto dela, poderia te encontrar. — Ela sorria como uma mãe orgulhosa. — Sou Lil.

— Lil. — Agarrei o cabo de vassoura. — Ele tem magia poderosa. Ele já matou várias outras deidades e... — Lutei contra o tremor do nojo, que poderia ser suficiente para provocar a náusea de novo — ... e as comeu. Não quero que se junte a elas.

Lil olhou para mim, surpresa.

— O quê?

A mão de Brilhante agarrou meu ombro bom; eu o senti se colocar à minha frente.

— Não quero mais *você* — disse Dateh, frio. Para Brilhante. — Você é inútil, seja lá o que for. Mas não tenho escrúpulos em passar por você para pegá-la, então saia da frente.

Lil ainda me encarava.

— O que quer dizer com as *comeu*?

Meus olhos se encheram de lágrimas de frustração e luto.

— Ele arranca os corações delas e os come. Está fazendo isso com todas as deidades que desapareceram. Só os deuses sabem quantas agora.

— *Lady Oree* — disse Dateh, a voz tomada de raiva. De repente, o buraco duplicou de tamanho, rasgando o ar enquanto crescia. Como um aviso, se aproximou de nós. Não havia sucção; ainda.

— Você não disse que elas estavam sendo comidas. Deveria ter dito logo de cara — disse Lil, parecendo irritada. Então ela se virou para o buraco de Dateh, e sua expressão ficou sombria. — É ruim, muito ruim, um mortal comer um de nós.

Senti a sucção no instante em que começou. Foi mais gentil do que naquela noite diante da casa de Madding, mas ainda suficiente para me fazer cambalear. Na minha frente, Brilhante grunhiu e fincou os pés no chão, o poder aumentando, mesmo assim a sucção o puxava para a frente...

Com força, Lil empurrou nós dois para o lado, ficando de frente para o buraco.

A sucção aumentou de repente, com força total. Brilhante e eu tínhamos caído no chão; estava esparramada e meio dormente, a queda provocara dor na cabeça e no braço quebrado. De modo embaçado, vi Lil, as pernas juntas, o vestido chicoteando sobre sua forma esquelética, os longos cabelos amarelos emaranhados ao vento. O buraco era enorme agora, quase tão grande quanto o corpo dela, mas, de alguma forma, não a puxou.

Ela ergueu a cabeça. Estava atrás dela, mas soube o momento em que a sua boca se escancarou, mesmo sem ver.

— Garoto mortal ambicioso. — A voz de Lil estava por toda a parte, ecoando, aguda de prazer. — Acha mesmo que isso vai funcionar *comigo*?

Ela abriu bem os braços, reluzindo com o poder dourado. Ouvi o zumbir e o chiar de seus dentes, tão alto que fez meus ossos chacoalharem e minha coluna vibrar, tão poderoso que até a terra tremeu abaixo de mim. O zumbido aumentou até se tornar um grito enquanto ela se lançava em direção ao portal. . e *tentava comê-lo*. Faíscas de pura magia passaram por nós, cada uma queimando a terra onde caía. Um choque de força me abateu ainda mais e estraçalhou as pilhas de lixo ao nosso redor. Ouvi madeira estilhaçando, destroços caindo, os membros do Luzes gritando e Lil rindo como o monstro inconsequente que era.

E então Brilhante segurou meu braço bom, me ajudando a levantar. Corremos, ele meio que me arrastando porque minhas pernas não funcionavam e eu tentando não vomitar. Por fim, ele me pegou nos braços e correu, enquanto atrás de nós o ferro velho explodia com terremotos, caos e chamas.

{16}

"Das profundezas às alturas"
(aquarela)

Apaguei por um tempo. A agitação, a corrida, e a cacofonia borrada de sons foram demais para os meus sentidos já exauridos. Estava vagamente consciente da dor e da confusão, meu senso de equilíbrio desestabilizado por completo; era como se estivesse flutuando, não conectada, descontrolada. Uma voz desfocada parecia sussurrar no meu ouvido: *Por que está viva quando Madding está morto? Por que é que está viva, sendo esse receptáculo cheio de morte? Você é uma afronta a tudo o que é sagrado. Apenas deite-se e morra.*

Pode ter sido Brilhante falando, ou a minha própria culpa.

* * *

Depois do que pareceu um longo tempo, recobrei consciência o suficiente para pensar.

Eu me sentei, devagar e com muito esforço. Meu braço, o que estava bom, não obedeceu ao meu comando de imediato. Eu o ordenei que me levantasse, e em vez disso ficou caído, tocando a superfície abaixo de mim. Dura, mas não era pedra. Enfiei as unhas um pouquinho. Madeira. Barata, fina. Tamborilei os dedos sobre ela, escutando, e percebi que estava em tudo ao meu redor. Quando enfim retomei o controle, consegui explorar o ambiente, de maneira devagar e trêmula, então entendi. Uma caixa. Estava em algum tipo de caixa de madeira grande, aberta em uma extremidade.

Algo pesado, áspero e fedido estava sobre mim. Um cobertor para cavalo? Brilhante devia tê-lo roubado para mim. Ainda tinha o cheiro de suor de seu antigo dono, mas estava mais quente que o ar frio, presente nos momentos antes do amanhecer, que me envolvia, então me aconcheguei.

Passos ali perto. Eu me encolhi até reconhecer seu peso e ritmo peculiares. Brilhante. Ele entrou na caixa e se sentou por perto.

— Aqui — disse ele, e algo de metal tocou meus lábios.

Confusa, abri a boca, e quase me engasguei quando a água entrou. Consegui não desperdiçar muito, felizmente, pois estava desesperada de tão sedenta. Enquanto Brilhante virava o cantil para mim outra vez, bebi com avidez até que não sobrasse nada. Ainda estava com sede, mas me sentia melhor.

— Onde estamos? — perguntei. Mantive a voz suave. Onde quer que estivéssemos, estava silencioso. Ouvi o *drip-drip* do orvalho da manhã; um som acolhedor depois de dias sem ele na Casa do Sol Nascido. Havia pessoas por perto, mas elas também se moviam devagar, como se não quisessem perturbar o orvalho.

— Na Vila dos Ancestrais — disse ele, e pisquei, surpresa.

Brilhante me carregara pela cidade toda, do ferro velho de Shustocks, de Somoe para Somle. A Vila ficava ao norte da Raiz Sul, perto do túnel abaixo do paredão de raízes. Era onde a população sem-teto da cidade fizera um acampamento, ou assim me disseram. Nunca tinha visitado. A maioria dos Aldeões estava doente no corpo ou na mente, inofensivos demais para serem colocados em quarentena, mas muito feios, estranhos ou lamentáveis para serem aceitos na sociedade organizada do Iluminado. Muitos eram pessoas com deficiência, mudos, surdos... cegos. Nos meus primeiros anos em Sombra, tivera muito medo de me juntar a eles.

Não perguntei, mas Brilhante deve ter notado que estava confusa.

— Vivi aqui por um tempo — disse ele. — Antes de você.

Não era nada que já não tivesse pensado, mas não consegui evitar ficar com pena: ele fora de governante dos deuses para habitante de uma caixa, vizinho de leprosos e loucos. Sabia dos crimes dele, mas ainda assim...

Tarde demais, percebi mais passos se aproximando. Estes eram mais leves que os de Brilhante, vários pares... três pessoas? Uma delas mancava muito, arrastando o segundo pé como um peso morto.

— Sentimos sua falta — disse uma voz, mais velha, rouca, de gênero indeterminado, embora imaginasse que fosse masculina. — É bom ver que está bem. Olá, senhorita.

— Hã, olá — respondi. As primeiras palavras não tinham sido direcionadas a mim.

Satisfeito, o talvez-homem voltou a atenção para Brilhante.

— Para ela. — Ouvi algo ser colocado no chão de madeira; senti cheiro de pão. — Veja se ela consegue pôr para dentro.

— Obrigado — respondeu Brilhante, me surpreendendo ao falar.

— Demra partiu, procurando pelo velho Sume — disse outra voz, mais jovem e aguda. — Ela é dobradora de ossos; não muito boa, mas às vezes trabalha de graça. — A voz suspirou. — Queria que a Role ainda estivesse aqui.

— Não será necessário — dispensou Brilhante, porque era óbvio que ele pretendia me matar. Até eu podia dizer que aquelas pessoas não tinham muitos favores a requisitar; era melhor que não gastassem um tão precioso comigo. Então Brilhante me surpreendeu ainda mais. — Mas algo para a dor dela seria bom.

Uma mulher se aproximou.

— Sim, trouxemos isto. — Algo mais foi colocado no chão, vidro. Ouvi o barulho da água. — Não tem um gosto bom, mas deve ajudar.

— Obrigado — repetiu Brilhante, mais suave. — Vocês todos são muito gentis.

— Você também — disse uma voz fina, e então a mulher murmurou algo sobre me deixar dormir, e os três foram embora. Fiquei deitada lá depois de partirem, sem conseguir me impressionar. Estava cansada demais para ficar surpresa de verdade.

— Tem comida — disse Brilhante, e senti algo seco e duro roçar meus lábios. O pão, que ele partira em pedaços para que não tivesse que gastar energia mastigando. Era uma coisa endurecida e sem sabor, e mesmo os pequenos pedaços partidos faziam minha mandíbula doer. A Ordem de Itempas cuidava de todos os cidadãos; ninguém passava fome sob o comando do Iluminado. Isso não significava que eles comessem *bem*.

Enquanto mantinha um pedaço na boca, esperando que a saliva o tornasse mais comestível, pensei no que ouvi. Tivera a sensação de ser um hábito — ou um ritual, talvez. Quando engoli, falei:

— Eles parecem gostar de você aqui.

— Sim.

— Eles sabem quem você é? O que você é?

— Nunca contei a eles.

E mesmo assim eles sabiam, tinha certeza. Havia reverência demais no jeito que eles se aproximaram e apresentaram suas pequenas oferendas. Também não perguntaram sobre o sol escuro, como um pagão teria feito. Eles simplesmente aceitaram que o Lorde Iluminado os protegeria se Ele pudesse — e se Ele não pudesse, era inútil perguntar.

Precisei pigarrear antes de falar.

— Você os protegeu enquanto esteve aqui?

— Sim.

— E... falou com eles?

— Não no começo.

Mas com o tempo sim, assim como comigo. Por um momento, uma competitividade irracional tomou conta de mim. Levou três meses para Brilhante me considerar digna de conversa. Quanto tempo levara com essas almas sofridas? Mas suspirei, dispensando o pensamento e recusando o outro pedaço de pão que Brilhante me ofereceu. Não tinha apetite.

— Nunca pensei em você como um ser gentil — falei. — Nem mesmo quando era criança, aprendendo sobre você no Salão Branco. Os sacerdotes tentaram fazer você parecer gentil e caridoso, como um velho avô que é um pouco rígido. Nunca acreditei. Você soava... bem-intencionado. Mas nunca gentil.

Ouvi alguma coisa de vidro se mexer, e uma rolha se soltar com um leve *plop*. A mão de Brilhante tocou a parte de trás da minha cabeça, me erguendo gentilmente; senti a abertura de um pequeno cantil tocar meus lábios. Quando abri a boca, fogo ácido entrou — ou pelo menos esse era o gosto. Arfei e cuspi, engasgando-me, mas a maior parte da coisa desceu pela garganta antes que meu corpo pudesse reclamar muito.

— Deuses, não — falei quando o cantil tocou meus lábios de novo, e Brilhante o afastou.

Enquanto ficava deitada ali tentando recuperar o movimento da língua, Brilhante disse:

— Boas intenções são inúteis sem a vontade de implementá-las.

— Hum. — A queimação estava diminuindo agora, o que acabei lamentando, porque por um momento havia me esquecido da dor no braço e na cabeça. — O problema é que você sempre parece implementar suas intenções passando por cima das de outras pessoas. Isso também é inútil, não é? Faz tanto mal quanto bem.

— Existe um bem maior.

Estava cansada demais para sofismas. Não houve bem maior na Guerra dos Deuses, apenas morte e dor.

— Certo. Que seja.

Comecei a pegar no sono. A bebida subiu para a cabeça rápido, não amenizando a dor, mas me fazendo ligar menos para ela. Estava pensando em dormir de novo quando Brilhante falou.

— Tem uma coisa acontecendo comigo — disse ele, bem de leve.

— Hum?

— Ser gentil não é da minha natureza. Você estava certa sobre isso. E nunca fui de tolerar mudanças.

Bocejei, o que fez a dor de cabeça crescer de maneira lenta e cálida.

— Mudanças acontecem — falei em meio ao bocejo. — Todos temos que aceitar.

— Não — respondeu Brilhante. — Não temos. *Eu* nunca aceitei. É isso o que sou, Oree. Sou a luz constante que mantém a escuridão longe.

A pedra fixa que o rio precisa contornar para fluir. Pode não gostar. Você não gosta de *mim*. Mas sem a minha influência, este reino seria cacofonia, anarquia. Um inferno além da imaginação mortal.

Acordada pela surpresa, falei a primeira coisa que me veio em mente:

— Incomoda que eu não goste de você?

Eu o ouvi dar de ombros.

— Você tem uma natureza contrária. Suspeito que seja da linhagem de Enefa.

Quase ri do tom amargo na voz dele, embora aquilo fosse fazer a cabeça doer. Mas fiquei séria enquanto percebia uma coisa.

— Você e Enefa nem sempre foram inimigos.

— Nunca fomos inimigos. Eu a amava também. — E consegui ouvir a verdade, de repente, nas pequenas notas de seu tom.

Franzi o cenho.

— Então por quê?

Ele ficou em silêncio por um longo tempo.

— Foi um tipo de desvario, embora não pensasse assim na época. Minhas ações pareciam perfeitamente racionais até... depois — disse por fim.

Eu me mexi um pouco, incomodada, tanto por causa do braço quanto pelo assunto.

— Isso é bem normal — falei. — As pessoas explodem às vezes. Mas depois...

— Depois não tinha como voltar atrás. Enefa estava morta e não pensei que pudesse ser restaurada. Nahadoth me odiava e acabaria com todos os reinos por vingança. Não ousei libertá-lo. Então me comprometi com o caminho que havia escolhido. — Ele fez uma pausa. — Eu... me arrependo... do que fiz. Foi errado. Muito errado. Mas arrependimento não significa nada.

Brilhante ficou em silêncio. Sabia que deveria ter deixado o assunto de lado, com os ecos de sua dor ainda reverberando no ar ao meu redor.

Ele era antigo, insondável; havia tanto sobre ele que nunca entenderia. Mas estendi a mão boa e toquei seu joelho.

— Arrependimento sempre significa algo — falei. — Não é *suficiente*, não sozinho; você também precisa mudar. Mas é um começo.

Brilhante suspirou com um cansaço quase insuportável.

— Mudar não é da minha natureza, Oree. Arrependimento é tudo o que tenho.

Mais silêncio, por um longo tempo.

— Quero mais daquela coisa — falei por fim. A dor no braço estava ficando mais presente; o efeito estava passando. — Mas acho que é melhor eu comer antes.

Então Brilhante voltou a me alimentar e me dar mais água também, tirada das oferendas que os Aldeões haviam feito. Tive a sabedoria de manter um pouco na boca para amolecer aquele pão horrível.

— Vai ter sopa de manhã — disse Brilhante. — Farei com que tragam um pouco para nós. Será melhor se não formos vistos por um tempo.

— Certo — falei, suspirando. — Então o que faremos agora? Viveremos aqui entre os pedintes até que o Novas Luzes nos encontre de novo, esperando que eu não morra por causa da infecção antes que os assassinos de Madding paguem pelo que fizeram? — Esfreguei o rosto com a mão boa. Brilhante me dera mais do licor ardente, que já estava me fazendo sentir quente e leve como uma pluma. — Deuses, espero que Lil esteja bem.

— Ambos são filhos de Nahadoth. No final, será uma questão de força.

Balancei a cabeça.

— Dateh não é... — Então entendi. — Ah. Isso explica muita coisa. — Senti Brilhante me lançar um olhar. Bem, tarde demais para retirar o que disse.

— Ela é minha filha também — disse ele, por fim. — Ele não a derrotará com facilidade.

Por um momento fiquei confusa, me perguntando como o Senhor da Noite e o Pai Iluminado conseguiram ter uma criança juntos. Ou ele estava falando figurativamente, contando todas as deidades como filhas dele, desconsiderando a origem específica delas? Então parei de pensar no assunto. Eles eram deuses; não precisava entender.

Ficamos em silêncio por um momento, ouvindo o orvalho cair. Brilhante comeu o restante do pão, então se sentou encostado em uma das paredes de madeira. Fiquei deitada, me perguntando quanto tempo faltava para o amanhecer e se havia motivo para viver o suficiente para vê-lo.

— Sei quem poderá nos ajudar — falei por fim. — Não ouso chamar outra deidade; não serei responsável por mais mortes delas. Mas há alguns mortais que são fortes suficientes para enfrentar o Luzes, acho. Se me ajudar.

— O que quer que eu faça?

— Me leve de volta ao parque Gateway. O Calçadão. — O último lugar onde fora feliz. — Onde eles encontraram a Role. Você se lembra?

— Sim. Quase sempre há Novas Luzes na área.

Sim. Naquela época do ano, com a Árvore prestes a florir, todos os grupos hereges tinham pessoas no Calçadão, esperando converter alguns dos peregrinos da Lady para suas próprias fés. Mais fácil começar com pessoas que já tinham dado as costas ao Iluminado Itempas.

— Me ajude a chegar lá sem ser vista — pedi. — Ao Salão Branco.

Brilhante ficou em silêncio. De repente, lágrimas brotaram nos meus olhos, inexplicavelmente. Embriaguez. Lutei contra elas.

— Preciso terminar isso, Brilhante. Preciso garantir que o Novas Luzes seja destruído. Eles ainda têm o meu sangue... eles podem fazer mais daquelas flechas. Madding não é como Enefa. Ele não voltará à vida.

Ainda conseguia vê-lo na minha mente. *Sempre soube que você era especial*, dissera ele, e a coisa que me tornava especial o matara. A morte dele tinha de ser a última.

Brilhante se levantou, saiu da caixa e se afastou.

Não pude evitar. Cedi às lágrimas, porque não havia nada mais que pudesse fazer. Não tinha forças para chegar ao Calçadão sozinha, ou enganar o Luzes por muito mais tempo. Minha única esperança era a Ordem. Mas sem Brilhante...

Ouvi seus passos pesados e prendi a respiração, me levantando e secando as lágrimas.

Algo pesado e solto foi posto diante de mim. Confusa, o toquei. Uma capa. Tinha o cheiro da sujeira de alguém e urina velha, mas prendi a respiração quando percebi o que ele queria que nós fizéssemos.

— Vista isto — disse Brilhante. — Vamos.

*   *   *

O Calçadão.

O sol ainda não tinha nascido, mas o Calçadão estava movimentado. Pessoas se aglomeravam nas ruas e esquinas, murmurando, algumas chorando, e pela primeira vez percebi a tensão que preenchia a cidade, que devia estar no ar desde que o sol escurecera no dia anterior. A cidade nunca ficava silenciosa à noite, mas pelos sons que podia ouvir no ar, muitos dos habitantes não haviam dormido na noite anterior. Um bom número deles devia ter levantado para esperar pelo nascer do sol, talvez na esperança de ver uma mudança na condição do sol. Não havia nem um dos vendedores usuais por perto ou na Rua Artística, embora ainda fosse cedo para aquilo —, mas conseguia ouvir os peregrinos. Uma quantidade muito maior do que a normal parecia ter se reunido, ajoelhando nos ladrilhos e murmurando orações para a Lady Cinzenta em seu disfarce de amanhecer. Esperando que ela os salvasse.

Brilhante e eu caminhamos devagar, ficando perto dos prédios em vez de atravessar o Calçadão. Teria sido mais rápido — o Salão Branco estava diretamente do outro lado —, mas também mais visível, mesmo entre a multidão confusa. A maioria dos Aldeões sabia que era melhor não entrar nas partes da cidade frequentadas por visitantes; fazer isso era um convite para que Guardiões da Ordem os abordassem. Eles estariam tensos hoje, e muitos eram jovens de cabeça quente que levariam Brilhante e eu para um depósito vazio e lidariam conosco por conta própria. Precisávamos chegar até o Salão Branco, onde era mais provável que eles fizessem a coisa certa e nos levasse para dentro.

Tinha me livrado da bengala improvisada, pois poderia me denunciar facilmente. De qualquer forma, quase não tinha força para segurá-la; uma febre tinha tirado a pouca energia que recuperara no Vilarejo, nos forçando a parar com frequência. Caminhava perto de Brilhante, segurando na parte de trás da sua capa para poder sentir quando ele passava sobre um obstáculo ou contornava a multidão. Isso me forçou a ficar quieta e me misturar um pouco, o que ajudava o disfarce, embora conseguisse sentir que Brilhante não fizera o mesmo, caminhando de modo orgulhoso, altivo e rígido. Com sorte, ninguém perceberia.

Tivemos que parar em um ponto, enquanto uma fila de pessoas acorrentadas descia a rua com vassouras, limpando os ladrilhos para começar o dia. Devedores, provavelmente, a apenas um passo de viver na Vila dos Ancestrais. Trabalhando apesar da tensão na cidade. Óbvio que a Ordem de Itempas não interromperia as funções diárias da cidade, mesmo sob a sentença de morte de um deus.

Então desapareceram, e Brilhante recomeçou a avançar… e parou de repente. Bati nas costas dele, e ele pôs um braço para trás para me empurrar para o lado, para trás do vão da porta de um prédio. Infelizmente, ele tocou o braço quebrado no processo; consegui não gritar, mas foi por pouco.

— O que é? — sussurrei, quando recuperei autocontrole suficiente para falar. Ainda estava arfando. Ajudava a me sentir mais fresca, dada a febre.

— Mais Guardiões da Ordem, patrulhando — disse ele, seco. O Calçadão deveria estar tomado por eles. — Eles não nos viram. Fique quieta.

Obedeci. Esperamos lá por tanto tempo que o cintilar matinal de Brilhante começou. De maneira irracional, me preocupei que aquilo de alguma forma atraísse o Novas Luzes, embora ninguém mais visse o brilho dele além de mim. Mas talvez funcionasse em nosso favor e atraísse alguma deidade.

Dei um pulo para trás, piscando e desorientada. Brilhante me ergueu, me mantendo contra a porta.

— O que foi? — perguntei. Meus pensamentos estavam confusos.

— Você desmaiou.

Inspirei fundo, tremendo antes que pudesse evitar.

— Só mais um pouco. Eu consigo.

— Talvez seja melhor se…

— Não — falei, tentando soar mais firme. — Só me leve até os degraus. Posso rastejar de lá se for preciso.

Era óbvio que Brilhante tinha suas dúvidas, mas como sempre não disse nada.

— Não precisa entrar comigo — falei quando me recuperei. — Eles vão te matar.

Brilhante suspirou e pegou a minha mão, em uma censura silenciosa. Recomeçamos nosso movimento cuidadoso ao redor do círculo.

Foi tão incrível termos alcançado o Salão Branco sem nenhum problema que sussurrei uma oração de agradecimento a Itempas. Brilhante se virou para me encarar por um momento, então me conduziu pelos degraus.

Minha primeira batida na grande porta de metal não teve resposta, mas não havia batido forte. Quando tentei erguer a mão novamente e cambaleei, Brilhante a segurou e bateu ele mesmo na porta. Três batidas fortes, parecendo ecoar por todo o prédio. A porta abriu antes que o eco da terceira batida parasse de soar.

— Que diabos você quer? — perguntou um guarda irritado. Irritou-se ainda mais quando nos viu. — A distribuição de comida será ao meio-dia, como é todos os dias, *na Vila* — explodiu ele. — Volte para lá, ou eu…

— Meu nome é Oree Shoth — falei. Tirei o capuz para que ele pudesse ver que era maronesa. — Matei três Guardiões da Ordem. Vocês têm procurado por mim. Por nós. — Gesticulei para Brilhante, cansada. — Precisamos falar com o previto Rimarn Dih.

*   *   *

Eles nos separaram e me colocaram em uma pequena sala com uma cadeira, uma mesa e um copo de água. Bebi a água, implorei ao guarda silencioso por mais, e quando ele não me atendeu, apoiei a cabeça na mesa e dormi. O guarda decerto não tinha sido instruído sobre aquilo, então me deixou dormir por um tempo. Depois, fui acordada bruscamente.

— Oree Shoth — disse uma voz familiar. — Isso é inesperado. Disseram-me que *pediu* para me ver.

Rimarn. Nunca estive tão feliz em ouvir a voz fria dele.

— Sim — respondi. Minha voz estava rouca, seca. Estava muito febril e tremendo um pouco. Devia estar parecendo uma combinação de todos os infernos infinitos juntos. — Há um culto. Não são hereges, são Itempanes. São chamados de Novas Luzes. Um dos membros é um escriba. Dateh. — Tentei me lembrar o sobrenome dele e não consegui. Ele havia me contado? Não importava. — Eles o chamam de Nypri. Ele é um demônio, um de verdade, como os das histórias. Sangue de demônio é veneno para os deuses. Ele está capturando deidades e as matando. Foi ele quem matou a Role e… e outros.

Minha força acabou. Já não tinha muita, para início de conversa, e por isso falara o mais rápido possível. Minha cabeça tombou, a mesa me atraindo. Talvez eles me deixassem dormir um pouco mais.

— Essa é uma história e tanto — disse Rimarn depois de um momento de choque. — Uma história e *tanto*. Você parece… perturbada, embora isso possa ser devido ao seu protetor, o deus Madding, estar desaparecido. Estamos na expectativa de que o corpo dele apareça, como os outros dois que encontramos, mas até agora nada.

Ele disse aquilo para me machucar, para ver minha reação, mas nada poderia me machucar mais do que a morte de Madding. Suspirei.

— Ina, talvez, e Oboro. Eu… ouvi dizer que sumiram.

Talvez a descoberta dos corpos tivesse sido o que provocara o aviso dramático do Senhor da Noite.

— Vai ter que me contar como ouviu falar disso, afinal não tornamos a informação pública. — Ouvi os dedos de Rimarn tamborilarem contra o tampo da mesa. — Imagino que tenha tido umas semanas difíceis. Esteve escondida entre os pedintes, não é?

— Não. Sim. Quero dizer, só hoje. — Levantei a cabeça com dificulda-de, tentando manter o rosto na direção do dele. Pessoas que conseguiam ver me levavam mais a sério quando eu parecia olhar para elas. Queria que ele acreditasse em mim. — Por favor. Não me importo se você mesmo for atrás dele. Mas com certeza não deveria; Dateh é poderoso, e a esposa dele é Arameri. Uma *sangue-cheio*. Eles provavelmente têm um exército inteiro lá. As deidades. Só conte às deidades. Nemmer.

— Nemmer? — Enfim, ele soou surpreso. Rimarn conhecia Nemmer, ou talvez soubesse da *existência* dela? Faria sentido; os Guardiões da Ordem deviam estar de olho nos vários deuses de Sombra. Supus que eles pres-tariam atenção especial a Nemmer, pois sua natureza desafiava a ordem agradável e confortável do Iluminado.

— Sim — respondi. — Madding estava... eles estavam. Trabalhando juntos. Tentando encontrar os irmãos. — Estava tão cansada. — Por favor. Posso tomar um pouco de água?

Por um momento, pensei que ele não faria nada. Então, para a minha surpresa, Rimarn se levantou e foi até a porta da sala. Eu o ouvi falando com alguém lá fora. Depois de um momento, ele retornou à mesa, pres-sionando o copo cheio na minha mão. Outra pessoa entrou com ele e ficou perto da parede mais distante, mas não fazia ideia de quem era. Ao que parecia só mais um Guardião da Ordem.

Ao tentar erguer o copo, derramei metade da água. Rimarn o pegou das minhas mãos e o levou aos meus lábios. Bebi tudo, lambi a borda e disse:

— Obrigada.

— Como se feriu, Oree?

— Pulamos da Árvore.

— Você... — Rimarn ficou em silêncio, e então suspirou. — Talvez deva começar do começo.

Contemplei a árdua tarefa de falar mais e balancei a cabeça.

— Então por que deveria acreditar em você?

Queria rir, porque não tinha resposta. Ele queria prova de que eu pulara da Árvore e sobrevivera? Prova de que o Novas Luzes estava aprontando? O que o convenceria, eu morrendo ali mesmo?

— Não é necessário provar, Previto Dih. — Era uma voz nova, e foi suficiente para me acordar, porque a reconheci. Ah, deuses, como a reconheci. — Fé deveria ser suficiente, não deveria, Eru Shoth? — disse Hado, o Mestre dos Iniciados do Novas Luzes.

— Não. — Teria ficado de pé e fugido se pudesse. Em vez disso, só pude choramingar e me desesperar. — Não, eu estava tão perto.

— Você foi melhor do que acha — disse ele, aproximando-se e me dando um tapinha no ombro. Foi no ombro do braço ruim, que estava agora inchado e quente. — Ah, você não está nem um pouco bem. Previto, por que não invocaram um dobrador de ossos para esta mulher?

— Eu já ia fazer isso, Lorde Hado — disse Rimarn. Pude ouvir a raiva na voz dele, debaixo do respeito cuidadoso de seu discurso.

O quê...?

Hado bufou, pressionando as costas da mão contra a minha testa.

— O outro está preparado? Não estou muito disposto a fazê-lo ceder.

— Se quiser, meus homens podem levá-lo até você mais tarde. — Conseguia ouvir o sorriso gélido de Rimarn. — Garantiremos que ele estará submisso.

— Obrigado, mas não. Tenho ordens e estou sem tempo. — Uma mão pegou meu braço bom e me puxou para cima. — Consegue andar, Lady Oree?

— Para onde... — Não conseguia respirar. O medo tomava conta dos meus pensamentos, mas estava mais confusa pela conversa. Rimarn ia me devolver ao Luzes? Desde quando a Ordem de Itempas estava servindo a um culto? Nada fazia sentindo. — Para onde está me levando?

Ele ignorou a pergunta e me puxou; não tive escolha a não ser segui-lo. Hado precisava ir devagar, pois era o melhor ritmo que eu conseguia manter. Do lado de fora da pequena sala, dois homens se juntaram a nós — um deles agarrou meu braço ferido antes que pudesse me esquivar. Gritei, e Hado praguejou.

— Olhe para ela, seu tolo. Tome mais cuidado.

Os Reinos Partidos

Com isso, o homem me soltou, embora seu companheiro tenha mantido o toque firme no meu braço bom. Se não fosse por aquilo, não teria conseguido ficar de pé.

— Vou levá-la — disse Brilhante, e pisquei, percebendo que tinha desmaiado de novo. Então alguém me ergueu em braços fortes, e me senti aquecida como se estivesse sentada ao sol, e embora não devesse ter me sentido nem um pouco segura, assim me senti. Então dormi de novo.

* * *

Daquela vez, acordar foi bem diferente.

Para começar, demorou um longo tempo. Estava muito consciente disso enquanto minha mente se movia da calmaria do sono para o estado de alerta ao acordar, e mesmo assim meu corpo não acompanhou. Fiquei deitada lá, consciente do silêncio, do calor e do conforto, capaz de relembrar o que acontecera comigo de uma maneira distante e despreocupada, mas incapaz de me mexer. Não era uma situação que parecia restritiva ou assustadora. Só estranha. Então adormeci, não mais cansada, mas desamparada enquanto minha carne insistia em acordar no seu próprio ritmo.

No entanto, consegui inspirar fundo. Eu me assustei porque não doeu. Havia desaparecido a dor crescente na região onde pensei que as costelas estavam fraturadas. Foi tão surpreendente que inspirei fundo de novo, mexi a perna um pouco e enfim abri os olhos.

Eu conseguia ver.

Luz me cercava de todos os lados Nas paredes, no teto. Virei a cabeça: no chão também. Tudo brilhava, algum material estranho e duro como pedra polida ou mármore, mas cintilava forte e branco com sua própria magia.

Virei a cabeça. (Mais surpresa ali: o movimento também não doeu.) Uma janela enorme, do chão até o teto altíssimo, dominava uma parede. Não conseguia ver além dela, mas o vidro cintilava um pouco. Os móveis pelo cômodo — uma cômoda, duas cadeiras enormes, e um altar para adoração no canto — não brilhavam. Deles, conseguia ver apenas os contornos escuros, silhuetas perto das paredes e chão brancos. Imaginava que nem tudo ali poderia ser feito de magia. A cama onde estava deitada era escura, uma figura negativa contra o chão pálido. E, serpenteando para cima e para baixo através das paredes de maneira aleatória, havia longos remendos de material mais escuro, que não se pareciam com nada que já tivesse visto antes. Este material brilhava também, em um verde fraco que era familiar de alguma forma. Um tipo diferente de magia.

— Você está acordada — disse Hado de uma das cadeiras. Levei um susto, porque não havia percebido a silhueta das pernas contra o chão.

Ele se levantou e se aproximou, e enquanto o fazia, percebi mais uma coisa estranha. Embora os outros objetos não mágicos do cômodo estivessem escuros na minha visão, Hado estava ainda mais escuro. Era uma coisa sutil, perceptível apenas quando ele se movia perto de algo que deveria ser do mesmo tom.

Então ele se inclinou sobre mim, tocando minha testa, e me lembrei que ele era uma das pessoas que mataram Madding. Dei um tapa na mão dele.

Hado fez uma pausa, então riu.

— E vejo que está se sentindo mais forte. Que bom. Se você se levantar e se vestir, Lady, terá um compromisso com alguém muito importante. Se for educada, e tiver sorte, ele pode até responder suas perguntas.

Eu me sentei, franzindo o cenho, só depois notei que meu braço estava enfaixado. Eu o examinei e descobri que tinha sido imobilizado com duas longas hastes de metal, que foram amarradas no lugar com bandagens. Ainda doía, descobri quando tentei dobrá-lo; isso desencadeou uma dor profunda nos músculos. Mas estava infinitamente melhor do que antes.

— Há quanto tempo estou aqui? — perguntei, temendo a resposta. Estava limpa. Nem o sangue que estivera seco debaixo das minhas unhas estava ali. Alguém havia arrumado meu cabelo em uma trança bem-feita. Não havia bandagem nas minhas costelas ou na cabeça; esses ferimentos estavam totalmente curados.

Aquilo levava dias. Semanas.

— Você foi trazida aqui ontem — respondeu Hado. Ele colocou uma muda de roupa no meu colo. Toquei e soube que não era a bata tradicional do Novas Luzes. O material sob meus dedos era algo muito mais refinado e suave. — A maioria dos seus ferimentos foi tratada com facilidade, mas seu braço precisará de mais alguns dias. Não bagunce a escrita.

— A escrita?

Mas eu a vi quando levantei a manga da camisola que estava usando. Enrolado nas costuras estava um pequeno pedaço de papel, onde foram desenhados três selos conectados. Os símbolos brilhavam contra a minha silhueta, fazendo fosse lá qual magia faziam só por existir.

Dobradores de ossos podiam usar o selo ímpar, em geral o mais conhecido ou simples de desenhar, mas nunca escritas inteiras. Qualquer coisa complexa ou detalhada daquele jeito era trabalho de escribas — algo que custava uma fortuna.

— O que é isto, Hado? — Virei a cabeça para segui-lo enquanto ele ia até uma janela. Agora que sabia que precisava procurar por aquela escuridão em específico, era fácil de identificá-lo. — Aqui não é a Casa do Sol Nascido. O que está acontecendo? E você... que diabos é você?

— Acredito que o termo comum seja *espião*, Lady Oree.

Não fora o que quisera dizer, mas chamou minha atenção.

— *Espião? Você?*

Ele deu uma risada leve e sem humor.

— O segredo de ser um bom espião, Lady Oree, é *acreditar* no seu papel e nunca sair da personagem. — Hado deu de ombros. — Pode não gostar de mim por causa disso, mas fiz o que pude para manter você e seus amigos vivos.

Minhas mãos apertaram o lençol ao me lembrar de Madding.

— Você não fez um bom trabalho.

— Fiz um excelente trabalho, considerando as circunstâncias, mas me culpe pela morte do seu amante se isso faz com que sinta melhor. — O tom dele me disse que ele não ligava se eu o culpava ou não. — Quando tiver tempo para pensar um pouco, perceberá que Dateh o mataria de qualquer forma.

Nada daquilo fazia sentido. Eu me livrei dos cobertores e tentei me levantar. Ainda estava fraca; magia nenhuma poderia consertar aquilo. Mas estava mais forte do que antes, um sinal inegável de melhora. Precisei de duas tentativas para ficar de pé, mas quando consegui, não cambaleei. Tão rápido quanto possível, tirei a camisola e vesti as roupas que Hado me dera. Uma blusa e uma saia longa e elegante, muito mais meu estilo do que a vestimenta disforme do Novas Luzes. Tudo serviu perfeitamente, até mesmo os sapatos. Havia também uma tipoia para o meu braço, o que aliviou muito a dor persistente quando consegui colocá-lo.

— Pronta? — perguntou Hado, e então me tomou pelo braço antes que tivesse chance de responder. — Venha então.

Saímos do cômodo e caminhamos por corredores longos e curvos, e conseguia ver tudo. As paredes elegantes, o teto arqueado, o chão espelhado. Enquanto subíamos um lance amplo de escadas, desacelerei, descobrindo por tentativa e erro como calcular a altura usando apenas meus olhos e não uma bengala. Quando dominei a técnica, descobri que não precisava da mão de Hado no meu ombro para me guiar. Por fim, me livrei dele por completo, aproveitando a novidade de andar sem assistência. Por toda a vida, escutara termos antigos como *percepção de profundidade* e *panorama*, mas nunca entendera totalmente. Agora me sentia como uma pessoa que enxergava — ou como sempre imaginei que elas devem se sentir. Podia ver *tudo*, exceto a sombra em forma de homem que era Hado ao meu lado, e as sombras ocasionais de pessoas passando, a maioria delas se movendo rápido e em silêncio. Eu as encarei abertamente, mesmo quando as sombras viravam a cabeça para devolver o olhar.

Então uma mulher passou perto de nós. Dei uma boa olhada na testa dela e parei de caminhar.

Um selo de sangue Arameri.

Não igual ao de Serymn — este tinha um formato diferente, seu significado era um mistério para mim. Rumores diziam que os serventes dos

Arameri também eram da família, mas com um parentesco distante. No entanto, todos eram marcados, de uma maneira esotérica que só outros membros da família poderiam entender.

Hado também parou.

— O que foi?

Incentivada pela suspeita crescente, desviei dele e fui até uma das paredes, tocando o retalho verde ali. Era grosso sob meus dedos, áspero e duro. Eu me inclinei para perto, cheirei. O odor era fraco, mas familiar: a doce madeira viva da Árvore do Mundo.

Estava em Céu. O palácio mágico dos Arameri. Aquilo era *Céu*.

Hado se aproximou, mas desta vez não disse nada. Só me deixou absorver a verdade. E enfim, entendi. Os Arameri estavam observando o Novas Luzes, talvez por causa do envolvimento de Serymn, ou talvez por perceber que eles eram o grupo herege mais provável de se revelar uma ameaça à Ordem de Itempas. Havia me questionado sobre a maneira estranha de Hado falar — como um nobre. Como um homem que passara a vida cercado de poder. Será que ele mesmo era um Arameri? Ele não tinha a marca, mas talvez fosse removível.

Hado se infiltrara no grupo em nome dos Arameri. Ele devia tê-los alertado de que o Novas Luzes era mais perigoso do que parecia. Mas então...

Eu me virei para ele.

— Serymn. Ela é uma espiã também?

— Não — respondeu Hado. — Ela é uma traidora. Se é que dá para chamar alguém desta família assim. — Ele deu de ombros. — Refazer a sociedade é tradição dos Arameri. Quando conseguem, eles lideram. Quando falham, eles morrem. Serymn aprenderá logo.

— E Dateh? O que ele é? Um peão inconsciente de Serymn?

— Espero que agora seja um *cadáver*. As tropas dos Arameri começaram a atacar a Casa do Sol Nascido noite passada.

Arfei. Ele sorriu.

— Sua fuga me deu a oportunidade que eu estava esperando, Lady. Embora meu papel como Mestre dos Iniciados tenha me dado acesso ao círculo íntimo do Novas Luzes, não conseguia comunicação com o lado de fora da Casa sem levantar suspeitas. Quando Serymn ordenou que grande parte do Luzes fosse atrás de você, consegui contatar certos amigos, que garantiram que a informação chegasse aos ouvidos certos. — Hado fez uma pausa. — O Luzes estava certo sobre uma coisa: os deuses têm muitos motivos para estarem bravos com a humanidade, e as mortes do povo deles pouco fizeram para agradá-los. Os Arameri entendem isso e tomaram medidas para controlar a situação.

Apoiada na casca da Árvore, minha mão começou a tremer. Nunca havia percebido que a Árvore crescia *através* do palácio, integrada ao material dele. Nas raízes, a casca era mais grossa, com fendas mais profundas que o comprimento da minha mão. A casca ali, no alto do tronco da árvore, era fina, quase lisa. Acariciei-a distraidamente, procurando conforto.

— Lorde Arameri — falei. T'vril Arameri, chefe da família que controlava o mundo. — Está me levando até ele?

— Sim.

Havia caminhado entre os deuses, usado a magia que eles deram aos meus ancestrais. Eu os segurara nos braços, vira o sangue deles cobrir minhas mãos, os temera e fora temida por eles. O que era um homem mortal comparado a tudo aquilo?

— Tudo bem, então.

Eu me virei para Hado, que me ofereceu o braço. Passei por ele sem aceitar, o que o fez balançar a cabeça e suspirar. Então ele me alcançou, e juntos avançamos pelos brilhantes corredores brancos.

{17}

"Uma corrente brilhante"
(gravação em placa de metal)

T'vril Arameri era um homem muito ocupado. Enquanto avançávamos pelo longo corredor em direção ao imponente conjunto de portas que levava à sua câmara de audiências, serventes e cortesãos apressados entravam e saíam com frequência. A maioria deles carregava unidades ou pilhas de pergaminhos; alguns portavam formas longas e afiadas que presumi serem espadas ou lanças; outros estavam muito bem-vestidos, suas testas ostentando as marcas dos Arameri. Ninguém ficava no corredor para bater papo, embora alguns falassem enquanto caminhavam. Ouvi senmata carregado de sotaques peculiares: narshes, min, veln, mencheyev, outros que não reconheci.

Um homem ocupado, que valorizada pessoas úteis. Algo para manter em mente se planejava buscar a ajuda dele.

Nas portas, paramos enquanto Hado nos anunciava às duas mulheres que estavam ali. Alto-nortistas, presumi pelo fato das duas terem estaturas abaixo da média e por seus cabelos lisos, longos o bastante para eu ver seus movimentos. À primeira vista, não pareciam guardas — não havia armas à mostra, embora pudessem estar portando algo pequeno ou próximo ao corpo —, mas algo na postura delas me informou exatamente o que eram. *Não* eram Arameri, nem amnie. Elas estavam ali, então, para proteger o lorde de sua própria família? Ou a presença delas denotava outra coisa?

Uma delas entrou para nos anunciar. Um momento depois, outro grupo de pessoas surgiu e passou por nós. Elas pareceram me encarar com curiosidade. Olharam para Hado também, percebi, em especial os dois sangue-cheios que emergiram juntos e imediatamente passaram a sussurrar um para o outro. Dei uma espiada em Hado, que parecia sequer vê-los. Desejei ter a audácia de tocar o seu rosto, porque havia um ar satisfeito ao seu redor que não tinha certeza de como interpretar.

A guarda saiu da câmara e, sem uma palavra, segurou a porta aberta para nós. Segui Hado para dentro.

A câmara de audiências era aberta e arejada. Duas janelas enormes, eram duas vezes mais altas e largas do que Brilhante, dominavam as paredes em cada lado da porta. Enquanto andávamos, o som de nossos passos ecoava acima de nossas cabeças. Estava nervosa demais para olhar para cima. A única mobília da sala, uma enorme cadeira que parecia um bloco, estava no ponto mais distante da porta, em cima de uma plataforma. E embora não pudesse ver seu ocupante, conseguia ouvi-lo, escrevendo algo em um pedaço de papel. O movimento da caneta soava muito alto no vasto silêncio da câmara.

Também conseguia enxergar seu selo de sangue, a marca mais estranha que já havia visto: uma meia-lua, virada para baixo, ladeada por bifurcações brilhantes.

Esperamos em silêncio enquanto ele terminava o que estivesse fazendo. Quando o lorde pôs a caneta sobre a mesa, Hado de repente se apoiou em um só joelho, a cabeça baixa. Rapidamente, imitei o movimento.

Depois de um segundo, Lorde T'vril disse:

— Acho que ficarão satisfeitos em saber que a Casa do Sol Nascido não mais existe. A ameaça foi neutralizada.

Surpresa, pisquei. A voz do Lorde Arameri era suave, baixa e quase musical — embora as palavras ditas não o fossem. Queria muito perguntar o que *neutralizada* significava, mas suspeitava que seria uma coisa muito tola a se fazer.

— E Serymn? — perguntou Hado. — Se me permite perguntar.

— Ela está sendo trazida para cá. O marido dela ainda não foi capturado, mas os escribas dizem que é uma questão de tempo. Afinal de contas, não somos os únicos atrás dele.

Primeiro me perguntei, depois percebi — é óbvio que ele teria informado as deidades da cidade. Pigarreei, sem saber como fazer uma pergunta sem ofender o homem mais poderoso do mundo.

— Você pode falar, Eru Shoth.

Hesitei por um momento, percebendo que essa tinha sido outra pista que perdera — o gesto de Hado de usar títulos honoríficos maroneses. Era o tipo de coisa que se faz ao lidar com gente de terras estrangeiras, ser diplomático. Um hábito Arameri.

Respirei fundo.

— E as deidades capturadas pelo Novas Luzes... é... Lorde Arameri? Elas foram resgatadas?

— Vários corpos foram encontrados, tanto na cidade, onde o Luzes os descartava, quanto na Casa. As deidades locais estão lidando com os restos mortais.

Corpos. Esqueci de me controlar e encarei o homem, boquiaberta, chocada. Mais do que as quatro que conhecia? Dateh estivera ocupado.

— Quais? — Na minha cabeça, também ouvi a resposta a essa pergunta: Paitya. Kitr. Dump. Lil.

Madding.

— Não recebi os nomes ainda. Embora tenha sido informado que aquele chamado Madding estava entre elas. Acredito que ele seja importante para você; sinto muito mesmo. — Ainda que distante, ele soava sincero.

Baixei os olhos e sussurrei algo.

T'vril Arameri cruzou as pernas e juntou os dedos, ou assim imaginei pelos movimentos.

— Mas isso me deixa com um novo dilema, Eru Shoth: o que fazer com você. Por um lado, fez um ótimo serviço ao mundo ao ajudar a expor as atividades do Novas Luzes. Por outro, você é uma arma, e é uma tolice extrema deixar uma arma solta onde qualquer um pode pegar e usar.

Baixei a cabeça de novo, mais do que antes, até que minha testa tocou o chão frio e cintilante. Ouvi dizer que aquela era maneira de mostrar arrependimento diante dos nobres, e arrependida era exatamente como me sentia. *Corpos.* Quantas daquelas deidades mortas e profanadas foram envenenadas pelo meu sangue, em vez do de Dateh?

— No entanto — continuou o Lorde Arameri —, minha família conhece há muito tempo o valor de armas perigosas.

Contra o chão, minha testa franziu. *O quê?*

— Os deuses agora sabem que os demônios ainda existem — disse Hado, interrompendo meu choque. Ele soava cuidadosamente neutro. — Não é algo que dê para esconder.

— E entregaremos um demônio a eles — disse o Lorde Arameri. — Aquele responsável por matar a raça deles. Isso deve satisfazê-los... deixando você, Eru Shoth, para nós.

Eu me levantei devagar, tremendo.

— Eu... não entendo.

Mas entendia sim, que os deuses me ajudem. Eu entendia.

O Lorde Arameri ficou de pé, uma silhueta contra o brilho pálido da câmara. Enquanto descia os degraus da plataforma, vi que era um homem magro, muito alto, tal qual um amnie, usando um manto longo e pesado. Tanto o manto quanto seu cabelo ondulado, preso na ponta, serpenteavam pelos degraus enquanto caminhava até mim.

— Se há uma lição que o passado nos ensinou, é que nós mortais existimos no fundo de uma pequena e impiedosa hierarquia — disse ele, ainda com aquela voz cálida e quase gentil. — Sobre nós, as deidades, e sobre elas, os deuses; e eles *não gostam de nós*, Eru Shoth.

— Com razão — acrescentou Hado.

O Lorde Arameri pareceu olhar para ele, e para minha surpresa, não soou ofendido.

— Com razão. Mesmo assim, nós seríamos tolos se não procurássemos maneiras de nos proteger. — Ele gesticulou para longe, acho que em direção às janelas e ao sol escuro. — A arte de escrever nasceu de tal esforço, iniciada há muito tempo por meus ancestrais, embora tenha se provado muito limitada para ajudar os mortais contra os deuses. *Você*, no entanto, tem sido muito mais eficiente.

— Quer me usar como o Luzes usou — falei com a voz trêmula. — Quer que eu mate deuses para você.

— Só se eles nos forçarem — disse o Arameri. Então, para o meu choque ainda maior, ele se ajoelhou diante de mim. — Não será escravidão — prosseguiu, com a voz suave e gentil. — Essa época da nossa história acabou. Pagaremos-te, assim como fazemos com qualquer escriba ou soldado que lute por nós. Daremos-te abrigo, proteção. Tudo o que pedimos é que nos dê um pouco de sangue; e que permita que nossos escribas façam uma marca em seu corpo. Não mentirei sobre o propósito da marca, Eru Shoth: é uma coleira. Através dela, saberemos quando seu sangue for derramado em quantidade suficiente para ser perigoso. Saberemos sua localização caso seja sequestrada outra vez, ou se tentar fugir. E com essa marca, seremos capazes de matá-la se necessário; de maneira rápida e eficiente, a qualquer distância. Seu corpo virará cinzas para que ninguém mais seja capaz de usar suas... propriedades excepcionais. — Ele suspirou, a voz cheia de compaixão. — Não será escravidão, mas também não será totalmente livre. A escolha é sua.

Estava tão cansada. Tão cansada de tudo.

— Escolha? — perguntei. Minha voz soava aborrecida. — Viver de coleira ou morte? Essa é a escolha?

— Estou sendo até generoso em oferecer, Eru Shoth. — Ele estendeu o braço e pôs a mão no meu ombro. Imaginei que ele queria ser tranquilizador. — Poderia força-la a fazer o que quero.

Como o Novas Luzes fez, pensei em dizer, mas não havia necessidade. O Lorde Arameri sabia exatamente que barganha infernal havia me oferecido. Os Arameri conseguiam o que queriam de qualquer forma; se escolhesse morte, eles pegariam quanto sangue conseguissem do meu corpo e o guardariam para uma necessidade futura. E se vivesse... quase ri quando percebi. Eles iriam querer que tivesse filhos, não era verdade?

Talvez os Shoth se tornassem uma sombra dos Arameri: privilegiados, protegidos, nossa excepcionalidade permanentemente marcada em nossos corpos. Nunca mais viveríamos uma vida normal.

Abri a boca para dizer que não, não iria aceitar a vida que ele me oferecia. Então me lembrei: já havia prometido a minha vida a outro.

Aquilo seria melhor, decidi. Pelo menos com Brilhante morreria nos meus próprios termos.

— Eu... gostaria de um tempo para pensar no assunto — me ouvi dizer, como se estivesse distante.

— Certamente — respondeu o Lorde Arameri. Ele se levantou, me soltando. — Pode permanecer como nossa hóspede por mais um dia. Amanhã à noite, esperarei sua resposta.

Um dia era mais do que suficiente.

— Obrigada — falei. A palavra ecoou nos meus ouvidos. Meu coração estava anestesiado.

Lorde Arameri me deu as costas, nitidamente me dispensando. Hado se levantou, gesticulando para que eu fizesse o mesmo, e da mesma forma que entramos, saímos em silêncio.

*   *   *

— Quero ver Brilhante — falei quando estávamos de volta ao meu quarto. Outra cela, embora mais bonita que a última. Não acreditava que as janelas de Céu fossem quebrar facilmente. Mas tudo bem. Não precisaria tentar.

Hado, que estava perto da janela, assentiu.

— Verei se consigo encontrá-lo.

— Espere, não está o mantendo preso em algum lugar?

— Não. Ele tem o controle de Céu se quiser, pelo decreto do próprio Lorde Arameri. Tem sido assim desde que ele foi feito mortal aqui, há dez anos.

Estava sentada na mesa. Uma refeição fora posta diante de mim, mas estava intocada.

— Ele se tornou mortal... aqui?

— Ah, sim. Tudo aconteceu aqui; o nascimento da Lady Cinzenta, a libertação do Senhor da Noite e a derrota de Itempas, tudo em uma única manhã.

A morte do meu pai, minha mente adicionou.

— Então a Lady e o Senhor da Noite o deixaram aqui. — Hado deu de ombros. — Depois, T'vril estendeu toda a cortesia a ele. Acho que alguns dos Arameri esperavam que ele assumisse o controle da família e a conduzisse a uma nova glória. Em vez disso, ele não fez nada, não disse nada. Só ficou sentado em um cômodo por seis meses. Morreu de sede uma ou duas vezes, ouvi dizer, antes de perceber que não podia mais escolher não beber e comer. — Hado suspirou. — Então um dia ele apenas se levantou e foi embora, sem aviso ou despedida. T'vril ordenou uma busca, mas ninguém conseguiu encontrá-lo.

Porque ele havia ido à Vila dos Ancestrais, percebi. É óbvio que os Arameri nunca pensariam em procurar por seu deus lá.

— Como sabe de tudo isso? — Franzi o cenho. — Você não tem uma marca Arameri.

— Ainda não. — Hado se virou para mim, e acreditei que ele sorria. — Mas em breve. Essa foi a barganha que fiz com T'vril: se provasse meu valor, poderia ser adotado na família como um sangue-cheio. Acho que acabar com uma ameaça aos deuses deve servir.

— Adotado... — Não fazia ideia de que algo assim era possível. — Mas... bem... não parece gostar muito dessas pessoas.

Ele riu dessa vez, e de novo tive uma sensação estranha sobre ele, de alguém sábio demais para a idade que tinha. De algo estranho e sombrio.

— Era uma vez — disse Hado — um deus que vivia preso aqui. Ele era um deus terrível, lindo e raivoso, e à noite, quando vagava por esses corredores brancos, todos o temiam. Mas de dia, o deus dormia. E o corpo, a carne viva e mortal que era sua prisão, vivia uma vida própria.

Respirei, entendendo, mas não acreditando. Ele estava falando do Senhor da Noite, era óbvio... mas o corpo que vivia de dia era...

Perto da janela, Hado cruzou os braços. Vi isso facilmente, apesar da escuridão da janela, porque ele era ainda mais escuro.

— Saiba que não era bem uma vida — disse ele. — Todas as pessoas que temiam o deus *não* temiam o homem. Elas logo aprenderam que podiam fazer coisas ao homem que o deus não toleraria. Então o homem vivia sua vida em crescimento, nascendo em cada amanhecer, morrendo em cada pôr do sol. Odiando cada momento. Por dois. Mil. Anos.

Ele olhou para mim. Fiquei boquiaberta.

— Até que de repente, um dia, o homem se libertou. — Hado abriu os braços. — Ele passou a primeira noite de sua existência olhando as estrelas e chorando. Mas na manhã seguinte, percebeu uma coisa. Embora enfim pudesse morrer, como havia sonhado em fazer por séculos, ele não queria. Finalmente ele havia conseguido uma vida, uma vida toda sua. Sonhos seus. Teria sido... errado... desperdiçar.

Umedeci os lábios e engoli.

— Eu... — Parei. Ia dizer *entendo*, mas não era verdade. Nenhum mortal, e provavelmente nenhum deus, poderia compreender a vida de Hado. *Filhos de Nahadoth*, Brilhante chamara Lil e Dateh. Ali estava outro filho do Senhor da Noite, o mais estranho de todos. — Consigo ver isso — continuei. — Mas... — Gesticulei para as paredes de Céu — ... *isto* é vida? Algo mais normal não seria...

— Passei a vida inteira servindo ao poder. E sofri por isso, mais do que pode imaginar. Agora sou livre. Deveria ir construir uma casa no interior e ter uma horta? Encontrar uma amante que consiga aturar, criar um monte de pirralhos? Tornar-me uma pessoa comum como você, sem dinheiro e indefesa? — Esqueci de me conter e fiz uma carranca. Ele riu. — Poder é o que conheço. Eu seria um bom pai de família, não acha? Quando for um sangue-cheio.

Hado soava sincero — isso era o que assustava de verdade.

— Acho que o Lorde Arameri seria um tolo de deixar você perto dele — falei devagar.

Hado balançou a cabeça, divertido.

Os Reinos Partidos

— Encontrarei o Lorde Itempas para você.

Que estranho ouvir Brilhante ser chamado assim. Assenti distraída enquanto Hado ia até a porta. Então, quando ele estava lá, algo me ocorreu.

— O que faria? — perguntei. — Se estivesse no meu lugar. O que escolheria? Vida em correntes ou morte?

— Ficaria grato por ter escolha.

— Isso não é resposta.

— É óbvio que é. Mas se deve saber, escolheria a vida. Contanto que *fosse* uma escolha, viveria.

Franzi o cenho, ponderando. Hado hesitou por um momento, então falou de novo:

— Você passou um tempo entre os deuses, Eru Shoth. Não percebeu? Eles vivem para sempre, mas muitos deles estão mais solitários e infelizes do que nós. Por que acha que eles perdem tempo conosco? *Nós ensinamos a eles o valor da vida.* Então eu viveria, nem que fosse só para irritá-los. — Ele deixou escapar uma única risada triste, então suspirou e me fez uma reverência sarcástica. — Boa tarde.

— Boa tarde — respondi.

Depois que ele se foi, fiquei pensando por um longo tempo.

*   *   *

Comi, mais por costume do que por necessidade, então tirei uma soneca. Quando acordei, Brilhante estava lá.

Eu o ouvi respirando enquanto me sentava, exausta e desconfortável. Ainda cansada de tudo, adormecera na mesa ao lado dos restos da comida, apoiando a cabeça no braço bom. Bati o braço enfaixado na mesa enquanto levantava a cabeça, mas isso causou apenas uma pontada tolerável. O selo quase terminara seu trabalho.

— Olá — falei. — Obrigada por me deixar dormir. — Ele não respondeu, mas aquilo não me incomodou. — O que aconteceu com você?

Brilhante deu de ombros. Ele estava sentado de frente para mim, perto o bastante para que ouvisse seus movimentos.

285

— Fui interrogado no Salão Branco, e então viemos para cá.

Obviamente. Não falei, porque ele era assim mesmo e não adiantava esperar mais do que isso.

— Aonde foi depois que te trouxeram aqui?

Em silêncio, apostei comigo mesma que ele diria *lugar nenhum*.

— A lugar nenhum que seja importante.

Não consegui evitar sorrir. Foi bom, porque fazia um longo tempo desde que sentira vontade genuína de sorrir. Fui relembrada de dias perdidos no passado, uma vida que não mais existia, quando minhas preocupações eram pôr comida na mesa e impedir que Brilhante sangrasse nos meus tapetes. Quase o amei por me recordar daquela época.

— Alguma coisa importa para você? — perguntei, ainda sorrindo. — Alguma coisa mesmo?

— Não — disse ele. A voz estava seca, sem emoção. Fria. Estava começando a entender como aquilo era errado para ele, um ser que um dia incorporara calor e luz.

— Mentiroso.

Brilhante ficou em silêncio. Peguei a pequena faca que me deram para a refeição, gostando da textura levemente áspera do cabo de madeira. Esperava que algo mais sofisticado fosse usado em Céu — porcelana, talvez ou prata. Nada tão comum e prático quanto madeira. Talvez fosse madeira cara.

— Você se importa com os seus filhos — falei. — Temeu que Dateh machucasse seu antigo amor, o Senhor da Noite, então parece que ainda se importa com ele. Poderia até passar a gostar dessa nova Lady, se desse uma chance a ela. Se ela estiver disposta a dar uma chance a você.

Mais silêncio.

— Acho que se importa com muitas coisas, mais do que gostaria. Acho que a vida ainda tem algum potencial para você.

— O que quer de mim, Oree? — perguntou Brilhante. Ele soava... não frio, não mais. Apenas cansado. Ouvi as palavras de Hado de novo: *eles são ainda mais infelizes do que nós*. Tratando-se de Brilhante, conseguia perceber.

Com essa pergunta, balancei a cabeça e ri um pouco.

— Não sei. Fico esperando você me dizer. Você é o deus, afinal de contas. Se eu orasse a você por orientação, e decidisse responder, o que me diria?

— Não responderia.

— Por que não se importa? Ou por que não saberia o que dizer?

Mais silêncio.

Deixei a faca de lado e me levantei, dando a volta na mesa. Quando o encontrei, toquei seu rosto, seu cabelo, as linhas do pescoço. Ele ficou sentado, passivo, esperando, embora sentisse a tensão nele. A ideia de me matar o incomodava? Dispensei o pensamento, achando-o fútil da minha parte.

— Me diga o que aconteceu — pedi. — O que te fez ser assim? Quero entender, Brilhante. Veja bem, Madding te amava. Ele... — Minha garganta apertou inesperadamente. Precisei desviar o olhar e inspirar fundo antes de continuar. — Ele não tinha desistido de você. Acho que ele queria te ajudar. Só não sabia como começar. — Silêncio. Acariciei sua bochecha. — Não *precisa* me contar. Não quebrarei minha promessa; você me ajudou a escapar, e agora pode tirar mais um demônio do mundo. Mas mereço uma resposta, não mereço? Só um pouquinho da verdade?

Ele não disse nada. Sob meus dedos, seu rosto estava imóvel como mármore. Brilhante olhava para a frente, através de mim, além de mim. Esperei, mas ele não disse nada.

Deixei escapar um suspiro, e então toquei a tigela de sopa vazia. Não era muito grande, mas havia uma taça também, que estivera preenchida com o melhor vinho que já provara. Estava um pouquinho tonta por causa dele, embora tivesse me livrado da maior parte da sensação durante o sono. Coloquei a tigela e a taça diante de mim e com cuidado tirei o braço da tipoia. Conseguia usá-lo agora, embora ainda houvesse dor nos músculos da parte superior do braço. Estavam curados, mas a memória da dor ainda estava fresca.

— Espere até que eu esteja inconsciente para fazer — falei. Não dava para dizer se ele estava prestando atenção em mim. — Então jogue o sangue no vaso sanitário. Se puder, não deixe nem uma gota para eles usarem.

Aquele mesmo silêncio teimoso. Nem me causava mais raiva; estava imune a ele.

Suspirei e ergui a faca para fazer o primeiro corte no pulso.

Então a taça se espatifou no chão, uma mão agarrou meu pulso com força e de repente estávamos do outro lado da sala, contra a parede, presa pelo peso do corpo de Brilhante.

Ele se pressionou contra mim, respirando com dificuldade. Tentei tirar o pulso de seu aperto, mas ele fez um som baixo de negação, balançando meu braço até que ficasse parada. Então esperei. Havia conseguido ralar o pulso, mas só isso. Uma gota do meu sangue deslizou pela mão dele e caiu no chão.

Brilhante se inclinou. Devagar, devagar, como uma árvore velha sob o vento, resistindo a cada centímetro. Ele só parou de se inclinar quando não havia mais espaço, seu rosto pressionado na lateral do meu, sua respiração quente e brusca contra a minha orelha. Devia ser uma posição desconfortável para ele. Mas ele parou ali, torturando-se, me prendendo, e só assim foi capaz, enfim, de falar. Durante o tempo todo, não passou de um sussurro.

* * *

— Eles não me amavam mais. Ele nasceu primeiro, e eu logo depois. Nunca fui sozinho por causa dele. Então ela veio e não me importei, não me importei, contanto que ela entendesse que ele era meu também. Não era o compartilhar, entende? Era bom tê-la conosco, e então as crianças, tantas delas, todas perfeitas e estranhas. Eu era feliz na época, *feliz*, ela estava conosco e nós a amávamos, ele e eu, mas eu era o primeiro no coração dele. Eu sabia disso. Ela respeitava. Nunca foi o compartilhar que me incomodou. Mas eles mudaram, mudaram, eles sempre mudam. Sabia que havia a possibilidade, mas depois de tanto tempo, não acreditei. Ele havia sido sozinho por eternidades antes de mim. Não conseguia entender. Mesmo quando éramos inimigos, ele pensava em mim. Como poderia não pensar? Durante toda a minha existência, nunca havia acontecido, nem uma vez! Mesmo separado deles, sentia a presença deles, sentia a consciência deles de mim. Mas então... mas então...

*　　*　　*

Naquele ponto, Brilhante me puxou contra si. Sua mão livre, aquela que não estava segurando o meu pulso, apertou o tecido nas minhas costas. Não era um abraço; tinha certeza. Não pareceu um gesto de conforto. Parecia mais com a forma como ele me segurou depois de sair do Vazio. Ou a forma como às vezes eu segurava a bengala quando estava à deriva em um lugar que não conhecia, sem ninguém para me ajudar se tropeçasse. Sim, era essa a sensação.

*　　*　　*

— Eu não achava que seria possível. Foi uma traição? Eu os ofendera de alguma forma? Não achei que eles pudessem me esquecer tão completamente.

"Mas eles esqueceram.

"Eles se esqueceram de mim.

"Eles estavam juntos, ele e ela, e mesmo assim não conseguia senti-los. Eles só pensavam um no outro. Eu não fazia parte.

"Eles me deixaram sozinho."

*　　*　　*

Sempre entendera corpos melhor do que vozes, rostos ou palavras. Então quando Brilhante sussurrou para mim sobre horror, um único momento de solidão depois de uma eternidade de companheirismo, não eram as suas palavras que carregavam a desolação responsável por destroçar sua alma. Ele estava pressionado contra mim tão intimamente quanto um amante. Não havia necessidade de palavras.

*   *   *

— Fugi para o reino dos mortais. Melhor a companhia humana do que nada. Fui até uma vila, até uma garota mortal. Melhor qualquer amor do que nenhum. Ela se ofereceu e eu a tomei, precisava dela, nunca sentira uma necessidade assim. Depois disso, fiquei. O amor mortal era mais seguro. Houve uma criança, e não a matei. Sabia que ele era um demônio, proibido, eu mesmo escrevera a lei, mas também precisava dele. Ele era... havia me esquecido quão bonitos eles podiam ser. A garota mortal sussurrou para mim, na noite em que estava fraco. Meus irmãos estavam errados e eram perversos, abomináveis por terem me esquecido. Eles me trairiam de novo se eu voltasse para eles. Só ela poderia me amar de verdade; eu precisava apenas dela. Eu precisava acreditar, entende? Eu precisava de algo concreto. Vivia temendo a morte dela. Então *eles* vieram até mim, me encontraram. Eles se desculparam... se desculparam! Como se não fosse nada.

*   *   *

Nessa hora, Brilhante riu uma vez. Era um meio soluço.

*   *   *

— E eles me levaram para casa. Mas eu sabia: não podia mais confiar neles. Eu aprendera o que significava ficar sozinho. É o oposto de tudo o que sou, aquele vazio, aquele... *nada*. Lutei dez mil batalhas antes de o tempo começar, entreguei minha alma para moldar este universo, e nunca tinha experimentado tal agonia.

"A garota mortal me avisara. Ela disse que eles fariam de novo. Que eles esqueceriam que me amavam. Que eles ficariam juntos e eu ficaria sozinho — seria *deixado* sozinho — para sempre.

"Eles não fariam aquilo.

"Eles *não* fariam aquilo.

"Então a garota mortal matou nosso filho."

*   *   *

Brilhante ficou em silêncio só por um instante, seu corpo completamente imóvel.

*   *   *

— Toma — disse ela, e me ofereceu o sangue. E eu pensei... pensei... pensei... *quando éramos só nós dois, eu nunca estava sozinho.*

*   *   *

Um silêncio tomou conta do lugar após o fim da história.

Aos poucos, Brilhante me soltou. Toda a tensão e força saíram dele, como água. Ele deslizou pelo meu corpo e ficou de joelhos, a bochecha pressionada na minha barriga. Ele parara de tremer.

Passara um tempo estudando a natureza da luz. É parte curiosidade e parte meditação; algum dia espero entender por que vejo da forma que vejo. Escribas também estudaram a luz, e nos livros que Madding lia para mim, afirmavam que a luz mais brilhante — a luz verdadeira — é a combinação de todos os outros tipos de luzes. Vermelha, azul, amarela. Coloque todas juntas e o resultado é branco cintilante.

De certa forma, isso significa que a luz verdadeira é dependente da presença de outras luzes. Tire as outras e a escuridão é o que sobra. Contudo, o contrário não é verdadeiro: tire a escuridão e sobra apenas mais escuridão. A escuridão pode existir sozinha. A luz não.

E assim, um único momento de solidão destruiu o Iluminado Itempas. Talvez tivesse se recuperado daquilo com o tempo; até mesmo uma pedra no rio pode adquirir novas formas. Mas no momento de sua maior fraqueza, ele fora manipulado, sua alma já danificada levou um golpe fatal dado pela mulher mortal em quem ele confiara para amá-lo. Isso o fizera perder o juízo, tanto que ele matara a irmã para evitar experimentar a dor da traição de novo.

— Me desculpe — disse Brilhante. Foi muito suave, e não era para mim. Mas as palavras seguintes foram. — Não sabe o quanto já pensei em tomar o seu sangue.

Abracei os ombros dele e me abaixei para beijar sua testa.

— Na verdade, eu sei.

Porque sabia.

Então me endireitei, peguei sua mão e o puxei para cima. Brilhante veio sem resistir, me deixando conduzi-lo até a cama, onde o fiz se deitar. Quando nos acomodamos, me aconcheguei na curva de seu braço, descansando a cabeça em seu peito, como costumava fazer com Madding. O toque e o cheiro deles eram muito diferentes — de sal marinho para uma pungência seca, frio para quente, gentil para implacável —, mas o ritmo das batidas de seus corações era o mesmo. Constante, devagar, tranquilizador. Um filho podia herdar tal coisa do pai? Aparentemente sim.

Imaginei que podia deixar para morrer amanhã.

"A vingança dos deuses" (aquarela)

Acho que Madding sempre suspeitou da verdade.

Durante a infância, tinha a estranha memória de estar em algum lugar quente, molhado e fechado. Eu me sentia segura, mas solitária. Conseguia ouvir vozes, mas ninguém falava comigo. Mãos me tocavam de vez em quando, e eu tocava de volta, mas era só isso.

Muitos anos depois, contei essa história para Madding, e ele olhou para mim de maneira estranha. Quando perguntei o que havia de errado, ele não me respondeu na hora. Eu o pressionei, e enfim ele disse:

— Parece que estava no útero.

Eu me lembro de rir.

— Isso é bizarro — falei. — Eu estava pensando. Ouvindo. *Consciente.*

Ele deu de ombros.

— Eu também, antes de nascer. Acho que isso acontece às vezes com mortais também.

Mas não deveria, ele não acrescentou.

*   *   *

— O que planeja fazer? — Brilhante me perguntou na manhã seguinte.

Ele estava de pé perto da janela do outro lado do quarto, brilhando de leve com o nascer do sol.

Eu me sentei, sonolenta, abafando um bocejo.

— Não sei.

Não estava pronta para morrer. Era mais fácil admitir isso do que pensei. Havia matado Madding; viver sabendo disso seria — tinha sido — quase insuportável. Mas me matar, ou deixar que Brilhante ou os Arameri o fizessem, parecia pior. Considerando a morte de Madding, era como jogar fora um presente.

— Se eu viver, os Arameri me usarão para deuses sabem o quê. Não terei mais mortes na minha consciência. — Suspirei, esfregando o rosto. — Estava certo ao querer nos matar. Mas deveria ter matado todos. Esse foi o único erro dos Três.

— Não — disse Brilhante. — Estávamos errados. Algo precisava ser feito com os demônios, não vou negar, mas deveríamos ter buscado uma solução diferente. Eles eram nossos filhos.

Abri a boca. Fechei. Encarei, embora ele agora não passasse de um alívio pálido contra o brilho fraco da janela. Não tinha certeza do que dizer. Então mudei de assunto.

— O que *você* planeja fazer?

Ele estava como tinha estado por tantas manhãs na minha casa, encarando o sol nascente com a postura ereta, nariz em pé e braços dobrados. Agora, no entanto, deixou escapar um suspiro suave e se virou para mim, apoiando-se na janela com um cansaço quase palpável.

— Não faço ideia. Nada em mim é completo ou certo, Oree. Sou covarde, como disse, e tolo, como não disse. Fraco.

Ele ergueu a mão como se nunca a tivesse visto antes e a fechou. Não parecia fraca para mim, mas imaginei como um deus poderoso a via. Ossos que podiam ser quebrados. Pele que não se regeneraria instantaneamente se rasgada. Tendões e veias tão frágeis quanto semente de dente de leão.

E sob essa pele frágil, uma mente como uma xícara quebrada e mal colada.

— É solidão, então? — perguntei. — Sua verdadeira antítese, não a escuridão. Não percebeu?

— Não. Não até aquele dia. — Brilhante abaixou a mão. — Mas deveria ter percebido. Solidão é a escuridão da alma.

Eu me levantei e fui até ele, tropeçando uma vez nos tapetes. Encontrei seu braço e toquei seu rosto. Ele permitiu, até virando a bochecha para a minha mão. Acho que estava se sentindo sozinho naquele momento.

— Estou feliz que eles me colocaram aqui nesta forma mortal — disse Brilhante. — Não posso fazer mal quando fico com raiva. Quando estava preso naquele reino de escuridão, pensei que faria. Ter você depois... sem isso, estaria destroçado de novo.

Franzi o cenho, pensando na forma como ele havia me abraçado naquele dia, quase incapaz de me soltar mesmo por um momento. Nenhum ser humano podia aguentar a solidão para sempre — eu também teria perdido o controle no Vazio —, mas a necessidade de Brilhante não era uma coisa humana.

Pensei em algo que minha mãe me disse, muitas vezes durante a infância.

— É normal precisar de ajuda — falei. — Você é mortal agora. Mortais não podem fazer tudo sozinhos.

— Não era mortal na época — disse ele, e soube que estava falando do dia em que matou Enefa.

— Talvez seja igual para os deuses. — Ainda estava cansada, então me virei para me apoiar na janela ao lado dele. — Fomos feitos à sua semelhança, certo? Talvez seus irmãos não o tenham mandado aqui para que não fizesse nenhum mal como mortal, mas para que pudesse aprender a lidar com isso como os mortais fazem. — Suspirei e fechei os olhos, cansada do brilho constante de Céu. — Maldição, não sei. Talvez só precise de amigos.

Brilhante ficou em silêncio, mas pensei tê-lo sentido olhando para mim.

Antes que pudesse dizer mais alguma coisa, houve uma batida na porta. Ele foi responder.

— Meu Lorde. — Uma voz que não reconheci, com a rapidez profissional de um servo. — Trago uma mensagem. O Lorde Arameri solicita sua presença.

— Por quê? — perguntou Brilhante, algo que eu nunca faria. O mensageiro também se surpreendeu, embora tenha pausado só por um momento antes de responder.

— Lady Serymn foi capturada.

* * *

Como antes, o Lorde Arameri havia dispensado sua corte. Suponho que fazer barganhas com demônios e disciplinar sangue-cheios rebeldes não fosse algo a ser feito em público.

Serymn estava de pé entre quatro guardas — Arameri e alto-nortistas —, mas eles não a tocavam. Não dava para dizer se ela parecia pior, mas a silhueta dela estava tão ereta e orgulhosa quanto todas as vezes em que a vira. As mãos pareciam algemadas na frente do corpo, a única alusão à sua condição de prisioneira. Ela, os guardas, Brilhante e eu éramos as únicas pessoas na câmara.

Ela e Lorde Arameri se olhavam, imóveis e silenciosos, como elegantes estátuas de mármore de Provação e Impiedade.

Depois de um momento dessa análise cuidadosa, ela desviou o olhar — mesmo cega, pude perceber que foi com desdém — e me encarou.

— Lady Oree. É agradável para você ficar ao lado daqueles que deixaram seu pai morrer?

Certa vez, aquelas palavras teriam me perturbado, mas não mais.

— Entendeu errado, Lady Serymn. Meu pai não morreu por causa do Senhor da Noite, ou por causa da Lady, ou das deidades, ou qualquer um que os apoia. Ele morreu porque era diferente, algo que mortais comuns odeiam e temem. — Suspirei. — Com razão, devo admitir. Mas precisamos reconhecer os fatos.

Ela balançou a cabeça e suspirou.

— Você confia demais nesses falsos deuses.

— Não — falei, com raiva. Não só com raiva, mas com fúria, fúria *incandescente*. Se tivesse uma bengala, Serymn estaria ferrada. — Confio nos deuses para serem o que são, e confio nos mortais para serem mortais.

Mortais, Lady Serymn, apedrejaram o meu pai até a morte. *Mortais* me amarraram como gado e tiraram o meu sangue até quase me matarem. Mortais mataram o meu amor. — Estava muito orgulhosa de mim mesma, minha garganta não fechou e a voz não vacilou. A raiva me levara até ali. — Diabos, se os deuses *decidirem* acabar conosco, será tão ruim assim? Talvez a gente mereça uma pequena aniquilação.

Naquele momento, não consegui evitar olhar para o Lorde T'vril também.

Ele me ignorou, soando entediado quando falou.

— Serymn, pare de brincar com a garota. Essa retórica pode ter convencido seus pobres devotos espiritualmente perdidos, mas todo mundo aqui consegue ler você. — Ele gesticulou para ela, um movimento de mão gracioso abrangendo tudo o que ela era. — O que pode não entender, Eru Shoth, é que tudo isso é uma disputa familiar que saiu de controle.

Devo ter parecido confusa.

— Disputa familiar?

— Veja bem, sou um mero meio-sangue, o primeiro a governar a família. E embora tenha sido nomeado a esta posição pela própria Lady Cinzenta, há alguns familiares meus, em especial os sangue-cheios, que ainda questionam minhas qualificações. Fui tolo ao considerar Serymn entre os menos perigosos. Até acreditei que ela pudesse ser útil, uma vez que a sua organização parecia orientar aqueles membros da fé Itempane desiludidos recentemente. — Não consegui vê-lo olhando para Brilhante, mas imaginei que foi o que fez. — Não achava que eles pudessem causar danos reais. Por isso, me desculpo.

Fiquei tensa pela surpresa. Não sabia nada sobre a nobreza ou os Arameri, mas sabia disso: eles não se desculpavam. Nunca. Mesmo depois da destruição da Terra dos Maroneses, eles ofereceram a península Nimaro ao meu povo como um "gesto humanitário" — não como desculpa.

Serymn balançou a cabeça.

— Dekarta nomeou você como herdeiro apenas sob coação, T'vril. Normalmente você se sairia bem, meio-sangue ou não. Mas, nestes tempos sombrios, precisamos de um chefe de família forte nos antigos valores, alguém que não vacile na devoção a Nosso Lorde. Você não tem o orgulho da nossa herança.

Senti o Lorde Arameri sorrir, porque era uma coisa perigosa e frágil, e toda a câmara se sentiu menos segura por causa disso.

— Tem algo mais a dizer? — perguntou ele. — Algo que valha o meu tempo?

— Não — respondeu ela. — Nada digno de *você*.

— Muito bem. — O Lorde Arameri estalou os dedos, e um servente saiu de uma cortina atrás do trono. Ele se agachou ao lado do trono de T'vril, segurando algo; houve o fraco som de metal. T'vril não o pegou, e não consegui ver o que era. Mas vi Serymn se encolher. — Este homem — disse o Lorde Arameri, gesticulando na direção de Brilhante. — Deixou Céu antes da última sucessão. Você o reconhece?

Serymn deu uma olhada em Brilhante, então desviou o olhar.

— Nunca fomos capazes de determinar *o que* ele era — disse ela —, mas ele é o companheiro, e talvez amante, de Lady Oree. Não tinha valor para nós, exceto como prisioneiro para o bom comportamento dela.

— Olhe de novo, prima.

Ela o fez, irradiando desdém.

— Há algo que eu deveria estar vendo?

Toquei a mão de Brilhante. Ele não havia se mexido — não parecia se importar nem um pouco.

O Lorde Arameri se levantou e desceu os degraus. Aos pés da escada, ele de repente se virou em direção a nós em um giro de capa e cabelo, apoiando-se em um só joelho, com uma graciosidade que nunca teria esperado de um homem tão poderoso. Assim, ele disse em um tom estridente:

— Contemple Nosso Lorde, Serymn. Saúde Itempas, Mestre do Dia, Lorde da Luz e da Ordem.

Serymn o encarou. E então olhou para Brilhante. Não houvera sarcasmo na voz de T'vril, nenhuma indicação de nada que não fosse reverência. Mesmo assim, podia imaginar o que ela viu ao olhar para Brilhante: o cansaço profundo em seus olhos, a tristeza abaixo de sua apatia. Ele vestia roupas emprestadas, como eu, e não falou nada sobre a reverência de T'vril.

— Ele é maronês — disse Serymn, após uma longa observação.

T'vril se levantou, jogando seu longo cabelo para trás com uma tranquilidade ensaiada.

— Isso é um pouco surpreendente, não é? Embora não seja a primeira mentira que nossa família contou até se esquecer da verdade.

Ele se virou e se aproximou, parando de frente a ela. Serymn não se afastou, como eu teria feito. Havia algo no Lorde Arameri naquele momento que me deixou com muito medo.

— Você sabia que ele fora derrubado, Serymn — disse ele. — Viu muitos deuses adquirirem formas mortais. Por que nunca ocorreu-lhe que seu próprio deus poderia estar entre eles? Hado me disse que seu Novas Luzes não foi gentil com ele.

— Não — retrucou ela. Sua voz forte e rica vacilou com a incerteza pela primeira vez desde que a conhecera. — Isso é impossível. Eu teria... Dateh... nós *saberíamos*.

T'vril olhou para o servente, que se apressou em trazer o objeto de metal. Ele o pegou e disse:

— Suponho que seu puro sangue Arameri não lhe dê o direito de falar por nosso deus, afinal de contas. Tudo bem, então. Mantenha a boca dela aberta.

Não percebi que a última parte era uma ordem até que os guardas de repente seguraram Serymn. Houve uma luta, uma confusão de silhuetas. Quando pararam, percebi que os guardas seguravam a cabeça de Serymn.

T'vil ergueu o objeto de metal para que enfim pudesse vê-lo, contornado pelo brilho da parede nos fundos. Tesouras? Não, era grande demais e tinha um formato estranho.

Pinças.

— Ah, deuses — sussurrei, entendendo o que acontecia tarde demais.

Desviei o rosto, mas não havia como evitar os sons horríveis: o grito de engasgo de Serymn, o grunhido de esforço de T'vril, o rasgar molhado da carne. Durou apenas um momento. T'vril devolveu as pinças ao servente com um suspiro de desgosto; o servente as levou embora. Serymn soltou um único som bruto, não tanto um grito, mas um protesto sem palavras, e então desabou entre os guardas, gemendo.

— Por favor, mantenha a cabeça dela em pé — pediu T'vril. Eu o ouvi a distância, como se através da névoa. — Não queremos que ela engasgue.

— E-espere — interrompi. Deuses, não conseguia pensar. Aquele som ecoaria em meus pesadelos.

— Sim, Eru Shoth? — Com exceção de estar um pouco ofegante, o tom do Lorde Arameri era o mesmo de sempre: educado, suave, cálido. Considerei estar prestes a vomitar.

— Dateh — falei — e as deidades desaparecidas. Ela... ela poderia ter nos contado...

Agora Serymn nunca mais diria nada.

— Se ela soubesse, jamais contaria — disse ele, subindo os degraus e se sentando de novo. O servente, tendo se livrado das pinças atrás da cortina, se apressou em voltar e entregar a ele um pedaço de pano, que Lorde Arameri usou para limpar cada dedo. — Mas provavelmente, ela e Dateh concordaram em se separar para se protegerem. Afinal de contas, Serymn é uma sangue-cheio; ela saberia que teria de enfrentar um interrogatório difícil se fosse capturada.

Interrogatório difícil. Linguagem nobre para o que havia acabado de testemunhar.

— E, infelizmente, a questão não cabe a mim — continuou ele.

Vi algo que parecia um gesto. As portas principais se abriram e outro servente entrou, carregando algo que atraiu minha visão de imediato porque brilhava tão forte quanto o resto daquele palácio tão mágico. E diferentemente das paredes e do chão, o objeto que o servente trazia era de uma cor rosa intensa e alegre. Uma pequena bola de borracha, como algo que serviria de brinquedo para uma criança.

T'vril pegou a bola e continuou:

Os Reinos Partidos

— Minha prima não apenas esqueceu que o Iluminado Itempas não mais governa os deuses, mas também esqueceu que nós Arameri agora servimos vários mestres em vez de um só. O mundo muda; precisamos mudar com ele ou morrer. Talvez, depois de ouvir sobre o destino de Serymn, outros primos sangue-cheios se lembrem disso.

Ele virou a mão e deixou a bola rosa cair. Ela quicou no chão ao lado da cadeira e T'vril a pegou, em seguida a fez quicar mais duas vezes.

Um garoto apareceu diante dele. Eu o reconheci e perdi o ar. Sieh, a criança-deidade que tinha tentado chutar Brilhante até a morte uma vez. O Deus da Trapaça, que um dia fora escravizado pelos Arameri.

— O que foi? — perguntou ele, soando irritado. Olhou em minha direção quando arfei, então desviou o olhar sem mudar a expressão. Orei para nenhum deus em particular para que ele não tivesse me reconhecido; embora, com Brilhante ao meu lado, houvesse poucas esperanças.

T'vril inclinou a cabeça, em respeito.

— Aqui está uma das pessoas que matou seus irmãos, Lorde Sieh — disse ele, gesticulando para Serymn.

Sieh ergueu as sobrancelhas, virando-se para ela.

— Eu me lembro dela. Sobrinha de terceiro grau de Dekarta ou algo assim, foi embora há alguns anos. — Um sorriso irônico e nada infantil cruzou seu rosto. — Sério, T'vril, a língua?

T'vril entregou a bola rosa ao servente, que fez uma reverência e se retirou.

— Há pessoas na família que acreditam que sou... gentil demais. — Ele deu de ombros, olhando para os guardas. — Era necessário dar um exemplo.

— Estou vendo. — Sieh desceu os degraus até estar de frente a Serymn, embora eu o tenha visto evitar pisar no sangue que escurecia o chão. — Tê-la vai ajudar, mas não acho que Naha fará o sol voltar ao normal até que tenha o demônio. Você o tem?

— Não — respondeu T'vril. — Ainda estamos procurando por ele.

Então Serymn fez um som, e os pelinhos da minha pele se arrepiaram. Conseguia sentir a atenção dela, podia vê-la se esticando em minha direção enquanto fazia o som novamente. Não havia como distinguir as palavras, ou mesmo ter certeza de que ela tentava falar, mas de alguma forma soube: ela estava tentando contar a Sieh sobre mim. Ela estava tentando dizer: *Aí está um demônio.*

Mas T'vril tinha garantido que ela nunca contaria meu segredo, nem mesmo para os deuses.

Sieh suspirou diante da tentativa de Serymn de falar.

— Não me importo com o que tem a dizer — disse ele. Serymn ficou quieta, observando-o com nova apreensão. — E meu pai também não se importará. Se fosse você, guardaria minhas forças para orar que ele não esteja com um humor criativo.

Ele acenou com a mão, preguiçoso, despreocupado, e talvez só eu tenha visto a torrente de poder escuro, semelhante a chamas, que saiu daquela mão, enrolando-se por um momento como uma cobra antes de se lançar para frente e engolir Serymn inteira. Então o poder desapareceu, e Serymn foi com ele.

Sieh se virou para nós.

— Então ainda está com ele — disse para mim.

Estava muito ciente da minha mão, segurando a de Brilhante.

— Sim — respondi. Ergui o queixo. — Agora sei quem ele é.

— Sabe mesmo? — Os olhos de Sieh focaram e permaneceram em Brilhante. — De alguma forma, duvido disso, garota mortal. Nem mesmo os filhos dele o reconhecem mais.

— Eu disse que sei quem ele é *agora* — retruquei, irritada. Nunca gostei de ser tratada com condescendência, não importando por quem; e tinha passado por coisas demais nas últimas semanas para não mais temer o temperamento de uma deidade. — Não sei como ele era antes. Aquela pessoa se foi, de qualquer maneira; morreu no dia em que matou a Lady. *Isso* é o que sobrou. — Balancei a cabeça em direção a Brilhante. A mão dele estava frouxa, acho que pelo choque. — Não é muito, lhe garanto. Às vezes eu mesma quero chutá-lo até que perca os sentidos. Mas quanto mais o conheço, mais percebo que ele não é a causa perdida que vocês acham.

Sieh me encarou por um momento, embora tenha se recuperado logo.

— Não sabe nada sobre isso. — Ele fechou as mãos com força. Meio que esperava que ele saísse batendo os pés com força no chão. — Ele matou a minha mãe. *Todos* nós morremos naquele dia, e foi ele quem nos matou! Devemos esquecer disso?

— Não — respondi. Não conseguia evitar; sentia pena dele. Sabia como era perder um dos pais de uma maneira que desafiava a lógica. — É óbvio que não pode esquecer. Mas — ergui a mão de Brilhante — *olhe* para ele. Parece que ele passou os últimos séculos se divertindo?

Sieh franziu os lábios.

— Então ele se arrepende do que fez. Agora, *depois* que nos libertamos, e *depois* que ele foi condenado à humanidade por seus crimes. Quanto remorso.

— Como é que sabe que ele não se arrependeu antes?

— Porque ele não nos libertou! — Sieh bateu a mão no peito. — Ele nos deixou aqui, deixou que os humanos fizessem o que queriam conosco! Ele tentou nos *forçar* a amá-lo de novo!

— Talvez não tenha conseguido pensar em outra forma — falei.

— O *quê?*

— Talvez essa tenha sido a única coisa que fez sentido, por mais irracional que fosse, depois da coisa descabida que ele já tinha feito. Talvez ele quisesse consertar as coisas, mesmo que fosse impossível. Mesmo que estivesse fazendo as coisas ficarem piores. — A raiva já tinha passado. Eu me lembrei de Brilhante na noite anterior, de joelhos diante de mim, sem qualquer esperança. — Talvez ele tenha pensado que era melhor manter vocês prisioneiros do que perdê-los por completo.

Sabia que era inútil argumentar. Alguns atos estavam além do perdão; assassinato, prisão injusta e tortura provavelmente estavam entre eles.

E mesmo assim.

Sieh fechou a boca. Olhou para Brilhante. A mandíbula cerrada, os olhos estreitos.

— E então? Essa mortal fala por você, Pai?

Brilhante ficou em silêncio. O corpo inteiro irradiava tensão, mas ela não foi traduzida em palavras. Não fiquei surpresa. Afrouxei a mão na dele para facilitar quando se afastasse.

De repente, a mão dele agarrou a minha, firme. Não poderia ter me afastado nem se quisesse.

Enquanto piscava e me perguntava sobre aquilo, Sieh suspirou, enojado.

— Não te entendo — disse para mim. — Você não parece estúpida. Ele é um desperdício da sua energia. É do tipo de mulher que se tortura para se sentir melhor ou a que só aceita amantes que a espancam?

— Madding era meu amante — falei baixinho.

Com isso, Sieh pareceu realmente mortificado.

— Me esqueci. Sinto muito.

— Eu também. — Suspirei e esfreguei os olhos, que doíam de novo. Havia magia demais em Céu; não estava acostumada a ver daquela forma. Estava sentindo falta da escuridão salpicada de magia de Sombra. — É que... todos vocês viverão para sempre. — Então me lembrei e corrigi, sorrindo triste. — Exceto se forem assassinados, quero dizer. Estarão para sempre um com o outro. — *Coisa que Madding e eu nunca poderíamos ter, mesmo se ele não tivesse sido assassinado.* Ah, estava cansada; era mais difícil manter a tristeza afastada. — Não vejo o motivo de gastar todo esse tempo se odiando. É só isso.

Sieh me encarou, pensativo. As pupilas dele mudaram outra vez, penetrantes como as de um gato, mas desta vez não havia um senso de ameaça acompanhando a transformação. Talvez, como eu, ele precisasse de olhos estranhos para ver o que os outros não conseguiam. Ele direcionou aqueles olhos para Brilhante, em uma longa e silenciosa análise. Fosse lá o que viu, não fez a raiva diminuir, mas ele também não tornou a atacar. Considerei isso uma vitória.

— Sieh — disse Brilhante de repente. A mão dele apertou ainda mais a minha, causando dor. Apertei os dentes e aguentei, temendo interromper. Eu o senti inspirar fundo.

— Nunca se desculpe para mim — disse Sieh. Ele falava muito suavemente, talvez pressentindo a mesma coisa que eu. O rosto dele se tornara frio, demonstrando apenas raiva, nada mais. — O que fez nunca poderá ser perdoado por meras palavras. Tentar isso é um insulto; não só a mim, mas à memória de minha mãe.

Brilhante ficou tenso. Então sua mão tremeu na minha, e ele pareceu conseguir forças daquele contato, pois por fim falou.

— Se não palavras, ações servirão?

Sieh sorriu. Estava quase certa de que seus dentes estavam afiados agora.

— Que ações podem compensar seus crimes, meu iluminado pai?

Brilhante desviou o olhar, a mão enfim afrouxando na minha.

— Nenhuma. Eu sei.

Sieh inspirou fundo e deixou o ar sair pesadamente. Balançou a cabeça, olhou para mim, tornou a balançar a cabeça, e então nos deu as costas.

— Direi à Mãe que está indo bem — Sieh disse para T'vril, que ficara em silêncio durante a conversa, quem sabe até prendendo a respiração. — Ela ficará feliz em saber.

T'vril inclinou a cabeça; não era exatamente uma reverência.

— E ela está bem?

— Muito bem, na verdade. A divindade combina com ela. É o resto de nós que está acabado hoje em dia. — Pensei tê-lo visto hesitar por um momento, quase se voltando para nós. Mas ele apenas assentiu para T'vril. — Até a próxima vez, Lorde Arameri.

Sieh desapareceu.

T'vril deixou escapar um longo suspiro. Achei que o gesto falava por todos nós.

— Bem — disse ele. — Com isso fora do caminho, só nos resta um problema. Considerou minha proposta, Eru Shoth?

Tinha me agarrado a uma esperança. Se vivesse e deixasse os Arameri me usarem, talvez um dia encontrasse um jeito de me libertar. De alguma forma. Era uma esperança pequena, patética, mas era tudo o que tinha.

— Acertará as coisas com a Ordem de Itempas por mim? — perguntei, tentando ter dignidade. Agora era eu quem me agarrava a Brilhante por apoio. De alguma forma, era mais fácil desistir da minha alma com ele ao meu lado.

T'vril inclinou a cabeça.

— Já está feito.

— E... — Hesitei — ... posso ter sua palavra que a marca, a que usarei, não fará nada *além* do que disse?

Ele ergueu a sobrancelha.

— Tem poucas chances de conseguir barganhar, Eru Shoth.

Titubeei, porque era verdade, mas fechei a mão livre com força de qualquer forma. Odiava ser ameaçada.

— Poderia contar às deidades o que sou. Elas me matariam, mas pelo menos não me usariam do jeito que quer me usar.

Lorde Arameri se recostou na cadeira, cruzando as pernas.

— Você não tem certeza disso, Eru Shoth. Talvez a deidade da qual fala tenha alguns inimigos dos quais queira se livrar. Arriscaria trocar um mestre mortal por um imortal?

Aquela era uma possibilidade que nunca me ocorrera. Travei, horrorizada.

— Você não será o mestre dela — disse Brilhante.

Levei um susto. T'vril suspirou.

— Meu lorde. Temo que não tenha ouvido nossa conversa anterior. Eru Shoth está ciente do perigo se permanecer livre. — *E você não está em posição de negociar por ela*, o tom dele dizia. Ele não precisava dizer em voz alta. Era doloridamente óbvio.

— Um perigo que não muda se *você* tiver poder sobre ela — rebateu Brilhante.

Mal podia acreditar no que estava ouvindo. Ele estava mesmo tentando lutar por mim?

Brilhante largou a minha mão e deu um passo à frente, não exatamente diante de mim.

— Não conseguirá manter a existência dela em segredo — disse ele. — Não pode matar pessoas suficientes para mantê-la como sua arma de maneira segura. Seria melhor se nunca a tivesse trazido aqui, então pelo menos poderia negar saber da existência dela.

Franzi o cenho, confusa. Mas T'vril descruzou as pernas.

— Planeja contar aos outros deuses sobre ela? — perguntou baixinho.

Então entendi. Brilhante não era impotente. Ele não podia ser morto, não permanentemente. Poderia ser preso, mas não para sempre, porque deveria vagar pelo mundo, aprendendo lições de mortalidade. Era inevitável que em algum momento, um dos outros deuses procuraria por ele, nem que fosse só para rir de sua punição. E então o plano de T'vril de me fazer a mais nova arma dos Arameri cairia por terra.

— Não direi nada — disse Brilhante — se deixá-la ir.

Prendi a respiração.

T'vril ficou em silêncio por um momento.

— Não. Minha maior preocupação não mudou: ela é perigosa demais para ser deixada desprotegida. Será mais seguro matá-la.

O que acabaria com a vantagem de Brilhante, além de tirar a minha vida.

Era um jogo de *nikkim*: estratagema contra estratagema, um tentando vencer o outro. Exceto que nunca prestara atenção em tais competições, porque não conseguia vê-las, então não fazia ideia do que acontecia quando havia um empate. Certamente não gostava de ser o prêmio.

— Ela *estava* segura até a Ordem começar a perturbá-la — retrucou Brilhante. — O anonimato protegeu a geração dela por séculos, mesmo dos deuses. Dê isso a ela outra vez, e tudo será como era. — Brilhante fez uma pausa. — Ainda terá o sangue demoníaco que pegou da Casa do Sol Nascido antes de destruí-la.

— Ele pegou... — Comecei, então me calei. Mas minhas mãos estavam fechadas em punhos. É óbvio que não deixariam um recurso tão útil ser desperdiçado. Meu sangue, o sangue de Dateh, as pontas de flechas... talvez eles tivessem até aprendido o método de destilação de Dateh. Os Arameri tinham a arma, com ou sem mim. Malditos.

Mas Brilhante estava certo. Se o Lorde Arameri tinha aquilo, então não precisava de mim.

T'vril se levantou. Desceu os degraus e passou pelos guardas, indo até uma das grandes janelas. Eu o vi parar lá, encarando o mundo que ele possuía — e o sol escuro, o sinal de que os deuses o ameaçavam. Ele juntou as mãos nas costas.

— Fazê-la ser anônima, você diz — disse T'vril, suspirando. Com aquele suspiro, meu coração bateu forte com esperança. — Muito bem. Estou disposto a considerar. Mas como? Devo matar todos na cidade que a conhecem? Como você mesmo disse, isso requereria muitas mortes, logo não seria prático.

Tremi. Vuroy e os outros na Rua Artística. Meu senhorio. A velha senhora do outro lado da rua, que fofocava com os vizinhos sobre a garota cega e seu namorado deidade. Rimarn, os sacerdotes do Salão Branco, uma dúzia de serventes sem nome e guardas, incluindo aqueles ali, ouvindo a conversa.

— Não — falei. — Irei embora de Sombra. Ia embora de qualquer maneira. Irei para algum lugar onde ninguém me conheça, nunca falarei com ninguém, só não...

— Mate ela — disse Brilhante.

Titubeei e olhei para o perfil dele. Brilhante olhou para mim.

— Se ela estiver morta, os segredos dela não mais importarão. Ninguém procurará por ela. Ninguém poderá usá-la.

E então entendi, embora a ideia me fez tremer. T'vril se virou para olhar para nós por cima do ombro.

— Uma morte falsa? Interessante. — Ele pensou por um momento. — Teria que ser minuciosa. Não poderá nunca mais falar com os amigos, nem com a mãe. Não poderá mais ser Oree Shoth. Posso garantir que ela seja mandada a outro lugar, com recursos e um passado inventado. Talvez até fazer um funeral magnífico para a corajosa mulher que deu a vida para

Os Reinos Partidos

expor o plano contra os deuses. — T'vril olhou para mim. — Mas se meus espiões ouvirem qualquer rumor, qualquer *sinal* de sua sobrevivência, então o jogo acabará, Eru Shoth. Farei o que for necessário para garantir que não torne a cair nas mãos erradas. Estamos entendidos?

Olhei para ele, e então para Brilhante, e por fim para mim mesma. Para o corpo que conseguia ver, como um contorno sombrio contra a luz constante de Céu. Seios, gentilmente redondos. Mãos, fascinantemente complexas conforme as erguia, as virava, estendia os dedos. A ponta dos pés. Um cacho espiralado de cabelo no canto da minha visão. Nunca me vira tão completamente antes.

Morrer, mesmo que dessa maneira falsa, seria terrível. Meus amigos ficariam de luto por mim, e eu lamentaria ainda mais a vida perdida. Minha pobre mãe: primeiro meu pai e agora isso. Mas era a magia, a estranheza de Sombra, toda as coisas lindas e assustadoras que aprendi, vivenciei e *vi*, que doeria mais para deixar para trás.

Um dia, quis morrer. Aquilo seria pior. Mas se eu o fizesse, seria livre.

Devo ter ficado em silêncio por tempo demais. Brilhante se voltou para mim, lançando-me um olhar mais compassivo do que imaginei ser possível. Ele entendia; é óbvio que entendia. Às vezes, viver era difícil.

— Entendo — falei para o Lorde Arameri.

Ele assentiu.

— Então será feito. Fique aqui mais um dia. Deve ser tempo suficiente para que eu arranje tudo. — T'vril se virou para a janela, mais uma vez nos dispensando.

Fiquei de pé lá, parada, mal me atrevendo a acreditar. Estava livre. *Livre*, como nos velhos tempos.

Brilhante se virou para ir embora, e então se voltou para mim, irradiando irritação quando falhei em seguir. Como nos velhos tempos.

Exceto que ele havia lutado por mim. E vencido.

Eu o segui e peguei seu braço, e se o incomodou o fato de que pressionei o rosto contra seu ombro enquanto voltávamos para o meu quarto, não demonstrou.

19

"A guerra dos demônios"
(carvão e giz sobre papel preto)

DEVERIA TER TERMINADO ALI. Teria sido melhor, não é? Um deus derrotado, um demônio "morto", duas almas perdidas se rastejando de volta à vida. Esse seria o final que esta história merecia, acho. Calmo. Comum.

Mas não seria bom para você, seria? Ficaria faltando um encerramento. Não seria dramático o bastante. Então eu mesma direi que o que aconteceu a seguir foi uma coisa boa, embora não pareça que sim, mesmo agora.

* * *

Dormi profundamente durante a noite, apesar do medo do que viria, apesar da preocupação com Paitya e os outros, apesar da minha cínica suspeita de que o Lorde Arameri encontraria outra maneira de me manter debaixo de seu comando gentil e gracioso. Meu braço havia se curado, então arranquei as bandagens, a tipoia e os selos, tomei um banho demorado para celebrar a ausência de dor e me encolhi contra o calor de Brilhante. Ele se mexeu na cama para abrir espaço para mim, e eu o senti me observando enquanto pegava no sono.

Em algum momento depois da meia-noite, acordei de repente, piscando, desorientada enquanto me virava. O quarto estava calmo e silencioso; as paredes mágicas de Céu eram grossas demais para me deixar ouvir qualquer movimento nos corredores, ou mesmo o som do vento que certamente deveria ser forte lá fora, considerando a altura. Nesse ponto, preferia a Casa do Sol Nascido, onde pelo menos havia pequenos sons de vida ao meu redor — pessoas andando nos corredores, entoando e cantando, os ocasionais chiados e ganidos da Árvore enquanto balançava. Não sentiria falta da Casa, ou de seus moradores, mas estar lá não tinha sido inteiramente desagradável.

Em Céu, havia apenas a calmaria cintilante. Brilhante estava adormecido ao meu lado, sua respiração profunda e lenta. Tentei me lembrar se tinha tido um pesadelo, mas não consegui me recordar de nada. Levantando-me, olhei ao redor do quarto porque podia. Havia coisas que sentiria falta de Céu também. Não vi nada, mas meus nervos ainda saltavam e minha pele se arrepiou, como se algo tivesse me tocado.

Então ouvi um som atrás de mim, como o ar se partindo.

Eu me virei, os pensamentos estáticos, e lá estava atrás de mim: um buraco da altura do meu corpo, como uma enorme boca escancarada. Tola, tola. Sabia que ele ainda estava à solta, mas pensara estar segura na fortaleza dos Arameri. Tola, tola, tola.

Estava a meio caminho da cama, arrastada pelo poder do buraco, antes de conseguir abrir a boca e gritar. Convulsivamente, minhas mãos agarraram os lençóis, mas sabia que seria em vão. Na minha mente, vi os lençóis se soltarem da cama, tremulando de maneira inútil enquanto eu desaparecia em fosse lá qual inferno Dateh construíra para me prender.

Houve um puxão, tão forte que o calor da fricção queimou meus dedos. Os lençóis estavam presos em alguma coisa. Uma mão envolveu meu punho. *Brilhante.*

Fui puxada para o terrível rugido metálico, e ele foi comigo. Senti sua presença mesmo enquanto gritava e me debatia, mesmo enquanto a sensação de sua mão no meu punho se dissolveu em um entorpecimento frio. Desabamos na escuridão trêmula, caindo de lado em...

Sensação e solidez. Toquei o chão — chão? — primeiro, com força o bastante para arrancar o ar dos pulmões. *Senti* a respiração. Brilhante caiu ali perto, deixando escapar um grunhido de dor, mas de repente ele se pôs de pé, me puxando para fazer o mesmo. Prendi o ar e olhei ao redor, ávida, mas só consegui ver a escuridão.

Então meus olhos viram algo mais: uma forma borrada e fraca, curvada em posição fetal, pairando no meio da escuridão. Dateh? Mas não se movia, e então vi o brilho de algo entre mim e a forma. Como vidro. Eu me virei de novo, tentando compreender, e vi outra forma turva, pairando na escuridão além do vidro. Essa reconheci por sua pele negra: Kitr. Ela não se movia. Tentei tocá-la, mas quando minhas mãos encontraram a escuridão envidraçada, pararam. Era sólido, nos prendendo por todas as direções, uma bolha de normalidade esculpida na substância infernal do Vazio.

Eu me virei de novo, e lá estava Dateh.

Ele estava mais perto de nós do que as formas embaçadas, do outro lado do amplo espaço que a bolha formava. Não tinha certeza se ele sabia que estávamos lá (embora tenhamos sido arrastados até lá por causa dele), porque estava de costas para nós, agachado entre os corpos esparramados. Não conseguia ver os corpos, exceto no ponto em que suas brumas ocultavam minha visão de Dateh, mas conseguia sentir o sangue no ar, pesado, enjoativo e fresco. Ouvi os sons que esperava nunca mais ouvir: carne sendo rasgada. Dentes mastigando.

Fiquei tensa e senti a mão de Brilhante apertar o meu punho. Então ele também conseguia ver Dateh, o que significava que havia luz naquele mundo vazio. E significava que Brilhante conseguia ver seus filhos caídos ao nosso redor, espalhados e profanados, a magia de suas vidas perdida há tempos.

Lágrimas de raiva e impotência arderam em meus olhos. De novo não. *De novo não.*

— Maldito seja, Dateh — sussurrei.

Dateh parou fosse lá o que estava fazendo. Ele se virou para nós, ainda agachado, se movendo de uma maneira estranha e furtiva. A boca, as vestes e as mãos estavam manchadas, e sua mão esquerda apertava um membro que pingava. Ele piscou para nós como um fugitivo. Não conseguia ver a demarcação entre pupila e íris em seus olhos; elas pareciam um único abismo obscuro, grande demais, escavado no branco.

Ele pareceu voltar a si lentamente.

— Onde está Serymn?

— Morta — respondi, brusca.

Dateh franziu o cenho, como se estivesse confuso. Devagar, ele ficou de pé. Inspirou fundo para falar de novo, e então parou quando percebeu o coração em sua mão. Fazendo uma careta, ele o jogou para longe e se aproximou de nós.

— Onde está a minha esposa? — perguntou de novo.

Fiz uma carranca, mas por trás da atitude, estava aterrorizada. Conseguia sentir o poder fluindo dele como água, pressionando a minha pele, fazendo-a se arrepiar. Brilhava ao redor dele, fazendo toda a câmara piscar, instável. Dateh estivera desaparecido desde o ataque dos Arameri na Casa do Sol Nascido. Ele passara todo aquele tempo escondido aqui, matando e devorando deidades, ficando mais forte? E mais desequilibrado?

— Serymn está *morta*, seu monstro — falei. — Não me ouviu? Os deuses a levaram ao reino deles para ser punida, e ela mereceu. Eles também te encontrarão logo.

Dateh parou. Os sulcos em sua testa se aprofundaram, e balançou a cabeça.

— Ela não está morta. Eu saberia.

Estremeci. Então o Senhor da Noite estava mesmo criativo.

— Então ela morrerá. A não ser que queira desafiar os Três agora?

— Sempre quis desafiá-los, Lady Oree.

Dateh tornou a balançar a cabeça, e então sorriu com dentes ensanguentados. Era o primeiro vislumbre que via de seu antigo eu, mas me apavorou assim mesmo. Ele havia devorado deidades na esperança de roubar o poder delas, e parecia que tinha conseguido. Mas algo havia dado muito, muito errado. Estava óbvio em seu sorriso e nos olhos vazios.

É ruim, muito ruim, um mortal comer um de nós, Lil havia dito.

Dateh se virou, encarando sua obra. Os corpos pareciam agradá-lo, porque riu, o som ecoando dentro do espaço de sua bolha.

— Nós, demônios, somos filhos dos deuses também, não somos? E mesmo assim eles nos caçaram até quase nos extinguir. *Como é que isso pode estar certo?* — Dei um pulo, porque ele gritara a última frase. Mas quando falou de novo, Dateh riu. — Eu digo que se eles nos temem tanto, então devemos dar a eles algo a temer: seus filhos odiados e perseguidos, indo tomar o lugar deles.

— Isso é um absurdo — disse Brilhante. Ele ainda agarrava meu punho, e por isso pude sentir a tensão em seu corpo. Ele estava com medo, mas, junto ao medo, havia *raiva*. — Nenhum mortal pode conduzir o poder dos deuses. Mesmo se derrotasse os Três, o próprio universo se desmantelaria debaixo de seus pés.

— Posso criar um novo! — gritou Dateh, radiante, perturbado. — Você se escondeu dentro do meu Vazio, não foi, Oree Shoth? Sem treinamento, aterrorizada, com nada além de instinto, construiu um reino mais seguro para si mesma. — Para o meu horror, ele estendeu a mão como se esperasse mesmo que eu fosse segurá-la. — É por isso que Serymn esperava convertê-la para a nossa causa. Posso criar apenas este reino, mas você já criou dezenas. Pode me ajudar a construir um mundo onde os mortais nunca precisem temer os deuses. Onde você e eu *seremos* deuses, como nos é de direito, como deve ser.

Desviei da mão estendida e parei assim que senti a curva sólida da barreira de Dateh atrás de mim. Não havia para onde correr.

— Seu dom existia antes em meio à nossa raça — disse ele. Desistiu de me tocar, mas me observava por cima do ombro de Brilhante de uma forma que era quase sexual. — Mas era raro, mesmo quando havia centenas de nós. Apenas os filhos de Enefa o possuíam. Preciso dessa magia, Lady Oree.

— De que, em nome do Turbilhão, está falando? — exigi. Tateava a superfície dura atrás de mim freneticamente, meio que esperando encontrar uma maçaneta. — Já me fez matar por você. Quer que eu coma carne de deidades e perca o juízo com você também?

Dateh piscou, surpreso.

— Ah... não. Não. Você foi a amante de uma deidade. *Eu* nunca acreditei que poderia confiar em você. Mas sua magia não precisa se perder. Posso devorar *seu* coração e então usar eu mesmo o seu poder.

Fiquei estática, meu sangue virando gelo. No entanto, Brilhante deu um passo à frente, colocando-se diante de mim.

— Oree — disse, suave. — Use sua magia para sair daqui.

Assustada, tateei por ele, encontrando seu ombro. Para a minha surpresa, ele não estava nem um pouco tenso ou com medo.

— Eu... eu não...

Ele ignorou meu balbuciar.

— Já se libertou deste poder antes. Abra uma porta de volta a Céu. Garantirei que ele não te siga.

Percebi que conseguia vê-lo. Ele começara a brilhar, o poder divino aumentando enquanto ele se comprometia a me proteger.

Dateh expôs os dentes e abriu os braços.

— Saia do meu caminho — rosnou.

Pisquei, estreitei os olhos, hesitei. *Ele* também começara a brilhar, mas com uma intensa e nauseante explosão de cores, mais do que poderia nomear. Olhar para ele fez meu estômago se revirar. As cores eram intensas, tão intensas. Ele era mais poderoso do que jamais imaginara.

Não entendi por que até que pisquei, meus olhos fizeram aquele movimento estranho e involuntário que doía tanto... e de repente *vi* Dateh, através do véu que ele jogara sobre si com suas habilidades de escrita.

E gritei. Porque o que estava ali, enorme e ofegante, se balançando sobre vinte pernas e agitando a mesma quantidade de braços — *e ah deuses, ah deuses, o ROSTO dele* —, era horrível demais para que olhasse sem deixar escapar meu horror de alguma forma.

Brilhante me rodeou.

— Faça o que falei! Agora!

E então ele avançou, com avidez, para enfrentar o desafio que era Dateh.

— Não — sussurrei, balançando a cabeça.

Não conseguia desviar o olhar da grande monstruosidade que Dateh havia se tornado. Queria negar o que vi no rosto dele: o sorriso gentil de Paitya, os dentes quadrados de Dump, os *olhos de Madding*. E muitos outros. Não sobrara quase nada do próprio Dateh — nada além de vontade e ódio. Quantos deuses ele consumira? O suficiente para minar sua humanidade e conceder-lhe um poder inimaginável.

Ninguém poderia lutar contra uma criatura assim e esperar sobreviver. Nem mesmo Brilhante. Dateh o mataria e viria devorar meu coração. Estaria presa a ele, minha alma escravizada para sempre.

— *Não!*

Corri para a parede da bolha, atingindo sua superfície fria e cintilante com ambas as mãos. Não conseguia pensar em meio ao meu terror. Minha respiração vinha em um arfar. Só queria escapar.

Minhas mãos de repente ficaram visíveis. E entre elas, algo piscou.

Parei, petrificada pelo pânico. Essa coisa nova rodava diante de mim, piscando fraca, um enfeite de luz prateada. Enquanto a encarava, percebi que havia um rosto em sua superfície. Pisquei, e o rosto piscou também. Era *eu*. A imagem — um reflexo espelhado, percebi, outra coisa da qual ouvira falar, mas nunca vira — estava distorcida pela forma da bolha, mas consegui distinguir a curva das maçãs do rosto, lábios abertos e dentes brancos.

Mas, ainda mais nitidamente, consegui ver meus olhos.

Eles não eram o que esperava. Onde minhas írises deveriam estar, apresentavam-se discos fracos de cinza distorcido, vi o brilho: minúsculas luzes que piscavam e oscilavam. Minhas córneas deformadas haviam se recolhido, abrindo-se como uma flor, revelando algo ainda mais estranho por dentro.

O quê...?

Houve um grito e o som de um golpe atrás de mim. Enquanto me virava, algo passou pela minha visão como um cometa. Mas aquele cometa gritava enquanto caía, deixando um rastro de sangue. Brilhante.

Dateh soltou um chiado estridente, erguendo dois de seus braços roubados. Uma luz, manchada de modo doentio, gotejava de suas mãos como óleo e respingava no chão do reino Vazio. Onde caía, fazia um chiado.

A pequena bolha desapareceu entre minhas mãos.

Esquecendo a fuga e a magia estranha, corri para onde estava Brilhante, não tão brilhante agora, e imóvel. Ele estava vivo, descobri enquanto o puxava para ficar deitado de costas; respirando, pelo menos, embora de maneira irregular. Mas cruzando o peito, do ombro ao quadril, havia uma faixa de escuridão, uma obscena obliteração de sua luz. Eu a toquei com a mão trêmula, mas não havia ferimento. Nenhuma magia também.

Então entendi: fosse lá o que fosse que fazia o sangue de demônio anular a magia essencial na vida de um deus, Dateh havia encontrado uma maneira de canalizá-lo — ou talvez aquilo fosse simplesmente o resultado do que ele se tornou. Não apenas um demônio, mas um deus cuja própria natureza era a mortalidade. Ele estava transformando Brilhante de volta em um homem comum, parte por parte. E uma vez que isso fosse feito, ele o destruiria.

— Lady Oree — disse a coisa que fora Dateh.

Não conseguia mais pensar nele como um homem. A voz da criatura se misturava sobre si mesma: ouvi o eco de tons femininos, outros masculinos, mais velhos, mais jovens. Ela ofegava enquanto se movia pesadamente em minha direção. Talvez tivesse desenvolvido pulmões múltiplos, ou o que quer que fosse que as deidades tinham dentro de seus corpos para simular a respiração.

A coisa disse:

— Somos os últimos da nossa raça, você e eu. Eu estava errado, muito errado quando ameacei você. — Fez uma pausa, balançou a cabeça enorme como se para desanuviar os pensamentos. — Mas preciso do seu poder. Junte-se a mim, use-o por mim, e não te machucarei. — Deu um passo à frente, seis pés se movendo ao mesmo tempo.

Não confiava, não ousava confiar na criatura-Dateh. Mesmo se concordasse com seu plano, a sanidade dele era tão distorcida quanto o resto de sua forma; ainda poderia me matar por um capricho. A coisa mataria Brilhante de qualquer maneira, tinha certeza — permanentemente, irreversivelmente. O que aconteceria com o universo se um dos Três morresse? Será que esse devorador de deuses perturbado ao menos se importaria?

Sem pensar, agarrei-me a Brilhante, um baluarte contra o medo. Ele se mexeu sob minhas mãos, semiconsciente, sem proteção alguma. Até mesmo sua luz começou a diminuir. Mas ele não estava morto. Talvez, se eu ganhasse tempo, ele pudesse se recuperar.

— M-me juntar a você? — perguntei.

A forma de Dateh estremeceu, então voltou a ser a forma comum e mortal que conhecera na Casa do Sol Nascido. Era uma ilusão. Podia *sentir* a realidade deformada ainda presente, mesmo que tivesse encontrado uma maneira de enganar meus olhos. Dateh era como Lil; seguro na superfície, um horror por baixo.

— Sim — falou a coisa, e desta vez falou em uma única voz. Gesticulou para trás de si, na direção dos corpos que eu sabia estarem lá. — Posso treinar você, te fazer f-f-forte.

A criatura-Dateh fez uma pausa, os olhos saindo de foco por um momento, e lá estava aquele embaçar curioso outra vez, a máscara externa se desfazendo por um instante. O esforço necessário para manter a máscara no lugar era algo tenso e palpável. Não era de se admirar que a criatura hesitasse em me devorar; mais um coração, mais uma alma roubada, poderia ser demais para conter.

Brilhante grunhiu, e o rosto da criatura endureceu.

— Mas deve fazer algo por mim. — A voz havia mudado. Abafei um soluço. Falava com a voz de Madding, gentil e persuasiva. As mãos passavam de punhos a garras e de volta a punhos. — Essa criatura no seu colo. Pensei que ele não tinha magia real, mas agora vejo que o subestimei.

Minha visão ficou embaçada pelas lágrimas enquanto balançava a cabeça e abraçava o corpo de Brilhante como se pudesse protegê-lo de alguma forma.

— Não. — Solucei. — Não vou deixar você matá-lo também. Não.

— Eu quero que *você* o mate, Oree. Mate-o, e pegue o coração dele.

Congelei, encarando Dateh, minha boca escancarada.

A coisa tornou a sorrir, seus dentes passando dos de Dateh aos de Dump e voltando a ser os de Dateh.

— Você ama deuses demais — disse a coisa. — Preciso de uma prova do seu comprometimento. Então mate-o, Oree. Mate-o e pegue esse poder brilhante para si mesma. Quando o fizer, entenderá o que está destinada a ser.

— Não posso. — Tremia da cabeça aos pés, mal conseguia me ouvir. — Não posso.

A criatura-Dateh sorriu, e desta vez seus dentes estavam afiados como os de um cachorro.

— Você pode. Seu sangue servirá, se usar o bastante. — Ele gesticulou, e uma faca apareceu no peito de Brilhante. Era preta, brilhando como névoa sólida — um pedaço moldado do Vazio. — Terei o seu poder de um jeito ou de outro, Lady Oree. Devore-o e se junte a mim, ou vou devorá-la. Escolha.

*   *   *

Você pode achar que sou uma covarde.

Vai se lembrar que fugi quando Brilhante mandou, em vez de ficar e lutar ao lado dele. Vai se lembrar que durante esse horror final, eu estava inútil, indefesa, assustada demais para ajudar alguém, incluindo eu mesma. Pode ser que, ao lhe dizer isso, tenha conquistado seu desprezo.

Não tentarei mudar sua opinião. Não tenho orgulho de mim ou das coisas que fiz naquele inferno. De qualquer maneira, não posso explicar — palavras não podem capturar o terror que senti naqueles momentos, diante da escolha mais medonha e sombria que qualquer criatura nesta terra poderia encarar: mate, ou morra. Coma, ou seja comido.

Mas direi isso: acho que fiz a escolha que qualquer mulher faria quando confrontada pelo monstro que matou seu amado.

*   *   *

Pus a faca de lado. Não precisava dela. O peito de Brilhante balançava como um fole. O que quer que Dateh tenha feito o machucou muito, apesar da magia que ainda oscilava ao seu redor. Desnecessariamente, alisei o pano em seu peito, em seguida, descansei as mãos lá, uma de cada lado de seu coração.

As lágrimas caíram em minhas mãos em um ritmo de tríade: um, dois, três; um, dois, *três*; um, dois, *três*. Como o piar do pássaro chorão.

Oree, oree, oree.

*   *   *

Escolhi viver.

*   *   *

A pintura era a porta, meu pai me ensinara; e a crença era a chave que a destrancava. Sob as minhas mãos, o coração de Brilhante batia ritmicamente, forte.

— Eu faço uma pintura — sussurrei.

*   *   *

Escolhi lutar.

*   *   *

Dateh deixou escapar um suspiro ruidoso de prazer quando a bolha cintilante se formou novamente entre minhas mãos, pairando logo acima do coração de Brilhante. Enfim sabia o que era — a manifestação visível de meu desejo. Meu poder, herdado dos meus deuses ancestrais e destilado por gerações da humanidade, moldado e preenchido de energia e *potencial*. No fim, era isso o que a magia era. Possibilidade. Com ela poderia criar qualquer coisa, desde que acreditasse. Um mundo pintado. Uma memória de casa. Um buraco sangrento.

Desejei-o dentro do corpo de Brilhante. Passou pela carne dele sem causar dano, colocando-se entre as batidas fortes e firmes de seu coração.

Olhei para Dateh. Algo mudou em mim então; não sei o que foi. De repente, Dateh sibilou, alarmado, e deu um passo para trás, encarando meus olhos como se eles tivessem se transformado em estrelas.

Talvez tivessem.

* * *

Escolhi acreditar.

* * *

— *Itempas* — falei.

O relâmpago brilhou do nada.

O choque dele atordoou tanto Dateh quanto a mim. Fui arremessada para trás, batendo contra a barreira de Dateh com força suficiente para arrancar o fôlego do meu corpo. Caí no chão, atordoada, mas rindo, porque isso era tão familiar para mim e porque não tinha mais medo. Afinal de contas, *acreditei*. Sabia que estava acabado, mesmo que Dateh ainda não tivesse aprendido essa lição.

Um novo sol ardeu no meio do Vazio de Dateh, brilhante demais para ser encarado diretamente. O calor dele era terrível mesmo de onde eu estava, suficiente para comprimir minha pele e me deixar sem ar. Ao redor do sol, brilhava uma aura de pura luz branca — mas essa aura não apenas brilhava em qualquer direção. Linhas e curvas tomaram conta da minha visão antes que desviasse o olhar, formando anéis dentro de anéis, linhas que se conectavam, círculos se entrelaçando, palavras divinas se formando, marchando e desaparecendo no ar. A própria complexidade do design teria me atordoado por si só, mas cada um dos anéis girou em padrões estonteantes e graciosos em torno de uma forma humana.

Dei uma série de olhadas rápidas através do brilho e identifiquei uma coroa de cabelos cintilantes, uma veste de guerreiro feita em tons pálidos, e uma espada reta fina de metal branco segurada por uma mão negra perfeita. Não conseguia ver o rosto dele — intenso demais —, mas era impossível não ver seus olhos. Eles se abriram enquanto eu observava, perfurando o implacável branco com cores que eu só ouvira falar na poesia: opala de fogo. Manto do pôr do sol. Veludo e desejo.

Não consegui evitar lembrar de um dia, havia muito tempo, em que encontrara um homem na lixeira. Tinham sido os mesmos olhos naquele dia, mas muito mais bonitos agora, incandescentes, seguros, e não havia sentido em comparar.

— Itempas — repeti, reverente.

Aqueles olhos se voltaram para mim, e não me incomodou não ver reconhecimento neles. Ele me via e me conhecia como uma de Suas crianças, mas não mais que isso. Uma entidade tão além da humanidade não precisava de laços humanos. Era o bastante para mim que Ele via, e Seu olhar era cálido.

Diante Dele se amontoou a criatura-Dateh, arremessada pela mesma explosão de poder que me atingiu. Enquanto eu observava, ele se ergueu cambaleante sobre os muitos pés, a máscara de sua humanidade despedaçada.

— Que diabos é você? — exigiu a criatura.

— Um moldador — disse o Lorde da Luz. Ele levantou a espada de aço branco. Vi centenas de palavras divinas em padrões filigranados na lâmina. — Sou o conhecimento e o propósito definidos. Fortaleço o que existe e abato o que não deveria existir.

A Sua voz fez a escuridão do Vazio tremer. Ri de novo, preenchida com uma alegria inexpressível. De repente, dor surgiu nos meus olhos, insuportável, terrível. Agarrei-me à alegria, lutei contra ela, não querendo desviar o olhar. Meu deus estava diante de mim. Nenhum maronês O havia visto desde os mais recentes dias do mundo. Não deixaria uma coisa simples como a fraqueza física interferir.

A criatura-Dateh gritou com suas muitas vozes e soltou uma onda de magia tão manchada que o ar ficou marrom e sujo. Itempas rebateu isso com o esforço de uma reflexão tardia. Ouvi uma nota alta na sequência de Seu movimento.

— Chega — disse Ele, Seus olhos ficando escuros e vermelhos como um frio pôr do sol. — Liberte meus filhos.

Os Reinos Partidos

A criatura ficou toda tensa. Seus olhos — os olhos de Madding — se arregalaram. Algo se mexeu em seu diafragma, depois se projetou obscenamente na garganta. Ela lutou contra aquilo com um grande esforço, cerrando os dentes e se esforçando. Eu a senti lutando para manter dentro de si todo o poder que havia engolido. Foi inútil, no entanto, e um momento depois ela jogou a cabeça para trás e gritou, jorros de cor viscosa escapando de sua garganta.

Cada cor evaporou no fogo do calor branco de Itempas, se tornando uma névoa fina e brilhante. As névoas voaram até Ele, se enrolando e se conectando até que formaram um novo anel de Sua aura de multicamadas, que se movimentou diante Dele.

Ele ergueu a mão e as névoas se mexeram para envolvê-la. Mesmo na minha agonia, senti o prazer delas.

— Sinto muito — disse Ele, Seus lindos olhos cheios de dor. (Aquilo era tão familiar). — Tenho sido um pai ruim, mas serei melhor. Tornarei-me o pai que vocês merecem. — O anel se fundiu ainda mais, tornando-se uma esfera rodopiante que pairou sobre a palma de Sua mão. — Vão e sejam livres.

Ele soprou nas almas reunidas, e elas se espalharam no nada. Imaginei que uma delas, uma espiral verde-azulada, tinha ficado por mais um momento? Talvez. Mesmo assim, ela também se foi.

Dateh ficou sozinho, meio caído e de joelhos flexionados, só um homem outra vez.

— Eu não sabia — sussurrou ele, olhando para a figura brilhante com admiração e medo. Ele caiu de joelhos, as mãos tremendo. — Não sabia que era *você*. Perdoe-me!

Lágrimas caíam de seu rosto, algumas causadas pelo medo, mas outras, entendi, eram lágrimas de admiração. Sabia, porque as mesmas lágrimas escorriam, grossas e lentas, em meu próprio rosto.

O Iluminado Itempas sorriu. Não conseguia ver o rosto Dele através da glória de Sua luz, ou das minhas lágrimas quentes, mas senti aquele sorriso com cada centímetro da minha pele. Era um sorriso cálido —

amoroso, benevolente. Compreensivo. Tudo que eu sempre acreditara que Ele era.

A lâmina branca brilhou. Só assim soube que ela havia se movido; de outra forma, teria pensado que simplesmente tinha aparecido, invocada de um lugar a outro, pelo meio do peito de Dateh. Ele não gritou, embora seus olhos tenham se arregalado. Olhou para baixo e viu seu sangue começar a trilhar a lâmina do Lorde Iluminado em pulsos: um-um, dois-dois, três-três. A espada era tão fina, o golpe tão preciso mesmo através do osso, que o coração perfurado dele continuou batendo.

Esperei que o Lorde Iluminado retirasse a espada e deixasse Dateh morrer. Mas Ele estendeu a mão que não segurava a espada. O sorriso ainda estava em Seu rosto, cálido, gentil e totalmente impiedoso. Não havia contradição nisso enquanto Ele segurava o rosto de Dateh.

Precisei desviar o olhar então. A dor nos meus olhos havia se intensificado muito. Só conseguia ver a cor vermelha agora, e não era raiva. Mas *ouvi* quando Dateh começou a gritar. *Senti* reverberações no ar enquanto ossos rachavam e se uniam, enquanto Dateh se debatia, lutava e por fim apenas se contorcia. Senti cheiro de fogo, fumaça, e acidez gordurosa da carne queimada.

Senti o gosto da satisfação. Não era doce nem substancial, mas serviria.

Então o Vazio se foi, estilhaçando-se ao nosso redor, mas mal notei. Havia apenas o vermelho, a dor vermelha. Pensei ter visto o chão brilhante de Céu abaixo de mim, e tentei me levantar, mas a dor era grande demais. Caí, me encolhendo, doente demais para vomitar.

Mãos cálidas me ergueram, tão familiares. Elas tocaram meu rosto, levando embora as estranhas lágrimas grossas que saíam dos meus olhos. Eu me preocupei, irracionalmente, em manchar as vestes perfeitamente brancas Dele de sangue.

— Você me devolveu a mim, Oree — disse aquela voz brilhante e sábia. Chorei mais e a amei desesperadamente. — Estar completo outra vez, depois de todos esses séculos... Tinha me esquecido de como era. Mas deve parar agora. Não adicionarei sua morte aos meus crimes.

Os Reinos Partidos

Doía demais. Havia acreditado, e a crença se tornara magia, mas eu era apenas mortal. A magia tinha limites. Mesmo assim, como poderia me impedir de acreditar? Como alguém encontrava um deus, O amava e O deixava partir?

A voz mudou, ficando mais suave. Humana. Familiar.

— Por favor, Oree.

Meu coração o chamava de Brilhante, mesmo que minha mente insistisse em outra coisa. Isso foi suficiente para me fazer parar fosse lá o que estava fazendo, e senti a mudança nos meus olhos. De repente, não conseguia mais ver o chão brilhando, ou qualquer outra coisa, mas a dor na minha cabeça diminuiu de um grito penetrante para um gemido crônico. Todo o meu corpo ficou mole de alívio.

— Descanse agora. — A cama bagunçada debaixo de mim. Lençóis me cobriram até o queixo. Comecei a tremer violentamente em choque. Uma mão grande acariciou o excesso suave dos meus cabelos. Resmunguei porque fez a minha cabeça doer mais. — *Shhh*. Tomarei conta de você.

Não planejava o que falei então. Estava com muita dor, meio delirante. Mas perguntei, através dos meus dentes batendo:

— É meu amigo agora?

— Sim — respondeu ele. — Assim como você é minha amiga.

Não pude evitar sorrir até adormecer.

"Vida"
(estudo em óleo)

Levei mais de um ano para me curar.

As primeiras duas semanas passei em Céu, em coma. O Lorde Arameri, chamado ao meu quarto para encontrar um demônio quase morto, um deus caído exausto, várias deidades mortas e quase mortas, e uma pilha de cinzas em forma humana, reagiu notoriamente bem. Ele tornou a chamar Sieh e pelo visto contou uma magnífica história de Dateh atacando Céu apenas para ser rechaçado e finalmente destruído por Brilhante, este último agindo para defender vidas mortais. O que era mais ou menos verdade, pois Lorde Arameri aprendera havia muito tempo que era difícil mentir para os deuses. (Não à toa ele era o governante do mundo.)

Dormi durante a restauração do sol. Disseram-me que a cidade inteira celebrou por dias. Queria ter estado lá.

Mais tarde, quando recobrei a consciência e os escribas enfim disseram que estava bem o suficiente para viajar, fui silenciosamente realocada na cidade de Strafe, em um pequeno baronato chamado Ripa na costa nordeste do continente Senm. Lá me tornei Desola Mokh, uma jovem maronesa tragicamente cega que tivera sorte suficiente para receber dinheiro depois da morte de seu único parente. Strafe era uma cidade de médio porte, na verdade uma pequena cidade alargada, mais conhecida por seu couro de pele de peixe barato e vinho medíocre. Tinha uma casa modesta perto do oceano, com uma adorável vista do calmo centro da cidade e o revolto mar da Contrição — assim me contaram. Pelo menos gostava do mar; o cheiro me lembrava dos bons dias em Nimaro.

Comigo viajava Enmitan Zobindi, um maro taciturno que não era meu marido nem parente. (Essa foi a fofoca da cidade por semanas). Ele ganhou o apelido não hostil de Sombra, como na Sombra de Desola, porque com frequência o viam comprando coisas na cidade para mim. As moças da cidade, que por fim superaram o nervosismo de se aproximarem de nós, deram dicas educadas, durante suas visitas semanais, de que deveria simplesmente ir em frente e me casar com o homem, afinal ele estava fazendo o trabalho de um marido, de qualquer forma. Eu apenas sorria, e no final das contas elas superaram.

Se perguntassem, poderia ter me sentido contrariada o bastante para dizer: Brilhante não estava fazendo *todo* o trabalho de um marido. À noite, nós dividíamos a cama, como fazíamos desde a Casa do Sol Nascido. Era conveniente, pois a casa era fria; economizei muito dinheiro ao não precisar comprar lenha. Também era reconfortante, pois por vezes eu acordava durante a noite, chorando ou gritando. Brilhante me abraçava e acariciava, às vezes me beijava. Era tudo o que precisava para recuperar meu equilíbrio emocional, então era tudo o que pedia a ele, e tudo o que ele oferecia. Ele não podia ser Madding para mim. Eu não podia ser Nahadoth ou Enefa. Mesmo assim, cada um de nós dava um jeito de preencher as necessidades básicas do outro.

Ele falava mais, devo afirmar. Na verdade, ele me contou muitas coisas sobre sua antiga vida, algumas que já te contei agora. Outras, que nunca contarei.

E... ah, sim. Havia me tornado cega, total e verdadeiramente.

Minha habilidade de ver magia nunca retornou após a batalha com Dateh. Minhas pinturas eram só tinta agora, nada especial. Ainda gostava de criá-las, mas não conseguia vê-las. Quando saía para caminhar no fim da tarde, caminhava devagar, porque não havia o brilho da Árvore ou deidades para ver. Mesmo que fosse capaz de perceber tais coisas, nunca haveria nada a ser visto. Strafe não era Sombra. Era uma cidade destituída de magia.

Levei um longo tempo para me acostumar.

Mas eu era humana, e Brilhante era mais ou menos a mesma coisa, então era inevitável que tudo mudasse.

*   *   *

Estava plantando no jardim, enfim era primavera. Tinha algumas cebolas de inverno aninhadas na minha saia, e minhas mãos e roupas estavam manchadas de terra e grama. Colocara um lenço na cabeça para manter meu cabelo preso, e estava pensando em tudo, exceto em Sombra e nos velhos tempos. Era uma coisa boa. Uma coisa nova.

Então não fiquei nada satisfeita ao entrar no barracão de ferramentas e encontrar uma deidade me esperando.

— Está ótima — disse Nemmer. Reconheci a voz dela, mas ainda me assustei. Deixei as cebolas caírem. Elas atingiram o chão e rolaram pelo que soou como uma quantidade enorme de tempo.

Sem me importar em pegá-las, virei o rosto em direção a ela. Ela pode ter pensado que eu estava atônita. Não estava. Só me lembrei da última vez que a vi, na casa de Madding. Com Madding. Levei um momento para controlar meus sentimentos.

Por fim, falei:

— Pensei que deidades não tinham permissão para sair de Sombra.

— Sou a deusa da furtividade, Oree Shoth. Faço várias coisas que não deveria fazer. — Ela fez uma pausa, surpresa. — Não consegue me ver, consegue?

— Não — respondi sem elaborar.

Ela também não insistiu, que bom.

— Não foi fácil encontrá-la. Os Arameri fizeram um bom trabalho em cobrir seus rastros. Sinceramente, por um tempo pensei que estivesse morta. Lindo funeral, a propósito.

— Obrigada — falei. Não tinha ido. — Por que está aqui?

Ela assobiou ao ouvir meu tom.

— Posso afirmar que não está feliz em me ver. O que há de errado?
— Eu a ouvi tirar algumas ferramentas e potes do caminho na minha mesa de trabalho e se sentar. — Com medo de que eu te denuncie como o último demônio vivo?

Havia vivido sem medo por mais de um ano, então aquilo demorou a me atingir. Só suspirei e me ajoelhei, começando a recolher as cebolas caídas.

— Suponho que era inevitável você descobrir *por que* os Arameri me "mataram".

— Hum, sim. Segredos prazerosos. — Eu a ouvi balançar os pés, como uma garotinha mordiscando um biscoito. — Afinal de contas, prometi a Mad que descobriria quem estava matando nossos irmãos.

Com aquilo, me sentei sobre os calcanhares. Ainda não estava com medo.

— Não tive nada a ver com o que aconteceu com Role. Foi Dateń. Mas o resto... — Eu não fazia ideia, então dei de ombros. — Poderia ser de qualquer um de nós. Eles começaram a pegar o meu sangue pouco depois de me sequestrarem. A única morte que tenho certeza ser minha culpa foi a de Madding.

— Eu não diria que foi sua *culpa...* — Começou Nemmer.

— Eu diria.

Um silêncio incômodo se seguiu.

— Vai me matar agora? — perguntei.

Houve outra pausa que me disse que ela estava considerando.

— Não.

— Quer o meu sangue então?

— Deuses, não! O que acha que sou?

— Uma assassina.

Senti o olhar dela em mim, sua consternação revirando o ar do pequeno cômodo.

— Não quero o seu sangue — disse ela por fim. — Na verdade, estou planejando fazer tudo o que puder para garantir que *qualquer um* que descubra seu segredo morra antes de agir. Os Arameri estavam certos sobre o anonimato ser sua proteção mais segura. Pretendo garantir que nem *eles* se lembrem da sua existência por muito tempo.

— Lorde T'vril...

— Sabe o seu lugar. Tenho certeza de que ele pode ser persuadido a remover certos registros do arquivo da família em troca do meu silêncio sobre sua reserva de sangue demoníaco. Que não está tão bem escondida quanto ele acha.

— Entendo. — Minha cabeça estava começando a doer. Não da magia, só por pura irritação. Havia aspectos da vida em Sombra dos quais não sentia falta. — Então por que veio?

Ela balançou os pés mais uma vez.

— Achei que iria querer saber. Kitr comanda o negócio de Madding agora, junto com Istan.

Não conhecia o segundo nome, mas estava aliviada — mais do que esperava — ao ouvir que Kitr estava viva.

Umedeci os lábios.

— E... os outros?

— Lil está bem. O demônio não conseguiu levá-la. — Com a nitidez da intuição, percebi que Dateh se tornara "o demônio" para Nemmer. Eu era outra coisa. — Na verdade, ela quase o matou; ele fugiu da luta. Ela assumiu o ferro velho Shustocks, o antigo território de Dump, e a Vila dos Ancestrais. — Com o meu olhar de espanto, Nemmer prosseguiu: — Ela não devora ninguém que não queira ser devorado. Na verdade, é bastante protetora com as crianças; a fome deles por amor parece fasciná-la. E por algum motivo, tomou gosto por ser adorada recentemente.

Não consegui evitar o riso.

— E...

— Nem um dos outros sobreviveu — disse ela. Meu sorriso morreu. Depois de um momento de silêncio, Nemmer disse: — Mas seus amigos na Rua Artística estão bem.

Aquilo era muito bom, mas o que mais me machucava era pensar naquela parte da minha antiga vida, então falei:

— Teve a oportunidade de ver a minha mãe?

— Não, desculpe. Sair da cidade já é difícil o bastante. Só podia fazer uma viagem.

Assenti devagar e continuei a pegar as cebolas.

— Obrigada por fazer isso. De verdade.

Nemmer se abaixou e me ajudou.

— Pelo menos parece ter uma boa vida aqui. Como está, o... — Senti o cheiro do incômodo dela, como uma cabeça de alho entre as cebolas.

— Ele está melhor — respondi. — Quer falar com ele? Ele foi ao mercado. Deve voltar logo.

— Foi ao mercado. — Nemmer deixou escapar um risinho fraco. — As surpresas não acabam nunca.

Colocamos as cebolas na cesta. Sentei-me nos calcanhares, secando a testa suada com a mão suja. Nemmer ficou ao meu lado, de joelhos, pensando os pensamentos de uma filha.

— Acho que ele ficaria feliz se ficasse — falei. — Ou se voltasse em algum momento do futuro. Acho que ele sente falta de todos vocês.

— Não tenho certeza se sinto falta dele — disse ela, embora seu tom dissesse outra coisa. De repente Nemmer se levantou, limpando os joelhos desnecessariamente. — Vou pensar no assunto.

Também me levantei.

— Tudo bem.

Considerei convidá-la para ficar para o jantar, mas achei melhor não. Apesar do que poderia significar para Brilhante, na verdade não queria que ela ficasse. Ela também não queria. Um silêncio estranho se instalou entre nós.

— Estou feliz que esteja bem, Oree Shoth — disse Nemmer por fim.

Estendi a mão para ela, sem me preocupar com a terra. Ela era uma deusa. Se a sujeira a incomodava, ela poderia desejar que desaparecesse.

— Foi bom vê-la, Lady Nemmer.

Ela riu, aliviando a situação esquisita.

— Falei para não me chamar de "Lady". Vocês mortais fazem com que eu me sinta muito *velha*, juro. — Mas ela pegou minha mão e a apertou antes de desaparecer.

Fiquei no barracão por um tempo, e então fui para casa tomar banho. Depois disso, trancei o cabelo de novo, vesti um roupão quente e grosso e me embrenhei na minha cadeira favorita, pensando.

A noite chegou. Ouvi Brilhante entrar no andar de baixo, limpar os pés e começar a guardar os suprimentos que trouxera. Por fim subiu e parou, de pé na soleira da porta, olhando para mim. Então foi até a cama e se sentou, esperando que eu contasse o que havia de errado. Ele falava mais naqueles dias, mas só quando estava com vontade, o que era raro. Na maior parte do tempo, era apenas um homem muito quieto. Eu gostava disso, principalmente agora. Sua presença silenciosa acalmava minha solidão enquanto a fala apenas teria me irritado.

Levantei-me e fui até a cama. Encontrei o rosto dele com as mãos, tracei suas linhas duras. Ele raspava a cabeça todas as manhãs. Evitava que as pessoas percebessem que era completamente branca, o que era muito chamativo para a vida discreta que tentávamos levar. Ele era bem bonito sem o cabelo, mas sentia falta de enterrar meus dedos entre os fios. Em vez disso, corri os dedos por seu couro cabeludo macio, saudosa.

Brilhante me observou por um momento, pensativo. Então ergueu as mãos e desamarrou a faixa do meu roupão, abrindo-o. Congelei, assustada, enquanto ele me encarava — nada além disso. Mas, como ele havia feito tanto tempo antes, em um telhado em outra vida, só aquele olhar me fez ficar incrivelmente consciente do meu corpo, e da proximidade dele, e de todo o potencial que havia ali. Quando Brilhante segurou meus quadris, não houve nenhuma dúvida do que ele pretendia. Então me puxou para mais perto.

Eu me afastei, chocada demais para reagir de outra forma. Se minha pele não estivesse ainda arrepiada onde ele me tocara, teria achado que imaginara a coisa toda. Mas aquilo, e o acordar vociferante de certas partes de mim que estiveram adormecidas por muito tempo, me disseram que era muito real.

Brilhante abaixou as mãos quando me afastei. Ele não parecia chateado ou preocupado. Apenas esperou.

Ri um pouco, de repente nervosa.

— Pensei que não estivesse interessado.

Ele não disse nada, porque era nítido que aquilo havia mudado.

Eu me mexi, puxando as mangas para cima (elas caíram imediatamente), colocando para trás uma mecha perdida de cabelo, mudando o peso de um pé para o outro. Mas não fechei o roupão aberto.

— Não sei... — Comecei.

— Decidi viver — disse Brilhante baixinho.

Aquilo também era nítido, considerando a maneira como ele mudara no ano anterior. Senti o olhar dele enquanto falava, mais pesado do que o normal sobre a minha pele. Ele fora meu amigo, e agora me oferecia mais. Estava *disposto a tentar* mais. Mas eu sabia: ele não era o tipo de homem que amava fácil ou casualmente. Se eu o quisesse, teria tudo dele, e ele quereria tudo de mim. Tudo ou nada; aquilo era tão fundamental à natureza dele quanto a própria luz.

Tentei fazer uma piada.

— Levou um ano para decidir isso?

— Na verdade, dez — respondeu Brilhante. — Este último ano foi para *você* decidir.

Pisquei, surpresa, então percebi que ele estava certo. *Que coisa estranha,* pensei e sorri.

Então cheguei para frente outra vez, encontrei o seu rosto e o beijei.

Foi muito melhor do que naquela noite perdida no telhado de Madding, talvez porque agora ele não estivesse tentando me machucar. A mesma gentileza incrível sem malícia — era bom. Ele tinha gosto de maçãs, que deveria ter comido na volta para casa, e rabanetes, que não eram tão agradáveis. Não me importei. Senti o olhar dele sobre mim o tempo todo. *Ele é do tipo que faria uma coisa assim,* pensei, mas também não fechei os meus olhos.

No entanto, pareceu estranho, e, até que agarrasse minha cintura outra vez, me puxando para onde queria que eu estivesse para que ele pudesse fazer todas as coisas que seu olhar sugerira, não percebera o que me deixara confusa. Então algo me fez arfar, e percebi que o beijo de Brilhante fora apenas um beijo. Só uma boca na outra, sem impressões de cores, músicas ou voos em ventos invisíveis. Fazia tanto tempo desde que beijara um mortal que havia me esquecido que não podíamos fazer nada daquilo.

Mas estava tudo bem. Havia outras coisas que podíamos fazer sem problemas.

*   *   *

Dormi bem até de madrugada, até que um sonho me fez acordar, assustada. Sem querer, chutei a canela de Brilhante, mas ele não reagiu. Toquei o seu rosto e percebi que estava acordado, sem se incomodar com a minha agitação.

— Você dormiu em algum momento? — Bocejei.

— Não.

Não conseguia me lembrar do sonho, mas a sensação desagradável que me dera permanecia. Eu me ergui do peito dele e esfreguei o rosto, cansada e dolorosamente consciente do gosto desagradável na minha boca. Lá fora, dava para ouvir alguns poucos pássaros determinados começando suas canções matinais, embora o frio no ar tenha me dito que não havia amanhecido ainda. Fora isso, estava silencioso — aquele silêncio sinistro e não exatamente reconfortante encontrado em cidades pequenas antes do amanhecer. Nem os pescadores estavam acordados. Em Sombra, pensei com tristeza, os pássaros não estariam tão sozinhos.

— Está tudo bem? — perguntei. — Posso fazer um chá.

— Não.

Brilhante ergueu a mão para tocar meu rosto, como eu fazia com ele tantas vezes. Uma vez que os olhos dele funcionavam muito bem, me perguntei se ousaria considerar aquilo como um gesto de afeto. Talvez fosse só o quarto que estava escuro. Ele sempre fora um homem difícil de ler, e agora precisaria aprender novas formas de interpretar as coisas que ele fazia.

— Quero você — disse ele.

Ou ele poderia simplesmente me dizer. Não consegui evitar o riso, embora tenha acariciado sua mão para que ele soubesse que seu avanço não era indesejado.

— Acho que vamos ter que trabalhar nas coisas que diz na cama.

Brilhante se sentou, facilmente me colocando sobre seu colo, e me puxou para um beijo antes que pudesse avisá-lo sobre o meu hálito. O dele não estava muito melhor. Mas foi a minha vez de ficar surpresa, porque enquanto aprofundava o beijo e acariciava meus braços, gentilmente os colocando atrás de mim, senti algo. Um tremeluzir. Uma gota de calor — calor de verdade. Não era paixão, mas *fogo*.

Arfei, meus olhos se arregalando enquanto ele se afastava.

— Quero estar dentro de você — disse Brilhante, a voz baixa, implacável. Uma de suas mãos prendeu meus punhos às minhas costas; a outra massageou outro lugar, no ponto certo. Acho que fiz um som. Não tenho certeza. — Quero ver a luz do amanhecer brotar sobre sua pele. Quero que grite enquanto o sol nasce. Não me importo qual nome você vai chamar.

Essa deve ser a coisa menos romântica que já ouvi, pensei inebriada. Ele me tocou mais então, beijando, provando, acariciando. Ele aprendera muito sobre mim nas nossas sessões anteriores, o que desta vez usou para um efeito impiedoso. Quando seus dentes roçaram meu pescoço, gemi e arqueei as costas, não exatamente de maneira voluntária. O jeito como segurava meus punhos significava que eu me curvava do jeito que ele queria que me curvasse. Não estava me machucando — conseguia sentir o cuidado que ele exercia para evitar aquilo —, mas não conseguia me livrar de seu toque. Estremeci, minhas pálpebras tremendo até fechar, medo e excitação me deixando tonta até que enfim entendi.

O sol estava nascendo. Já havia feito amor com uma deidade, mas aquilo era diferente. Não conseguia mais ver o brilho surgir no corpo de Brilhante, mas tinha provado os primeiros sinais de magia em seu beijo. Ele não era exatamente o meu Brilhante, não mais, e não seria nada como o meu despreocupado Madding. Ele seria calor, intensidade e poder absoluto.

Poderia me deitar com algo assim e acordar inteira?

— Só quero ser eu mesmo com você, Oree — ele sussurrou contra a minha pele. — Só uma vez. — Não era um apelo; nunca era. Uma explicação.

Fechei os olhos e me fiz relaxar. Não conseguia falar, mas não precisei. Minha confiança era suficiente.

Então Brilhante nos ergueu, se virando para me colocar debaixo dele na cama, desta vez segurando meus braços acima da cabeça. Fiquei deitada passivamente, sabendo que ele precisava disso. Do controle. Ele tinha tão pouco poder naqueles dias; o que ele podia reivindicar era precioso. Por alguns momentos, apenas me observou. Seu olhar era como plumas sobre a minha pele, um tormento. Quando enfim me tocou, tinha o peso de um comando. Arqueei, estremeci e me abri para ele. Não consegui evitar. Enquanto Brilhante pressionava contra mim, dentro de mim, senti o calor impossível de seu corpo aumentar. Ele se moveu devagar no começo, concentrado, sussurrando algo. Palavras divinas, como uma oração, quase no limiar da minha capacidade de ouvi-las. A magia não funcionaria para ele, funcionaria?

mas ele está diferente agora, isto é diferente...

... e então senti as palavras na minha pele. Não sei como sabia que eram palavras. Não deveria saber. Em geral apenas os meus dedos eram sensíveis assim, mas agora minhas coxas desvendaram os arcos, curvas e voltas irregulares da linguagem dos deuses, cada caractere perfeitamente nítido na minha mente. Era mais do que palavras; havia estranhas linhas inclinadas também, números e outros símbolos cujo propósito não conseguia decifrar. Complexo demais. Ele havia criado a linguagem no começo dos tempos, e tinha feito dela seu instrumento mais sutil. As palavras deslizaram sobre a minha pele, descendo por minhas pernas, circulando meus seios... deuses. Não há palavras mortais para descrever a sensação, mas me contorci, ah, como me contorci. Ele me observou, me ouviu choramingar, e ficou satisfeito. Também senti isso.

— Oree — disse ele. Só isso. Escutei os sussurros por trás, dezenas de vozes, todas dele, se sobrepondo. A palavra assumiu dezenas de camadas de significados, abrangendo luxúria, medo, dominação, ternura, reverência.

Então ele me beijou outra vez, feroz, e eu teria gritado se pudesse porque *queimava*, como um raio descendo por minha garganta e ateando fogo nos meus nervos. Fez com que me contorcesse de novo, o que ele generosamente permitiu. Fez com que eu chorasse, mas as lágrimas secaram quase imediatamente.

Meu suor evaporou. Senti o calor do sol invasor penetrar e se juntar dentro de mim, subindo até perto da pele, fervendo. Encontraria uma saída ou me queimaria; não se importava. *Eu* não me importava. Estava gritando sem palavras, lutando contra ele, implorando por apenas um pouco mais, apenas aquele toque final, apenas um gostinho do deus dentro do homem, porque ele era ambos, e eu amava os dois, e precisava de ambos com toda a minha alma.

Então o dia veio, e com ele a luz, e toda a minha consciência se dissolveu entre a pressa, o rugido e a glória incompreensível de dez mil sóis ferventes.

{21}

"Natureza morta"
(óleo sobre tela)

Esta parte é difícil para mim, mais difícil do que todo o resto, mas vou contá-la, porque você precisa saber.

* * *

Quando acordei, era o início da noite. Dormira o dia inteiro, mas enquanto me sentava, me livrando dos lençóis emaranhados, pensei seriamente em voltar a me deitar. Poderia ter dormido mais uma semana, de tão cansada que estava. Mesmo assim, estava com fome, sede e muita vontade de ir ao banheiro, então me levantei.

Brilhante, adormecido ao meu lado, não se mexeu, nem quando tropecei no roupão caído e praguejei alto. Suponho que a magia o havia exaurido mais do que a mim.

No banheiro, analisei-me, chegando à conclusão de que estava viva e não tinha sido queimada até ficar crocante. Na verdade, me sentia bem, exceto pelo cansaço e um pouco de dor aqui e ali. Mais do que bem. Percebi enquanto esfregava o rosto: estava feliz de novo, talvez pela primeira vez desde que deixara Sombra. Verdadeira e completamente feliz.

Então, quando o primeiro sopro de ar frio tocou meus calcanhares, mal notei. Só quando deixei o banheiro e entrei em um espaço de frieza tão intensa e esquisita que me fez parar imediatamente, foi que percebi que Brilhante e eu não estávamos sozinhos.

A princípio, houve apenas o silêncio. Apenas uma sensação crescente de *imensidão*. Preenchia o quarto, opressiva, fazendo as paredes gemerem baixinho. Fosse o que fosse que viera nos visitar, não era humano.

E não gostava de mim. Nem um pouco.

Fiquei bem parada, escutando. Não ouvi nada — e então algo inspirou, bem perto da minha nuca.

— Você ainda está com o cheiro dele.

Cada nervo do meu corpo gritou. Fiquei em silêncio apenas porque o medo roubara meu ar. Sabia quem era. Não tinha ouvido a aproximação dele, não ousei falar seu nome, mas *sabia quem ele era.*

A voz atrás de mim — suave, profunda, malevolente — riu.

— Mais bonita do que esperava. Sieh estava certo; você foi um achado de sorte para ele. — Uma mão tocou meu cabelo, que estava uma bagunça, a trança meio desfeita. O dedo que tocou minha nuca estava frio como o gelo. Não consegui não dar um pulo. — Mas tão delicada. Uma mão tão suave para segurar a coleira dele.

Não fiquei surpresa nem um pouco quando aqueles dedos longos de repente agarraram meu cabelo, puxando minha cabeça para trás. Mal notei a dor. A voz, que agora falava no meu ouvido, era muito mais preocupante.

— Ele já te ama?

Não conseguia processar as palavras.

— O-o quê?

— Ele. — A voz chegou mais perto. — Já. — Deveria sentir o corpo dele agora, se aproximando do meu ombro, mas só havia um sentimento de quietude e frio, como o ar da meia-noite. — *Te ama.*

As últimas palavras soaram tão perto da minha orelha que senti o roçar do hálito dele. Esperava sentir os lábios no segundo seguinte. Quando sentisse, começaria a gritar. Sabia disso com tanta certeza quanto sabia que seria naquele momento que ele me mataria.

Mas antes que pudesse me condenar, outra voz falou do outro lado do quarto.

— Essa não é uma pergunta justa. Como ela poderia saber? — Esta era uma mulher, um contralto aculturado, e reconheci sua voz. Eu a ouvira um ano antes, no beco, com o cheiro de urina, carne queimada e o medo pesado no ar. A deusa que Sieh chamara de Mãe. Agora, sabia quem ela realmente era.

— É a única pergunta que importa — disse o homem. Ele soltou meu cabelo, e tropecei para frente até parar tremulamente, querendo correr e sabendo que não havia sentido.

Brilhante não estava acordado. Podia ouvi-lo na cama, ainda respirando em um ritmo lento. Algo estava muito errado com aquilo.

Engoli em seco.

— Prefere Y-Yeine, Lady? Ou, é...

— Yeine serve. — Ela fez uma pausa, uma pontinha de divertimento em sua voz. — Não vai perguntar o nome do meu companheiro?

— Acho que já sei — sussurrei.

Senti o sorriso dela.

— Mesmo assim, devemos pelo menos manter os bons modos. Você é Oree Shoth, é óbvio. Oree, este é Nahadoth.

Eu me fiz assentir, mecanicamente.

— Um prazer conhecer vocês dois.

— Bem melhor — disse a mulher. — Não acha?

Não percebi que aquelas palavras não eram para mim até que o homem — *não um homem, não era um homem de jeito nenhum* — respondeu. E pulei outra vez, porque de repente a voz dele estava distante, perto da cama.

— Não me importo.

— Ah, seja gentil. — A mulher suspirou. — Aprecio você ter perguntado, Oree. Suponho que algum dia meu próprio nome será mais conhecido, mas até lá, acho irritante quando as pessoas tratam a mim e a minha predecessora como sinônimos.

Podia adivinhar a localização dela agora: perto das janelas, na cadeira grande onde às vezes eu me sentava para ouvir a cidade. Imaginei ela

Os Reinos Partidos

sentada delicadamente, uma perna cruzada sobre a outra, a expressão irônica. Os pés dela ainda estariam descalços, tinha certeza.

Tentei não imaginar a outra presença de jeito nenhum.

— Venha comigo — disse a mulher, se levantando. Ela se aproximou e senti uma mão fria tomar a minha. Embora tenha provado um pouco do poder dela naquele dia distante no beco, não senti nada naquele momento, mesmo tão perto. Era o frio do Senhor da Noite que tomava conta do quarto.

— O-o quê? — Eu me virei para ir com ela por pura autopreservação impensada. Mas quando Yeine pegou a minha mão, meus pés pararam de se mover. Ela também parou, se voltando para mim. Tentei falar e não consegui formar palavras. Em vez disso, me virei, não por querer, mas por *precisar*. Encarei o Senhor da Noite, que parecia estar perto da cama, se inclinando sobre Brilhante.

Havia um pouquinho de bondade na voz da Lady.

— Não faremos mal a ele. Nem mesmo Naha.

Naha, pensei atordoada. *O Senhor da Noite tem um apelido.*

Umedeci os lábios.

— Eu não acho... ele... — Engoli de novo. — ... geralmente tem sono leve.

Ela assentiu. Não conseguia vê-la, mas sabia. Não precisava vê-la para saber o que estava fazendo.

— O sol acabou de se pôr, embora ainda haja luzes no céu — disse Yeine, pegando minha mão de novo. — É a minha hora. Ele acordará quando eu deixar, mas não tenho intenção de deixar até irmos embora. É melhor assim.

Ela me levou escada abaixo. Na cozinha, sentou-se comigo à mesa, pegando a outra cadeira. Ali, longe de Nahadoth, consegui sentir algo dela, mas estava contido de alguma forma, nada como aquele momento no beco. Ela tinha um mar de quietude e equilíbrio.

Eu me perguntei se deveria oferecer a ela um chá.

— Por que é melhor se Brilhante ficar dormindo? — perguntei por fim.

341

Yeine riu suavemente.

— Gosto desse nome, Brilhante. Gosto de *você*, Oree Shoth, o que é o motivo de querer falar com você a sós. — Eu me assustei quando os dedos dela, gentis, e estranhamente calejados, inclinaram minha cabeça para baixo para que pudesse me ver melhor. Eu me lembrei que ela era bem mais baixa que eu. — Naha estava certo. Você é realmente adorável. Os seus olhos acentuam a beleza, acho.

Não falei nada, preocupada por ela não ter respondido a minha pergunta.

Depois de um momento, Yeine me soltou.

— Sabe por que proibi as deidades de saírem de Sombra?

Pisquei, confusa.

— Hum... não.

— Acho que sabe, talvez melhor do que qualquer pessoa. Veja o que acontece quando apenas um mortal se envolve demais com nossa raça. Destruição, assassinatos... devo deixar o mundo inteiro sofrer assim?

Franzi o cenho, abri a boca, hesitei e enfim decidi falar o que estava na minha mente.

— Acho — falei devagar — que não importa se proíbe as deidades ou não.

— Ah é?

Eu me perguntei se ela estava de fato interessada, ou se aquilo era algum tipo de teste.

— Bem... não nasci em Sombra. Fui até lá porque ouvira falar sobre a magia. Porque...

Porque seria capaz de enxergar lá, pretendia dizer, mas não era verdade. Em Sombra, vira maravilhas todos os dias, mas em termos práticos, não estivera muito melhor do que agora em Strafe; ainda precisava de uma bengala para me locomover. De qualquer forma, não me importava com poder enxergar ou não. Havia ido por causa da Árvore e das deidades, e dos rumores de uma estranheza ainda maior. Ansiara por encontrar um lugar onde meu pai poderia ter se sentido em casa. E não fora a única.

Todos os meus amigos, cuja maioria não era demônio, deidade ou tocado pela magia de alguma forma, fora à Sombra pelo mesmo motivo: porque não havia um lugar como aquele. Porque...

— Porque a magia me chamou — falei por fim. — Isso vai acontecer onde quer que a magia esteja. É parte de nós agora, e alguns de nós sempre serão atraídos para ela. Então, a não ser que a remova por completo, o que nem mesmo a Interdição conseguiu fazer — abri as mãos —, coisas ruins acontecerão. E boas também.

— Boas? — A Lady soava pensativa.

— Bem... sim. — Tornei a engolir em seco. — Me arrependo de parte do que aconteceu comigo. Mas não de tudo.

— Entendo — disse ela.

Outro silêncio se instalou sobre nós, quase amigável.

— Por que é melhor que Brilhante esteja dormindo? — perguntei, muito cortês desta vez.

— Porque viemos te matar.

Meu interior virou água. Mesmo assim, estranhamente, achei mais fácil falar agora. Era como se minha ansiedade tivesse ultrapassado algum limiar, e além dele se tornasse inútil.

— Você sabe o que sou — adivinhei.

— Sim — confirmou Yeine. — Você dobrou as correntes que colocamos em Itempas e libertou o poder real dele, mesmo que só por um momento. Isso chamou nossa atenção. Estamos observando-a desde então. Mas — ela deu de ombros —, fui mortal por mais tempo do que tenho sido uma deusa. A possibilidade da morte não é nada novo ou especialmente assustador para mim. Então não ligo se você é um demônio.

Franzi o cenho.

— Então o quê...?

Mas me lembrei da pergunta do Senhor da Noite. *Ele já te ama?*

— Brilhante — sussurrei.

— Ele foi enviado aqui para sofrer, Oree. Para crescer, para curar, para, com sorte, tornar a se juntar a nós algum dia. Mas não se engane, isso também foi uma punição. — Ela suspirou, e por um momento ouvi o som de chuva distante. — É uma pena ele ter te conhecido tão cedo. Em mil anos, talvez, pudesse ter persuadido Nahadoth a deixar isso para lá. Mas agora não.

Eu a encarei com meus olhos cegos, chocada com a monstruosidade do que ela estava dizendo. Eles fizeram Brilhante ser quase humano, para melhor sentir a dor e a dificuldade da vida mortal. Eles o condenaram a proteger mortais, a viver entre eles, a entendê-los. Até mesmo a gostar deles. Mas ele não podia amá-los.

Não podia *me* amar, percebi, e senti dor com a doçura do conhecimento e a amargura que se seguiu.

— Isso não é justo — falei. Não estava com raiva. Não era tola. Mas, se eles iam me matar de qualquer forma, ia falar o que pensava sim. — Mortais amam. Vocês não podem torná-lo um de nós e evitar que ele se apaixone. É contraditório.

— Lembre-se por que o enviamos aqui. Ele amava Enefa; e a matou. Ele amava Nahadoth e seus filhos, mas os atormentou por séculos. — Yeine balançou a cabeça. — O amor dele é perigoso.

— Não foi... — *Culpa dele*, quase disse, mas estava errada. Muitos mortais perdiam a cabeça; nem todos atacavam seus entes queridos. Brilhante aceitara a responsabilidade pelo que fizera, e eu não tinha direito de negar aquilo. Então tentei de novo. — Consideraram que ter amantes mortais pode ser o que ele precisa? Talvez... — E de novo me interrompi, porque quase falei, *talvez eu possa curá-lo para vocês*. Aquilo era presunção demais, não importa quão gentil a Lady parecesse.

— Pode ser que seja o que ele precisa — disse a Lady de modo estável. — Mas não é o que *Nahadoth* precisa.

Vacilei e fiquei em silêncio então, perdida. Era como Serymn dissera: a Lady sabia o que outra Guerra dos Deuses custaria à humanidade, e ela fizera o que pudera para evitá-la. Isso significava equilibrar as necessidades de um irmão desolado contra o outro — e naquele momento, pelo menos, ela decidira que a raiva do Senhor da Noite merecia mais atenção do que

Os Reinos Partidos

a tristeza de Brilhante. Não a culpava, de verdade. Sentira a raiva lá em cima, aquela fome de vingança, tão forte que se chocou contra os meus sentidos com força. O que me admirava era que ela pensava mesmo que havia alguma esperança de reconciliar os Três. Talvez Yeine fosse tão desequilibrada quanto Brilhante.

Ou talvez ela só estivesse disposta a fazer o que fosse preciso para preencher o abismo entre eles. O que era um pouco de sangue de demônio, um pouco de crueldade, comparado à outra guerra? O que era algumas poucas vidas mortais arruinadas, desde que a maioria sobrevivesse? E se tudo desse certo, então em mil ou dez mil anos, a ira do Senhor da Noite pudesse ser apaziguada. Era assim que os deuses pensavam, não era?

Pelo menos Brilhante terá se esquecido de mim até lá.

— Tudo bem — falei, incapaz de manter a amargura longe da voz. — Acabe com isso logo. Ou quer me matar devagar? Fixar outro prego no caixão de Brilhante?

— Ele sofrerá o bastante quando souber *por que* você morreu; *como* faz pouca diferença. — Ela fez uma pausa. — A não ser...

Franzi o cenho. O tom dela mudara.

— O quê?

Yeine estendeu o braço e pôs a mão em minha bochecha, seu dedão acariciando meus lábios. Quase me afastei, mas consegui dominar meus reflexos a tempo. Isso pareceu agradá-la; senti o sorriso dela.

— Uma garota tão adorável — disse ela de novo, e suspirou com o que poderia ser arrependimento. — Posso ser capaz de persuadir Nahadoth a deixa-la viver, desde que Itempas ainda sofra.

— O que quer dizer?

— Se, talvez, você o deixasse... — Yeine deixou as palavras morrerem, e os dedos saíram do meu rosto.

Fiquei tensa, compreendendo.

Quando enfim consegui falar, estava tremendo por dentro. Estava enfim com raiva; isso fez minha voz ficar firme.

— Entendo. Não é o bastante para você machucá-lo; quer que *eu* o machuque também.

— Dor é dor — disse o Senhor da Noite, e os pelinhos da minha pele se arrepiaram, porque não o tinha ouvido entrar no cômodo. Ele estava em algum lugar atrás da Lady, e o ambiente já estava esfriando. — Tristeza é tristeza. Não me importo de onde venha, desde que seja tudo o que ele sinta.

Apesar do meu medo, o tom frio e despreocupado dele me enfureceu. Minha mão livre se fechou em punho.

— Então devo escolher entre deixar você me matar ou eu mesma enfiar a faca nas costas dele? — explodi. — Tudo bem, então, me mate. Pelo menos ele saberá que *eu* não o abandonei.

A mão de Yeine roçou a minha, o que suspeitei ser um aviso. O Senhor da Noite ficou quieto, mas senti sua fúria rígida. Não me importava. Magoá-lo fez com que me sentisse melhor. Ele arrancara a felicidade do meu povo e agora queria a minha.

— Ele ainda te ama, sabia? — soltei. — Mais do que a mim. Mais do que qualquer coisa, na verdade.

Ele sibilou para mim. Não era um som humano. Nele, ouvi cobras e gelo, e poeira assentando em uma fenda profunda e sombreada. Então ele avançou...

Yeine se levantou, virando-se para encará-lo. Nahadoth parou. Por um tempo que não consegui medir — talvez um instante, talvez uma hora —, eles se encararam, imóveis, em silêncio. Sabia que deuses podiam falar sem palavras, mas não tinha certeza do que estava acontecendo ali. Parecia uma batalha.

Então a sensação passou e Yeine suspirou, aproximando-se dele.

— Sutilmente — disse ela, a voz com mais compaixão do que poderia ter imaginado. — Devagar. Você está livre agora. Seja o que escolhe ser, não o que eles fizeram de você.

Ele deixou escapar um longo e vagaroso suspiro, e senti a pressão fria dele esvanecer só um pouquinho. Quando Nahadoth falou, porém, sua voz estava tão dura quanto antes.

— Sou o que escolhi. Mas o que escolhi é *raiva*, Yeine. As memórias queimam em mim... elas machucam. As coisas que ele fez comigo.

O cômodo reverberou com traições não pronunciadas, horrores e perda. No silêncio, minha raiva cessou. Nunca fui capaz de odiar alguém que sofria, não importando que males ele fizera depois.

— Ele não merece essa felicidade, Yeine — disse o Senhor da Noite.

— Ainda não.

A Lady suspirou.

— Eu sei.

Eu o ouvi tocá-la, talvez um beijo, talvez apenas pegando a mão dela. Isso me lembrou de imediato de Brilhante e da maneira como ele geralmente me tocava, sem palavras, precisando da garantia da minha presença. Ele fizera aquilo com Nahadoth, algum dia? Talvez o Senhor da Noite — debaixo daquela raiva — sentisse falta daqueles dias também. Mas ele tinha a Lady para confortá-lo. Logo, Brilhante não teria ninguém.

Em silêncio, senti quando Nahadoth desapareceu. Yeine ficou onde estava por um momento, então se virou outra vez para mim.

— Aquilo foi tolice sua — disse ela. Percebi que também estava com raiva de mim.

Assenti, cansada.

— Eu sei. Desculpe.

Para a minha surpresa, isso realmente pareceu apaziguá-la. Yeine voltou para a mesa, embora não tenha se sentado.

— Não é totalmente sua culpa. Ele ainda está... frágil, de certa forma. As cicatrizes da Guerra e de sua prisão são profundas. Algumas delas ainda estão em carne viva.

E me lembrei, sentindo uma leve culpa, de que era por causa de Brilhante.

— Tomei minha decisão — falei, baixo.

Ela viu o que estava no meu coração — ou talvez fosse óbvio demais.

— Se o que disse era verdade — disse a Lady —, se você se importa com ele, então se pergunte o que é melhor para ele.

Foi o que fiz. E naquele momento imaginei Brilhante, o que ele poderia se tornar, bem depois que eu morresse e virasse pó. Um andarilho, um guerreiro, um guardião. Um homem de palavras suaves, decisões rápidas e pouca gentileza — embora fosse ter um pouco, imaginei. Alguma calidez. Alguma habilidade de tocar, de ser tocado por outros. Poderia deixá-lo com aquilo, se fizesse a coisa certa.

Mas se eu morresse, se o amor dele me matasse, não haveria nada nele. Brilhante se distanciaria da humanidade, sabendo das consequências de se importar demais conosco. Ele extinguiria aquela pequena brasa de calor em si mesmo, com medo da dor que traria. Ele viveria entre a humanidade, mas seria completamente sozinho. E nunca, nunca iria se curar.

Não falei nada.

— Você tem um dia — disse Yeine, e desapareceu.

Fiquei sentada na mesa por muito tempo.

Fosse lá o que a Lady fizera para parar o tempo, desaparecera junto com ela. Através das janelas da cozinha, senti a noite cair, o ar ficar frio e seco. Conseguia ouvir as pessoas caminhando lá fora, cigarras nos campos distantes, e uma carruagem chacoalhando na rua de ladrilhos. Havia o cheiro de flores no ar... embora não fossem as flores da Árvore do Mundo.

Depois de um tempo, ouvi movimento lá em cima. Brilhante. Os canos tilintaram enquanto ele preparava um banho. Strafe não era Sombra, mas tinha um sistema de encanamento melhor, e eu, sem qualquer culpa, gastava madeira e carvão para nos dar água quente quando queríamos. Depois de um tempo, ouvi-o sair da água, se movendo um pouco mais lá em cima, até descer a escada. Como antes, ele parou na soleira da porta, lendo algo na minha imobilidade. Então Brilhante se aproximou da mesa e se sentou — onde a Lady se sentara, embora aquilo nada significasse. Não tinha muitas cadeiras.

Precisei ficar muito parada enquanto falava. De outra maneira, iria desmoronar, e tudo teria sido em vão.

— Você precisa ir embora — falei.

Silêncio de Brilhante.

— Não posso ficar com você. Nunca dá certo entre humanos e mortais; tinha razão sobre isso. Até tentar seria uma tolice.

Enquanto falava, percebi com choque que em parte acreditava no que estava dizendo. Em parte, sempre soubera no meu coração que Brilhante não poderia ficar comigo para sempre. Eu envelheceria, morreria, enquanto ele permaneceria jovem. Ou ele também envelheceria, morreria de velhice e renasceria jovem e bonito de novo? De qualquer forma, não seria bom para mim. Não seria capaz de evitar ficar ressentida com ele, me sentindo culpada por sobrecarregá-lo. Causaria a ele uma dor inimaginável enquanto me observava definhar, e no final seríamos separados para sempre, de qualquer jeito.

Mas eu quisera tentar. Deuses, como quisera tentar.

Brilhante ficou sentado ali, me olhando. Sem recriminações, sem tentativas de me fazer mudar de ideia. Ele não era assim. Soubera quando começara a falar que não precisaria tentar muito. Ao menos não com palavras.

Então Brilhante se levantou, deu a volta na mesa e se agachou diante de mim. Eu me virei, me movendo devagar e, ah, com tanto cuidado para encará-lo. Controle. Era assim que ele fazia, não era? Tentei e me mantive calada. Lutei contra a urgência de tocar seu rosto e saber o quanto ele me odiava agora.

— Eles te ameaçaram? — perguntou ele.

Congelei.

Brilhante esperou, e então, quando não respondi, suspirou. Ele se levantou.

— Esse não é o motivo — falei. De repente era muito importante que ele soubesse que eu não estava agindo por temer por minha própria vida. — Eu não... eu preferiria que eles tivessem...

— Não. — Ele tocou a minha bochecha, uma vez e brevemente. Doeu. Como quebrar meu braço de novo. Pior. Foi tudo o que foi preciso para estilhaçar meu cuidadoso controle. Comecei a tremer, tanto que mal conseguia fazer as palavras saírem. — Podemos lutar contra eles. A Lady, ela não parece querer fazer isso para valer. Podemos fugir ou...

— Não, Oree — disse Brilhante outra vez. — Não podemos.

Com isso, fiquei em silêncio. Desta vez, não era a incapacidade de pensar, mas sim a certeza das palavras dele. Elas me deixaram sem ter o que dizer.

Ele se levantou.

— Você também deve viver, Oree — disse.

Então foi até a porta. As botas dele estavam lá, ao lado das minhas. Ele as calçou, seus movimentos nem rápidos nem lentos. Eficientes. Vestiu o casaco de lã de ovelha que eu comprara para ele no começo do inverno, porque Brilhante ficava esquecendo que poderia adoecer, e não estava com vontade de cuidar dele até que melhorasse da pneumonia.

Inspirei fundo para dizer alguma coisa. Deixar o ar sair. Fiquei sentada lá, tremendo.

Ele saiu da casa.

Também sabia que Brilhante iria assim, com nada além das roupas do corpo. Ele não era humano o suficiente para se preocupar com posses ou dinheiro. Ouvi seus passos pesados descendo os degraus, depois seguindo pela rua empoeirada. Eles desapareceram na distância, perdidos nos sons da noite.

Fui lá para cima. O banheiro estava limpo como sempre. Tirei o roupão e tomei um longo banho, tão quente quanto pude aguentar. Meu corpo soltava fumaça mesmo depois que me sequei.

Não me atingiu até que peguei uma esponja para limpar a banheira. Agora que Brilhante fora embora, teria que fazer aquilo sozinha.

Terminei a banheira, me sentei nela e chorei pelo resto da noite.

*   *   *

Agora você sabe a história toda.

Você precisava saber, e eu precisava contar. Passei os últimos seis meses tentando não pensar em tudo o que aconteceu, o que não foi a coisa mais inteligente a se fazer. Mas era mais fácil. Melhor ir para a cama e simplesmente dormir do que ficar deitada lá a noite inteira me sentindo solitária. Melhor me concentrar no *tap-tap* da bengala enquanto caminho do que pensar como, um dia, pude andar por aí seguindo o fraco contorno das pegadas de alguma deidade. Perdi tanta coisa.

Mas também ganhei algumas coisas. Como você, minha pequena surpresa.

Em certo nível, sabia que havia um risco. Deuses não se reproduzem tão facilmente quanto nós, mas eles o fizeram mais mortal do que qualquer deus jamais fora. Não sei o que significa que tenham deixado essa habilidade quando tiraram todas as outras. Acho que eles se esqueceram.

Mas não consigo deixar de lembrar daquela noite, na mesa da cozinha, quando Lady Yeine me tocou. Ela é a Senhora do Amanhecer, a senhora da vida; certamente ela sentiu você, ou sua iminência, enquanto se sentava ali. Isso me faz me perguntar: ela te percebeu e te deixou viver? Ou ela...?

Ela é estranha, essa Lady.

Ainda mais estranho, ela me ouviu.

Agora já ouvi as notícias de muitos comerciantes e fofoqueiros para duvidar: há deuses por toda a parte. Cantando em florestas tropicais, dançando no topo de montanhas, vigiando praias e flertando com garotos. A maioria das grandes cidades tem um deus residente agora, ou dois ou três. Strafe está tentando atrair um; os anciãos da cidade dizem que é bom para os negócios. Espero que tenham sucesso.

Em breve, o mundo será um lugar muito mais mágico. Um lugar certo, acho, para você.

E...

Não.

Não, sei que não devo imaginar.

Não.

E mesmo assim.

Estou deitada aqui, solitária, na minha cama, observando o nascer do sol. Eu o sinto vir — a luz aquece seu caminho ao longo dos cobertores e da minha pele. Os dias estão ficando mais curtos com a chegada do inverno. Acho que você vai nascer perto do solstício.

Ainda está ouvindo? Consegue me ouvir aí dentro?

Acho que consegue. Acho que você foi feito naquela segunda vez, quando Brilhante se tornou seu verdadeiro eu para mim, só por um instante. Foi o suficiente. Acho que ele sabia também, assim como a Lady sabia, e talvez até o Senhor da Noite. Esse não é o tipo de coisa que ele faria por acidente. Ele vira que eu perdera minha antiga vida. Essa foi a maneira dele de me ajudar a focar na minha nova. E da mesma forma... a maneira dele de compensar erros do passado.

Deuses. *Homens*. Maldito; ele deveria ter me perguntado. Poderia morrer dando à luz, afinal de contas. Provavelmente não, mas é o princípio da coisa.

Bem.

Espero que esteja ouvindo, porque às vezes deuses — e demônios — fazem isso. Acho que está acordado, consciente, e que entendeu tudo o que eu disse.

Porque acho que te vi, ontem de manhã quando acordei. Acho que meus olhos funcionaram de novo, só por um momento, e você foi a luz que vi.

Acho que se eu esperar até o amanhecer e observar com atenção, te verei outra vez esta manhã.

E acho que se eu esperar por tempo o bastante e escutar com cuidado, um dia ouvirei os passos na estrada lá fora. Talvez uma batida na porta. Até lá, alguém terá ensinado a ele o básico da educação. Podemos ter esperança disso, não podemos? De qualquer forma, ele entrará. Pelo menos limpará os pés. Pendurará o casaco.

E então eu e você, juntos, daremos as boas-vindas a ele.

Apêndice 1

Glossário de termos

Alto Norte: O continente mais ao Norte. Um fim de mundo.

Amnies: A mais populosa e poderosa das etnias senmatas.

Arameri: A família governante dos amnies; assessores do Consórcio dos Nobres e da Ordem de Itempas.

Árvore do Mundo, a: Uma frondosa árvore sempre-verde estimada ter 38 mil metros de altura, criada por Lady Cinzenta. Sagrada para os adoradores da Lady.

Calçadão, o: Extremidade setentrional do parque Gateway em Sombra Leste. Um local popular entre os peregrinos, devido à sua visão da Árvore do Mundo. Também é o local da Rua Artística e do maior Salão Branco da cidade.

Casa do Sol Nascido: Uma mansão. Uma dentre as muitas anexadas ao tronco da Árvore do Mundo.

Cem Mil Reinos, os: Termo coletivo para o mundo desde a sua unificação sob o domínio Arameri.

Céu: Nome oficial da maior cidade do continente Senm. Também é o palácio da família Arameri.

Consórcio dos Nobres: Corpo político governante dos Cem Mil Reinos.

Dateh Lorillalia: Um escriba, ex-membro da Ordem de Itempas. Marido de Serymn Arameri.

Deidades: Filhos imortais dos Três. Por vezes, chamados de deuses.

Dekarta Arameri: O mais recente ex-líder da família Arameri.

Demônio: Criança nascida da união proibida ente deuses/deidades e mortais. São mortais, embora possam ter magia inata que é equivalente, ou maior, em força do que aquela das deidades.

Deuses: Filhos imortais do Turbilhão. Os Três.

Dobrador de ossos: Um curandeiro, geralmente autodidata, com conhecimento em herbalismo, obstetrícia, remendo de ossos e técnicas cirúrgicas básicas. Alguns dobradores de ossos utilizam ilegalmente selos simples de cura.

Dump: Uma deidade que mora em Sombra Oeste, toma conta do ferro velho Shustocks. O Lorde dos Rejeitos.

Enefa: Uma dos Três. Antiga Deusa da Terra, criadora das deidades e dos mortais, Senhora do Crepúsculo e do Amanhecer (falecida).

Eo: Uma deidade que vive em Sombra. A Misericordiosa.

Escrita: uma série de selos, usada por escribas para produzir efeitos mágicos complexos ou sequenciais.

Escriba: Estudioso da língua escrita dos deuses.

Guardiões da Ordem: Acólitos (sacerdotes em treinamento) da Ordem de Itempas, responsáveis pela manutenção da ordem pública.

Guerra dos Deuses: Um conflito apocalíptico no qual o Iluminado Itempas reivindicou o governo dos paraísos depois de derrotar seus dois irmãos.

Hado: Um membro do Novas Luzes. Mestre dos Iniciados.

Herege: Adorador de qualquer deus além de Itempas.

Ina: Uma deidade que vive em Sombra.

Ilhas, as: Grande arquipélago ao leste do Alto Norte e de Senm.

Brilhante, o: O tempo do reinado solitário de Itempas, depois da Guerra dos Deuses. Termo geral para bondade, ordem, lei, justiça.

Itempane: Termo genérico usado para adoradores de Itempas. Também é usado para se referir a membros da Ordem de Itempas.

Itempas: Um dos Três. O Senhor Iluminado; mestre dos céus e da terra; o Pai de Céu.

Interdição, a: O período durante o qual nenhuma deidade apareceu no reino mortal, por ordem do Iluminado Itempas.

Os Reinos Partidos

Kitr: Uma deidade que vive em Sombra. A Lâmina.

Lil: Uma deidade que vive em Sombra. A Fome.

Locais divinos: Denominação local/coloquial de lugares em Sombra que foram temporária ou permanentemente tornados mágicos por deidades.

Madding: Uma deidade que vive em Sombra. Lorde das Dívidas.

Magia: Habilidade inata de deuses e deidades para alterar o mundo material e imaterial. Mortais podem imitar essa habilidade por meio do uso da linguagem dos deuses.

Nahadoth: Um dos Três. O Senhor da Noite. Também chamado de Lorde das Sombras.

Nemmer: Uma deidade que vive em Sombra. A Lady dos Segredos.

Oboro: Uma deidade que vive em Sombra.

Ordem da Nova Luz: Sacerdócio não autorizado dedicado ao Iluminado Itempas, composto principalmente de ex-membros da Ordem de Itempas. Comumente conhecida como "Novas Luzes".

Ordem de Itempas: Sacerdócio dedicado ao Iluminado Itempas. Além de serem guias espirituais, também são responsáveis pela lei, pela ordem, pela educação, pela saúde pública, pelo bem-estar, e pela erradicação da heresia. Também conhecida como Ordem Itempaniana.

Paitya: Uma deidade que vive em Sombra. O Terror.

Paraísos, Infernos: Moradas para almas além do reino mortal.

Parque Gateway: Um parque construído em torno de Céu e da base da Árvore do Mundo, na Sombra Leste.

Peregrino: Adoradores da Lady Cinzenta que peregrinam até Sombra para orar na Árvore do Mundo. Geralmente são alto-nortistas.

Previto: Um dos cargos mais altos para sacerdotes na Ordem de Itempas.

Protetorado Teman, o: Um reino senmata.

Reino dos Deuses: Todos os lugares além do universo.

Reino mortal: O universo, criado pelos Três.

Reserva Nimaro: Um protetorado Arameri, estabelecido após a destruição da Terra dos Maroneses para fornecer um lar aos sobreviventes. Localizado na extremidade sudeste do continente Senm.

Role: Uma deidade que vive em Sombra. A Lady da Compaixão.

Rua Artística: Mercado de artistas no Calçadão, em Sombra Leste.

Salão: Locão de reunião do Consórcio dos Nobres.

Salão Branco: Casas de adoração, educação e justiça da Ordem de Itempas.

Sangue divino: Um narcótico popular e caro. Confere maior consciência e habilidades mágicas temporárias aos consumidores.

Selo: Ideograma da linguagem dos deuses, usado por escribas para imitar a magia dos deuses.

Selo de sangue: A marca de um membro reconhecido da família Arameri.

Senm: O maior continente e o mais ao Sul do mundo.

Senmata: Linguagem amnia, usada como língua comum em todos os Cem Mil Reinos.

Serymn Arameri: Uma Arameri sangue-cheio, esposa de Dateh Lorillalia. Dona da Casa do Sol Nascido.

Shahar Arameri: Suma sacerdotisa de Itempas na época da Guerra dos Deuses. Seus descendentes são a família Arameri.

Shustocks: Uma vizinhança em Somoe.

Sieh: Deidade, também chamada de Deus da Trapaça ou Trapaceiro. Mais velha de todas as deidades.

Sombra: Nome local/coloquial da maior cidade do continente Senmata (nome oficial é Céu).

Somle: Termo local para Sombra Leste.

Somoe: Termo local de Sombra Oeste.

Strafe: Uma cidade na costa noroeste do continente Senm.

Tempo dos Três: Antes da Guerra dos Deuses.

Terra dos Maroneses, a: O menor continente, que existiu ao leste das ilhas; local do primeiro palácio Arameri. Destruído por Nahadoth.

Turbilhão: O criador dos Três. Impossível ser conhecido.

T'vril Arameri: Atual líder da família Arameri.

Vagantes Sombrios: Adoradores do Lorde das Sombras.

Velly: Um peixe de água fria, normalmente defumado e salgado. Uma iguaria maronesa.

Yeine: Uma dos Três. Atual Deusa da Terra, Senhora do Crepúsculo e do Amanhecer. Também chamada de Lady Cinzenta.

Apêndice 2

Registro Histórico; notas do Primeiro Escriba, volume 96, da coleção de T'vril Arameri

(Entrevista conduzida e originalmente transcrita pelo Primeiro Escriba Y'li Denai/Arameri, em Céu, no ano 1512 do Iluminado, que Ele brilhe sobre nós para sempre. Gravado na esfera de mensagens fixas. Transcrição secundária completada pelo Bibliotecário Sheta Arameri, no ano 2250 do Iluminado. AVISO: contêm referências heréticas, marcadas como "RH". Usada com permissão da Litaria.)

PRIMEIRO ESCRIBA Y'LI ARAMERI: Está confortável?

NEMUE SARFITH ENULAI[1]: Eu deveria estar?

YA: Sim. É convidada dos Arameri, Elunai Sarfith.

NS: Exato! (risos) Suponho que eu deveria aproveitar enquanto posso. Duvido que receberá outros convidados maro aqui no futuro.

YA: Vejo que decidiu não usar a palavra nova. Maronês[2]...

NS: Na verdade, são três palavras na língua antiga. *Maro n neh.* Ninguém pronuncia certo. É difícil de dizer. Fui maro minha vida inteira; serei maro até morrer. Não vai demorar muito.

---

[1] Nota do entrevistador: "Enulai" (RH) aparentemente é um título hereditário entre os Maro.

[2] Referência: O Conselho Provisório dos Sobreviventes do Território Nimaro emitiu um pronunciamento oficial em nome de sua família real (falecida), indicando que seu povo passaria a ser conhecido como "Maronês", não "Maro".

YA: Para o registro, está disposta a dizer sua idade?

NS: O Pai me abençoou com duzentos e dois anos.

YA: (risos) Me disseram que gosta de afirmar essa idade.

NS: Acha que estou mentindo?

YA: Bem... senhora... quero dizer, Enulai...

NS: Chame-me do que quiser. Mas se lembre de que Enulai sempre diz a verdade, garoto. Mentir é perigoso. E eu não me daria ao trabalho de mentir sobre algo tão trivial quanto a minha idade. Então anote!

YA: Sim, senhora. Eu anotei.

NS: Vocês, amnies, nunca escutam. Nos dias seguintes à Guerra,[3] nós aconselhamos vocês a respeitarem o Pai Sombrio (RH). Ele não é nosso inimigo — avisamos a vocês —, mesmo que ele seja inimigo do Iluminado Itempas. Antes da Guerra, ele nos amava mais do que a própria Enefa (RH). As coisas que vocês devem ter feito a ele, para encher o coração dele de tanta fúria.

YA: Senhora, por favor. Nós não falamos... o nome que mencionou, o...

NS: O quê? Enefa? (gritos) Enefa, Enefa, Enefa!

YA: (suspiro)

NS: Se revirar os olhos para mim mais uma vez...

YA: Desculpe-me por desrespeitá-la, senhora. É só que... a dominância absoluta de Itempas é o princípio fundamental do Iluminado.

NS: Amo o Lorde Branco tanto quanto você. Foi o meu povo que Ele escolheu como modelo para Sua aparência mortal (RH), e fomos os primeiros a receber Sua benção de conhecimento (RH). Matemática, astronomia, escrita e... tudo isso, tudo mesmo, fizemos antes de qualquer um de vocês, Senmatas, ou daqueles malditos ignorantes no norte, ou aquele bando de piratas na ilha. Mesmo assim, por tudo que Ele nos deu, sempre nos lembramos que Ele é um dos *Três*. Sem Seus irmãos, Ele não é nada (RH).

YA: Senhora!

---

[3] Nota do entrevistador: A Guerra dos Deuses.

Os Reinos Partidos

NS: Denuncie-me para o líder da sua família se quiser. O que ele vai fazer, me matar? Destruir o meu povo? Não tenho mais nada a perder, garoto. É por isso que vim.

YA: Porque a família real maro se foi.[4]

NS: Não, seu tolo, porque *os maro* se foram. Ah, se conseguirmos fazer bebês pode ser que haja o suficiente de nós para vagar por mais um tempo, mas nunca seremos o que éramos. Vocês, Amnies, nunca nos deixarão ser fortes outra vez.

YA: Er... sim, senhora. Mas especificamente, era o trabalho do Enulai servir à família real, não era? Como, hã, vamos ver, guarda-costas e contadores de histórias...

NS: Historiadores.

YA: Bem, sim, mas muito daquela história... tenho uma lista aqui... lendas e mitos...

NS: Foi tudo verdade.

YA: Senhora, por favor.

NS: Por que se incomodou em me trazer aqui?

YA: Porque também sou um historiador.

NS: Então *escute*. Essa é a coisa mais importante que um historiador pode fazer. Ouvir apenas com as orelhas, não com dez mil mentiras Amnies atrapalhando tudo...

YA: Mas, senhora, um exemplo, uma das histórias que Enulai contou... o conto da Deusa Peixe.

NS: Sim. Yiho, do clã Shoth, embora eles também estejam mortos agora, suponho.

YA: O conto fala dela sentada perto de um rio por três dias durante um período de fome e fazendo cardumes de peixes do oceano nadarem rio acima — de água salgada para água doce — e se atirarem contra as redes.

NS: Sim, sim. E desde então, essas raças de peixe têm continuado a nadar rio acima para depositar ovos, todos anos. Ela os mudou para sempre.

---

[4] Nota do entrevistador: Ver *Pós-Cataclismo Maro: Censo.*

YA: Mas isso... o conto é de antes da Guerra? Yiho era uma deidade?

NS: Não, óbvio que não. Ela morre como uma idosa no final do conto, não morre?

YA: Bem, então...

NS: Embora os deuses tenham muitos filhos.

YA: (pausa) Meus deuses. (som de um golpe) Ai!

NS: Isso foi por blasfemar.

YA: Não acredito nisso. (suspiros) Está certa, me desculpe. Eu me descontrolei. Estava só... você está sugerindo que a mulher descrita no conto tinha... linhagem mista, uma filha dos deuses...

NS: Todos nós somos filhos dos deuses. Mas Yiho era especial.

YA: (silêncio)

NS: (risos) O que é que vejo em seus olhos pálidos, garoto? De repente começou a ouvir? Agora veja.

YA: Na verdade, estou me lembrando. Muitas das histórias maro em meus registros apresentam os próprios Enulai de forma proeminente.

NS: Sim, prossiga...

YA: Todo membro da família real tinha um Enulai. O Enulai os educava, os aconselhava, os protegia dos perigos.

NS: (risos) Direto ao ponto, garoto. Já estou velha.

YA: Os protegia, geralmente usando habilidades estranhas que a Litaria designou como improváveis ou impossíveis...

NS: Porque vocês, escribas, não fazem sua própria magia. Vocês a pegam emprestada, de segunda mão, usando a linguagem dos deuses. Mas se vocês mesmos falassem a magia — se isso não os matasse — ou, melhor ainda, se pudessem *desejar* e fazer algo acontecer, vocês poderiam fazer tudo o que os deuses fazem. E mais.

YA: Enulai Sarfith, gostaria que não tivesse me contado isso.

NS: (risos)

YA: Sabe o que devo fazer.

NS: (mais risos) Ah, garoto. O que importa? Sou a última descendente dos Enulai — filha de Enefa, a última dos deuses mortais que esco-

Os Reinos Partidos

lheram passar seus breves dias entre a humanidade. Todos os reis e rainhas maro estão mortos. Todos os meus filhos e netos estão mortos. Todos de nós que carregavam o sangue da Mãe Cinzenta... estamos tão mortos quanto ela. Por que eu deveria me importar em continuar me escondendo?

YA: (falando com um servo, chamando os guardas)

NS: (enquanto ele fala, suavemente) Todos mortos, a raça dos demônios. Todos mortos. Não há necessidade de procurar mais. Não sobrou nenhum.[5]

YA: Sinto muito. (ininteligível)

NS: Não sinta. (ininteligível) destruiu o último dos demônios. Não há necessidade de procurar mais.

YA: Não há necessidade de procurar mais.

NS: Não há mais demônios no mundo, em lugar nenhum.

YA: Não sobrou nenhum. (ininteligível, até que o guarda chega) Adeus, Enulai. Sinto muito que tenha que terminar assim.

NS: (rindo) Eu não. Adeus, garoto.

[Fim da entrevista[6]]

---

[5] Nota do bibliotecário: a transcrição original termina aqui. A gravação da esfera da mensagem é parcialmente inaudível deste ponto em diante. Parece não haver dano ao script de controle da esfera; no entanto, uma consulta com escribas sugere interferência mágica. Transcrevi o restante da entrevista da melhor maneira que pude.

[6] Nota do bibliotecário: Esta transcrição e esfera foram arquivadas erroneamente pelo Primeiro Escriba Y'li Arameri na Biblioteca de Céu e, portanto, perdidas por cerca de 600 anos. Foram recuperadas quando uma busca exaustiva nos cofres da Biblioteca foi realizada por ordem do Lorde T'vril Arameri.

Agradecimentos

Uma vez que agradeci a todo mundo e a mãe de todo mundo nos agradecimentos de *Os Cem Mil Reinos*, aqui ofereci algum reconhecimento literário/artístico. Adequado, pois *Os Reinos Partidos* é um livro mais, hum, estético, do que seu predecessor.

Pelo vocabulário sobre pintura encáustica, escultura e aquarela, agradeço mais uma vez ao meu pai, o artista Noah Jemisin, que me ensinou mais de sua arte do que eu havia percebido, visto que não consigo desenhar nem uma linha reta. (Não, pai, pintar com os dedos quando eu tinha cinco anos não conta).

Pela cidade de Sombra, tenho uma dívida com a fantasia urbana — tanto do estilo de Miéville e do tropo "garota gostosa insatisfeita carregando uma arma" (para citar um depreciador deste último, embora eu seja fã de ambos). Mas muito dela devo a uma vida vivendo em cidades: a Rua Artística de Sombra é o mercado dos fazendeiros da Union Square em Nova York, talvez misturado com um pouco da Jackson Square de Novas Orleans.

Pelas várias deidades, em especial Lil, Madding e Dump, agradeço ao meu subconsciente, porque tive um sonho com elas (e várias das deidades que você conhecerá no terceiro livro da Trilogia Legado). Lil tentou me devorar. Típico.

Ah — e para ter uma ideia de como as pessoas em uma grande cidade podem lidar com uma árvore gigante surgindo acima de suas cabeças, reconheço meu passado como uma fã de anime. Nesse caso, estou em dívida com um adorável shoujo OAV e série de TV chamada *Mahou Tsukai Tai*, que recomendo fortemente. Os problemas causados pela árvore gigante foram resolvidos de maneira muito mais leve lá, mas a beleza da imagem inicial permanece na minha mente.

Extra

Apresentando

Se gostou de
Os Reinos Partidos
fique de olho em

O REINO DOS DEUSES

Terceiro livro da trilogia Legado
Por N. K. Jemisin

Estava sentado materialmente no topo da Escada para Lugar Nenhum, emburrado, quando as crianças me encontraram. Totalmente ao acaso. Os mortais acham que planejamos tudo. Ah, como queria que a vida fosse simples como eles achavam que nós, deuses, a fizemos.

Estavam combinando. Seis anos — sou bom em classificar os mortais por idade, pelo menos os pequenos —, de olhos brilhantes, espertos, como crianças que tiveram uma boa refeição, espaço para correr e prazeres para estimular a alma. O menino tinha pele, cabelo e olhos pretos, alto para a idade, solene. A menina era loira, de olhos verdes e pálida, intencionada. Os dois eram bonitos. Vestidos com riqueza. E pequenos tiranos, como os Arameri tendiam a ser mesmo naquela idade.

— Você vai nos ajudar — disse a menina em tom arrogante.

Eu a encarei, dividido entre surpresa e divertimento. Ela não fazia ideia de quem — ou o que — eu era; isso era bem nítido. O menino, que parecia menos confiante, olhou para ela e para mim e ficou em silêncio.

Extra

— Pestinhas Arameri à solta — resmunguei. — Alguém vai se encrencar por deixar vocês me incomodarem aqui embaixo.

Com isso, os dois pareceram apreensivos, e percebi o problema: eles estavam perdidos. Estávamos embaixo do palácio, naqueles níveis abaixo da estrutura de Céu que estavam quase sempre na sombra e que antes eram domínio dos serventes de sangue-baixo do palácio — embora obviamente aquele não fosse mais o caso. Uma camada de poeira cobria o chão ao nosso redor, e tirando os dois à minha frente, não havia cheiro de mortais por perto. Por quanto tempo eles estiveram perambulando lá embaixo? Pareciam cansados, esfarrapados e esgotados pelo desespero.

Que disfarçavam com hostilidade.

— Você nos instruirá em como chegar à parte superior do palácio — disse a menina — ou nos guiará até lá. — Ela pensou por um momento, então ergueu o queixo e completou: — Agora, ou haverá problemas para você!

Não consegui evitar. Ri. Era perfeito demais: a tentativa atrapalhada dela de ser superior, a pouca sorte deles de me encontrar, tudo. Certa vez, menininhas como ela tinham tornado a minha vida um inferno, mandando em mim e rindo enquanto eu me forçava a obedecer. Agora estava livre para vê-la como era de verdade: não passava de uma criatura assustada imitando os maneirismos dos pais, sem qualquer noção de como *pedir* pelo que queria.

E com certeza, quando ri, ela fez um som de deboche, colocou as mãos na cintura e fez um biquinho com o lábio inferior, coisa que sempre adorara em crianças. (Nos adultos, era irritante). O irmão dela, que parecia ser de natureza mais doce, estava começando a se mostrar também. Encantador.

— Você vai fazer o que estamos mandando! — disse a menina, batendo o pé no chão. — Vai nos ajudar!

Enxuguei uma lágrima, respirando quando o riso passou.

— Vão encontrar a droga do seu caminho de volta sozinhos — falei, ainda sorrindo — e se considerar sortudos por serem fofinhos demais para serem mortos.

Isso os calou, embora eles me encarassem com mais curiosidade do que medo. Então o menino, que eu já começara a suspeitar ser o mais esperto dos dois, estreitou os olhos para mim.

— Você não tem uma marca — disse ele, apontando para a minha testa.

A menina me encarou, surpresa.

— Sim, não tenho — falei, e me encostei contra a parede. — Imagina só.

— Então você não é Arameri? — O rosto dele se contorceu, como se estivesse surpreso por estar falando uma bobagem. *Então você cortina maçã corda bamba?*

— Não, não sou.

— É um novo servente? — perguntou a menina. — Veio a Céu de lá de fora?

Coloquei os braços atrás da cabeça, esticando as pernas.

— Na verdade, não sou servente nenhum.

— Está vestido como um — disse o menino, apontando.

Olhei para mim mesmo, surpreso, e percebi que tinha manifestado as mesmas roupas que usava durante a minha prisão: calças soltas (boas para correr), sapatos com um furo em um dos dedos, uma camisa simples, tudo branco. Ah, sim... em Céu, só os serventes usavam branco todos os dias. Os dois à minha frente estavam vestidos em um profundo verde-esmeralda, que combinava com os olhos da menina e complementava os do menino de maneira gradável.

— Ah — falei, irritado por ter sido capturado no antigo hábito. — Bem, não sou um servente. Podem acreditar.

— Não está com a delegação temana — disse o menino, falando devagar enquanto os pensamentos passavam rápido por seus olhos. — Eles não estão com crianças, e foram embora faz três dias. E eles se vestem como temanos. Coisas brilhantes e sapatos bonitos.

— Também não sou temano. — Sorri de novo, esperando para ver como eles lidariam com essa informação.

— Você parece temano — disse a menina, obviamente sem acreditar em mim. Ela apontou para a minha cabeça. — Seu cabelo quase não tem cachos, e seus olhos são afiados como faca, e sua pele é mais escura do que a de Deka.

Encarei o menino, que pareceu aflito com a comparação. Conseguia entender o motivo. Embora ele tivesse o círculo de um sangue-cheio na testa, era dolorosamente óbvio que alguém trouxera delícias não amnies para o banquete de sua herança. Se não soubesse que era possível, teria pensado que ele era alguma variação de alto-nortista. Ele tinha traços amnies, com as linhas faciais longas características, mas seu cabelo era liso e mais escuro que o vazio de Nahadoth, e ele tinha mesmo uma pele negra suntuosa que não tinha nada a ver com um bronzeado. Tinha visto crianças como ele serem afogadas, decapitadas ou jogadas do Píer, ou deserdadas como pouco-sangue e dadas para os serventes criarem. Nunca um deles recebera a marca de sangue-cheio.

Enquanto pensava, as crianças começaram a sussurrar, debatendo se eu parecia mais essa ou aquela etnia mortal. Conseguia ouvir cada palavra, mas por educação fingi que não. Por fim, o menino sussurrou:

— Não acho que ele seja temano de jeito nenhum — usou um tom que confirmou que ele suspeitava da minha real origem. Movendo-se de maneira idêntica e misteriosa, eles me encararam de novo.

— Não importa se é ou não um servente, se é ou não temano — disse a menina. — Nós somos sangue-cheios, e isso significa que tem que fazer o que estamos mandando.

— Não, não significa — retruquei.

— Significa sim!

Tornei a bocejar e fechei os olhos.

— Obriguem-me.

Eles ficaram em silêncio de novo, consternados. Poderia ter sentido dó deles, mas estava me divertindo demais. Por fim, senti um movimento no ar e um calor por perto, abri os olhos e vi que o menino estava agachado perto de mim, abraçando os joelhos.

— Por que não nos ajuda? — perguntou ele, a voz queixosa, e quase vacilei diante do ataque violento de seus grandes olhos pretos. — Estamos aqui embaixo o dia todo, e já comemos nossos sanduíches, e não sabemos como voltar.

Criaturas perversas! Fofura era como uma oração para mim; não posso evitar ouvir.

— Tudo bem — falei, cedendo. — Aonde estão tentando ir?

O menino se animou.

— Ao coração da Árvore do Mundo! — Então a animação dele diminuiu. — Ou pelo menos, era para onde *estávamos* tentando ir. Agora só queremos voltar para os nossos quartos.

— Um triste fim para uma grande aventura — falei assentindo —, mas de qualquer forma não teriam encontrado o que estão procurando. A Árvore do Mundo foi criada por Yeine, a Lady da Terra; seu coração é o coração dela. Mesmo se encontrassem o pedaço de madeira que existe no coração da Árvore, não significaria nada.

— Ah — disse o menino, ficando mais tristinho. — Não sabemos como encontrá-la.

— Eu sei — falei, agachando-me assim como ele —, mas isso não ajudaria vocês. Ela está ocupada com outros assuntos hoje em dia. Não tem muito tempo para mim ou qualquer um dos filhos.

— Ah, ela é a sua mãe? — O menino pareceu surpreso. — Parece a nossa mãe. Ela nunca tem tempo para nós. A sua mãe é a líder da família também?

— Sim, de certa forma. Embora ela também seja nova na família, o que torna as coisas meio esquisitas. — Suspirei de novo, e o som ecoou dentro da Escadaria para Lugar Nenhum, que descia formando sombras aos nossos pés. Lá atrás, quando os outros Enefadeh e eu construímos esta versão de Céu, criamos essa escadaria espiralada que levava ao nada, seis metros para baixo até encontrar uma parede. Tinha sido um dia longo; ficamos entediados. — É meio parecido com ter uma madrasta — falei. — Sabe o que é isso?

O menino pareceu confuso de novo. A menina se sentou ao lado dele.

— Como a Lady Meull, de Agru — ela disse para o garoto. — Lembra das aulas de genealogia? — Ela olhou para mim, buscando confirmação. — Assim, certo?

— Sim, sim, desse jeito — falei, embora não soubesse nem ligasse para quem era Lady Meull. — Só que Yeine é nossa rainha, mais ou menos, assim como nossa mãe.

— E você não gosta dela? — Havia percepção demais nos olhos das crianças quando fizeram essa pergunta. Então era o mesmo padrão Arameri de sempre, pais criando crianças que cresceriam para conspirar a morte dolorosa deles. Os sinais estavam todos lá.

— Não — falei de forma delicada. — Eu a amo. — Porque amava, apesar da traição dela. — Ela é a mãe da minha alma. Eu morreria por ela.

— Então... — A menina estava franzindo o cenho. — Por que está triste?

— Porque amor não é suficiente. — Fiquei em silêncio por um momento, chocado enquanto o entendimento me atingia. Sim, ali estava a verdade, e eles me ajudaram a encontrá-la. Crianças mortais são muito sábias, embora seja necessário um bom ouvinte ou um deus para entender isso. — Meus pais me amam, e eu os amo, mas isso não é suficiente, não mais. Entendem? Preciso de algo mais. — Grunhi e me sentei, trazendo os joelhos para perto do corpo e pressionando a testa neles. Carne e ossos reconfortantes, familiares como um cobertor velho. — Mas o quê? O quê? Tudo parece tão errado. Algo está mudando em mim.

Devo ter parecido louco para eles, e talvez fosse. Todas as crianças são um pouco transtornadas. Mas então o menino estendeu o braço, hesitando, e tocou a minha mão. Eu me estiquei e olhei para ele, surpreso.

— Talvez você deva ficar feliz — disse ele. — Quando as coisas estão ruins, a mudança é boa, não é? Mudança significa que as coisas vão melhorar.

Eu o encarei, aquela criança amnia que não parecia amnia e que talvez morresse antes da maturidade por causa disso, e senti a frustração diminuir.

Extra

— Um Arameri otimista — falei, sorrindo. — De onde você veio?

Para a minha surpresa, ambos sorriram. Percebi de imediato que tinha atingido um nervo, e percebi qual fora quando a menina fechou as mãos com força.

— Ele vem daqui mesmo, de Céu — disse ela. — Assim como eu.

O menino abaixou os olhos, e ouvi o sussurro de insultos ao redor dele, alguns com cadência infantil e alguns aprofundados pela malícia adulta: *de onde você veio um bárbaro o deixou aqui por engano talvez um demônio o deixou em seu caminho para os infernos porque os deuses sabem que você não pertence aqui.*

Eu vi como as palavras marcaram sua alma. Em recompensa por me fazer sentir melhor, toquei seu ombro e enviei minha bênção para ele, tornando as palavras apenas palavras e fazendo-o mais forte contra elas, e colocando algumas réplicas na ponta de sua língua para a próxima vez. Ele piscou surpreso, olhando para mim, e sorriu, tímido. Devolvi o sorriso.

A menina observou e relaxou, pois ficou nítido que eu não queria fazer mal ao irmão dela. Enviei uma bênção para ela também, embora ela dificilmente precisasse. Já tinha força para enfrentar os valentões.

— Sou Shahar — disse ela e então suspirou, soltando sua última e mais poderosa arma: cortesia. — Pode, por favor, nos dizer como voltar para casa?

Argh, que nome! Pobrezinha. Mas tinha que admitir, combinava com ela.

— Está bem, está bem. Aqui. — Olhei nos olhos dela e a fiz conhecer a planta do castelo tão bem quanto eu aprendera com as gerações com as quais havia vivido entre suas paredes.

A menina arfou, surpresa, como se de repente soubesse o caminho. Então ela me surpreendeu, se levantando e fazendo uma reverência.

— Obrigada, senhor — disse ela, e enquanto eu a encarava, me maravilhando com a novidade de um agradecimento Arameri, a menina retomou o tom travesso que usara antes. — Posso ter o prazer de saber seu nome?

— Sou Sieh.

Nenhum reconhecimento deles. Controlei-me para não suspirar.

A menina assentiu e gesticulou para o irmão.

— Este é Dekarta.

Ainda pior. Eu me levantei com um suspiro.

— Bem, já desperdicei tempo demais — falei — e vocês dois devem voltar.

Fora do palácio, conseguia sentir o sol se pondo. Por um momento, fechei os olhos, esperando pela familiar e deliciosa vibração da volta do meu pai ao mundo, mas é óbvio que não houve nada. Senti uma decepção passageira.

As crianças ficaram de pé juntas.

— Você vem aqui brincar sempre? — perguntou o menino, um pouco ávido demais.

— Criancinhas solitárias — falei, e ri. — Ninguém ensinou vocês a não falarem com estranhos?

É óbvio que ninguém tinha ensinado. Eles se olhavam com aquele costume esquisito de gêmeos de falar-sem-palavras-ou-magia, e o menino engoliu em seco e me disse:

— Você deveria voltar. Se voltar, brincaremos com você.

— Faz muito tempo desde que brinquei... — Murmurei, me surpreendendo com isso. Estava me esquecendo de quem era entre toda aquela preocupação. Era melhor deixar a preocupação de lado, parando de ligar para o que importava, e fazer o que me fazia sentir bem. — Tudo bem então. Isto é, se a mãe de vocês não proibir — o que garantiria que eles nunca contariam a ela —, voltarei para este lugar no mesmo dia, na mesma hora, ano que vem.

Eles pareceram horrorizados e exclamaram em uníssono.

— Ano que *vem*?

— Esse tempo passará mais rápido do que pensam — falei, me espreguiçando. — Como uma brisa em um prado em um dia leve de primavera.

Seria interessante vê-los de novo, pensei, porque eles ainda eram jovens e não se tornariam insuportáveis como o resto dos Arameri por um tempo.

Extra

E, porque já começara a amá-los um pouco, fiquei triste, pois o dia em que se tornariam Arameri de verdade provavelmente seria o dia que eu os mataria. Mas até lá, aproveitaria a inocência deles enquanto durasse.

Dei um passo para longe, adentrando o entre mundos.

Este livro foi composto na tipologia Goudy Oldstyle Std,
em corpo 11,5/16,1, e impresso em papel off-white,
no Sistema Cameron da Divisão Gráfica
da Distribuidora Record.